FENG MING DA LU

C H O N G   H U O   X I N   S H E N G

FENG MING DA LU

风鸣大陆

2

重获新生

CHONG HUO XIN SHENG

缘分0 /著

YUANFENLING WORKS

知識出版社

图书在版编目（CIP）数据

风鸣大陆.2，重获新生 / 缘分0著. —北京：知识出版社，2015.9
ISBN 978-7-5015-8526-7

Ⅰ. ①风… Ⅱ. ①缘… Ⅲ. ①长篇小说—中国—当代 Ⅳ. ①I247.5

中国版本图书馆CIP数据核字（2015）第098510号

责任编辑：马　跃
责任印制：魏　婷
装帧设计：小名鼎鼎　齐大圣

出版发行：知识出版社
地　　址：北京市西城区阜成门北大街17号
邮政编码：100037
电　　话：010-88390732
网　　址：http://www.ecph.com.cn
印　　刷：长沙鸿发印务实业有限公司
经　　销：新华书店经销
开　　本：710 mm × 1000 mm　1/16
印　　张：18
字　　数：304千字
版　　次：2015年9月第1版　2015年9月第1次印刷

ISBN 978-7-5015-8526-7　定价：32.80元

目录

CONTENTS

FENG MING DA LU ②

C H O N G　H U O　X I N　S H E N G

目录

CONTENTS

FENG MING DA LU ②

C H O N G H U O X I N S H E N G

前情提要

修伊被贩卖到炼狱岛，成了一名普通的仆役。不久，善于观察的他发现了炼狱岛的惊天秘密，那就是每个仆役其实都是被用来做实验的试验品，不到一年就将面临死亡。他很愤怒，决心要毁掉这里的一切。在卧薪尝胆了几年之后，终于要执行复仇计划了，不过在这之前，他打算去看看异次元之门和守在那儿的魔龙……

在那幽深阴暗的最深处，一扇红色的光门正在吞吐着火焰一般的能量，那便是通往深渊之境的空间之门了。

它看上去并不像一扇门，而更像是一个巨大的能量黑洞，又或是一条火焰通道，仅仅是远观，便能让宫浩感受到通道内部那巨大的能量风暴。

令人惊奇的是，巨大的能量并没有从通道中冲出来，而是在通道内肆虐张扬，就像是一只被围困的野兽，不断地撞击着四方，却始终无法撞破这扇门，从而得以始终维持着这条沟通两个世界的通道。代价就是通道固然是建立起来了，却没有人可以轻易进出此地。

宫浩并没有在附近看到那头所谓的强大魔龙，看起来它好像不知道在哪里沉睡着。

这让宫浩的胆子又大了几分，他小心翼翼地靠近那空间之门，那汹涌翻滚的能量就好像是一团燃烧的火，却始终仅于毫厘之差无法碰到他。

宫浩轻轻抬起了手，想要触碰空间之门，好分辨一下它到底是由什么材料制成的。

“如果我是你，我就不去碰那东西。”一个低沉的声音突然在身后响起。

宫浩霍然转身，接着他看到了一个硕大的龙头。

那是一个头上长着狰狞的尖角，身躯足有数十米长，仅是牙齿就堪比兰斯洛特的魔法长剑的超级恐怖的家伙。

宫浩完全有理由相信，这头魔龙只要轻轻抬起它那只巨大的爪子对着自己踩下来，自己就会化成一摊肉泥。

真难以想象兰斯洛特是怎么从这个大家伙的手下跑出来的。

它的呼吸就像是飓风，吹得宫浩身体摇摆，令人震惊的是它来到自己身后时，竟然没有发出半点声音。

这说明这头魔龙果如其名，并不仅仅是依靠肉体力量来证实自己的强横，它有足够的智慧，它能说人类的语言。

如果说这个大家伙有什么问题的话，那恐怕就是它那一对只剩下半截的翅膀了。

但是在面对这样一个突如其来的可怕大家伙时，宫浩却笑了出来，虽然在这之前，他从没和龙打过交道，但是这并不妨碍他和任何智慧生物交流。

在他看来，强大的对手并不可怕，可怕的是强大而又愚昧的对手。

这龙会说话，有智慧，而且没有一上来就杀了自己，甚至还提醒了自己那扇门的危险性，那么这就意味着他们之间完全可以有一个良好的开端。

“我希望我没有打扰到您的睡眠，尽管我已经尽量放轻脚步。”宫浩用这句话做开场白。

魔龙巨大的眼中露出诧异的色彩，看起来它很惊讶这个少年的镇定。尤其是他把秘密潜入说成是好心的不打扰，这种转换是非的能力倒是颇令它欣赏。

魔龙说：“事实上我当时的确是在沉睡，只不过打扰我的不是你罢了。”

宫浩微微一愣，魔龙的话令他突然有种奇怪的感觉，他看向自己的身体，那个新房客此刻正在他的身体里发出强烈的情绪波动。

那头魔龙则正把它那巨大的龙头靠近宫浩，强大的威压把宫浩压得几乎喘不过气来，那头魔龙却很认真地警告他：“不要后退，否则通道里的能量会把你撕得粉碎的。”

宫浩向旁边走了几步，这使他可以不用面对那头魔龙，同时背后也不会对着那个仿佛巨大的生命陷阱般的空间之门。

尽管他也知道这样做其实毫无意义，但至少能让他感觉舒服许多。

“我想您指的让您醒来的那个生命，是目前正在我的身体里寄居的那位房客，对吗？”宫浩小心地措辞用句，在还没有搞清楚这头魔龙和自己身体里的那个生物的关系之前，他并不打算立刻套交情。

“房客？”魔龙的眼中露出一丝戏谑的表情，“你就是这么称呼我的孩子的？”

孩子？宫浩的脑子嗡地懵了一下，自己身体里的那个生物竟然是这头魔龙的孩子？该死，早该想到的！

宫浩突然想起，一个拥有三种以上蛰伏状态的强大生物，至少也是十二级以上的强悍魔兽，而整个炼狱岛上，唯一超越十二级的强大存在就是眼前这头深渊魔龙。

这位房客是魔龙的孩子简直是再正常不过的事情了，难怪当他走入这里时，那寄居在他身体里的小家伙会发出如此强烈的情绪波动，因为它知道自己回家了。

所以这头魔龙会在自己来到后立刻醒来，却又好心地提醒自己不要触碰空间之门……它显然不是为了保护自己。

“哦，我很抱歉，魔龙大人，我并不知道它是您的孩子，而且也不是我把它带离了您的身边。”

“我知道，是外面那个混账小子干的，这正是为什么我要追杀他的原因。你以为我会对他搜集的那些弱小生命的种子感兴趣吗？还是仅仅因为有一只蚂蚁在我的身边转了一圈我就无聊到非要踩死它？我是想要回我的孩子！可恨的是这个家伙竟然在和我战斗的时候突破了，竟然还成功地逃了出去。如果我没有看错的话，当时是你帮了他，对吗？”魔龙的声音有些阴森。

宫浩大汗淋漓，却面不改色地说道：“是的，大人，我希望您不会因此而责备于我，毕竟……我的肚子里有您的孩子。”

该死，这话听起来怎么那么别扭！那头魔龙却突然嘿嘿怪笑了起来，就像是海上台风刮过时海啸发出的声音，令人浑身打战。

然后它仰天长啸了一声，这一声龙吟，鸣动九天，震得兽走鸟飞，甚至连城堡内的海因斯都听到了声音，兰斯洛特更是面色大变。

丛林里，中央区域，伴随着那声巨大的啸声，宫浩只觉得自己的心脏几乎都要飞离出胸膛。

他能感觉到身体里小家伙正在意识上对那头魔龙作出回应，不过很遗憾他并不知道它们在交流什么。

啸声过后，眼前的那头巨大魔龙浑身上下都冒出大量烟雾，待到烟雾消散过后，魔龙已经消失，站在宫浩眼前的却是一个姿色绝等的女人。

变形术是一种相当高级的自然法术，宫浩没想到一头魔龙也能掌握如此力量。

考虑到这头魔龙过来时的无声无息，也就是说，这头魔龙至少精通自然和空间两个系列的法术。

不过见鬼的是它竟然没有顺便给自己变身衣服出来，这让宫浩不得不低下头道：“我没有想到大人您拥有变形的能力，早知如此我该带身衣服过来的。”

那头魔龙化成的女人发出高傲的笑声，说道："你很会说话，修伊·格莱尔，你可以直接说我应该穿上衣服，对我来说那并不困难，哦，不要奇怪我为什么会知道你的名字。"

她随手一招，无数树叶飞舞盘旋着将她包裹起来，遮住了她身上的敏感部位。

只是她身上的大部分地方依然露出大片的雪白，看上去倒是颇有些诱惑力。

魔龙自言自语："我记得人类的女子都喜欢这样打扮。"

"仅是在面对她们的情人的时候，魔龙大人。"

"原来是这样。"女魔龙点点头，看来它对人类世界的认知还比较有限，不过下一刻它用戏谑的眼光看着宫浩，柔声说道，"你的身体里有我的孩子，从人类的角度考虑，你也可以算是我的情人了，我想你不会介意我这样的穿着，对吗？"

宫浩无奈地叹息道："是的，我不介意，不过我要声明的是，男人是不会生孩子的。事实上我一直在发愁，您的孩子到底打算以何种方式离开我的身体。"

"通常我们使用比较简单的方式。"女魔龙伸出一只手，纤细的手指在空气中那么轻轻一划，一道空间裂缝也随之出现，随即又消失。

果然没错，真的是很强大，很暴力。

宫浩只能继续道："但是您的孩子答应过我会采用更加温柔一些的方法。"

"是的，它告诉我了。"女魔龙点点头，"它告诉我你和这岛上其他的人不同。你对魔兽非常珍爱，你照顾它们，就像是对待朋友一样，你甚至帮助炽焰鸟挽回了生命。哦，对了，炽焰鸟也经常跟我提起你，它们很感谢你，它们说你是这岛上唯一的好人。"

宫浩恍然大悟："原来是您帮助红恢复了生命力？"

女魔龙点头道："红只是失血过度而已，修养一段时间自然会好，我只是加速了这个进程，我听说红和绿这两个名字是你起的？"

"是的，但我从没想过它们和您是朋友。"

"孤单的生命会寂寞，我被困在这里已经太久了，久到我需要和一些弱小的存在去交朋友，以打发清醒时那无聊的时光。炽焰鸟是少有的灵性生物，虽然它们不会说话，但它们能够理解绝大部分语言与意志，所以在我清醒的时候我也会和它们聊聊天。不过这些小家伙也真过分，红竟然敢背着我偷偷向你发出警告，它知道我不会伤害你，但是很担心我伤害那个小姑娘，要不是我无法离开这里……哼！"

看起来这女魔龙对红当初对宫浩的报警非常不满，不过它终究还是原谅了红的行为。如果当初红没有报警，没准那头魔龙要是看见艾薇儿和“怀着它孩子的男孩”在一起，就会吃醋也说不准。而雌性魔龙的脾气，历来都不是很好，让它们吃醋是一件很可怕的事。炽焰鸟是尊重爱情的存在，红绝对不会希望被自己妻子祝福的女孩丧生在魔龙的利爪下，宫浩这才明白为什么那一次红会如此焦急地催促艾薇儿赶快离开。

“这正是我感到奇怪的地方。”宫浩想了想，终于还是忍不住说道，“我想不通以您这样强大的存在，到底是什么样的力量能够让您无法离开这里，甚至……”

“甚至受伤，翅膀被折断，再也无法飞翔，对吗？”

宫浩低下头：“希望这个问题不会让您生气。”

“如果不是我的孩子在你的身体里，我也许已经撕碎你了。”

宫浩心中叹息，果然如此啊，揭人伤疤向来是大忌，对人如此，对魔兽也是一样。

“是一个人类。”女魔龙突然回答。

人类？宫浩大吃一惊，什么样的人能有如此强大的力量将这头魔龙困在这里？他又为什么要这样做？

“不要惊讶，修伊·格莱尔，世上从来没有无敌的存在，如果有，那就只能是一种——智慧。尽管魔龙一族非常强大，但是面对人类的智慧，很多时候我们依然无能为力，那个将我困在这里的人，他的名字叫——伊莱克特拉。”

伊莱克特拉，几乎每一次听到这个名字，伴随而来的都是一连串的赞叹与无奈。

人们有时候会惊奇，到底是什么样的人物能够做出那样的惊天动地的事情，会无法理解，为什么一个人可以拥有如此强大的智慧，拥有许多令人仰望的成就。

而伊莱克特拉，他很显然就是这样一个永远都让人赞叹与惊奇的人。

根据女魔龙的说法，这里的空间之门，的确是通向深渊的，而魔龙一族本身就是深渊生物。

没有人知道伊莱克特拉是怎样通过充满能量风暴的空间之门到达深渊的，但是他在那里打败了无数强大的生物。他不仅是一个优秀的炼金师，同时也是一个强大的魔法师，拥有至少两个系别的顶级法术——神圣法术和灵魂法术。

宫浩对此倒是一点都不奇怪，他亲眼看到伊莱克特拉使用神圣结界挡住了陨石，而血肉傀儡又正好和灵魂法术有着密切的关联。

这女魔龙就是被伊莱克特拉打败后带到炼狱岛的。

它之所以还活着，是因为伊莱克特拉需要有一个强大的存在为他守住空间之门，不允许任何人轻易靠近。当然，伊莱克特拉向它承诺，自己再回来时，就会彻底释放它。这使得无法逃离这里的魔龙只能甘心守候在岛上。

“他是我见过的最强大的也最可怕的魔法师，我很难理解人类怎么能够将自己提升到如此的高度。我听说你们人类把魔法师分成七个等级，在那之上属于圣阶。那么我要告诉你，伊莱克特拉在个人魔法能力上的成就，绝对已经达到了圣阶标准。我不是他的对手，即使没有他制造出来的那些高级魔偶和各种炼金产品的辅助，我也同样不是他的对手。这正是为什么我会在这里的原因。他让我明白，人类是最难以理解的生命，你们本应该是食物链中的底层，却可以凭借自己的努力与修炼而成为巅峰强者。这太可怕了，幸运的是，像伊莱克特拉这样的存在并不多。”

“很抱歉大人，我以为当您提到这个名字的时候，您会恨他，可现在听起来，您却对他充满尊敬？”

“是的，我当然恨他，他让我失去了长达300年的自由。可是同样的，是他让我远离了深渊，要知道那里可不像这里充满生机。没有去过那里，你永远无法想象要在那样的地方生存下来需要付出怎样的代价。”

说到这，魔龙充满柔情的目光在宫浩的肚子上扫过，看得宫浩浑身发麻，然后它说：“如果不是伊莱克特拉把我带到这里，我想我的孩子不可能活下来，所以不管怎么说，我尽管恨他，却也感激他。除了无法自由地飞翔外，我已经没法过得更好了，在这里的300年是我最孤单的300年，但同样也是我最平静最安宁的300年。而这个孩子也得以在我的身体里诞生。我们魔龙需要很长的时间才能孕育出一个孩子，而且还未必能成活。”

“原来是这样。”

“当然，我也要感激你。如果不是你，我的孩子未必能走到现在这一步，这已经是它最后的关口了。只要能渡过这一关，它就将真正成形，尽管依然只是个孩子，但至少可以不需要依靠你的保护了。”

“希望到时候您不会过河拆桥。”

女魔龙笑了起来，说道：“我完全能够理解你的担心，不过我的孩子为你说了很多好话，它很喜欢你，所以你大可不必担心。”

说着，女魔龙突然伸手向宫浩的小腹摸去，一股暖流进入了宫浩的身体内。

宫浩只觉得身体里有个东西在蠕动，并随着女魔龙的手开始缓缓向上升去。他的耳边传来女魔龙的声音："我的孩子本该在半年前就出来的，但是它不想伤害你，所以它一直在等待。它相信总有一天，你会来到这里，来到我的身边，所以它不停地用自己的意志来影响你。"

"怪不得我的潜意识会告诉我，来到这里其实未必危险，甚至当初你追杀兰斯洛特的时候我也毫不惧怕。"

"是的，只可惜它没法传达给你更清晰的意思，所以只能用暗示的方法消除你对我的恐惧，让你相信你不会遇到危险，它努力了半年，现在终于成功了。上一次你没有进入这里就救出了兰斯洛特，使我错过了一次机会，讨厌的红，它太小看我的气量了，尽管我的确不喜欢那女孩和你在一起。"

宫浩很是无语，随着女魔龙的说话声，宫浩只觉得身体里的异物渐渐停留在了胸口。

女魔龙用手指在宫浩的胸前戳了一个小洞，令宫浩惊讶的是，洞口既没有血液流出，也感觉不到丝毫的疼痛。

"别担心。"女魔龙笑着说，"你会受到一些小伤害，但是很快就会恢复，只是有点疼而已。"

宫浩亲眼看着自己胸前的那个洞不断扩大，一个黑黑的小狗模样的脑袋从洞里挤了出来。令他惊讶的是，这只黑色的小狗头骨是软的，它竟然可以自由变形，像根面条一样被拉出来，暴露在空气中又恢复了原状。

还真是一条黑色的小狗，一只可爱的好像吉娃娃的小狗。

女魔龙把自己的孩子取了出来，右手轻轻一挥，扩大的洞口又重新缩小，变成一个小血洞。

这一下疼痛来了，血液也从宫浩的身体里流了出来，看起来他像是心口上被人捅了一刀。该死的，这可不是一点点的小疼痛！

女魔龙右手再一挥，手心中白色的光芒闪过，血洞重新恢复了平整，疼痛消失了。

"空间通道？你在我的身体里建立了一条空间通道？"宫浩终于明白发生了什么事，这女魔龙竟是用这种方法将它的孩子在不杀死自己的情况下取出来的。

"看起来你对空间魔法了解不少啊，很可惜我的能力有限，必须在你的身体上先打个洞作为定位。否则我的孩子很可能在我把它拿出来的过程中，一不小心从你的身体里飞到其他空间去。”女魔龙温柔地看着手心中小狗般大小的孩子，脸上充满了慈祥、温柔与关爱。

无论怎样强大的存在，对自己的孩子总是有着天生的护犊之情。

“那正是我来这里的目的，我想看看空间之门，想明白它的运作原理。”

“这也是我佩服人类的原因，魔龙可以释放出强大的魔法，却无法解释它们为什么会存在。对我们来说，这就像呼吸一样自然。但是人类不同，你们不具备这种能力，却可以通过研究和学习来做到这点，甚至让自己变得比我们更强大。”

“那么我可以随时过来看这扇门吗？”

“当然，就像你在外面对你的那位朋友说过的那样，就算是人类也不可能整天没事就踩蚂蚁玩。在你达到伊莱克特拉的成就之前，你在我的眼里就和一只蚂蚁没什么区别，而且我的孩子也喜欢你，它希望你能经常来看看他。”

“我同样希望您能饶恕兰斯洛特曾经对您的不敬。”

“如果他以后不再来打扰我的安宁，并且不会再一次在我沉睡的时候带走我的孩子的话。”女魔龙摸着自己儿子的小脑袋说，“它现在正是调皮的时候，最糟糕的是它并没有受到伊莱克特拉的桎梏，它可以随时走出中央区域，可是离开了这里，我没法保护它。”

“请您放心，我可以担保不会发生这样的事情，您的孩子会是安全的。说起来，兰斯洛特之所以会到这里来，是为了收集那些灵种，我想请问灵种到底是什么？”

“哦，你是说那些弱小而肮脏的锯齿兽吗？”

“锯齿兽？”

“是的，我们就是如此称呼它们的，一群下三滥的混账生命，永远只会偷偷摸摸地出手。即使是在深渊，它们也是那样的不招人喜爱。”

“它们使用寄生的方式生长？”

“是的，深渊的环境非常恶劣，没有去过那里的人很难想象那里是怎样的地狱般景象。寄生是一种有效的保护幼体的方式。弱肉强食的世界里，谁会在乎别人的生命呢？只要自己的孩子能成活就够了。”

听这女魔龙的口气，像寄生这种生长方式，在深渊世界里是常有的，深渊中的生命通过这种方法来躲避恶劣的生存环境，以渡过最为危险的幼生期。

“它们是怎么来到这里的？”

“伊莱克特拉并不只是带了我回来，同时还带来了一些其他的生物，因为他去深渊的其中一个目的就是寻找新物种，在他带来的生命中，有一只锯齿兽的母体。那只锯齿兽同样在身体里怀有了生命的种子，只不过和我们不同，魔龙一次很少能同时拥有两个孩子，但是锯齿兽一次就可以诞生上万个小生命。只是在深渊的环境下，真正能够存活下来的，往往只有千分之一，尽可能多生一些孩子，是锯齿兽种族延续的一种方式。而我们，则依靠我们的强大来完成后代的繁衍。事实上，就繁衍后代的成功性而言，锯齿兽这种低等生命做得比我们更出色，毕竟我们输不起，而它们输得起。只是伊莱克特拉并没有注意到他带出来的那只锯齿兽有了生命的种子，所以在那之后不久，他就重新返回了深渊，并把那只锯齿兽丢弃了。”

宫浩只剩下苦笑了，说道：“那只锯齿兽可能是最幸福的母亲了——我的导师几乎把所有能收集的种子都收集了，并且让它们成功地繁殖了出来。”

“对于人类来说，那的确是一种好用的武器。”

“它们需要多少年才会进入繁殖期？”

“和人类差不多，25年。”

“也就是说再过两年，只要兰斯帝国愿意，他们就将拥有数不尽的这种武器。”想到这，宫浩抬起头道，“可以给我几颗那样的灵种吗？”

幽暗的丛林里，宫浩和那女魔龙相对而立，他们彼此交谈，互相都了解了许多。

那只刚刚出生的小魔龙看样子喜欢宫浩更多于喜欢自己的母亲，它就像只小狗一样拼命地用脑袋拱着宫浩。

宫浩做了手势，问小家伙的母亲：“可以吗？”

女魔龙点点头，宫浩把小家伙抱了起来。

“哦，它是男孩对吗？”

“是的，一个可爱的小男孩。”

“是的，非常可爱，它跟了我两年时间，可这还是我第一次见到它的样子。谁能想到刚出生的魔龙竟然会如此乖巧，我还以为强大的魔兽在蛰伏期结束后都会立刻成年呢，没想到也会有童年。”宫浩笑道，他毫不掩饰对这小家伙的喜爱。

“绝大多数魔兽是如此，但凡事总有例外，就好像你对魔兽的感情也是一个例外。我

想我明白为什么我的儿子如此喜欢你了。”女魔龙完全能感觉到宫浩说的是真心话。

这只可爱的小家伙在宫浩的怀里伸出长舌不停地舔着宫浩的脸，宫浩笑道：“哦，好了，小东西，你舔得我痒死了。看来你是真的喜欢我，好吧好吧，告诉我你喜欢吃什么？我下次给你带些来好吗？”

“带有魔性的生物和植物，我们都吃。魔性越足越好，哪怕有毒都没关系，吃得越多，它长得就越快，力量就越强大。”那头魔龙替自己的孩子回答。

“我想那正是我拥有的，如果你们喜欢盐和香料的味道的话，我还可以免费帮你们加工。”

“是的，人类的美食我们同样喜欢，不过那仅仅是作为享受，而非身体成长的需要。据我所知，过度的加工会破坏魔性。”

“原来如此。”

“令人欣慰的是，它在蛰伏期时就吃掉了一只魔灵，这对它非常有益，远胜于平时的进食，这或许可以让它在将来成为深渊最伟大的魔龙。”

宫浩笑道：“那真是它的福气，哦，对了，魔龙大人，您还没有给它取名字呢。”

“叫我丽塔吧，这是伊莱克特拉给我取的名字，尽管对于魔龙来说，名字并没有意义，我们有自己的方法来辨别伙伴，而不是名字。至于我的孩子嘛……”女魔龙想了想说，“我们可以模拟人类的思维，但是我们永远都不具备人类的创造力。我可以学习和记录很多人类的习惯与说话方式，但就是无法像你们那样去思考。所以很遗憾，我做不到这一点，不过你可以。你来给他取个名字吧。”

“如果是这样的话，我叫他……旭。”

旭，代表着初生的朝阳，代表着新的生命，代表着生机勃勃，当宫浩向丽塔解释过旭的含义后，看得出来，女魔龙很满意这个名字，像只哈巴狗一样的小魔龙围着宫浩不停地打转，看起来它也喜欢这个名字。

“丽塔大人，您的人类语言，是跟伊莱克特拉学的吗？”宫浩问。

“是的，我知道人类的世界有种传言，说高等的魔兽一旦达到一定程度后就会拥有人形，并且能够说出人类语言。哦，这是我听到的最荒谬的说法。因为这种说法其实是在把人类拔高到一种至高存在的地步。尽管我承认人类很强大，但那并不代表我们的最终形态就必须是人类形态。事实上在我们看来，我们就是我们，同样的高等生命，拥有强大的力量与智慧，不是什么所谓的魔兽，那只是你们对我们的称呼。当你们称呼我们为魔兽的时候，事实上我们也在这样看你们，而且你们甚至还不能算魔兽，只是最普通的野兽，只有人类的魔法师才有资格被称为魔兽。所以我很难想象人类可以如此自欺欺人，说其他高等生命的最终形态竟然会是人形，并且能够不经学习就会使用人类语言，这真是太可笑了。”魔龙听到人类语言这个问题，发出了一长串的牢骚。

宫浩立刻笑道：“这世上固然有伊莱克特拉那样的伟大存在，但同样不缺乏低智商的笨蛋。通常后者更多一些。事实上你们的确可以变成人形，但那仅仅是因为你们拥有变形术，如果您愿意，您可以变成任何形态对吗？”

“是的，孩子，和元素鸟不同，变大变小是它们的本能，但不属于魔法，而魔龙则是依靠魔法来做到这一切。我注意到你也学习过魔法，但是很显然，你还太弱。”

“是的，我很弱，但那是因为从来都没有人教导过我。”

“哦，不。”没想到魔龙立刻回答道，“没有老师的指点并不意味着你就不能走上成为高级魔法师的道路，恰恰相反，这可以让你拥有更加广阔的思维，不再受传统思维的限制。”

宫浩微微一愣，他没有想到对方会这么说，他说："我记得您说过，你们魔龙使用魔法完全是本能，那么您的这些见解……"

"伊莱克特拉，是他告诉我的。"魔龙并不藏私，"你不想知道为什么伊莱克特拉会有如此巨大的成就吗？要知道他不仅是一个最强大的炼金师，同时还是一个非常强大的进入了圣阶的魔法师。"

"是的，我很想知道。"宫浩非常肯定。

"因为他也没有老师指导。"魔龙说道，这个答案让宫浩大吃一惊，女魔龙却嘿嘿笑道，"很奇怪是吗？伊莱克特拉亲口告诉过我，他的理想从来都不是成为一个炼金师，和绝大多数人一样，他渴望成为一名魔法师。但是很可惜，他发现自己并不具备成为魔法师的天赋，这就意味着他只能朝炼金师的方向去努力。可他从来都不服气，因为他不想用取巧的方法来学习和使用魔法。他比发明炼金术的乔吉•兰伯恩更疯狂，他选择了另一条道路，在没有导师的指点下进行自我修炼。"

"他是如何自我修炼的？"宫浩急急问道，一个拥有元素振荡能力却不具备魔法修炼天赋的炼金师？宫浩简直要被自己耳朵听到的震撼了。

"很简单。炼金师追求的是魔法的奥秘、它的起源、它存在与运作的原理，而魔法师追求的是强大的力量，他们并不追求原理。伊莱克特拉认为他可以通过炼金术来了解魔法，再通过魔法去帮助自己获得进一步的炼金术上的辉煌成就。他把两个完全不同的体系看成是一只鸟的两只翅膀，左右同时扇动，然后让自己腾飞起来。在他了解了那些魔法运用的原理之后，他就开始自创魔法。而在他突破了天赋的限制，成为真正的魔法师之后，他又反过来运用魔法的力量，进一步强化自己对炼金术的理解和对魔法奥秘的探索。别问我他是怎么运用魔法的力量来提升自己的炼金术成就的，那是他最大的秘密。我只知道炼金术使他成为了强大的魔法师，而魔法师的能力同样在炼金方面给了他丰富的回馈。"

"果然是这样。"宫浩想起了自己当初破解血肉傀儡制作之谜时的领悟。

在他制作血肉傀儡的同时，他的魔力也随之上升。毫无疑问，这正是伊莱克特拉突破天赋限制，成为魔法师的方法之一。事实上，宫浩本人也已经因为学习炼金术而在魔法上受益良多，除了通过血肉傀儡的制作增长魔力外，最重要的是他懂得灵魂魔法的应用。当初对血肉傀儡灵魂能量的研究，使他在学习灵魂法术，并使用它们的时候得心应手，虽然还没能达到自创新魔法的级别，但毫无疑问，他已经是学习上的天才了。

否则，皮耶不会这么轻易地受他摆布。

但是伊莱克特拉又是用什么方法使自己可以一次又一次地在炼金术上创造辉煌的，这就不得而知了。

不管怎么说，这一次和魔龙的接触，令他受益匪浅，至于今后的路该如何走，就要看他自己的了。

宫浩有充足的信心，伊莱克特拉能做到的事，自己也能做到。要知道自己的起步就比伊莱克特拉高，自己拥有学习魔法的天赋，还受到过一些名师的指点，又接触着当今大陆最顶尖的学识的熏陶，甚至还进行了武士的修炼。

可以想象在未来的日子里，自己完全可以有更高的成就。

“非常感谢您的指点。”宫浩向着魔龙鞠了一躬，“我想今天的碰面，会成为我一生都难以忘怀的记忆。”

“那么，去做你想做的事吧，很遗憾，在空间魔法上，我没有任何办法帮助你，不过这扇门也许可以帮你做出一些解答。哦，忘了告诉你，普通的空间之门，是无法长久存在的，因为能量总会散尽，但是这扇门有所不同，它可以维持足够长的时间。”

“为什么？”宫浩没想到这扇门还有这样的奥秘。

“因为普通的空间之门是自然之力的开启，冲破空间屏障的能量是一种自我产生，总会有消失的那一天。但是这扇门，伊莱克特拉为了让它永不消失，给它加了一个小小的禁制。这个禁制使能量无法外逸，所以也就不用担心空间通道的能量维持问题了。”

“禁制在哪儿？”宫浩立刻激动起来，这不正是他需要寻找的答案吗？

“看见那团能量旁边的光圈了吗？那就是。我无法想象伊莱克特拉拥有多么惊人的智慧，他竟然能将可以打通空间屏障的能量都禁制住，这简直就是神迹，也许再过一万年，都没人能解开这个谜团。”

宫浩呆呆地看着那团光圈，突然说道：“我很抱歉，丽塔女士，也许我已经解开了谜团。”

女魔龙顿时傻掉了。

……

当兰斯洛特还在外面焦急地徘徊着，犹豫着自己到底是不听宫浩的嘱咐冲进去救人，还是按他说的继续守在这里等待的时候，宫浩终于从里面出来了，看上去他笑得很开怀。

“哦，你终于出来了，我以为你被那魔龙吃掉了！”兰斯洛特兴奋地扑上去抱住宫浩说。

“魔龙只吃带有魔性的食物，我身上的魔力还不够它塞牙缝的。”宫浩笑道。

“哦？那里面发生了什么吗？”

“是的，兰斯洛特大人，那是一头雌性的成年魔龙，事实上，它化成一位美女，我们聊了一会儿。”

“这太不可思议了，你们都说了什么？”

“那头魔龙告诉我，它是被伊莱克特拉囚禁在这里的。”

“伊莱克特拉？”兰斯洛特的眼珠子都凸了起来。

两个人边走边聊，宫浩这才把魔龙告诉他的有关于伊莱克特拉的部分情况告诉了兰斯洛特，然后说道：“现在看来，伊莱克特拉之所以会失踪，就是因为他从这里进入了深渊。看起他比较喜欢那里的环境，并且不打算再回到这里来，也不希望有人打扰他，所以他抓了一头魔龙过来，将它囚禁在这里，要它守护那道空间之门。”

“可是他是怎么做到穿过空间之门的？”

“我也不知道。”宫浩耸了耸肩，“就连那头魔龙也不清楚。”

“那它为什么要放过你？”

“因为它发现我也是个炼金师，而它希望我能够帮助它解开伊莱克特拉给它下的桎梏。”

“哦，绝不可以放开那家伙，它会带来灾难的。”

“其实您没必要那么担心，那头魔龙很聪明，它知道自己虽然强大，却也不可能对抗整个人类社会。事实上，我也无法帮它解开历史上最伟大的炼金师留下的禁制，但它依然渴望得到自由，所以它放了我，并希望有朝一日我能够帮它解开束缚。”

“那她恐怕要等一辈子了。”

宫浩耸耸肩道：“谁知道呢？”

关于解开禁制的问题，宫浩并没有撒谎，在他离开空间之门前，魔龙丽塔的确提出了这个要求，并带他看过了那个法阵。

那是一个非常庞大的有着超乎人们想象力量的法阵，在宫浩拥有足够的实力之前，他别想能破解它。

至于魔龙的孩子，还有伊莱克特拉是一个强大的魔法师这样的事，他自然是能瞒就瞒了。尽管兰斯洛特一路上不停地询问他有关魔龙的问题，但这个家伙显然在保守秘密的能力上比起宫浩差得太远。

他最终发现在问过无数次后，他所知道的东西和一开始宫浩告诉他的一样多。

“这么说，你看过那道空间之门了？有什么重要发现吗？”兰斯洛特终于问回了正题。

“是的，兰斯洛特大人。”宫浩笑着回答，“我想我们距离传送法阵真正实现的那一刻，已经不再遥远了。”

再没有比这更令人激动的回答了。

炼金塔的顶层，海因斯正在倾听着宫浩的描述。他深锁的眉头渐渐展开，说道：“我必须说你是幸运的，孩子，能够从魔龙的利爪下逃脱的人并不多，你的胆量令我吃惊。”

“是的，大师，事后我一想起这事，就浑身颤抖，我真惊讶自己是怎么做到这一点的，我怎么会想到前往中央区域的，这简直不可思议。”

“哲人说过，能够用生命去探索未来的人，每一个都是天才。你在炼金术上同时具备了疯狂与天赋两种潜质，如果给你时间，也许你会成为又一个伊莱克特拉，看起来这并不奇怪。那么告诉我孩子，你在那扇门前发现了什么？我是说，你发现伊莱克特拉是用什么方法禁锢那些逃逸的能量，使它们可以永久的维持住空间通道的？”

“事实上，那是一个非常巧妙的方法。伊莱克特拉只是使用了一个法阵就做到了这一切。这种法阵并不那么难以看破，我几乎一眼就看明白了。它是一个力量汲取法阵。”

“力量汲取法阵？”海因斯很惊讶，“这并不是什么很难制作的法阵，他用那个法阵来维持空间通道？”

“是的，伊莱克特拉的智慧非常强大，他让我真正明白了合适的方法才是最有效的方法。他并没有强行使用蛮力来对抗空间能量。恰恰相反，他通过力量汲取法阵来禁锢空间能量。法阵吸收这些能量，然后再反过来困住这些能量的外逸。看起来整个能量通道好像是被一股庞大的外力所束缚，但事实上，困住它们自己的，是它们自己的力量。”

“真是太精彩了！”海因斯惊呼出声，“这等于它们是自己困住自己。”

“是的，大师，这就是伊莱克特拉所使用的手法，当然，那个汲取法阵要比普通的汲取法阵更精妙、更细致，也更烦琐。我想即便是要做出那样的法阵，同样需要消耗大量的

精力和时间来研究。”

海因斯看看宫浩，说道：“那么你打算通过这种方法来突破空间魔法能量维持的障碍吗？”

“不，”出乎意料的，宫浩摇头道，“这个力量汲取法阵的确很不错，但它显然没有解决另一个问题，那就是能量风暴在空间通道的疯狂肆虐。对于传送法阵和空间戒指这样的研究来说，这显然是不合适的。我怀疑伊莱克特是故意采用这种方法，这样他就不必担心随便谁都可以进出那里了。”

“说得有道理。”海因斯连连点头，“如果是这样的话，就更不能让别人轻易接触那扇门了，也许有一天，伊莱克特拉会从那里回归。对炼金师来说，再没有比见到这样一位伟大的人物更令人心神振奋的了。”

宫浩没有想到海因斯会这么说，看得出来，海因斯在心中对伊莱克特拉有一种疯狂的崇拜。这使他可以不顾一切，哪怕伊莱克特拉的回归有可能给这个世界带来灭顶之灾，他也全不在乎。

他有些理解海因斯为什么会如此疯狂地用人的生命来做试验了。他就是一个炼金疯子，除了他的炼金术，他什么都不在乎。

“大师，您认为伊莱克特拉还活着？毕竟已经过去300年了。”

“我不知道他能否挺过如此漫长的岁月，但如果有人告诉我他真的还活着，我不会有半点惊讶。像他这样出色的人物，就算是发明出一种可以让自己永远不衰老的方法，也并不稀奇。”

说到这，海因斯道：“好了，孩子，那么现在告诉我，你打算用什么方法来完成你目前正在研究的课题？我是说既然你不打算采用伊莱克特拉使用的手段，你还有什么比这更好的方法吗？”

“是的，大师，伊莱克特拉让我明白了很多道理。他让我意识到能量就像水流，它们不是无形的，而是有质的。它们可以被利用，而且可以通过利用它们做到很多我们原本无法做到的事。这是能量的本质，明白了这一点，很多事就不再困难。”

“说得具体一些。”

“我打算采用能量循环的方式。”宫浩回答。

“能量循环？”海因斯有些诧异地听宫浩说起这个新名词，什么叫能量循环？他从没

听说过。

“是的，大师，能量循环这个词是我发明的。我听说在温灵顿有一座美丽的喷泉，它有1342个喷水口，每天可以向空中射出高达3万升以上的水流，并在空中形成各种绚丽的图案。我想请问大师，那个喷泉哪来的这么多水用于挥霍？”

“哦。”海因斯挥了挥手，说道，“那是一个工匠的杰出发明，我听说他制作了一种特殊的小玩意，可以把喷出的水通过水池重新收集回来，然后重新喷射，这样一来，整个喷泉的耗水量其实并不多。这就好像是列兵的方队一样。第一波人走过去，第二波人上来。然后是第三波，第四波，当走到第五波时，其实是第一波的人通过另一条通道又重新走了回来。这给人一种连绵不绝的感觉。一些战争统帅在作战时经常使用这样的伎俩用偏师来冒充主力部队，用以欺骗对手。”

说到这，海因斯皱了皱眉头：“格莱尔，你想告诉我什么？”

“是这样的，大师，在我对空间之门观察的过程中，我发现在能量冲破空间屏障的同时，它们会形成一股巨大的能量旋流。这股能量旋流在空间通道中始终保持一定的形状，但当它进入到空间之后，就会消散。事实上那并不是消散，而是逃逸。就好像水流从喷口中喷射，原本在管中成形的水流在进入巨大的外在空间后，会迅速化成无数水滴，消散于无形。”

“哦，你的意思是说，你打算把外逸的能量通过某种方法重新收集回来，然后通过另一条通道让它们进行回流。这样一来，我们只需要使用一次足以打通空间屏障的能量输送，就可以让它们源源不断地在其中流动，从而可以保持通道的畅通？这样我们就可以始终保持独立空间或者通道的存在了。”

“没错，大师，而且能量循环的方式可以将能量最大限度地减免，因为它并不需要过于强大的能量支持，这就使能量风暴无法形成。这样一来，人类就可以通过这种方式建立起传送法阵，并自由通行了，也可以通过同样的方法制造出空间戒指。”

海因斯的眼睛眯了起来，在经历过刚才巨大的激动后，他的心中显然也对这个答案有所准备。

他想了想，点点头说：“很有趣的想法，格莱尔，你似乎总是习惯于用工匠的思维方式解决问题。”

“我来自民间，大师，民间没有魔法。”

“说得对，那么你确定这个方法能成功？”

“事实上，我查阅过以前的储物饰品记录和传送阵记录，我发现在炼金术最辉煌的时期，所有可以用来封印出一个独立空间的储物饰品几乎都具有一个共同的特性。”

“什么特性？”

“圆。”

宫浩蹲在地上，随手在地上画了一个大圆，然后说道：“圆的特性就是起点即为终点，它们从哪里来，最终就回归到哪里去，循环往复，永不停止。从最开始在某一个点上用强大的能量冲击打开屏障，到最后采用某种方法造成能量的循环流动，都是根据此点而来。戒指是圆的，手镯是圆的，而且没有任何接口，当某种能量从这个圆上的某个点出发之后，它会沿着物体自有的轨迹行进，直到回到起点。这就是为什么所有的储物物品都是戒指、手镯等圆形物品的重要理由。能量禁锢也好，能量循环也罢，无论是哪种方法，它都超脱了一件事，就是完全没有必要在源源不断的后续能量供应上下工夫。很多东西看起来或许代价很大，但只要有一种很技巧的方法，其实它的成本未必高昂。”

这一段话，彻底震惊了海因斯，他站了起来，在地上来回踱了几步，然后他抓住宫浩的肩膀说：“我的孩子，你真的是个天才，你说得没错，这完全是可能的。一直以来我都从未怀疑过为什么以前的那些储物物品总是用戒指和手镯做载体，要知道我们完全可以在其他的物品上应用，但是我始终认为那是由于携带方便的缘故。可是你从另一个角度告诉了我那是为什么。没错，圆形，循环，我的天啊，孩子，你解决了最最重要的能量持续供应问题！历史已经证实了这是正确的，只是我们一直没有发现而已！你真是个天才，修伊！”

说到后面，海因斯完全是吼了出来。

宫浩神色如常地道：“大师，恐怕并不是那么简单，这只是理论上的成功，要想控制住能量的流动同样不是那么容易的事。”

“这只是技术上的问题，那么你有信心完成它吗？”

“是的，大师。”

在得到宫浩肯定的回答后，海因斯满意地点点头。他想了一会儿，终于还是犹豫着说道：“那么格莱尔，在你和那头魔龙对话的时候，它有没有告诉你其他一些东西的事情？”

“我不明白您指的是什么？”

“灵种。”

宫浩低下头想了想，然后摇头道：“如果大师您指的是当初兰斯洛特大人去寻找的那种东西，很遗憾我并没有得到任何关于这方面的信息。您知道要和那样强大的生物打交道其实是一件非常恐怖的事。我当时吓坏了，如果不是那魔龙有求于我，我想我已经被它杀死了。即使如此，当时我也只想尽快远离它，天啊，我真不知道我当时怎么有勇气和它对话，甚至去观察那道门。现在想想，这完全是出于对知识的渴求。可是对于什么灵种，我完全没有探索的心思，而它显然也不打算和我多做交流。”

海因斯点了点头：“那么我希望你以后不要再那么冒险了，这不值得，修伊，我不希望你出事，我希望你能明白这一点。”

“是的，大师，我非常明白这点。而且那头魔龙也明确表示不希望我再前去打扰它的休息。如果在我下一次去找它的时候不能给它带来好消息，那么它会毫不犹豫地把我当点心吃掉。”宫浩斩钉截铁地回答。

毫无疑问，海因斯在用一种特殊的方式来提醒宫浩，假如你已经知道了灵种的秘密，那么你至少该明白老老实实是唯一的生存之路；假如你不知道，那么就把这理解为我对你的关心吧。

而宫浩的回答同样如此。

从顶层回来时，宫浩也捏了一把汗。这一次他实在是太冒险了，但他别无选择——去空间之门的事情不可能隐瞒海因斯，他只能铤而走险，主动交代。

这是一场赌博，赌的不是海因斯是否有足够的智慧发现问题，而是海因斯是否愿意相信自己。

这是一个很微妙的心理变化，只要海因斯身体中流动的那狂热的炼金之血依然占据主导地位，那么他就会主动说服自己去相信宫浩所说的一切。

这是一种典型的自我欺骗，原因仅仅在于宫浩给他的诱惑实在太大了，大到让他愿意去冒险，愿意去相信。

就好像世上很多的骗子，其骗术并不高明，仅仅是因为那份诱惑实在令人无法不心动，很多人情愿冒着受骗上当的危险也要尝试一番。

当然，最重要的原因是，海因斯到目前为止还相信灵种在他的身体里，他没有反抗的

资本。

从这天起，海因斯毫不犹豫地给予宫浩特权，将整个空间魔法方面的所有试验工作全部交给他负责，同时他也拥有了使用城堡所有材料的权力。

随着宫浩贡献的日增，他的地位、权力、能力也不断地在上升着，如今即使是安德鲁看到宫浩，也要客气几分。

而宫浩也的确不负海因斯的重托，他几乎是在最短的时间内完成了对空间能量的数据测试，然后开始对应的解决之道。

凭心而伦，这是一项庞大的工程，如果让他白手起家来做，这自然是不可能的，但是在前人已有的基础上进行，又有充足的后勤支持，宫浩几乎是疯狂地进行试验。他差不多每三天就要进行一次，这个试验频率，使得炼金城堡20年来积聚的大批材料迅速地消耗。“自由”号从这时起，几乎每个月都要往炼狱岛送来大量的能量晶石以满足宫浩的需求。

不过这样的耗费，无论是对海因斯还是对斯特里克六世来说，都是一个好消息。

因为随着试验的频繁进行，宫浩的进展也同样突飞猛进。短短的半年时间，他在空间魔法炼金术上的研究，已经大大超出了风鸣大陆上任何一个国家的炼金师。

其中最明显的，就是长距离通信已经开始进入最后的测试，信息的传送与进入明显比实物所需要的能量要小得多，因此他是第一个接近成功的人。

当远在温灵顿的斯特里克六世与海因斯成功进行了一段为时12秒的通话之后，整个温灵顿皇宫都几乎为之欢庆起来。唯有得到消息匆匆赶来的艾薇儿对此愤怒不已——她没能和宫浩说上话，信息传输就中断了。

为了保证宫浩的研究不受打扰，斯特里克六世亲下严令，不许女儿再去炼狱岛。

又过了一年，宫浩在能量循环上终于获得了巨大突破，此时，距离他来到炼狱岛已经整整三年半。

一个月后，在宫浩的坚持下，第一次传送阵实体传送实验开始进行，距离为城堡炼金塔七层到兰斯洛特居住的小湖泊边。

在传送过三只恐狼，并确认它们安全后，按规矩宫浩作为发明者，是第一个进入传送阵的，所有的危险，或者荣耀，都将由他承担。

大量的能量晶石再度拼命地向早已刻画在地上的传送法阵拼命输送能量，在所有能量晶石因为能量耗尽而化成一堆粉末的同时，传送法阵中央的阵眼闪耀出火红色的光芒。

巨大的红色波浪形成一道涡卷的气流，狂暴地涌出阵眼，在喷薄出一片巨大的波涛后，瞬间又恢复平静。

红色的波光如镜面般平滑，闪烁着诡异的光弧，下一刻，宫浩要做的，就是踩在这阵眼上，由它带领自己前往指定的目标地点。

“知道吗，大师，只要这一脚踏出，风鸣大陆的人类历史或许就将彻底改写。”在踏上传送法阵前，宫浩突然对海因斯道。

“那同样是我们的期待。”海因斯与安德鲁同时答道。

“那么，我或者永远迷失在空间通道之中，或者创造这份荣耀。”说着，宫浩的脸上露出一丝微笑，他向着传送法阵上那片斑斓的红光中踏去。

法阵启动，轰！宫浩平空消失。

再度睁开眼，宫浩发现自己已站在小湖边兰斯洛特的木屋前，一个同样的闪烁着红色光芒的传送法阵就在他的身后。

“修伊，你成功了！”兰斯洛特大笑着迎面向他走来。

他一把抱住宫浩，说道：“你真是个天才，多少年来没人能够解决的传送法阵问题让你破解了。知道吗，你将在历史上留下最辉煌的一页！”

宫浩苦笑了一下，是啊，为了这一天，他已经苦熬了太久太久。

在兰斯洛特通知海因斯传送法阵的成功之后，下一刻，海因斯和安德鲁也先后通过法阵中来到小湖边，然后两边的学徒们关闭了传送法阵。

宫浩望着一地碎成粉末的晶石，叹了口气道：“消耗依然太大，目前的能量循环利用率只达到百分之三十，可持续时间还是有限。”

海因斯挥挥手笑道：“哦，那只是时间问题，时间会帮助你在技术上获得更进一步的成熟。不管怎么说，我们已经能够将传送法阵维持在半个小时左右，这是具有划时代意义的。”

“没错，”兰斯洛特道，“我想要不了多久，‘自由’号就要失业了，他们会发现我们再不需要他们千里迢迢地来送货，而是只需要启动传送阵就可以完成所有的运输工作。”

安德鲁立刻道：“这在短时间内是不可能的，启动一次传送法阵消耗的能量并不少，其成本远远大于‘自由’号的往返。在我们把能量利用率提高到百分之九十之前，我想陛

下不会取消使用‘自由’号为我们送货，不过传送法阵可以成为紧急物品和信息的传递窗口，毕竟有很多东西是无法用价钱来衡量的。”

“也就是说，我仍然不能用它来作为我每天上下班的捷径？”兰斯洛特有些不满。

海因斯安慰他道：“兰斯洛特，我知道你渴望离开这个岛，对一位星辰武士来说，这实在是再正常不过的要求。但是你该知道你的情况很特殊，留在这里，对你，对帝国，都有好处。”

兰斯洛特沉默了。

几个人说了一会儿话后，海因斯便离开湖泊，回到了自己的炼金塔中，当然，是步行。用传送法阵虽然方便，毕竟还是太昂贵太奢侈了。

湖泊边又只剩下了宫浩和兰斯洛特。宫浩看着满脸失望的兰斯洛特，拉了拉他的手，示意他在自己身边坐下。

他轻轻说：“兰斯洛特大人，您知道我从未忘记过自己的承诺。”

兰斯洛特叹了口气，他坐在一块大石上，用手捂着脸，缓缓地道：“23年了，已经23年过去了，我在这个岛上整整生活了23年，修伊，这个时间比你的年龄还要长。”

“是的，我明白。”

“我只是想看看她而已……仅仅只是……想见一见她。”

“能告诉我她是什么人吗？”宫浩坐在兰斯洛特的旁边，轻声问道。

现在的宫浩，已经完全有资格坐在兰斯洛特的身边了。

兰斯洛特的眼中现出一线迷茫，他陷入了深深的回忆中：“很抱歉，修伊，我不能告诉你她的名字，那涉及一些重要的人物。但是我能告诉你的是，她是一个美丽的女人，一个脸上永远充满着迷人微笑的女人。”

“那么她爱你吗？”

“是的，修伊，至少曾经爱过我，就好像小公主对你的感情一样。但是你比我清醒，你知道自己不可以喜欢不该喜欢的人，但是我没有。那个时候的我，年轻气盛，自以为是。我疯狂地追求她，甚至毫不在乎我的竞争对手是谁。”

“然后你失败了？”

“是的，修伊，我失败了，那个时候的我，被称为武士中的天才，年仅17岁，就已经是六级武士，而且即将突破七级，你知道在那个年龄能够达到这一地步的人非常少。”

“是的，您非常伟大。”

“可是我还是失败了，正因此我才明白了武力不能解决所有问题。我被放逐到了这个荒岛上，成了炼金师手下的猎人，专门为他们捕捉魔兽，无论我怎样渴望回归，却永远都做不到。直到你的出现。修伊，你给了我希望，从你跟随我进入丛林捕捉魔兽的那一刻起，我就知道你一定是那个可以带来改变的人。那天你告诉我，你可以帮助我回到我的家乡，去看一看我想看到的人。修伊，你知道我每天都在期盼着这一刻的到来。可是这一天真的到来了，他们却告诉我传送一次的成本太高，不能轻易使用，你能理解那种巨大的希望破碎后的心情吗？”

“是的我能理解，我很遗憾，兰斯洛特大人，我并没能将传送法阵做到最好。”

“不，不，修伊，你已经做得够好了。假以时日，你也许会成为一个像伊莱克特拉那样的大炼金师，你只是缺乏时间而已。”兰斯洛特摆了摆手，“是我太心急了，没什么的，23年都等过来了，再等几年又有什么关系呢。”

宫浩微微笑了起来，他小心地看看四周，然后轻声道：“如果大人您真的想回去看看，其实未必要继续等下去。”

兰斯洛特心中一惊：“你说什么？”

宫浩低声道：“您知道我为什么要花费这么多心力研究空间魔法吗？”

兰斯洛特想了想，脱口而出：“为了小公主？”

宫浩笑得很得意，兰斯洛特是一个真正的情种，在他的眼里，爱情是高尚而美好的事物。否则他不会因为一个女人而得罪某个大人物，最终被放逐到这荒岛执行魔兽猎人的工作。对兰斯洛特来说，或许爱情是最大的动力。

所以宫浩点点头道：“和大人有所不同，我曾经答应过公主，我会尽早研制出传送法阵，这样以后她就可以随时从温灵顿过来看我。您知道，传送法阵开启时的能量消耗很大，这使得帝国除非在必要的时刻，不会启动传送法阵。”

兰斯洛特听得很认真。

宫浩继续道：“但是小公主要想来看我的话，她是绝不会考虑成本问题的。也就是说，即使传送法阵目前的使用依然会消耗巨大，但是它并不会因此就停止使用，甚至要不了多久，它就会启用。在这种情况下，兰斯洛特大人如果您希望能搭个顺风船的话，有我对公主说几句好话，我相信一定没人会反对。”

兰斯洛特终于明白了。

很显然，宫浩就是在告诉自己，有小公主在，即使国家没有碰到危难时刻，传送法阵也照样会为了她的需要而频繁开启，如此一来，兰斯洛特自然便有了机会。

当然，这就要看宫浩对公主的影响力和公主对斯特里克六世的影响力了。这两点相信都不是问题。

兰斯洛特有种要兴奋大叫的冲动，他紧紧抓住宫浩的手激动地说："真是太感谢你了，修伊，你知道我永远都不会忘记在这件事上你为我做出的贡献。"

"别着急，大人，总得先做些准备对吗？要知道在那之前，你得先为炼狱岛准备好充足的魔兽，这样即使有几天时间你不在炼狱岛，也不会有什么问题了。"

"当然，我这就去抓魔兽，把所有你们需要的魔兽全部抓来！"兰斯洛特大笑着叫道。

他说干就干，站起身扬长而去。

……

从小湖边回到仆役区，仆役长康顿已经等候多时。

"格莱尔大人。"

"康顿，这段时间，我让你收集的魔植种子都怎么样了？"宫浩问。

"还有13种魔植的种子尚未收集到，是否现在对它们进行培育？"

"等收集完毕再说，剩下的种子估计多少时间能收集齐全？"

"大约还有10天左右。"康顿回答。

康顿小心地看了宫浩一眼，见他没有说话，然后说道："前几天安德鲁大人来过，询问为什么这段时间一直没有新的魔植培育出来。我按您的吩咐回答了他，说是您正在研究新的品种。"

"安德鲁不再负责这里的工作，以后他再要问起，你就让他直接来找我好了。"

"是。"

"还有10天，康顿，做好你的工作。"

"我明白了，大人。"

离开仆役区回到炼金塔，宫浩前去见安德鲁。

安德鲁一见宫浩就笑道："嘿，修伊，刚才导师和陛下通过话了。你的研究获得了重

大突破，陛下非常欣赏。他希望你能再接再厉，把空间饰物也研究出来。”

随着空间魔法能量循环问题的解决，所有的关于这方面的难题都不再是难题。超距离通信甚至在传送法阵之前就已经完成，而要做一个空间戒指也不再是那么困难。

宫浩回答道：“您知道那的确已经不再困难。”

安德鲁的眼中露出欣喜的色彩：“你确定你能做到？”

“当然，而且并不需要太久。”

“陛下知道这个消息一定会非常高兴，修伊，如果没有你，也许我们在空间魔法上的进展将永远不会有出头之日。”

宫浩微笑道：“大人过奖了，我相信要不了多久我就将给大人一个惊喜。”

十天后，黄昏，兰斯洛特所在的小湖边，传送法阵上重新铺满了晶石。

兰斯洛特用悠长的呼吸来平复心中激荡的情感，他尽量用镇定的语调说道：“这么说，那边都已经准备好了？”

“是的，小公主迫不及待地想要过来，我和她约好了在这个时间见面，当然，是偷偷地。”宫浩微笑道，他看看兰斯洛特，突然道，“知道吗？大人，您今天看上去很帅，我是说很英俊，很潇洒。”

兰斯洛特的脸微微一红，说道：“我只是稍微打扮了一下。”

宫浩笑了笑，他拿出一个小盒子，放在兰斯洛特的手里，对他说：“这是我特意为您准备的一些小礼物，我相信您会用到它的。但是请大人答应我，等到了那边之后再打开看。”

兰斯洛特有些迷茫地收下那个盒子，说道：“不知道为什么，修伊，我总觉得你今天的表现有些怪怪的。”

“只怕是大人您近乡情怯，所以看什么都感觉不同了。”

原来是自己近乡情怯吗？兰斯洛特发了下怔，不由摇头苦笑。即便是一个强大的星辰武士，在面对久违的家乡时，在面对自己渴望已久的梦想时，原来也会有情怯的时候啊。

这真是可笑，他忍不住摇了摇头。

宫浩道：“兰斯洛特大人。我希望您的家乡不会离温灵顿太远，记住您只有六天时间。六天后的这个时候，传送阵会再一次开启。小公主将在那个时候返回温灵顿，而您则将在那个时候回到炼狱岛，在这段时间里，我会尽量隐瞒您的离去。”

“放心吧，我不会错过日期的。”

“如果错过日期，就坐‘自由’号回来吧。”宫浩悠悠道，“他们每次都是从深港出海的。”

“我说过我不会错过日期，你难道不相信一个星辰武士的承诺吗？”兰斯洛特多少有些不满。

宫浩没有再说话，他打开了传送法阵。

巨大的红色波浪再一次从阵眼中狂涌而出，充满了神秘而未知的力量。

“兰斯洛特大人，公主要在那边为您支开下人，以方便您的离开，所以请您先行一步。”宫浩道。

兰斯洛特大步向着传送阵走去，临走前，兰斯洛特好像想起了什么，突然回头问道：“修伊，为什么我总觉得我好像遗漏了什么关键的东西？”

“您没有遗漏任何事情，大人。”宫浩的脸上露出神秘的微笑。

兰斯洛特有些迷惑，但是心中那强烈的想要回家看看的愿望，让他放下了心中的莫名感觉，踏上了回家的道路。

就在他踏上传送阵的同时，他突然醒悟过来，回头大叫道：“修伊，‘自由’号还没有来到，温灵顿那边凭什么在十天内就建立起对应的传送阵？”

他没有得到答案，宫浩已经启动法阵。唰的一下，兰斯洛特消失在传送阵内。

“一路走好，大人！”宫浩喃喃道。

……

兰斯帝国某个空旷寂寥的荒野上，一位巅峰武士发出的震天怒吼如平地惊雷：“修伊·格莱尔，你这个浑蛋，你到底把我送到了什么地方！”

炼狱岛上的金发少年仿佛能够听到那个声音一般，默默回答：“老实说，我现在也不知道你在哪。单向传送就是如此风险巨大，无法进行准确的目标定位，没把你送到地下八百米或离地面三千米以上的高空，已经是我竭尽所能了。兰斯洛特大人，我知道你还活着，这一次我不杀你，不管你怎么看，我都当你是朋友。”

说着，他离开小湖边，向着城堡方向走去。

筹划多年的计划，终于在这一刻正式启动了，在骗走了兰斯洛特这个炼狱岛上最强大的阻碍后，宫浩已再无顾忌，他要彻底终结这个罪恶的炼狱世界！

炼金塔五层，宫浩开始收拾东西。他的手指在那些坩埚、试剂、材料上一一划过，心中升起了几分唏嘘的感慨。

不知不觉间，在炼狱岛已经生活了三年半。这段时间，说长不长，说短不短，真要准备离去了，心中竟起了不舍的感觉。

老实说，以他现在的能力和贡献，海因斯早就放弃了杀死他取出灵种的念头，如果他愿意，他还可以在这里继续生活很长的时间。

无论是海因斯还是安德鲁，虽然都双手沾满鲜血，但事实上在绝大多数时候，他们对自己是比较照顾的。

尽管那只是出于利益的需要，出于他有利用价值的考虑，可是人生在世，谁能不被利用呢？

因此抛弃他们残忍的做法不言，宫浩对海因斯还有安德鲁，并没有自己以为的那种仇恨。恰恰相反，对于海因斯在炼金术上的执着与钻研精神，他颇有几分尊重。

只是龙终归要腾飞，就算再安全，他也不可能让自己永远埋没在这片荒岛，三年多的蛰伏生涯，已经让他忍耐了太久太久。

就算强大如魔龙，也未有过如此长时间的蛰伏，一想到这，宫浩心中就感慨无比，自己离自由终于不再遥远了。

他将所有准备好的东西都放在台子上后，轻轻挥动左手，将物品尽收于左手的戒指之中。是的，空间戒指早就完成了，甚至在他给安德鲁承诺之前，他便已经做好。与传送法阵不同，空间戒指由于不需要形成对外通道，因此能量几乎无法逃逸，制作起来更加方便。而它的空间大小，则完全取决于能量供应的多少。

宫浩的这枚戒指，由于有足够的能量支持，拥有足够大的空间。再没什么可留恋的了，他转身走出房间。

宫浩来到藏书馆，这里是他曾经工作过的又一个地方，也是又一个令他难舍难忘之处。在这里，他读过无数本有关炼金术的书籍。正是这个地方，给了他知识源泉，使他拥有了可以生存下来的立身之本。

在那藏书馆的最显眼处，还摆放着关于传送法阵和超距离通信技术的试验记录，发明人与记录者，都是“修伊·格莱尔”。

就仿佛是他存在于这个世界的一个真实证明。宫浩的眼中流露出恋恋不舍的神情，然

后他无奈地叹了口气，洒下了几颗火鸳藤的种子。

这是一种很奇妙的植物，只要给它们足够的火元素，那么只需要很短的时间，它们就能迅速生长壮大。而它们带来的，将是毁灭一切的力量。

做好这件事，宫浩走出炼金塔，向56号区域走去。天色已晚，除了炼金塔中的一些地方还亮着灯光外，所有的仆役都已经睡下。

红与绿依然精神抖擞，在看到宫浩进来后，分外高兴，它们发出了欢乐的长嘶。或许只有在看到红与绿后，宫浩的心中才会感到欣慰。

“嘿，我的老朋友，我又来看你们了，不过这一次，恐怕是最后一次了。”他笑着说，“传送阵已经完成，如果不是还有些事情没有做，我早就可以走了。而现在，我来实现我曾经给你们的承诺了。”

他说着，关闭了魔法能量的供应，然后轻轻打开了笼门。

“出来时悄悄的好吗？还没到惊动所有人的时候。”他对红说。红看来是领悟了宫浩的意思，在它和妻子走出笼门的一刻，它颇有种要引吭高歌的姿态。

但是在宫浩的眼神和那声“嘘”的手势下，兴奋的心情被强行地压抑住了。红用长喙不停地顶着宫浩，那是在向他表示自己的感激之情。

“好了，去吧，去自由地飞翔吧，离开这该死的人间炼狱，去那广阔的天空。这一次，你们可以夫妻共同翱翔，再不会有什么囚笼能限制你们了。”

红与绿互相看了看，低低地嘶鸣了一声，然后同时展开翅膀向着天空飞去。望着它们在空中渐渐变小的身影，宫浩的眼睛也有些湿润了。

“大，大人。”宫浩身后突然响起一个低低的声音，这让他心中一惊。

该死，即将离开时的心神激荡，竟然让他没有注意到56号区域还有人在！

他霍然转身，全身上下已经弥漫出一片狰狞杀气。直到此刻，他才第一次全无顾忌地释放出自己的真正实力，完全展现出一个黑铁武士应有的强大力量。

若是死去的皮耶复活，绝不会相信这就是那个当初被他打得奄奄一息的小男孩。

眼前站着的是一名小仆役。十三四岁的样子。是康顿，那个新上任的仆役长，看样子他被宫浩这一刻展露出的杀气吓坏了。

“你怎么在这里？”宫浩皱起了眉头，收敛了杀气。

康顿哆嗦着回答：“白天，白天安德鲁大人问我收集的种子都到哪里去了，我告诉他

都被您拿走了，我按您说的回答，说您正在研究新的品种。可是安德鲁大人要我带他看新的品种在哪，他说他明天就要看到。”

“所以你就发愁，不知道该怎么办，直到现在也没睡觉？”

“是的，大人，我不知道该怎么办。”康顿低下了头。

他没说他亲眼看到了修伊·格莱尔大人放走了炽焰鸟，这同样是个聪明的小子，他正在担心修伊·格莱尔大人是否在考虑杀他灭口，毕竟炽焰鸟的离开可绝不是件小事。

宫浩看出了他的心思，笑着从身上拿出一瓶药剂：“去，到各区域去，把这瓶药滴在每一块能量晶石上。不要有什么担心，如果有人问起，包括安德鲁大人和海因斯大师问你，你就说是我吩咐你做的。如果安德鲁大人问你为什么炽焰鸟不见了，你也大可以告诉他是我放走的。”

“是这样吗？大人？可是我不明白您为什么要这样做，要知道这会让安德鲁大人很不高兴的。”

宫浩柔声回答：“很快你就会得到答案的，现在你照我说的去做就可以了。”

“是，大人。”小康顿完全不知道他这样做会引发什么样的后果。

宫浩望着康顿离开，随手施放了一个风翔术加在自己身上，他快速向着城堡外跑去。此刻如果让海因斯看到这一幕，他一定会惊讶得大呼出声，因为能够释放风翔术而非风灵术，这正代表着他已经是一个初级风系青袍法师了……

没有人想到，在他疯狂研究空间法阵的这段时间里，宫浩早已突破魔法学徒的身份，正式踏入魔法师的领域。他不仅仅是一个风系青袍法师，甚至在那之前就已经先成为一个正式的灵魂法师了。

统治了炼狱岛23年之久的炼金城堡，终于迎来了它的第一次变革同时也是最后一次。

当第一只魔兽从魔法能量耗尽的囚笼中挣脱出来的时候，它发出了愤怒的狂吼。随后，一只又一只魔兽疯狂地冲出牢笼，聚集在城堡内部。

这一次，可不再像两年前的那一次魔兽越狱了。上一次宫浩只是有计划地放出几只魔兽，但是这一次，他把所有的魔兽都一起放了出来。

当大量的魔兽聚集在一起时，它们展现出来的是一种疯狂的、可怕的、超级恐怖的破坏力。

天空中飞翔着数以百计的各类魔禽，数以万计的魔虫夹杂其间。地面上大小各异的各

种魔兽也纷纷仰天咆哮，发出震耳欲聋的吼声。

这是千百年来难得一见的壮观场景。炽焰鸟、铁羽鹰、吸血蜂在上空盘旋狂舞，形成一片黑压压的乌云，剑齿兽、碧烟狐、紫晶暴熊、狂暴地龙、斑花毒蟒，密布城堡各处。

空旷的城堡广场上，一瞬间全部被魔兽占领，你几乎找不到下脚的地方。

空中到处是腾飞的火焰，大量的魔兽同时放出属于自己的魔法能力，火焰、冰雨、狂风、泥沙，在城堡中疯狂肆虐。

在经历了长久的囚禁生活后，许多拥有智慧的高等魔兽已经恨透了这个城堡里的每一个人。当它们拥有反抗的机会时，它们绝对不吝于用自己的生命去捍卫自由与尊严。

巨大的震动和惊天的吼声惊醒了沉睡中的海因斯。他连衣服都没来得及穿，就匆匆跑到窗口向下俯瞰。眼前那一幕蔚然壮观的景象，令海因斯惊得面如土色。

“怎么会这样？”海因斯愤怒地大吼起来。

安德鲁匆匆跑上顶层，对着他的导师大叫道：“导师，不好了，魔兽越狱了，全部越狱了！”

“我看见了！”海因斯愤怒地狂嚣，“这绝不是普通的失误，修伊·格莱尔人呢，他在哪里？发生了这种事情，为什么他还不来见我？”

“我没有看见他。”安德鲁连忙回答，师徒二人对望了一眼，心中同时升起不详的预感。

“去格莱尔的房间，快！”海因斯大叫道。

宫浩的房间收拾得干干净净，早已无任何东西，安德鲁如坠冰窟：“是他，一定是他，一定是他干的，导师。”

海因斯仿佛一下子苍老了十年，他摇头苦笑道：“不奇怪啊，真的是不奇怪啊。安德鲁，我好像早就知道这一天会来临一样，我现在竟然一点都不觉得这有什么好奇怪的。”

安德鲁低下了头：“是的，导师，就连我也不觉得惊讶，就好像我也早就知道会出现这样的结果一样。”

海因斯无奈地长叹了一声：“欲望蒙蔽了理智，让我们以为我们可以控制一切。但是显然，我们错了。自始至终，其实都是他在控制一切。我们本可以早就发现这一切的，甚至我们也的确已经发现了，但是我们却视而不见，我们认为只要他的身体里有灵种，就算发现了我们的秘密，也不敢动手。我错了，其实他一直在为此做准备，难怪他要选择研究

空间魔法。”

安德鲁也苦笑：“是的，导师，您说得对，修伊是个绝顶聪明的人，也许在他来到岛上的第一天，就已经意识到了所有的问题。所以他才努力工作，努力学习，努力表现。我们被贪婪冲昏了头脑，对炼金术的梦想征服了我们所有的理智，所以我们放纵了他，培养了他。不过导师，我们还有挽救的机会对吗？不管怎么说，修伊·格莱尔的确完成了我们多年来都不曾完成的梦想。就算城堡受到的损失再大，我们也能挽回，只可惜，我们再也无法控制和利用他了。”

海因斯悠悠道：“那就要看他还有什么后手了，传送法阵已经完成，他如果要走，其实早就可以走了。既然他留在了这里，放出了魔兽，那就绝不是想要逃跑那样简单。他很了解我们手中有怎样的实力，有什么可以控制他的筹码，如果没有绝对把握，他是不会轻易出手的。”

“导师，您的意思是说，灵种……”

“是的，恐怕他的身体里已经没有灵种了，尽管我不知道他是如何做到的，但这几乎毫无疑问，否则修伊·格莱尔不会如此公然行事的。”

安德鲁的心中为之一寒。

一名学徒匆匆跑来，大叫道：“导师，所有的魔兽都已……”

“我知道了。”海因斯挥手阻住了那名学徒的叫喊。

那学徒急道：“藏书馆也起火了，有人在那里种下了火鸳藤，并且喂给了它们超剂量的火系晶石。它们现在正在疯长，整个炼金塔一层已经陷入一片火海了。”

“什么？”海因斯和安德鲁同时抖了一抖。

藏书馆里的藏书被付之一炬，炼狱岛20多年来的辛苦研究，也注定将因此而一下子湮灭大半。所有的辛劳一下子都化为流水，这一打击，不可谓不沉重，这比单纯的释放那些魔兽的报复要来得更强烈，也更凶猛。

安德鲁咬着牙说道：“修伊·格莱尔，你好毒！”

“格莱尔大人？”那名学徒微微怔了一怔，“安德鲁大人，您是说这一切都是格莱尔大人做的？”

“没错，就是他！也只能是他！”安德鲁狂吼道，“你看到他去哪里了吗？”

那名学徒道：“我没有看到，但是有个仆役长看到了。他说……”

“他说什么？”海因斯也叫了起来。

学徒急急喊道：“他说他看见格莱尔大人去了山谷那边。”

海因斯和安德鲁愕然对望，两个人的心头同时升起一个可怕的念头，前者狂叫起来：“不好！”

……

浓郁的夜色，掺杂着炼狱岛上特有的雾气，使得这里的黑夜永远都是那样的深沉。如果没有魔法灯光的照明，普通人恐怕很难在这样的道路上辨明方向。

不过对宫浩来说，拥有二级武士实力和已经正式成为双系初级魔法师的他来说，在这方面已经不再是问题了。

下一刻，风之元素形成的气流将宫浩团团包裹，他轻轻念动咒语，一只成形的风莺在宫浩的手中现形，轻盈透明，几若无物。

风莺作为风系召唤术的初级形态，拥有良好的视野与侦察能力，本身虽然没有攻击力，却是半隐形的存在。除非是法力修为上高于自己的魔法师，普通人根本无法发现它的存在。

看着风元素形成的小夜莺在空中扇动了几下翅膀，宫浩轻声道：“去吧。”

风莺展翅飞去，有了这只风莺在前面带路，他很轻松就可以找到自己需要找的路。尽管只去过那里一次，但是宫浩从未忘记那里的道路该如何走。

他再度来到了那个已经沉睡了太久的巨魔神面前。望着那庞然大物，宫浩的眼中放出炽热的光芒：“准备苏醒吧，伊莱克特拉最惊人的造物，动用你最后的力量，破坏一切可以破坏的，杀死一切可以杀死的。”

他喃喃低语着，将手伸进了那巨魔神胸前的核心处，灵魂法珠放出了微微的光芒，巨魔神那双紧闭已久的大眼猛然睁开。

城堡的混乱，正在愈演愈烈，尽管大批傀儡武士已经出动，却无法压制这些狂暴的凶猛野兽。

鲜血与哭喊在撕破宁静的夜晚，炼狱岛在这一刻名副其实，变成了一片人间炼狱。

魔兽们在疯狂的嘶吼，在获得久违的自由后，它们肆意地用自己拿手的能力破坏着这座城堡任何它们能够破坏的建筑。拥有魔法能力的魔兽不停地喷吐火焰，制造冰雨，扬起狂风，掀起泥沙。

混乱的场景，狂暴的场面，仆役们惊恐而无奈地嘶喊，学徒们忙于扑灭藏书馆中的火焰。安德鲁正在指挥傀儡武士与魔兽展开生死大战，奈何他终究不是统帅，不具备这种情况下的应变能力。

所有的材料区域在此刻均遭到毁灭性的摧毁。

一些珍稀的魔植从此彻底消亡，再无面世的可能，空中大批的魔禽不停地发出欢快的鸣叫，红与绿就像是两个高高在上的王者，肆意飞翔，大团大团的火球从它们的口中发出，撞向那炼金高塔，击打在魔法护罩上，荡漾出一波又一波的蓝色光焰。

这是它们在发泄着自己心中的怒火，和对炼金城堡那最深沉的痛恨。

海因斯面如死灰的望着这一切，心中已经是一片冰凉。修伊·格莱尔的手法简单，却直接、致命。

他手中的水晶球已经连闪了数次，湖泊边的小木屋却始终没有任何回应，很显然，早在修伊·格莱尔放出魔兽之前，他就已经先一步解决了这个岛上最强大的守护力量——兰斯洛特。

真不明白他是怎么做到的，那可是一位巅峰武士啊，就这样被他悄无声息地弄没了踪影。如果兰斯洛特在这里，别说是这些魔兽了，就算是巨魔神过来，也丝毫无惧，可是现在，仅眼前的这一关，他就很难撑过去。

海因斯长长地叹息一声，终于放下水晶球，擎了手中的法杖。他的法杖上镶嵌了七颗各种色彩的魔法宝石，此刻同时绽放出光亮，巨大的魔法能量下一刻通过法杖充盈全身。

魔法师们通过法杖施放魔法，是为了加大魔法的威力，他们是向法杖注入魔力。而炼金师则通过制作精良的各种装备来加强自己的力量，以完成一些平时无法完成的魔法，他们是从法杖吸取魔力。

“自然界的精灵啊！请听从我的呼唤，释放出你们生命的光芒……”海因斯大声吟唱出自然法术中的咒语，奇特而晦涩的词语从他的口中一个一个吐出，他的手心中逐渐凝聚出一片绿色的光芒。

“死亡之缠绕！”海因斯低声私语，随手挥出那一片绿芒。随着那一片绿色的光芒照耀天空，城堡的地面突然疯狂蹿升出无数荆棘藤蔓，那是来自魔界的吸血魔植。

一个又一个自然法术施放出去，城堡内的混乱局面并没有因此得到缓解，反而愈演愈烈。魔兽们面对大法师的攻击，愈发地愤怒和疯狂。

今夜，注定是一个血腥恐怖的死亡之夜，即使海因斯等人能够将这些魔兽全部消灭，兰斯帝国也将承受无法弥补的巨大损失。

这一夜，海因斯注定了是个失败者，只看他还能挽回多少尊严了。

颤抖的大地突然发出艰难的呻吟，就像是垂死者发出的呼唤，整个城堡仿佛地震般剧烈地晃动了几下。

远方响起高亢的吼叫声，仿佛巨人的鸣动，那声音，海因斯最是熟悉不过。

他的脸色变得一片煞白："修伊·格莱尔，你果然还是启动了巨魔神吗？"

一个高大的身影轰然出现在城堡前，巨大的链锤舞动，发出震天的轰鸣，仿佛山峰般横扫而过，只一下就将城堡的一处墙壁砸塌。

单纯以力量而言，巨魔神的力量根本是无与伦比，每一步跨出，都将城堡内的房舍、材料区等多处重地踩成一片瓦砾。

这个大家伙独自一人的破坏力，就顶得上所有魔兽的总和。可能是被巨魔神强大的力量所震慑，魔兽们吓得纷纷逃避。这些原始本能更大于智慧的生物，在遇到比自己强大的存在时，从来是有多远逃多远。

"嗷！"巨魔神发出了强烈的吼叫声。这个庞然大物由于太过强大，以至于根本无法进行操控，但是对只需要破坏的宫浩而言，如此便已经足够。破坏是巨魔神的本能，是它存在于这个世界的全部意义。在没有主人引导的情况下，它会本能的发疯般的攻击一切它看到的东西。

而现在，宫浩释放了这个恶魔，然后将它带到了这里。

到处都是残垣碎瓦的土地上，一个人漫步走来，优雅而自若地出现在海因斯的眼中。

这个人正是宫浩，他的金发随风飘拂，抬起头来向着那炼金塔的顶层看了一眼。然后，他扬声道："海因斯大师，您觉得，我送给您的这份惊喜如何？"

……

城堡里，巨魔神正在疯狂地肆虐着，破坏着，大批的傀儡武士前仆后继地上前去阻止它，形成了一片惨烈的战斗场景。

城堡的中央，宫浩则好整以暇地站在那里，仿佛发生的所有一切都与他无关。尽管安德鲁拼命催动傀儡武士，命令他们去杀死宫浩，但是这个命令却不知为何始终得不到执行。宫浩就站在那里，却没有一个傀儡武士上去攻击他。

他看着炼金塔的顶层在笑，金发飘扬，充满笑意的脸是如此帅气可爱，他的笑充满童真，笑得肆意开怀。

海因斯叹了口气，他终于放弃了努力，走出了炼金塔，与宫浩相对而立。

宫浩笑道："我从您的脸上看到了愤怒、惶恐，还有恐惧与自责，但是唯独没有看到惊讶。其实您早就明白了事情是怎么回事，对吗？只是您一直在欺骗自己，不愿意相信而已。"

"你是怎么做到的？巨魔神和傀儡武士为什么不攻击你？"出乎宫浩意料的，海因斯没有理会宫浩的话，却提出了这样一个问题。

不愧是执着于炼金术的疯子，对他而言，或许探求知识的奥秘真的比什么都重要吧。

宫浩笑了笑："很简单，傀儡武士不攻击我是因为我加强了徽章的权限，这并不困难，只要我提升徽章的指令级别就够了，不好意思我是瞒着您偷偷做的。至于巨魔神不攻击我，则是因为您不知道一件事——元素振荡。还记得吗？巨魔神也是利用元素振荡的方式制作出来的。而我，很幸运就拥有这种能力，所以在它攻击我之前，我把自己的魔力以元素振荡的方式激发出来，由于我曾经和巨魔神有过一次非常亲密的接触，所以我完全了解它的灵魂能量与振荡频率，我可以模仿得和它很像，我使它误以为我是它的同类，尽管我无法指挥它，但至少它不会攻击我。"

"我的天啊。"海因斯忍不住喊了起来，"我早就该想到，你拥有魔法上的修炼天赋，修伊·格莱尔，你真的是个天才。"

"真有意思，在我杀尼尔时，他也是这么说的。"

"尼尔？那么皮耶果然是对的了……"海因斯遗憾地摇头。

"没错，他是对的，所以我把他也杀死了。"

"是你？"海因斯震惊地看着宫浩，"这么说皮耶没想侵犯公主殿下？"

"他想侵犯的是伊莎多拉，公主的侍女。可惜的是在他发现那是公主后，却又中了我的欲望燃烧和灵魂冲击，所以他身不由己。克洛斯的冲击术杀不了他，是我把斗气灌输到他的身体里的。"

"灵魂法术？你竟然偷学灵魂法术？"

"当然，要不然我也不可能如此轻易地启动巨魔神，并且轻松做到调整我自己的灵魂波动。"

海因斯全身颤抖，他大叫起来："你是用灵魂法术启动的巨魔神？你是说你不是用的炼金术？"

宫浩嘿嘿笑了起来："你终于明白了？没错，我破解了如何使用巨魔神的秘密。我不得不说伊莱克特拉才是一个真正的天才，他所用的方法根本就无人能够想到，也无人能够做到。谁会想到伊莱克特拉竟然会是一个魔法师呢？而且和我一样，他也是一个灵魂法师。这就是为什么他能控制巨魔神的最大秘密。毕竟从来没有一个炼金师能像他那样同时成为一个魔法师，还是灵魂法师。"

"哦，我的天啊。"海因斯捂住了自己的脑袋。在这一刻，他用一辈子的时间也没能破解的秘密，终于被宫浩揭开了。

或许他可以死而无憾了。

"可惜啊，我只是刚刚成为一个灵魂法师。我发现要想成功地控制住巨魔神，至少需要四级以上的灵魂法师能力。所以我只能做到让它不攻击我，却没法对它下指令。不过看起来它更喜欢这样。"宫浩望着远处的巨魔神咆哮着狂吼乱砸，脸上露出得意的微笑。

"你这个浑蛋，竟敢偷学禁术，你会下地狱的！"海因斯怒吼起来。

"偷学禁术很稀罕吗？"宫浩轻蔑地冷笑道，"总比你们用活人做试验要好，如果这世界真有地狱，那么你一定会比我先下。对了，灵魂法术的修炼虽然要杀很多人，但对我来说，我真不用担心无人可杀。我是说我永远不用担心我杀的人是否该死，因为整个兰斯帝国，有太多的人死有余辜！"

宫浩冰冷的口气已经吐露出未来兰斯帝国即将呈现的那片血腥场景。

海因斯长长地吐了一口气，无奈地说道："修伊・格莱尔，很感谢你告诉我这些。那么，请问你到底是什么时候发现秘密的？"

"在最短的时间内。"

"原来如此，那么之后你就计划了这一切？"

"没错，从我看到你们从仆役的身体里取出那些肮脏而丑陋的玩意儿时起，我就计划着要除掉你们。"

"你本可以就此一走了之的！"

宫浩摇了摇头："如果我想走，我早就走掉了。我留在这里，就是期待有一天能够亲手毁掉它。"

海因斯怒吼起来："我可以接受死亡，因为那是我的罪孽，但我无法忍受你的破坏！修伊·格莱尔，你知道你都做了些什么吗？你知道你正在让这世上最伟大的一系列发明走向地狱吗？你本可以成为最伟大的炼金师的！"

"当然，我都看到了。"宫浩大笑着回答，"而那正是我所期望的，我为此忍耐了将近四年的时间。和你所想的恰恰相反，我情愿放过你的生命，也要毁掉这罪恶的地狱！至于炼金术，没有你我一样可以有所成就。"

是啊，眼前的这一切正是他所期望已久的。

尽管炼金塔一层的火焰已经扑灭，但是所有藏书却已全部付之一炬。所有区域的植物尽数被毁坏，魔兽被放出，城堡被轰塌，甚至连塔中的那些炼制好的药剂，以及其他一些珍贵材料也全部不翼而飞，很显然这都是出自宫浩的杰作。

说着，宫浩看向一旁聚集在一起的那些瑟瑟发抖的仆役们，大喊道："我知道你们惊讶、奇怪，不明白为什么我要这样做，那么现在我给你们答案。答案其实很简单，我们的主人，"宫浩一指眼前的海因斯，大叫道，"他是一只披着人皮的狼！你们以为每个月被带走的仆役都去了哪里？全都被这个老家伙用来做试验了！他用你们的身体做试验，培育魔种，杀死你们，剥夺你们的灵魂，甚至连已经死去的人都要用来炼制亡灵傀儡！你们以为那些血肉傀儡还有魔灵都是怎么来的？是用你们的生命换来的！"

"不！这不可能！"所有的仆役都吓坏了。

康顿呆呆地看着宫浩："格莱尔大人，您说的是真的吗？所有的仆役，都要死？"

宫浩看看康顿，无奈地点头道："我很遗憾，这些年来我一直试图研究魔种，但是这个老东西却一直不肯把它交给我。我只知道一件事，就是你们每一个人的身体里都有这个东西。等那些魔种出生的时候，也就是你们死亡的时刻，而我对此无能为力。"

康顿浑身颤抖道："也就是说，我们死定了，是吗？"

宫浩的眼中闪过悲哀，他轻轻点头："是的，我只能阻止这一切的继续发生，但是我没有办法去救你们。我所使用过的去除灵种的方法，并不适合你们。"

所有的仆役都绝望了。

"杀了这个老家伙！"

"杀了他！"

"杀了他！"

仆役们都同声大喊起来，群情激奋，一大群仆役同时向海因斯扑过去，海因斯的脸上现出一股狰狞的凶狠。

他举起法杖，一连串神秘的咒语脱口而出，所有冲上来的仆役同时停下了脚步，捂住自己的胸口大叫起来。

康顿捂着胸口望向宫浩："格莱尔大人，救救我！有东西在我的身体里。"

宫浩的眼中闪过一丝痛苦。他迅速拔出一把锋利的刀子，狠狠地刺向康顿的身体。

噗，刀子刺入康顿的身体，同时一声凄厉的叫声自康顿身体中传出。

"对不起，康顿，这是我唯一能为你做的了。"附在康顿的耳边，宫浩轻声说道。

毕竟是没有修炼过的身体，康顿绝望地望着宫浩，缓缓跪倒在地上。他低下头，看到宫浩手中的刀抽离自己的身体，从他剖开的肚子里，宫浩取出一个血腥肉球呈现在他的面前。

巨大的痛苦席卷康顿的全身，他张了张嘴，感受到生命在自己的身体中迅速流逝。然后他轻声说道："谢谢你，格莱尔大人。"

声音落下，康顿扑通倒地。

一个个被咒语唤醒的魔灵疯狂吞噬着仆人们的身体，然后爬了出来。尽管是催生的弱体，但是数十个魔灵依然不可小觑。

海因斯默念咒语，一大团绿色的藤蔓将自己牢牢包裹住，那几十只魔灵失去了一个目标，立刻将注意力转移，无数贪婪而嗜血的眼睛全部盯住宫浩。

"以契约之名，风的守护无所不在，风的反击无可抵挡……风之旋涡！"宫浩念出一连串的咒语，随手一招，一道盘旋着无数风刃的急风旋涡已经涡旋在他的周身，谁要是敢攻击他，就得先尝一尝被风刃割裂的滋味。

这使得那些魔灵一时间颇有些顾忌，它们左右张望着，不知道该先攻击哪一方比较好。

海因斯惊奇地看着宫浩，说道："风之旋涡？修伊·格莱尔，你果然厉害，你不但偷学了灵魂法术，竟然还已经突破成正式的风系魔法师了？这真是令人难以想象，我不记得你有多少时间能用来修炼，你怎么可能成为一个双系法师？"

"你无法想象的事情还有很多，老头儿，不管怎么说，这一切还都要多谢你的恩典呢。"宫浩淡淡地回答。

“是吗？不过仅凭你现在掌握的这点能力，只怕还是逃不过魔灵嗜体的下场！就算你成为双系法师，你也只是个初级魔法师！”海因斯说着高举起手中的法杖，他要对宫浩进行一次致命的打击。

“可惜我可不这么想。”宫浩的眼中闪过一丝不屑，“也许我该先让你尝尝这滋味。”

又是一串奇妙的咒语从宫浩的口中流出，海因斯微微一怔，突然感觉到自己的身体中好像也有什么东西在蠕动一般。

他大吃一惊，用不可思议的眼神望向宫浩：“你，你对我做了什么？”

宫浩耸耸肩道：“还记得那困在中央区域的魔龙吗？我想我有必要让你尝一下那些被你害死的人所经历过的痛苦，所以我向魔龙索要了一些灵种，然后偷偷给你们也种下了。现在，感受一下你的五脏六腑被这种可恶的魔灵吞噬的滋味吧，那正是你应得的。”

“不！”海因斯疯狂地呐喊起来。

这一刻他拼命地催动法力，试图阻止身体里那颗灵种的成长，同时不停地从袋中掏出各种药剂。

宫浩用悲哀而怜悯的眼神望着海因斯，终于忍不住道：“不用白费力气了。你身体里的灵种和别的有所不同。我不但更换了催生的咒语，同时还在那颗种子上加了一些特殊的东西。它已经超出了你的认知，不是你的药剂所能压制得了的。”

“你说什么？你到底做了什么？”海因斯狂吼起来。

“没什么，只是顺便用你的身体做了一些小小的试验而已，就像你们曾经做过的那样。你难道没有注意到这些刚刚被你催生的魔灵正在发生什么吗？”

海因斯惊愕地看向那些刚出生的魔灵，只见它们竟然开始摇摇晃晃，站也站不稳了。不一会儿，它们就倒在地上，口吐鲜血死去。

“我的天啊，你是怎么做到的？”

“没什么，对于刚出生的幼体来说，它们的抵抗力是最脆弱的。一点小小的毒素，就可以解决一切。哦，这种毒的源头，就来自你身体里的那颗灵种。我说过了，它和别的灵种不一样。它是我专门为你们制作的。不过可惜，目前只对魔灵的幼体有效。但是我相信要不了多久，我就能制作出专门针对魔灵的毒药，你和你的国家赖以横行霸道的魔灵大军将会从此灰飞烟灭！”

“不！”海因斯绝望的大吼起来。

那只被宫浩特别种下的灵种，疯狂地吞噬着海因斯的脏腑。就算是一位高级大魔法师，也不可能抵御这种来自身体内部的伤害。

失去了法力的支持，所有的藤蔓自动消失，海因斯无望地倒了下去，双眼死死望着天空。

他本是一位强大的魔法师，如果让他放手一战，宫浩根本不可能是他的对手。但他最终死在了宫浩的暗算下，死在了他自己的发明下。

宫浩望着海因斯的尸体，眼中露出一线伤感。

“修伊，修伊！放过我吧，求求你饶了我，我知道错了，不要杀我！”不远处安德鲁向这边奔来，大声喊叫着。

那只巨魔神已经杀光了他所有的傀儡武士，此刻正在肆无忌惮地继续破坏着一切。而在看到海因斯凄惨的死状后，绝望的安德鲁彻底放下了所有的尊严与骄傲。

他看到了一只魔灵从海因斯的身体里爬出来，然后无力地死去，他明白了一切。

他跪在地上拼命地向宫浩磕头求饶：“修伊，修伊，求求你帮帮我，帮我把灵种拿出来！”

“你知道我做不到的，安德鲁大人。”宫浩用怜悯的眼神看着眼前的安德鲁，那声“大人”具有无比奇妙的讽刺意味。

“哦，不，不！修伊，如果你真的做不到，那么求求你不要念咒语了，就让它这样沉睡吧。我有药可以控制它的生长，你给我时间去研究，我能解决这个问题的！”

“已经不需要去解决了，城堡没有了，海因斯也死了，这个岛屿已经重获自由。不会再有别的少年来到这里，经历这里的人所曾经历的苦难，只有你们，在自作自受。很抱歉，我必须杀了你，安德鲁大人。我知道你曾经对我很好，可是我必须那样做。”

说到这，宫浩笑道：“还记得你曾经对我说过的话吗？你说很多时候下人们未必会完全按照你的吩咐去做事，他们经常会偷懒，会耍些小聪明，会自以为是。如果你以为你考虑了，吩咐了，命令了，事情就算完成了，那么你就大错特错了。安德鲁大人，你说得简直太对了，我一直都没有忘记这段话，那就是真理，而现在检验真理的时刻到了。”

安德鲁绝望地看着宫浩，大呼道：“不，修伊，求求你，放过我吧。”

“放过你？那我怎么向芬克、比勒、西瑟他们交代？谁放过他们？在他们向你们哀告

求饶的时候，你们又可曾动过一丝恻隐之心？”

“我可以把我的导师所拥有的所有炼金术都教给你，包括魔纹配方，各种武器的附魔，还有卷轴以及其他高级傀儡的制作！他知道的我全都知道，那不也正是你一直没有学到却很想学的吗？”

“很遗憾，这些东西我已经不需要再向你学习了。”宫浩冷冷地回答。在他的手中，是那本伊莱克特拉的手记抄本还有海因斯多年心血的记录。

纷乱的城堡，终于安静了。那座象征着地位与荣耀的高塔在巨魔神的疯狂打击下，终于耗尽了所有的能量，失去了魔法护罩的保护后重重地倒塌下来。巨魔神在完成最后一击的同时，灵魂能量耗尽，重新陷入了长久的睡眠之中。

所有的一切，都结束了。海因斯死了，安德鲁死了，学徒们死了，仆役们也死了，甚至连那些傀儡武士和魔灵也都死了。

这片土地上，除了这个岛屿曾经的魔兽主人，再不会有任何外来的存在。地面上如今到处是鲜血，腐臭的腥味扑鼻而来，几乎要将人活活熏死。

宫浩一个人孤独而寂寞地站在曾经的城堡中央，望着四周，心中一片苍凉。

曾经，这里是兰斯帝国兴起的希望所在，而现在，已经成了一片废墟。所有的罪恶都已清除，是时候迎接自己的新生了。

他从戒指中拿出一瓶药水，小心地倒出一些在手中，他将药水均匀地涂抹在自己的头发上。

金色的头发很快变成了黑色。他麻利地脱去炼金师助手的长袍，狠狠地摔在地上，换上一件普通衣物，然后快速来到小湖边。

天色渐渐亮了起来，稀薄的雾气被晨风从林间吹到此处，同时也吹来了一丝血腥味。幽静的海岛上，生长着芦苇的小湖边，修伊出神地望着湖面。

湖边的魔法油灯即将失去效用，光芒渐暗，却也能看清湖面倒映出来的天空。天空中云朵缓缓移动，光线越来越亮，黎明将至。

是的，那是修伊的黎明，抹去黑暗后迎来的黎明。

此时，不知从哪汇入的鲜血将修伊盯着的那处湖面微微染成赤色，天空也一同变成了

赤色。修伊忽然想起接下来要面对帝国的追捕，意识到自己恐怕要过很长一段时间的逃亡生活，他不禁咧开嘴笑了笑。

即使是赤色黎明，那也是黎明，不是吗？

修伊没有再多想，从空间戒指中再取出一批能量晶石，按照传送法阵的顺序摆放好，然后踏入了法阵。

就在他准备启动法阵的一刻，远方突然传来一阵急促的叫声，一只小黑狗突然从丛林中窜了出来。

看到宫浩，它兴奋地扑了过去，对着宫浩又舔又叫。

“旭？你怎么会在这里？”宫浩惊喜地叫道。他注意到小魔龙的背上还绑有一片树叶，拿起来一看，正是那女魔龙写的。

“修伊·格莱尔，我已经知道了城堡里发生的所有事，炽焰鸟都已经告诉我了。你做得很好，我很感激你所做的一切。旭是自由的，它的秉性注定了不可能长久留在炼狱岛，所以我让它来找你。你带着它一起走吧，我相信它不会拖累你，而会成为你的好帮手。记住，要善待我的孩子。丽塔。”

宫浩放下树叶，抱着小魔龙说道：“旭，你要跟我一起走吗？”

小家伙兴奋地拼命点头，只是看着宫浩头发的颜色，感到无比奇怪，显然想不通明明是个金发少年为何突然变成了黑发。

宫浩开心地笑了：“那好，我们一起走。”

天空中突然传来两声尖锐的嘶鸣，两只扇动着火红翅膀的大鸟在宫浩的上空不住盘旋，正是红与绿。

宫浩的心中一动，他仰头大叫道：“你们也要跟我一起走吗？我们一起去冒险，去旅行，去看看外面的美好世界！”

红与绿同时向着天空放出了炽热的火焰，下一刻，它们同时变小，停在了宫浩的肩膀上。

宫浩最后看了一眼远处的城堡，还有尚未散尽的硝烟，他欣慰地笑道：“那么好了，都到齐了，我们一起离开这个鬼地方！”

……

兰斯洛特大人，当您看到这封信的时候，相信您已经远在千里之外了。很遗憾我骗了您，我没有把您送到温灵顿。事实上那是不可能的，因为那里没有建立对应的传送法阵，我根本无法做到在缺乏空间定位的情况下的准确传送，所以只能将您传送到一个大概的位置上了。

相信以您的能力，您不会遇到任何危险。很奇怪对吗？我为什么要欺骗您？

但也许您并不奇怪，因为您可能已经猜到了答案。

是的，每个人都有生存的权力，我没有理由看不到岛上发生了什么事，只是无论是您还是其他人，都被欲望蒙蔽了自己的眼睛，不愿意相信可能发生的事情，但它的确发生了。我要离开炼狱岛，或者说不仅仅是离开，在我离开前，我会彻底毁掉这个罪恶之地，这正是为什么我要骗您离开的原因。

我不想对付您，大人，如果我想杀您，我有太多的办法可以做到。正如您说过的那样，武力不代表一切，很多时候要杀一个人，未必需要动用到武力。

可我不想那样，大人。您是我第一个武技上的老师，您教导我、指点我，即便那不是您的初衷，但我依然认为您是一个优秀的人、一个好人。可惜的是您缺乏一个武士应有的魄力，您不敢去对抗强权，也无法放下心中的挂念。

但是我不同，我相信一个人的强大，不仅仅需要用手中的剑来证明，最重要的是他是否有一颗属于强者的心。

大人，您已经拥有了星辰强者的实力，但您还缺乏一颗强者的心，所以这一次，您输给了我，而我饶了您一命。

如果不出意外的话，大人您现在应该是在兰斯帝国的南部，而一天之后，我将离开炼狱岛，出现在其他地方。在正常情况下，我想我们不会再见面了，而您也没有必要再回炼狱岛。

一天之内，这里将变成一片瓦砾，如果兰斯帝国知道您还活着，他们不会放过您。

所以，请好自为之吧，以您星辰强者的实力，您完全可以获得更加美好的生活，而不必再为帝国卖命。

我希望您不会傻到去自投罗网，同时我也不希望您来找我，兰斯洛特大人，这是一个提醒，也是一个忠告。

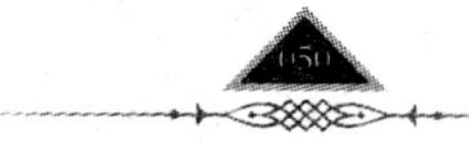

不管您是否相信，当再见面时，我会有足够的实力杀死您，而到那时，我不会再手下留情。

所以，就把这次欺骗与放逐当成自由的代价吧，没有人可以得到什么而不付出代价的。您是如此，海因斯是如此，我也是如此，就连兰斯帝国也不能例外。

祝您好运。

修伊·格莱尔

兰斯洛特叠起信纸，悠悠吐出一口气，这封信令他震撼，却丝毫不震惊。他一点都不奇怪修伊·格莱尔早就察觉到了岛上的秘密，就如海因斯也不觉得奇怪一样。

欲望蒙蔽理智，但总会在最后时刻揭穿，无论是输是赢，心里早已有所准备。

对兰斯帝国来说，即将到来的一切，将会是一场灾难，他们失去了他们赖以称霸，并投入无数人力物力建立起来的试验基地，但是对兰斯洛特来说，这的确是一件好事。

没有了炼狱岛，心中的负担亦可放下。他还不老，才40岁，已经是一位星辰武士了。他还有大把的时间可以去闯荡，去创造属于自己的辉煌。

为什么不呢？在事已至此的情况下，兰斯洛特不禁想道。

他苦笑起来，修伊·格莱尔说得没错，自己终究还是缺乏一颗强者的心啊，以至于连自由的得到过程，都充满了被迫与无奈。

“谢谢你，修伊·格莱尔。我想总有一天我们还会见面，但愿我们不会是敌人。”他对自己说。

他仰天大笑，然后向着远方走去。

……

每天中午，拉舍尔都习惯去不远处的一家小酒铺里喝上一杯，叫上几个小菜，慢慢品尝休闲的滋味，尽管他平时也不算很忙。

法政署的工作虽然听起来紧张刺激，但是绝大多数时候，面对的都是一些鸡毛蒜皮的小事。比如某家大叔养的猪丢啦，或者某个贵族养的小猫爬到树上下不来啦，这类令人头疼的麻烦。

有时候他真希望深港能发生一些大案子，可以让自己好好的大显身手。

唉，真怀念七年前的那件案子啊，有个六级武士为了永久占有自己的情妇，将他情妇的男人——一个贵族杀死了。在那之后他就开始一路逃亡，一路杀人。

那名武士最后在温灵顿被捕获，而当时亲手抓住他的自己也因此获得了提升。当时很多人都不明白，为什么一个小小的二级武士竟能够抓到那个狡猾的六级武士。要知道法政署总署为了抓到他，可是出动了四名七级武士和三名探案法师，可结果他多次逃之夭夭。

这真是自己一生中最辉煌的经历。哦，对了，还有23年前的那个连环少女奸杀案，也是一起非常有难度的案子，也被自己破获了。说起来，那可是自己成为法政署探员后不久就破掉的一个大案子，可惜凶犯却被某些大势力给保住了，他也没能因此获得任何嘉奖，真是腐败的官僚制度啊。

当然，腐败的官僚哪里都有。某个红了眼的长官就因为妒忌自己的才能，而故意找茬儿把他从温灵顿发配到了深港，尽管他成了当地的治安长官，但事实上要想在这种偏僻的海港有前途，怕是非常困难了。

他倒是不在乎升迁的问题，对拉舍尔来说，只有那些狡猾而凶狠的对手才是他感兴趣的。尽管被外人称之为帝国的猎犬，但事实上，拉舍尔本人非常喜欢这份猎犬的工作。他丝毫不在意这个称呼中所暗含的蔑视。恰恰相反，他相信兴趣成就事业——他喜欢做猎犬。

可惜的是，现在要碰到一个又难对付又有价值的对手是越来越难了，一想到这，拉舍尔发出了一声无奈的叹息。

小酒铺的外面，法政署的一名探员在那里探头探脑，看见了拉舍尔后，想了想没敢进来，只能在外面喊了一声："拉舍尔大人，署长找您。"

"我不是说过了吗？我最讨厌别人在这个时候打扰我的。"拉舍尔懒洋洋地回答。

"是……是这样的，有大案子需要您出马。"

"大案子？"拉舍尔立刻来了精神，他匆匆走出去叫道，"是什么案子？"

"我不知道，大人，我只知道查克莱大人来了，他要署长立刻派出最好的探员跟他走。"

"查克莱？那个每个月都要从深港出海的大地武士？"拉舍尔立刻意识到，这次是真有大案子发生了。

法政署里，拉舍尔终于看到了那个从来都是一脸高傲的金甲武士。不过这一次，查克莱的脸上已经布满了惊慌、恐惧和无奈。

在看到拉舍尔后，查克莱立刻道："拉舍尔先生，以下所述，全部是帝国最高机密，我要你发誓，必须用你的生命来保证这个机密的存在，不许泄露一丝。"

炼狱岛上，走在那一片残垣断瓦之中，拉舍尔的脸色一片肃穆。

这里，就是炼狱岛吗？那个帝国大炼金师海因斯为帝国铸造战斗兵器的地方？

他从没想到过，有朝一日自己竟会来到此地接触帝国的最高机密。查克莱之所以选中他，完全是因为深港是离这里最近的城市。

"查克莱大人，请问您具体是在什么时候发现这里的情况的？"拉舍尔沉声问。

"八天前的中午，我和我的人来到炼狱岛，发现没有任何人来港口，我就感觉有些不对。我带着几个人来到城堡，想看看到底发生了什么事。"

"然后你们就发现了眼前的这一切？"

"是的。"

"你们有碰过这里的任何东西吗？"

"没有。"查克莱非常肯定地道，"虽然我不是探员，但我还是知道该怎么做。看到这里的情况后，我们立刻回来找你了。从深港到炼狱岛的路程实在太远了，我们不顾一切也只抢回来两天半的路程。"

"查克莱大人，如果您想称呼我猎犬或者鹰犬，我是绝对不会在意的。"拉舍尔笑道。

他来到一具尸体旁，仔细地观察着尸体腐败的程度，随口道："事情发生在15～20天前。"

然后他站起来继续观察周围的环境，接着道："所有的魔法囚笼都被打开，晶石能量全部耗尽，从破坏痕迹上看，所有的损毁几乎都是魔兽和现在躺在那里的那个巨魔神造成的，没有外来势力入侵的迹象，这说明是内部人干的，而且是有预谋的。"

查克莱松了口气，他最担心的是某个敌对国家发现了这里，从而派人上岛毁坏了一切，并抢走所有成果，现在看来，这个问题不用担心了。

拉舍尔继续查探废墟，他指着一根焦黑的柱子说："在它没倒之前，这里就是海因斯居住和工作的炼金塔？"

"是的。"查克莱回答。

“在它倒塌之前，经历过火灾，火是从一层烧起的，但是很明显没有蔓延开。您能告诉我一层有什么吗？”

查克莱的脸色很难看：“藏书馆，那里有所有的关于炼金术的记录。”

“那么现在没有了。”拉舍尔冷冷说道。

拉舍尔不停地走来走去，观察着各处角落，同时随口指出事件发生时出现的各种情况。看得出来，这的确是一个非常精明干练的家伙。

他站在海因斯的尸体前，望着遍地的魔灵尸体，还有海因斯那被剖开的肚子，摇头叹息道：“看起来这位炼金大师经历了他的试验品曾经经历过的痛苦，不止是他，还有他的学徒、助手，都是如此。死在这里之前，他曾经和那个造成这一切的人面对面地对质。嗯，位置应该在这儿。我猜他们有过一番交流，结果就是凶犯跑了，海因斯死了。”

说到这，拉舍尔抬起头看看查克莱，又道：“我猜您对岛上的人很熟悉，对吗？我注意到您和您的几名手下脸色都不太好看。我想也许你们知道这是谁干的？我是说，这里一定少了某个人的尸体，某个你们熟悉的人的尸体。”

查克莱长长地吸了一口气：“拉舍尔先生，你很聪明。是的，是少了一具我们非常熟悉的人的尸体。”

“是谁？”

“修伊·格莱尔。”

“什么来历？”

“一个助手。”

“一个助手？他为什么要这样做？瞧瞧，这里曾经是一个城堡，可现在却成了一片废墟，如果真要把这里攻打下来，那至少需要一支完备的军队才行。如果他想要离开这个岛，为什么要采取如此激烈的方式？如果他不想留在这里的话，身为助手的他完全可以使用更好的方式离开。”

查克莱回过头看看身后的贝利，这位四级武士已经吓得浑身哆嗦了。但他还是硬着头皮回答：“他曾经是个仆役，但后来由于表现出色，先是成为学徒，然后才成为海因斯的助手。”

“啊！原来是这样。”拉舍尔若有所思地点头，然后打了个响指，“那么我想我们找到动机了，对吗？”

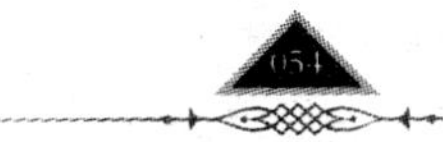

查克莱等人咽下一口唾沫：“是的，我想是这样。”

“我听说还有一位叫兰斯洛特的星辰武士？”

“他住在湖边。”

“走，去看看。”

众人来到小湖边，拉舍尔看到了那个传送法阵，他点点头：“现在我们知道那个修伊·格莱尔是通过什么方式离开的了，如果我没看错的话，这应该是一个传送法阵，伟大的发明，这是谁做的？”

查克莱无奈道：“就是他本人。”

拉舍尔这次有些吃惊了：“难怪他能成为海因斯的助手，他在这里工作了多长时间？”

“还不到四年。”

“那么他是个天才。”拉舍尔赞叹道。

查克莱忍不住道：“我更关心的是兰斯洛特在哪里？他是不是和那个小子一起干的这些事，他有没有背叛帝国？”

“不，绝不可能。我得说兰斯洛特大人必须庆幸这一次是我来勘察现场，我不是那种随便栽赃嫁祸不学无术的探员。尽管他不在这里，我们也没有发现他的尸体，但我可以肯定他绝对没有和修伊·格莱尔一起做这件事。”

“为什么？”

“是因为城堡那里，我没有找到任何关于一位星辰武士出手的迹象。我看到的所有毁坏都是魔法、蛮力和魔兽的攻击造成的。这说明兰斯洛特绝对没有在城堡里动手，就算动手了，也绝没有使用斗气。使用过斗气后遗留的痕迹和魔法完全不同，在这一点上我是专家。”

“请继续。”

拉舍尔道：“这个木屋收拾得很整洁，我注意到有很多生活用品不仅摆放整齐，而且有许多是必须用品，并没有带走。我甚至看到有一些做得看上去相当可口的甜点被人用冰块封存了起来，这说明这位星辰武士还打算回来继续享用美食。如果您打算杀人跑路，还会这么干吗？”

查克莱点点头表示同意。

拉舍尔指指地上的传送法阵道："还有这个，尽管我不理解它是怎么运行的，但通过这些能量晶石的粉末，还是可以推测到，它需要能量晶石作为动力。有趣的是我明明看到法阵上有38块超大型能量晶石的嵌入凹槽，却发现了至少四五十堆的晶石粉末，这说明什么？"

"说明传送阵曾经启动过两次。"查克莱迅速回答。

"没错，查克莱大人，那么现在您有答案了，对吗？让我们想想，兰斯洛特因为某种原因先行用这个传送法阵离开了炼狱岛，然后，就发生了接下来的一切。这是巧合？还是预谋？"拉舍尔陷入沉思中，他想了一会儿后问，"或许我们可以用最简单的推断来证明它是巧合还是预谋，如果兰斯洛特大人没有离开炼狱岛，您认为以他的实力，能打败巨魔神吗？"

"绝对没有问题，巨魔神再强大也只是魔偶，个体的魔偶从来都算不上什么，就算是我在这，我都有击败它的把握。也许我的力气没有它大，但是我有智慧和足够的战斗技巧。"

拉舍尔点头："没错，那么也就是说，如果凶犯要做到这一切，兰斯洛特的存在是个很大的麻烦。在他真正动手前，就必须先解决掉这个麻烦。现在看来，兰斯洛特是被凶犯用某种方法骗离的。是的，只能是骗离的……"

然后他蹲下身，俯视着那座传送法阵，喃喃道："这是一个非常狡猾的家伙，他不仅骗走了兰斯洛特，毁掉了城堡，杀死了海因斯和安德鲁，还在临走前毁掉了这座法阵。不过很显然他没法毁得太彻底，毕竟他不可能在把自己传送走的同时还把法阵拆掉，所以他还是留下了许多痕迹。对了，查克莱大人，除了岛上有传送阵外，其他地方还哪有传送阵吗？"

查克莱摇头："我们这次过来的目的，就是要带走传送阵，但是很遗憾，我们没来得及做到。目前帝国唯一拥有的技术，大概就是超距离通信了，但是没有炼狱岛的支持，要想将它普及使用恐怕会非常困难。"

"虽然我不是一个魔法师，但是我至少还明白一个道理，没有对应的传送阵，那就意味着单向传送和无序传送。如果掌握不好方向，那么他很可能被送进死亡之海也说不定。"

"那么你的意思是……"

拉舍尔几乎要把整张脸都贴到那法阵上去了，说道："一个精心筹备的计划不可能在最后关头给自己留下一个自杀性的选择，所以，他一定在你们不知道的情况下做出了一些弥补手段，毕竟这是他发明的法阵不是吗？"他指指那残缺的法阵，"也许这些法阵上的刻度能给我们答案。比如这个有可能代表高度，那么这个有可能就是距离。查克莱大人，我想你需要立刻去找一位精通空间魔法的法师过来了。我们需要对这座法阵剩余的部分进行研究，只要能弄清那个凶犯在这上面做了什么手脚，那么就算无法确定他的准确传送地点，也能找到他的大致方位。只要我们确定了他的传送方位，我就有把握抓住他！另外，我们还要设法立刻找到兰斯洛特大人，我猜他并没有死，尽管那个小子有能力把他直接送到地狱里去，但我不认为他会那样做。因为如果他真想杀兰斯洛特，恐怕他不用传送法阵也能够做到这一点。请你们不要不相信，我知道兰斯洛特很强大，但是要知道智慧的力量才是无穷的，而我们的敌人就有足够的智慧。"

拉舍尔看向查克莱等众武士："这是一个非常狡猾的敌人。"

"就算是知道了方向和距离，他可能逃亡的地区也会非常广，再加上他的狡猾程度，我觉得我们恐怕很难找到他。我们是否有必要为这样一个逃犯付出如此巨大的人力物力？"查克莱道，平心而论，在确认了凶犯是修伊·格莱尔后，查克莱有些希望就此放弃追查。

毕竟一旦泄露当初他们和修伊·格莱尔的交易，帝国只怕不会放过他们。

但是拉舍尔却淡淡道："相比他带走的，只怕再多的人力物力也值得。"

"你说什么？"查克莱心神震荡。

拉舍尔已经从地上拾起一样东西轻声说道："瞧瞧这是什么？如果我没看错的话，这个东西应该是某种珍稀植物的种子，尽管我不是炼金师，但我同样对植物有着深刻的了解，我的天啊，我曾经以为它们已经绝迹了的。看来当时有那么一颗种子沾在了他的身上，然后又掉在了这里。"

他看看查克莱，然后笑道："那个小子非常狡猾，狡猾到令我震惊。他故意摧毁了这里的一切，让我们以为所有的研究记录，还有试验材料以及各种成品都不复存在了。但事实上是所有有价值的东西都被他带走了。我猜他一定拥有一个可以储藏大量物品的戒指或手镯，那不正是空间魔法的范畴吗？也正是他研究的区域。"

"哦，我的天啊。"查克莱忍不住大叫起来。

拉舍尔正色道："准备通报皇帝进行全国范围内的大搜捕吧。那个修伊·格莱尔的身上，拥有着可以颠覆一个国家的知识和财富。不管他在哪儿，我们都要找到他，抓住他！至少也要得到那枚戒指或者别的什么空间物品。"

贝利忧心忡忡道："可如果他不在我国境内了呢？"

拉舍尔嘿嘿一笑："如果我是修伊·格莱尔，我一定不会离开兰斯帝国。"

"你不会是想说越危险的地方就越安全吧？"

"不，那是狗屁道理，千万别相信那种无聊之极的冒险理论。我想说的是，当一个人明明早就可以逃离，却要先毁掉这里的一切然后再走的时候，这意味着他根本没把我们放在眼里，也根本无视危险。如果一个将死之人在一个步步危机的荒岛都可以做到一边艰难地活下来一边还不忘绝地反击，那么当他的生存范围扩大到整个帝国疆域的时候，他又有什么可担心害怕的呢？我猜他一定会很乐意看到帝国官员们一个个哭丧着脸的模样，所以如果我是他，我才不会离开帝国呢。我要光明正大待在这个国家看某些大人物的好戏，看着他们如何对付我，抓捕我，然后上演一出出猎物大反击的戏码，至少他已经成功过一次了，那是非常有成就感的，不是吗？"

查克莱和贝利等人的脸色越发难看起来。

拉舍尔则背着手绕着法阵走了一圈，仿佛能从这个制作精密的法阵上看出些什么来。他冷冷道："先生们，这个年轻人是我自从进入法政署以来，所见过的最为凶狠狡诈的逃犯。我们面对的绝不是一个普通少年，他坚忍、狠毒、胆大、谨慎、计划缜密、思虑周详，而且充满冒险精神。这是一个非常难缠而又可怕的对手，要想抓到他，将会是一件非常艰巨的任务。但是在这里我们要庆幸一件事——那就是尽管他是如此的狡诈，但很显然他并不专业。他不是专业的罪犯，所以他才会留下了线索让我发现，而我却是一个抓捕罪犯的专家……"

说到这，拉舍尔抬头望向查克莱，又道："我需要有关这个少年的全部资料，越详细越好。"

炼狱岛上，新来的空间系黑袍大法师厄多里斯正在仔细地观察着那个传送法阵。

他的手指在法阵的刻度上轻轻摩挲着，口中不时地发出惊叹："完美，简直太完美了。"

查克莱忍不住问："厄多里斯大师，您看出什么了吗？"

“是的，我看出来了，那个小家伙从一开始就在研究制作一个可以进行单向传送的法阵。拉舍尔先生说得一点都没错，这些刻度是用来定位的。尽管没有对应的传送阵来做他的对接口，但是小家伙用距离、高度等方式进行了目标定位的模糊指定，这样就使他可以落在一个大概区域。”

“能确定他落在什么地方了吗？”

“有些难度，目前我能看出来的是他把目标距离定在了600千米以外，高度大约是高出这个岛水平面50米左右。”厄多里斯回答，“方向东南，就这些了。”

一旁的法政署警犬拉舍尔立刻摊开一张地图，指着地图说：“瞧，我说得一点都没错，他没有离开兰斯帝国。这个小家伙，他可真够大胆的。”

说着，他从身上拿出一把尺子开始丈量，在炼狱岛东南方向的600千米以外的位置上画出了一条长长的弧线，然后道：“这条线，就是他的落脚之地。”

查克莱冷冷道：“是的，拉舍尔先生，问题是你的这条线横穿了整个兰斯帝国。”

“哦，不用着急。破案从来都是顺藤摸瓜的，我们不在乎困难有多大，重点在于我们的对手有没有给我们留下线索。只要有那么一丁点线索，那么一个优秀的探员就能顺着这个线索找到更多的线索。”拉舍尔极为自信地说。

这回轮到厄多里斯好奇了：“那么请问探员先生，你打算如何进一步确定修伊·格莱尔的具体方位呢？”

拉舍尔反问厄多里斯：“我想请问大师，为什么那个小家伙要把高度调高到距离炼狱岛水平面的五十米处呢？”

厄多里斯回答：“空间传送在超距离方面一直都有着难以估量的风险性。要知道空间屏障无所不在，没有准确的定位，他有可能出现在任何地方，包括地底。所以，就算是像我们这样的空间系法师，在没有空间定位的情况下，也不可能把自己传送到自己看不到的地方。不光是因为魔力有限，也因为我们无法确定自己的位置，就无法保证那后果是什么。相比之下，反倒是土系的法师在这方面占了便宜，他们反正都是从土里钻出来，只要不把自己传到水里或者有金属的地方，他们都可以传，只不过他们受到其他方面的限制，除了距离和魔力以外还有速度、时间等方面的问题。他之所以要调高一些距离，就是因为他不想把自己送到地底去。”

“很好。”拉舍尔微微一笑，“那么我还有个问题，难道在高空中就一定安全吗？”

“看起来那个家伙会一点魔法，几十米的高空难不倒他。”查克莱回答。

拉舍尔连连摇头道：“不，不，我不是这个意思，我已经了解过他的全部资料了。我的意思是，难道在空中他就没有进入什么危险区域的可能吗？”

查克莱和厄多里斯同时一愣，厄多里斯叫道：“你是指高山？”

“还有高大的建筑。”拉舍尔冷冷道，“虽然这种概率并不是很大，但你们却不能否认这种可能性的存在。”

厄多里斯叫了起来：“没错，我明白拉舍尔先生的意思了。如果修伊·格莱尔不想把自己送到山里面去，他就必须挑一处足够开阔的无丘陵的平原地带。”

拉舍尔的手指在地图上的那条线划了一下：“那么在这条线上，最为空旷的平原地带，就是帝国中部的凡尔萨郡了。我想我们找到那个点了。”

厄多里斯叹服道：“拉舍尔先生，你的确是个精明能干的人物。修伊·格莱尔一定会选择把自己传送到这个地方，对他来说这里是最安全的。落点在这里，他就不用担心把自己传到山里去，或许依然有危险，但至少已经将危险降到了最低程度。”

查克莱忍不住道：“凡尔萨郡位于帝国中部，从那里他可以前往帝国的任何地方。我想我要提醒两位，从事情发生到现在，已经差不多过去一个月了，我不认为他会一直停留在这一带等着我们去抓他。就算他停在了那里，这个点也同样代表着一大片的广袤地区，要找到他依然会很困难。”

自由号在死亡之海上往返了两趟，结果就是严重地耽误了调查时间，一个月的时间，足够一个人穿越半个帝国了。

“我可不这么认为。”拉舍尔笑道，“我想提醒大家的是，任何犯罪都是有迹可寻的。我们的对手，的确是一个聪明而狡诈的家伙，但是狡诈的逃犯不代表就是最难对付的逃犯。恰恰相反，有许多罪犯，往往就栽在了他们的狡猾上。”

“拉舍尔先生，我不觉得你这话有什么道理。”

“那是因为你们不懂。要知道真正难以抓捕的逃犯，是那些根本不知道自己要去哪里，想做什么的逃犯，一些漫无目的的逃犯，只要他们不是太愚蠢，一路上不留下什么线索，那么我们根本就无法预料他们可能前往的方向。但是狡诈而凶狠的对手则恰恰相反，他们的脑子里永远有计划，永远有目的，永远不会做无意义的事。他们永远会给自己定下目标，然后向着这个目标去努力，去奋斗。这样一来，他们的行踪就有迹可寻了。”

说到这，拉舍尔意味深长地停顿了一会儿，然后才继续说道："很显然，我们的小家伙就是这样一个逃犯。他很聪明，很狡猾，但他不是专业的逃犯，而我是专业抓捕逃犯的。我可以肯定，在他离开这个岛之前，他就一定已经有了自己要做什么的计划。只要我们能知道他想要什么，我们就能知道他的目的地，那么我们就会很容易抓到他了。"

查克莱有些怀疑地道："你认为你能知道他想去哪里？"

"那就得谢谢你们先前提供的资料了。"拉舍尔回答，"在等待厄多里斯大师到来的这段时间里，我一直在研究修伊·格莱尔这个人。我发现这个人的身上发生过不少有趣的事，比如他和小公主之间的良好关系，有些我暂时不想说，但是我想说的是如果我没记错的话，他是南威尔镇人？"

他盯着查克莱道："您是从那里把他买来的对吗？"

查克莱一愣，连忙点头："是的，没错，我是从诺兹郡的南威尔镇把他买来的。"

拉舍尔把地图送到查克莱的面前："为什么不看看南威尔镇在什么位置？"

不用看，查克莱也知道。南威尔镇正在那条拉舍尔先前画出的线上，就在凡尔萨郡的邻省诺兹郡内。

他轻轻叹了口气："拉舍尔先生，你认为他会回自己家？"

"是的，而且他一定会去。当然我不确定他会什么时候去，会在那里逗留多久，但我相信，他一定会去。对他来说，那里是生他养他的地方，有着太多的回忆。当一个人经历了这许多痛苦之后，感情上总想回家看看。"

"我知道该怎么做了。"查克莱冷冷道，"拉舍尔先生，在这件案子上，你已经帮了我们很大的忙，非常感谢你的帮助。不过我估计这个时候，温灵顿那边应该派出了法政署的精干探员前来处理了。接下来的事情，我想你不用再过问了。"

拉舍尔冷笑："你们打算抛弃我了？"

"不，只是用不到你了，如果不是事况紧急，我们不会来找你。记住，这是帝国最高机密，管好你的嘴就够了，拉舍尔先生。"

说着，查克莱转身离开。

厄多里斯疑惑不解地看着查克莱的背影，想不通为什么查克莱放着这么好用的探员不用，非要求助于温灵顿法政总署。反倒是拉舍尔，他笑得更得意了。

他向不远处的贝利走去：“贝利大人，我能和您单独谈一谈吗？”

曾经热闹的城堡里，如今除了“自由”号的船员，以及一些押船的武士，再没有别人的存在。行走在那片废墟上，拉舍尔看看附近已经没什么人，才招呼贝利坐下。

“贝利大人，我想您还不是很了解我这个人。所以我觉得在我们谈话之前，我有必要先重新自我介绍一下。”拉舍尔彬彬有礼地对贝利说，“说起来，我只是一个普通的探员，在深港也不过是一个治安长官。我这个人没有什么野心，对于成为贵族毫无兴趣，也缺乏贵族应有的教养，因此很多时候说话直来直去，容易得罪人。此外，我也不具备成为一个魔法师的天赋，甚至也不勤奋，到现在还没突破三级武士。可以说，我这个人很没有用。”

贝利冷冷地看他，一句话都不说。

拉舍尔嘿嘿笑道：“但是我至少有一个长处，就是察言观色。很多时候，我能够通过一个人的表情、话语，还有他的动作，看出他的心情。”

贝利的脸色有些变了。

拉舍尔继续道：“我之所以会成为一只猎犬，就是因为我的这种能力，而且我非常喜欢我的工作。对我来说，再没有比抓到那些狡猾的罪犯更有成就感的事了。”

说到这，拉舍尔叹了口气：“可惜啊，看起来我好不容易碰上了一个可能是兰斯帝国有史以来最狡诈的罪犯，但我却没有机会亲手去抓他，我想这会成为我的终生遗憾。”

“我也对此感到遗憾。”贝利终于说话了，“但这是没办法的事。”

“我可不这么想。”拉舍尔突然道，“我注意到在这段时间里，您和您的伙伴还有查克莱大人的表现有些不太正常。”

贝利心中一惊。

拉舍尔继续道：“从我上岛开始，我就一直在奇怪一件事。为什么在发现了修伊·格莱尔就是凶犯之后，查克莱大人还有你们这些武士就开始出现了一种非常不正常的表现。我感觉到你们的内心中有种恐惧，你们在恐惧什么？这让我很惊讶。我甚至发现，一个堂堂的大地武士竟然会对造成炼狱岛如此重大案件的逃犯的追捕丝毫不感兴趣，恰恰相反，他竟总是一再地陈述捉拿这个犯人的困难，试图打消全国通缉抓捕修伊·格莱尔的想法。”

贝利忍不住后退了几步，拉舍尔则紧跟了上来，盯着贝利道：“贝利大人，您能告诉我这是为什么吗？”

贝利强自镇定道：“我不知道你在说什么，拉舍尔先生。”

“哦，是吗？那么您如何解释我在这本残缺的记录上找到的一个有趣的信息，”拉舍尔拿出一本被大火烧得残缺不全的记录本，“这上面的记录表明，从修伊·格莱尔上岛后的第三个月起，将近四年来，每一次的送货，都有他出现。以前是仆役，后来是仆役长，再后来是学徒，助手。照理说以他身份地位的不断提高，他已经没有必要每次送货都亲自出马了，可他却从不间断，即使是在他研究工作最关键的时候，也是如此，请问这是为什么？哦，对了，我还问过‘自由’号上的一些水手，他们告诉我，每一次修伊·格莱尔都是亲自上船送货，而您总要请他去您的船舱里喝上一小杯……”

拉舍尔说话又快又急，就像枪支扫射一般，打得贝利满身创孔。

贝利怒吼：“这又能说明什么？”

拉舍尔嘿嘿笑了起来：“是啊，这又能说明什么呢？我也在考虑这个问题。可是当某天我走在这片废墟上，遗憾这里的惨重损失的时候，我突然意识到，炼金岛上出来的每一样东西，可都是价值不菲的好东西啊！”

贝利的身体颤抖起来。

拉舍尔笑嘻嘻地说：“考虑到你们奇怪的反应，再考虑到修伊·格莱尔这样的人绝对

没有理由做一些对自己没好处的事，于是我的脑子里就不由自主地冒出了一个答案。哦，我的天啊，这个答案真可怕，当时甚至把我自己都吓坏了，我觉得自己简直是疯了，怎么会想到这种可能，但是不可否认，这个答案却是非常接近事实的。于是我意识到，正因为有这种可能，修伊·格莱尔才可以在这个岛上如鱼得水，才可以秘密地做一些别人想不到的事情。因为他拥有了一条特殊的资源渠道。”

贝利长吸了一口气，沉声道：“拉舍尔先生，我曾经听说法政署的人总是把每一个人都看成是罪犯，那个时候我还以为这只是无稽之谈，现在看来果然如此。你知道你现在所说的意味着什么吗？”

“哦，不，不，贝利大人，您不要误会，我从不冤枉任何好人。所以上次我们回去邀请厄多里斯大师的时候，我拜托了一位法政署的朋友，请他帮我调查和了解了一些资料。事实上这些资料并不难找，只是查一下有关于贝利大人您还有您的朋友以及查克莱大人最近的生活状况而已。”

“你敢调查我！”贝利愤怒得想要宰了眼前的这个浑蛋。

拉舍尔的眼神已经变得冰冷起来，说道：“法政署有权调查任何受到怀疑的对象，而我们有权力怀疑任何人。尽管有关贝利大人您生活状况的具体情况我还不清楚，但我这里有一份关于你们在深港时的生活状况调查。调查显示您的生活奢侈程度可比一般的贵族要令人羡慕得多，可我却找不到除了您眼下的这份收入外的任何其他收入来源。而且您的家庭也是个花钱的无底洞。我想等我们回到深港后，我也许可以从更加具体的调查报告上进一步证实这一点。”

贝利此时已是面如土色：“不，拉舍尔，我没有和修伊·格莱尔勾结。”

“我知道，我也相信这一点。”拉舍尔点头道，“否则你们不会害怕，不会震惊，更不会担心什么。不过这同样不代表你们就没有罪，不代表你们没有间接帮助修伊·格莱尔完成他的计划，能告诉我你们给过他什么回报吗？”

“一些……他指定需要的东西。”贝利牙齿打战，哆嗦着回答。

“有哪些？”

贝利哆嗦着回答，拉舍尔边听边点头：“很好，怪不得他能轻易骗走兰斯洛特，原来他早就把这岛上的每一个人的底细都摸清楚了。你们还给了他灵魂法书，甚至帮他杀死新

学徒使他可以继续留在那个位置上。哦，我的天啊，你们还真敢做，他要什么你们就给什么，他就像是指挥一群狗一样指挥着你们！贪婪是最大的原罪。”

贝利的脸上现出一片凶狠之色。

拉舍尔微笑地看着贝利：“我猜您一定很想杀我灭口。”

贝利一滞。

“不过可惜，我上次返回深港的时候就留了一些信息在那里，如果我死了，我现在的猜测就会在几天之内出现在陛下的书案前。我是说不管什么原因，只要我死了，这种情况都必然会发生。”

贝利无奈地道：“拉舍尔先生，你想要什么？我可以把我所有的钱都给你。”

“不，贝利大人，那是您的钱，不是我的，我对钱也没有兴趣，我只对这个逃犯感兴趣。我要抓到他，亲手抓到他！不过看起来查克莱大人并不希望我插手这件事，我猜他想让修伊·格莱尔从此消失于人间。但是很遗憾，我要让他失望了。我需要您去告诉查克莱，他必须立刻呈报法政总署，以他大地武士的身份，要求由我——深港治安长官拉舍尔亲自负责抓捕修伊·格莱尔。”

“就这些？”

拉舍尔嘿嘿笑道：“我知道您在担心什么，所以我建议我们合作一把。我是一个习惯于用脑子的人，但是我的武力很糟糕，所以我需要一些得力的助手。据我所知，那个修伊·格莱尔并不简单，他曾经受过兰斯洛特、帕吉特和克洛斯这些大人物的教导，表面上看他是一个初级武士，但我很怀疑他是否隐藏了自己的实力，这并不令人惊讶，对吗？此外，他是个炼金师，尽管他是用头脑制造了炼狱岛的案子，但是我相信如果他想硬来的话，也一定有着相当不错的实力，只是他这样的人轻易不会展现自己的力量。但是我不会小看他，能够做出这样的大事的人也不该被小看，所以如果我找到了他，就需要有人来下手对付他。”

他看着贝利，阴笑道：“我负责抓到他，得到那个空间物品，而你们负责杀死他，保护你们的秘密。我们各取所需，您觉得怎么样？我们都知道对于修伊·格莱尔这个人，帝国一定想要活的，所以除了我，没人能帮你们了。”

贝利大松了一口气：“拉舍尔，知道吗，你刚才吓死我了！你要是直接这么说，我相

信查克莱大人和我都不会不同意的，反正总要有人做这件事，能有个自己人当然最好不过了。”

拉舍尔冷笑道：“我还有个附带条件，就是你们必须绝对听从我的指挥。”

“这个……”

论身份地位，就连贝利都比拉舍尔高许多，更别说八级的大地武士查克莱了。要他们听从拉舍尔的命令，这实在是有些强人所难。

不过下一刻，贝利还是点头道：“好的，我会说服查克莱大人的，我相信这并不困难。从今天起，你将负责起协调全国范围内的对修伊·格莱尔的抓捕任务。”

“那正是我想要的。”拉舍尔得意地笑道。

……

紫萝兰歌舞团的行程，历来是根据兰斯帝国的天气变化制定的。

每年的冬季，他们就从北向南行进，到了夏季，他们又从南向北，一路上做着巡回表演。

有人说剧团的人就像是迁徙生物，总是不停地从一个城市走向另一个城市，他们像背着壳的蜗牛，从没有自己固定的家。

今年的冬季已经开始了，少数地方下起了大雪，厚厚的积雪将地面变成了一片银装素裹的洁白世界，道路因此而变得泥泞，难以行进。

一辆马车陷进了泥坑中，无论车夫怎样挥动马鞭，马车就是不动分毫。愣头愣脑的托德叫骂着踢打这些牲口，不过看起来那起不到丝毫作用。

还是克拉丽斯亲自指挥几名杂工找来了一些树枝、碎石，垫在那个泥坑里，马车才终于摆脱了困境。

“哦，为什么作为团长，就必须事事都得我亲自出马？我就找不到一个可以让我用得顺手的人？我的天啊，托德，暴力对待那些牲口对我们没有任何好处，如果你弄伤了其中一匹，那么你就下车和那些马一起拉车吧！”克拉丽斯指着笨头笨脑只知道使用蛮力的托德大叫道。

这位美艳的团长大人叉着腰骂人的样子从来都不淑女，尽管她实际的年龄并不大，才23岁而已。

她身边的黛丝轻轻咳嗽了一下："请注意您的形象，团长。"

克拉丽斯翻起了白眼："黛丝！现在不是表演时间，是指挥时间。在舞台上我知道自己该怎么做，但是在台下，我更需要有指挥官的气势。"

"大喊大叫并不能让您成为一个统帅。"

克拉丽斯有些恼怒："哦，黛丝，冷嘲热讽却有可能让你失去台柱的地位。"

黛丝毫不害怕地轻笑道："那并不是您说了算的对吗？观众才说了算。"她笑嘻嘻地钻进了马车中。

"这个小狐狸精。"克拉丽斯很不满地撇嘴。

车队继续上路了，他们终于脱离了这片泥泞的道路，走上了一条比较平坦的大道。克拉丽斯也因此失去了指挥的热情，车队继续由车夫控制，向着下一站缓缓前进。

刚回到马车车厢里的克拉丽斯，立刻被一群姑娘包围了起来。

"克拉丽斯团长，我们什么时候能到香叶城？"

"是啊，团长，已经赶了三天的路了，我已经迫不及待地想要洗个热水澡了。"

"我更渴望去香叶城好好购物一次，那里可是中部最繁华的城市之一。"

"那你得先找到一个愿意为你掏腰包的贵族。"

"这从来都不是什么问题，对吗？"

"没错。"

一大群姑娘嘻嘻哈哈地笑了起来。

克拉丽斯的表情很严肃："姑娘们，请注意你们的言行举止。淑女，要淑女，懂吗？不要公开讨论勾引某个贵族这种事，而且也不要认为这是很轻松的事。我曾经亲眼见过别的团里有个姑娘勾引了一个贵族，害他破费了一大笔钱。但是由于没能满足那位贵族老爷的需要，她的脸被划花了，如果你们不打算付出些什么，就别想得到什么。"

一个姑娘立刻回答："我已经做好所有准备了。"

克拉丽斯瞪了她一眼："不要为了一时的欢乐而放纵自己，也许以后你会得不偿失的。"

"您是指嫁人吗？团长。"又一个姑娘问。

"是的，女人总要嫁人的，不是吗？"

“也许嫁给钱更实际一些。”

“哦，不要说这种亵渎爱情的话，我喜欢钱，但我同样不拒绝美好的爱情，尽管看起来爱情总是离我们这种身份的女人非常遥远，我们离直接而简单的欲望更近一些。”黛丝道。

克拉丽斯很不满：“黛丝，你不该这么说，就算是舞女也有追求爱情的权力。”

黛丝反驳：“我们用什么来追求？我们走南闯北，总有一些姑娘愿意为了钱和男人们做不耻的勾当，这让我们的名声很差。好家世的男人不会和我们结婚，他们只是不介意和我们玩玩，你让我怎么去渴望得到爱情？难道让天上掉下来一个男人吗？”

克拉丽斯正要反驳，头顶上的车厢壁突然发出重物砸击的声音。

在一大群姑娘的尖叫声中，马车的顶部现出了一个巨大的洞，一个人摔进了车厢中。

修伊·格莱尔呻吟着躺在车厢里，浑身都有一种散了架般的疼痛。该死的，单向传送就是这么不好，无法进行准确的目标定位。

为了不把自己传送到地下，他只能把高度稍微调高一些。但他没想到这里是一片低洼地，当他被传送过来时，他发现自己离地面足足有两百多米。

要不是他本身精通风系法术，及时使用风翔术减轻自己的重量，放慢下降的速度，在落地时又运足了空气护盾和斗气护体，只怕他刚逃出炼狱岛，就得活活摔死在这里。

费尽心血，除掉所有人后离开的自己，要是因为这样的原因死去，那实在是太憋屈了。

红和绿倒是没这方面的担忧，它们扑棱着翅膀飞了下来。小家伙旭则一直在他的怀里，为了不压到这小东西，他选择了背朝下摔落的姿势，这让旭没有受到半点伤害，他的脊椎却疼得让他直抽凉气。

“哦，我的天啊，一个男人！”身边响起了女人的声音。

“不，确切地说还是个男孩。”

“黛丝，你真是个乌鸦嘴，神灵真的从天上送了个男人下来。哦，他还是个帅哥，瞧他的头发，是黑色的，真少见，很迷人。”

“我更喜欢他的小狗，好可爱，还有那两只鸟，他是个驯兽师吗？”克拉丽斯怔怔地望着修伊·格莱尔，又看看自己车厢顶部的破洞，冷风正不断地从那里灌进来。

然后这位团长大人有些迷糊："黛丝，你确定我没有眼花？什么时候神灵从天空向地面开了一条直达通道？"

剧团的台柱子黛丝也傻了眼："哦，我也希望我没有眼花，我发誓我再不乱说话了，难道我有传说中的魔法师的预言能力？"

"你就做白日梦吧。"一个姑娘讽刺道，女人说的话永远都是这么尖刻。

修伊·格莱尔长长地舒了一口气，看起来自己掉得还真是个不错的地方，这群姑娘们好像正在企求上天送给她们一个男人，然后自己就掉了下来。

他很无奈地道："那只是巧合，我发誓，姑娘们，那只是巧合。"

他一说话，所有的姑娘都看向了他。

修伊费力地坐了起来，斗气在身体里流转，快速地修复着身体受到的创伤。还好，只是普通的振荡，身体没有什么大问题，休息一下就缓过气来了。

他说："我想我必须向大家说声抱歉，很显然我的出场方式不太符合某些人的预期，我只是在一次冒险的行为中不小心出了些岔子，然后落到了你们的身边。不过没关系，我可以现在就离开，我是说我绝对没有打扰几位的意思，我们可以当这一切都未发生过，然后就此道别。"

修伊试图站起来，却发现这里是马车，不太适合站立，只能继续坐着向马车外挪动屁股。

黛丝睁大眼睛看着这个"上天赐给她的男人"。他看上去真的很英俊，很帅气，就是好像年纪小了点，估计不超过16岁吧。

不过自己也才17岁而已。

她娇声问："你是怎么来的？我是说……"她指指车顶上的那个破洞，"你怎么能从天上掉下来？"

"这个……"修伊抓了抓脑袋，"事实上……我不是从天上掉下来，是从树上掉下来。正好你们刚刚经过一棵树下，我当时就在树上，然后……"

克拉丽斯打断了修伊的话："这里是什么地方？"

修伊一愣："你说什么？"

克拉丽斯冷冷道："我在问你我们现在走的是哪条道路？它叫什么名字？它通向何

方？前面是什么城市或者村庄？”

“见鬼，我怎么知道。”修伊暗自想道。

望着修伊目瞪口呆的样子，克拉丽斯冷笑道：“你说你爬到了一棵树上，那说明你就住在这附近，可是你却不知道这里是什么地方吗？”

修伊无奈地叹气，很好，他一直都以为女人只是撒谎的专家，但从没想到她们同时也是鉴别谎言的专家。

“如果我告诉你我是一个魔法师，在试验飞翔术的过程中出了些岔子，然后不小心掉了下来，你相信吗？”

克拉丽斯撇嘴：“至少比刚才的那个谎言可信度要高一些。”

一个姑娘娇笑道：“我从没听说过有这么年轻的魔法师，而且还会在飞翔的途中掉下来，这真是太有趣了。”

很好，修伊无奈地叹口气，姑娘们都很聪明，也并不好骗。

不过下一刻，克拉丽斯用阴森的口气说道：“事实上，我对你是怎么来的不感兴趣。我感兴趣的是，你撞破了我的车顶。你打算怎么赔偿我们？要知道现在可是冬天，外面还在下着雪，要是我的团员里有一个生病了，那你又该怎么赔偿我的损失？”

克拉丽斯这么一说，所有的姑娘这才意识到寒冷已经突破屏障，钻入了她们原本温暖的马车车厢中。她们中不少人都穿的是单衣，这下全尖叫起来。

车厢外托德的大脑袋探了进来，高喊着：“发生什么事了？我刚才好像听到有什么东西撞在了马车上。”

然后他惊愕地看着突然多出来的修伊，还有车顶上的那个大洞。

克拉丽斯愤怒地大叫：“哦！你这反应迟钝的家伙，事情都过去一百年了，你才刚刚明白过来吗？”

她一脚把托德踹了出去，然后继续冷冷地看着修伊。

修伊只能继续叹气，看得出来，这个相貌不错但是脾气却不甚好的姑娘就是所有人的头领了。他只能道：“我可以赔偿你们。”

“很好。”克拉丽斯点头，她变戏法般地拿出纸笔开始快速计算起来，“一辆马车修个车顶至少要花掉10个金维特，考虑到我的姑娘们包括我本人因此受了冻，必须增加罚金，每个姑娘50个银维特，这里有6个姑娘，共是3个金维特。其中有一位穿着非常暴露，让你大饱眼福了，加罚一个金维特……”

“啊！”那个被克拉丽斯说到的“穿着暴露”的姑娘意识到自己只穿了内衣，她大叫着用双臂把自己包裹起来。

克拉丽斯头也不抬：“兰缇，你没必要这么紧张，你的动作看上去更像是挑逗而非遮掩自己。我从没见过用两只手就能把自己全身都挡住的人，你就一点都不冷吗？”

叫兰缇的姑娘叹了口气，找了件衣服披上：“团长大人，你就没发现这是一个上天赐给我们的男人吗？而且他很帅，这很重要。”

“我觉得是上天赐给我的金币。一共20个金维特，先生。”克拉丽斯抬起头看修伊。

修伊皱了皱眉头：“如果我没算错的话，应该是14个金维特。”

“还有劳务费和误工费，以及我的姑娘们的表演费。”克拉丽斯毫不手软，挥舞起她那把杀人不见血的宰客刀。

修伊无奈地点点头：“好吧，我会赔偿你们的。”

他试图从身上掏点钱出来，然后他发现自己半个子都没有，该死！炼狱岛上从不需要用钱！

傍晚的时候，车队终于赶到了一个小村庄。克拉丽斯从车上跳下来，对托德大叫道：“我去叫人修车顶，再发一些宣传单，你看住这个小子，别让他跑了，他可值20个金维特呢，如果他跑了，我就从你的薪水里扣！”

托德瓮声瓮气的回答：“是，团长大人。”

“闭嘴，别叫我大人，我是穷人！”克拉丽斯怒气冲冲地离开。

她的确很愤怒，因为上天给她送来的是一个穷得一分没有的家伙。这个自称芬克的家伙，身上连一个铜维特都没有。

这太可气了，不过难得的是这同样是一个傻小子，竟然没有丝毫想要讨价还价的意思。天知道她开出这样的价钱可就是用来给对方杀价的。要知道这世上太多弄坏别人东西而拒绝照价赔偿的无赖了，他们总是想尽办法抵赖，拒绝承认事实，所以你必须先把价钱抬高，给对方还价的空间，这样才有可能获得正常的赔偿。

然而少年的慷慨，很快被市侩的团长大人意识到这是一个“可欺压的笨男孩”，既然

上天没有掉给她金币，那她就把这看成是上天赐给她的劳力。

人总是得寸进尺的，何况这个少年做了一件在她看来“非常愚蠢”的事情。

于是在临走前，克拉丽斯吩咐姑娘们把所有的活都交给这个黑发小子去干。尽管姑娘们倒是很舍不得，但是克拉丽斯可不管这个——长得帅可不能成为免于劳役的理由。

车队停下后，有很多工作要做，他们要搭建舞台，准备表演，还要生火做饭。

由于剧团的生活条件简陋，没有专门的厨子，所以做饭的事一直都是由姑娘们轮流负责。今天是兰缇，那个衣着暴露的小姑娘负责做饭菜。

“女孩子们不应该被烟火熏染她们的美丽，这种事还是交给我来做吧。”修伊笑着对兰缇说。

“算了。”兰缇叮叮当当地开始切菜，“团长不在，你什么都不用做。不就是撞破了一个车顶吗？要不了20个金维特，我估计最多两个金维特就能解决所有问题。团长这样对你实在有些过分，不过也都怪你自己不好，你不该她说多少你答应多少的。”

“没关系，不管怎么说，我害你们受了冻，总是有些过意不去的，再说我也不缺这点钱。”

“是吗？”兰缇一对漂亮的眼睛盯着他看。

这让修伊有些尴尬，说道：“我的意思是说，我以为我带足了钱出来的，但事实上总有一些事情不在控制范围之内。”

“所以你现在只能咬着牙接受团长的价钱了？你很后悔吧？”

“老实说我并不介意帮你们做些什么作为补偿，所以我也没必要后悔。”修伊笑道。

“哦，既然你愿意帮忙，那就帮我处理一下边上的那些菜吧，我是说如果你会做的话，不过就算不会做也没什么关系，反正吃不死人就行。其实你不该拿出那些古怪的东西的，否则团长未必会这样生气。”

为了弥补克拉丽斯的损失，修伊特别拿出了几瓶珍贵的药剂给她。可惜的是，好东西并不是人人都识货，一瓶在市场至少可以卖到数百个金维特的珍贵药剂，在克拉丽斯的眼里，和一瓶清水没什么区别。

她愤怒地认为上天不仅没有赐予她一个财神，相反，倒给了她一个江湖小骗子。所以才决定让修伊干活弥补损失，同时也好好教育一下这个小子，让他知道欺骗是不道德的行为。

这让修伊很无奈，那些有着良好治疗效果的药剂，因为这些姑娘没病没痛，根本没法体现价值。辅助药剂，基本都是针对魔法师和武士使用的，普通人用了也没意义，至于驻颜药剂更不是立刻就能看出效果的，能够立竿见影即刻见效的，反倒是那些诅咒类药剂和毒药剂。

考虑到姑娘们没犯什么大错，他实在不想让她们尝试一下“死去活来”的滋味。

至于那些魔植的种子，修伊很怀疑自己如果拿出来，会不会被克拉丽斯立刻当成石子扔掉。

他倒是还有一些魔法刀剑可以卖点钱，也不愁克拉丽斯不识货，但问题是他的身上很明显放不下如此大的物件，凭空出现无疑会暴露戒指的存在，而且刀剑这种凶器也会吓坏这些姑娘。

他携带着整个炼狱岛所有的财富，但都是些书、药、武器、能量晶石、魔法增幅宝石之类的东西，不是无法证实它们的价值，就是根本不能出现在别人面前。或许唯一可以让克拉丽斯确认有价值的，就是海因斯的那根法杖，女人对宝石总是非常敏感的。

但是他很怀疑如果自己真把法杖给了克拉丽斯，这个女人会不会把法杖上面的所有宝石全部橇走，然后就把法杖给扔掉。那实在是暴殄天物了。

对于绝大部分普通人来说，别说法杖了，就连魔法师都只是传说中的存在，他们根本就没机会见到，更不会认为“从天上掉下来的人”就能成为“是一个魔法师”的理由。

尤其是这个少年还如此年轻，也没有显示出任何魔法师的傲气和与其相称的年龄。谁都知道，大人物总是傲慢无比的，尤其是那些世间罕见的魔法师。

假如克拉丽斯索要赔偿时，修伊用傲慢的“你竟然敢对一个魔法师要钱！”的态度还以颜色，那么考虑到他从天而降的事实，或许克拉丽斯会立刻闭嘴。但偏偏修伊却并没有表现出那种傲慢，他倒是立刻接受赔偿要求。

正因此，当修伊说自己没钱并试图拿出药剂赔偿时，克拉丽斯才会毫不客气地决定征用修伊。

她是绝不会相信一个魔法师会如此客气的，不管他是怎么从天上掉下来的，他都不可能是一个魔法师。

就算他是一个魔法师，也是一个“好欺负的魔法师”，这就是克拉丽斯对他的认知。

此刻听兰缇这么说，修伊摸着鼻子苦笑道：“如果我说我富可敌国，你一定不会相信。”

“每个人都有做梦的权力。”小姑娘很爽快地回答。

唉，老老实实做饭吧。

紫萝兰歌舞团，大约有30个人，主要以女性为主，男性不到三分之一。整个剧团一共五辆马车，一辆货车，再加上那些演出道具，差不多就是剧团全部的产业了。

除了团长克拉丽斯外，还有一个管事的管家叫亚历克·宾尼，主要负责安排剧团的大小事务，一个外事员，主要负责和各地剧场联系，商议演出租用场地的费用。不过这种租用场地的表演一般只在大城市进行，如果到了小地方，剧团会因陋就简，就地搭一个表演棚出来。

相比之下，大城市的场地租赁费用虽然高昂，但是那里贵族众多，花得起钱看演出的人也多，剧团的收入也会比平时增加，因此对剧团来说，能够在大城市表演，自然是最令人高兴的。只可惜很多高级场所并不会允许小剧团进入，这使得克拉丽斯很多时候还是要依靠一些零散的演出来维持日常开支。

因此剧团每到一地，都会立刻搭建舞台准备表演，团长则和外事员去跑生意，拉客人。

克拉丽斯回来的时候，已经发完了传单，还带了几个当地人来修补车顶，她和当地人讨价还价了半天，终于用一个金维特外加80个银维特搞定。

她一回来就嚷嚷道："哦，那个小男生还在？这很好，告诉我你们给他安排了什么工作？别想糊弄我，我知道你们一见到漂亮男孩就走不动路，托德，你来回答我。"

憨头憨脑的车夫托德回答："我看见他做菜，干了些搬运的活，还和兰缇打情骂俏。"

"兰缇！"克拉丽斯尖叫起来。

兰缇用一块毛巾愤怒地砸向托德的脸，大喊道："托德，你这个浑蛋，我没想到你这样的笨蛋也会背后搬弄是非！"

托德摸摸脸，傻呵呵地笑着说："妈妈说，笨人不等于好人。"

修伊看着眼前这一幕令人啼笑皆非的场景，心中只感有趣。在炼狱岛的那些日子里，他每天都在提心吊胆地生活，说话更是小心翼翼。他必须小心避开海因斯布置在各处的眼线，必须每做一件事都反复思量。

而现在，在这个剧团里，他看到的是人与人之间的自然相处。她们可以大声的笑骂，随意说话，没有什么上下之分，大家平等共处。

这真是令人羡慕。

或许这种生活对克拉丽斯这个团长来说一直是她所希望摆脱的，但是对修伊来说，这种生活恰恰是这些年来最梦寐以求的——或许要不了多久他就会厌倦，但至少现在，他很喜欢。

在嬉闹过后，克拉丽斯问兰缇："我的兰缇宝贝，我们今天吃什么？"

兰缇有气无力地回答："炒山青菜，大耳松果，哦，还有一些中午剩下的茄汁和罗姆汤。"

"听起来真让人倒胃口。"

"现在是冬天，而且我们也没什么钱。"兰缇很无奈地回答。

克拉丽斯握紧拳头："那么好吧，就吃这些。让大家赶快吃饭，然后赚钱。希望今天的客人能多一些。"

看着剧团目前的窘境，修伊终于忍不住道："克拉丽斯团长，其实即使是在冬天，也可以找到丰富的原材料用来加工成食品的，而且并不需要花钱。"

修伊的这句话，不仅让克拉丽斯一愣，就是其他的女孩子也一起望向修伊。

克拉丽斯看了修伊一眼，确认他没有在开玩笑之后，疑惑地问："你确定我们还可以找到别的食物？"

"是的，克拉丽斯团长，我注意到在这个村庄的外围长有一些野蘑菇。即使是在冬天，它们也依然长势良好，而且成片成片，易于采摘。"

"可是蘑菇是有毒的，不能吃！"

"是的，克拉丽斯团长，但并不是每一种蘑菇都有毒，而且最重要的是，蘑菇的毒素

也不是不可以去除，事实上那并不困难。”

“你是说你可以去掉那些蘑菇的毒？”克拉丽斯惊讶地瞪大眼睛，她难以想象这个小男孩能做到这一点。

修伊点点头：“是的，我看过那些蘑菇了，我有绝对的把握让你们可以享受它的美味而不用担心中毒的问题。”

“我怎么才能相信你？我倒觉得你很可能想把我们全部毒死，然后自己跑掉。”克拉丽斯叫道。

修伊无奈地道：“您可以不相信我，但我只是想帮你们而已，顺便弥补一下我给你们造成的损失。别忘了我也会吃那些蘑菇。”

克拉丽斯抱着手看修伊，看了好一会儿才说：“我们这里没有人会做蘑菇。”

“我会。”修伊笑道，“而且我自信做得还不错。”

“你精通厨艺？”

“您可以先尝一下我做的菜。”

兰缇把一盆修伊做的山青菜端到克拉丽斯的面前。

克拉丽斯用纤纤手指拈起一点尝了尝，她的眼睛瞪得溜圆，然后她高叫起来：“做得相当不错，哦，芬克，你是个绝好的厨子！”

兰缇也笑道：“我觉得可以让他试试。”

“那么好吧，做好后让他先吃。”克拉丽斯点头同意。

当天晚上，剧团的成员们享用了一顿由修伊亲手制作的蘑菇大餐。尽管一开始的时候大家还小心翼翼谁都不敢动手，但当看到修伊大吃特吃而什么事都没有的时候，众人终于放下了心中的顾忌。

很快，大家就被蘑菇那鲜美的滋味所陶醉了。

这一晚，成了剧团自成立以来，享受过的最好的一次美食盛宴，用克拉丽斯的话来说就是：就算是贵族也绝对吃不到如此众多而美味的食物，我们已经成为世界上最幸福的人了。

她的要求还真不高，她看修伊的眼神也终于有所不同。

那个时候修伊对克拉丽斯说：“我会在进入城市后，卖掉我身上带着的几瓶药剂，然后把欠你们的钱还给你们。至于现在嘛，我不介意帮你们做些我力所能及的事来表示我的

歉意，比如从今天起我来做饭，就当是车钱和利息吧。”

克拉丽斯毫不犹豫地同意了。

看在美食的份上，她打心眼儿里希望修伊还不出钱来，而且她也不认为就修伊手里的那几瓶药水能卖出什么好价钱。

用过晚饭后，剧团要开始进行表演了。姑娘们冲进后台开始为自己化妆，一个个唧唧喳喳吵闹不休像一大群云雀。

紫萝兰歌舞团的姑娘们，个个都有一副好嗓子，她们最擅长的就是利用自己那宽广的音域咏唱出令人惊叹的咏叹调来。她们穿着华丽的宫廷盛装，踏着优美的舞步，尽情地舒展自己的歌喉。

今天晚上表演的是《蒂兰雅》，这是兰斯帝国的一个传统曲目，讲述的是300年前的玫瑰勇士伊迪·斯特里克——也就是兰斯帝国开国君主——与他的妻子蒂兰雅的一段爱情故事，故事极尽煽情，充分展现了一代勇士为正义而战，最终创建美好国家的形象。

一部典型的为帝国君主歌功颂德的歌剧。

剧团的台柱黛丝扮演蒂兰雅，另一位台柱男演员巴特扮演伊迪·斯特里克。不得不说，紫萝兰歌舞团的演出还是相当不错的，黛丝穿着华丽的宫廷袍在舞台上尽情地展现自己的风采，那个英俊小生巴特则穿着一身战士的盔甲，以英武不凡的态势出现在众人面前。

黛丝的歌喉很美妙，就像是夜莺在歌唱，兰缇扮演的则是蒂兰雅的侍女，一个极富心机的女人，处心积虑地要挑拨伊迪·斯特里克与蒂兰雅的感情，试图将蒂兰雅取而代之。

修伊很怀疑历史上是否真有这样的侍女，要勾引君主并不困难，可要想让君主抛弃自己最珍爱的女人——这样的侍女不是聪明，而是愚蠢到想找死。

“我的姑娘们怎么样？”克拉丽斯双臂环抱站在修伊的身边，用无比得意的口气问修伊，看起来她很希望从修伊这里得到她所期待的溢美之词。

修伊想了想，然后说：“克拉丽斯团长，我必须承认您有一群非常出色的姑娘，她们不仅长得美，歌喉也好，表演功底也相当不错，我就像是看到一群天使在舞台上载歌载舞，我听说她们都是您训练出来的？”

“是的，她们都是我训练出来的。”克拉丽斯得意道。

“我还听说您精研歌舞、曲律，并且擅长培养这些姑娘，紫萝兰歌舞团也因此在同行

中有一个雅号：歌女的摇篮？”

“没错。”克拉丽斯傲然回答。

“但在我看来，这或许是对您最大的侮辱。”修伊冷冷道。

“你说什么？”克拉丽斯一下就愣住了。

“您知道我指的是什么，对吗？您培养她们，却留不住她们。”修伊回答。

紫萝兰歌舞团虽然只是一个小团体，但是在同行中，却一直颇有名气。克拉丽斯本人就是一个多才多艺的歌女，她所训练出来的歌女，总是非常受到其他剧团的欢迎。

由于紫萝兰本身的经济景况并不是很好，因此很多歌女在有了一些本领后就会离开紫萝兰前往其他的剧团，以谋求更大的利益。

紫萝兰因此每年都会失去一大批优秀的女孩。

“歌女的摇篮”，不仅仅意味着紫萝兰拥有培养优秀歌女的能力，同时也意味着没有留下她们的能力。

克拉丽斯愤怒地看着修伊：“我从不干涉我的姑娘们的去留，她们有权力选择离开还是留下。要知道我不是那种贪婪而无耻的贵族，不会强行要求我的姑娘们为我卖命，她们有权力去追求属于自己的幸福。”

她注意到当自己说到不会强行留下某人的时候，修伊的眼中流露出戏谑的笑，于是她冷冷道：“当然，对于某个身份不明的小骗子，我会选择把他留下来好好教导他做人的道理。”

“您说得很好，克拉丽斯团长，不过我认为您还是希望她们能留下来的，这样您就不必每年去收留一批又一批女孩儿，然后辛苦培养她们。但是可惜，紫萝兰养不起大牌，对吗？”

克拉丽斯的声音有些低沉了：“我们的生意并不是很好，我们的名气也只是在同行中传播。”

“所以说，克拉丽斯团长，作为一个歌舞教官，您非常出色，不过可惜，作为一个团长，您并不称职。歌女的摇篮只是确定了您在歌舞才艺上的能力，但同样的，它从另一个方面否认了您的经营才能，您是一个真正的艺术家，却不是一个真正的商人。您并不适合成为一个剧团的领袖，您更适合前往某个大城市，作为某个剧场或剧团的专门舞蹈和歌唱教官。那绝对会让您的生活比现在要轻松舒适许多。”

克拉丽斯刚才还嚣张的气焰这一刻彻底被修伊打败了，她摇摇头："你说得非常对，我不是一个合格的团长，我并不擅长经营，也不知道该怎样留住那些出色的姑娘们。黛丝是个非常有潜力的女孩，我已经把她培养成最出色的歌女，但我却无法让她成为家喻户晓的明星。没有明星，我们的生意好不起来。"

"那需要包装。"

"包装？"克拉丽斯惊讶地看着修伊。

"是的，事实上，我觉得紫萝兰并不仅仅只是缺有分量的明星，你们还缺很多东西。你们缺乏足够的资金让你们进入更加广阔的舞台去表演，你们缺乏一套行之有效的制度来管理你的手下，你还缺一套良好的营销手段来帮你打响紫萝兰的名气，此外，还缺乏好的剧本——《蒂兰雅》这样的剧本已经上演了太多年，人们早已经对它失去了新鲜感。紫萝兰要想发展，就必须有自己的独特内容。"

"哦，说得轻巧，你知道一个好的编剧要多少钱吗？还有，你所谓的行之有效的管理制度适合的是人数众多的大剧团。而在小剧团里，人与人之间的情感纽带有时候比冷冰冰的条文更加有效！"克拉丽斯对这些问题并不是一无所知。

"但是缺乏约束力。"修伊笑着回答，克拉丽斯无言以对。

她想了想道："那么我倒想听听你觉得紫萝兰应该怎样去做。"

于是修伊道："克拉丽斯团长，要想成为一个优秀的剧团，在乡村的表演是毫无意义的。城市的影响力在任何时候都是乡村所无法比拟的，只有在那里打出自己的名气，你们才能有更好的发展。所以我认为你们不该像现在这样总是到处奔走，瞧瞧你的观众吧，那可怜的人数用一个巴掌就能数过来。"

"可是不会有一个地方的人能连续很多次去观看歌舞表演，能够接受歌剧的人其实很有限，所以我们必须经常转换地方。"

"但那同时也让你们的名气消失，没人知道你们是什么样的剧团，人们更乐意从你们的排场和阵容来确定这个剧团的档次，然后做出取舍。当然，我不是建议让剧团从此以后只在一个城市里发展，但是我觉得你们应该缩短你们的行程路线。你们应该首先找一份地图，然后在地图上做一些最起码的标注，注明哪些城市是最值得去的，又最有停留的意义，把它们分好类别，放弃价值不大的地方，专攻有价值的城市，然后进行划分，最后制定出一张高效的路线图出来。这可以使你们在最短的时间内去到最多的最有表演价值的城

市，而不是像现在这样顺着一条最简单的直线行走，然后把大部分的时间浪费在乡村和道路上。你们应该在固定的时间来到固定的城市，争取在同一时间内达到表演次数和效果的最大化。这样日子久了，人们就会知道在某个时间段，他们所期待的紫萝兰歌舞团将会到来。而你们的每一场表演也都会获得丰收。”

克拉丽斯呆呆地看着修伊，她惊讶地张大嘴巴，就仿佛她之前吃进去的蘑菇此刻统统要跑出来。

她终于叫道：“我的天啊，这么简单的办法为什么我就没有想到？”

修伊笑道：“另外，为了进一步快速地在城市中拥有属于自己的名气，并长久地保持自己的名号，你们应该租赁一些真正有影响力的大场地。”

“可是那些地方的费用都很昂贵。”克拉丽斯终于听到了修伊提出的不切实际的建议。

没想到修伊却摇摇头：“我可不这么想，克拉丽斯团长，许多麻烦并不一定需要用钱来解决。”

“难道你想让剧场白给我们使用场地吗？”

“当然不是，但是您可以找别人帮您付钱？”

“谁？”

“其他的剧团。”

“哦，这不可能。”

“不，他们会同意的，只要您同意为他们训练他们的那些姑娘，他们一定会同意。”

“你说我去别人的剧团训练他们的姑娘？天啊，这太不可思议了。我不会同意这愚蠢的想法的，他们用高价从我这里抢走了我千辛万苦才培养出来的好姑娘，现在我还要主动上门去帮他们？这绝不可能！”

这句话彻底暴露了克拉丽斯对其他剧团从自己这里不停地挖人的痛恨，很显然，她对“歌女的摇篮”这个称号并没有她先前表现的那样大度。

修伊则笑道：“不，这是完全可能的，我认为您应该这么做，这样做对您也有好处。”

“我想不通对我有什么好处。”

“首先，紫萝兰的名气远远不及您个人的名气，而您的名气也主要是体现在培养歌

女的方面，这是您的优势，您有必要把它发挥出来。其次，如果您去了其他的剧团帮他们培养歌女，那就意味着其他的剧团再没有必要从您这里挖走您最喜欢的姑娘了。他们用高价挖走的姑娘，其实都是您的心血，但好处您一分也没拿到。而如果您主动去帮他们，对其他的剧团来说，他们就等于用同样的价钱得到了一批而不是一个两个的优秀歌女。很显然，无论对您，还是对其他剧团来说，这都是一笔好买卖。此外，您豁达大度的表现也会让别的剧团对您大有好感，我听说这一行并不是那么美好，有些时候竞争甚至相当残酷，而这样的做法可以在最大程度上让您多交朋友少结敌人，也使你们未来的道路更加好走。”

修伊的这一番话，彻底说动了克拉丽斯。其他的剧团不会再向自己挖人，固然是一个很明显的好处，得到一笔培训歌女的费用，是另一个明显的好处，但是能和其他剧团建立良好的友谊，其意义同样重大无比。任何行业，永远都是得道者多助，失道者寡助。

只是就感情上而言，克拉丽斯对那些其他的剧团实在没什么好感，所以很不想这么做，她喃喃自语：“也许我到时候该私藏几手。”

“不，您不能那样做，克拉丽斯团长。要知道帮助其他剧团培养歌女，不仅可以得到上述的那些好处，同时还可以帮助您自己的剧团打响名气。想一想吧，当别的剧团的人在接受了您的指导，并成为出色的歌女时，紫萝兰本身的名气又将会有多高呢？人们会知道，原来紫萝兰的团长是兰斯帝国所有剧团的教导者，她才是最出色的。别的剧团的歌女只是受过您一段时间的培养就可以如此优秀，那么那些长时间在您的培养下的歌女又会优秀到什么程度呢？到那时……”

克拉丽斯目瞪口呆地望着修伊，她当然明白这代表着什么，这意味着她再也不用为钱发愁了。

修伊继续在对克拉丽斯述说着，有关于剧团该如何建设，发展，应该在目前的情况下建立怎样的规章制度。歌女们的来去自由也不可以再如此放纵，就算不把她们当成仆役，也应该签订协议。

协议可以规定时间，在多少时间内，歌女们必须按照协议为剧团服务。如果要解除协议，就必须支付一笔赔偿金，等等……

克拉丽斯简直不敢相信自己的耳朵，她此刻听到的是自己之前从未听说过的东西。风鸣大陆并不是没有合同这种东西，但是很显然，在合同的细节化程度上，却远不及修伊此

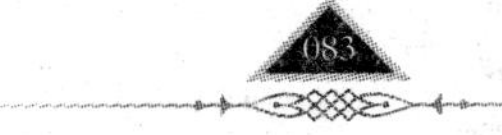

刻所说的。

克拉丽斯就像是发现了一块新大陆，完全难以想象一个还不到16岁的少年的脑子里怎么会装有如此多的想法。

如果说先前的那顿饭菜还只是让她感到这个少年的手艺不错的话，那么现在她才意识到，这个少年的脑子才是他真正最有价值的地方。

当说到最后，克拉丽斯已经被修伊的一大堆经营理念和经营手法彻底充塞了头脑，以至于她觉得自己幸福得简直要昏过去了。

她不是笨蛋，完全明白如果自己按照修伊所说的那样去做的话，将给紫萝兰歌舞团带来什么样的变化。

“那么最后，就剩下一个问题了。”修伊对克拉丽斯说，“那就是剧本，紫萝兰歌舞团需要全新的剧本，要有优美的对白，感人的故事，动人的乐曲，剧目还要推陈出新。我倒是学过一些剧本的编撰，但是谱曲我就不行了，不过我可以大致哼给您听，剩下的您自己应该能解决。”

修伊说完这话，注意到克拉丽斯的表情有些僵硬，他有些疑惑地问：“您怎么了？”

克拉丽斯突然一把抱住修伊大叫道：“你太棒了，芬克，我决定了，我要减免你的债务！就减免……一个金维特吧。”

修伊无语。

风鸣大陆很显然是不存在知识产权的，不过这与克拉丽斯对修伊的吝啬原因无关。

事实上，克拉丽斯第一时间意识到了修伊的价值，尽管那不是全部价值，却已经让她足够兴奋的了。

也正因此克拉丽斯才会只减免一个金维特的债务——真要给他全免了，谁知道他会不会立刻跑掉？克拉丽斯已经决定了，等十个月后，剧团只要果真如其所说的发展壮大起来，她一定会给修伊很丰厚的一笔钱作为答谢，不过现在嘛，必须保密。

她还在等着看修伊给她写的剧本呢，尽管她并不相信修伊能写什么剧本，但是考虑到之前修伊出色的表现，她觉得让他试一次也没什么不可以。

当天晚上，克拉丽斯拿着修伊写给她的《图兰朵》剧本激动得大喊大叫：“我们要发财了！我们要去香叶城，去登上兰雅大剧场，去成为全帝国最好的剧团！我要让所有的人都拜倒在我克拉丽斯的裙下！”

黛丝遗憾地摇头，对伙伴说："她又在做梦了。"

"简直是无药可救。"兰缇也头痛不已。

……

表演结束，剧团的人都去休息了，修伊却没有丝毫的睡意。他守在篝火旁，听着干柴劈啪作响，看着那一个个冒出的灿烂火星，尽情体悦着自由的快乐。

风的元素在他的周围聚集，盘旋卷起地上的枯枝落叶，那些落叶在他的周身翩舞，就仿佛是风在快乐的舞蹈。

如果有精通魔法的人在此刻看到这一景象，一定会惊呼修伊的进步神速，因为在对风元素的理解上，他已经达到了可以掌握风之气息的地步，可以让风元素感受到他的心情，并随着他的情绪变化而做出相应的变化。

这种风之气息的掌握，是一种境界的理解。

魔法与武技斗气不同，身为一个魔法师，不仅要拥有强大的魔力，浩瀚的知识，非凡的天赋，同样还要对魔法元素的存在拥有足够的理解，这就是境界。达不到对应境界的人，即使拥有再强大的魔力，也很难施展出高级别的魔法。就算勉强使出来，其效果也会大打折扣，而付出则更为巨大。

风之气息，是风系魔法的高等境界，如果说元素共鸣的范围代表着魔法的攻击距离，元素振荡的能力代表威力，那么元素气息则代表着使用法术时的速度与魔力消耗度。

当初克洛斯就发现，修伊·格莱尔对魔法有着非凡的理解能力，而这种理解能力其最容易体现的地方，就是境界上的掌握。境界一道，是唯一可以超越等级而拥有的。

尽管以修伊的魔力基础，还只是一个初级魔法师，但在风之元素的使用和理解上，即使许多高级法师，都不见得比修伊做得更出色。

或许是自己也感觉到自己对风之元素的理解又进一步加深了，修伊随手施放了那个风系探察魔法——风莺。

风之元素在瞬间开始凝聚，形成了一个若有若无的淡淡影像。修伊惊喜地发现，在施放这个法术时，自己所消耗的魔力明显降低，而魔法成形的时间则大大加快。

心中微微一动，他的手向着马车那边挥了挥，风莺向着姑娘们所在的马车飞去。

风莺送来了姑娘们的谈话声。

"那个芬克，我猜他一定伺候过某位贵族。"

“为什么？”

“只有在贵族的家里才有机会学到这么好的手艺。”

“你说得有道理，我猜他一定是某个贵族的仆人，然后偷跑了出来，也只有贵族才会去研究如何把有毒的东西变成美味的食品。”

“哦，这个就只能问他自己了。”

“不管怎么说，他是一个又聪明又可爱又漂亮还又非常能干的少年。你们没有注意到吗？他非常懂礼貌，他的气度可比许多大人大得多。团长向他敲诈，他却一点都不生气，还努力做事，甚至帮团长出主意，写剧本。”

“是的，他的确是个优秀的少年。”

“重点是他的确是个很帅的小伙子。”

“他那么能干，也许我们该多留他一些日子。”

“我看他不会愿意，克拉丽斯那么小气，我猜他绝不会愿意留下来。我是说，如果到了香叶城后，他真能卖掉他的药剂换到钱的话。”

“也许我们可以让他多欠我们一点钱。”

“怎么做？”

“勾引他怎么样？然后趁机敲诈他，威胁他，逼迫他留下来。”

“哇哦，这是个好主意。”

“那么谁去？”

“我去……”

“我去……”

“哦，我们是不是太过踊跃了一些，这一点都不淑女……”

修伊的脸微微抽了一下，右手轻轻一晃，风莺散去。

“她们很可爱，是吗？”修伊问小魔龙。

小家伙用不屑的眼神回应他。

修伊无奈道：“好吧，我承认她们这次的确是有些过分了，不过我相信她们只是说说而已。她们没有坏心眼儿，旭，有时候你得学会体谅别人。人人都有缺点，也会犯错误，比如克拉丽斯是有些贪财，那些姑娘们也是有些好色和……爱耍小聪明，但是这些都不是大问题。如果可以，我们要尽量学会包容。当然，对于某些错误，我们要坚决予以制

止。”

小魔龙呜咽了一声，往修伊的怀里钻去，看来它并不愿意和修伊讨论这个问题。

天空中传来了两声清脆的鸣叫，那是红和绿在听到修伊的低语后在树梢枝头发出否定的叫声。

“哦，看来你们也有想法？”修伊笑着看红和绿。

红和绿对视了一眼，然后同时向天空中飞去。它们在修伊的头顶盘旋着，火焰般的长尾在空中划出几个大大的字——艾薇儿。

修伊的笑容凝固了，眼中闪出迷离的色彩，他淡淡道：“不，那是完全不可能的，我不可能再和她有任何交集。”

他无视红与绿在天上不服气地乱飞，闭上眼睛，风之元素在下一刻聚集，悄悄围拢在他的身边。

与其让心中那份虚无缥缈的感情来纠缠自己，倒不如抓紧时间修炼。

灵魂法师正式进阶后，能学的东西并不多，事实上灵魂法术向来少得可怜。令修伊感兴趣的是，初级的灵魂法师，拥有四种极特殊的法术——精神凝聚与精神探察，意志坚定与意志削弱。

精神凝聚使人的精神更加专注，精神探察则可以探索周边，但只对生命体有效，好处是不像风莺那样易被发现。

意志坚定是对抗灵魂法术的最好武器，而意志削弱则恰恰相反。

这四种法术看上去没多大用处，不过修伊可不这么认为。

在他看来，精神凝聚就是一种不错的法术。精神力的高度集中，可以用来提高修炼时的效果，配合风系的元素凝聚，可以使魔力的修炼事半功倍。此外精神凝聚还能在与敌人的战斗中起到重要作用，坚定人的身心。当然，这种心神坚定对魔法师未必有意义，但是对武士来说就不同了。而修伊目前和别人最大的不同就是，他不仅仅是一个魔法师，同时也是一个武士。

这四种法术对别人而言或许不过如此，但对修伊来说，就等于是为他量身定做的宝贝。至少现在，精神凝聚就起到作用了——修伊施放了一个精神凝聚在自己身上，全身心进入对魔法的研究状态，将那个对他念念不忘的女孩抛诸脑后而不用再受其影响。

红与绿在天上气愤地乱飞，对修伊的“作弊”行为充满愤慨。

相比灵魂法师能学到的可怜法术，风系法师拥有的初级风系法术可就多得多了，可选择的范围也要大得多和麻烦得多。

辅助方面，风灵术的进阶固然是风翔术，但它还有一个旁支进阶——风之视觉、风之嗅觉和风之触觉，再往上就是风之强化，这是一种强化自体的法术进阶线。

在防御法术方面，在空气护盾的基础上，除了可以学习风之旋涡外，也可以学习空灵护盾。这是一种风元素实体化的护盾，已经可以在外观上显示出来。相比空气护盾只能减弱伤害，空灵护盾则可以有效地吸收伤害，防御效果更强一些。

至于风旋涡其实是一种寓攻于守的陷阱法术，杀伤力不错，可惜不能移动，无法主动进攻敌人，而主动进攻法术中他可以学习的最佳选择是风裂术和空切术。

风裂术和空切术这两种攻击法术本身其实并没有太大差别，但它们却代表着不同的进阶方向。风裂术是一种面攻击法术，通过制造数十道小型风刃对敌人进行攻击，而空切术则是单体攻击法术，但胜在攻击力和攻击距离要比风裂术强劲得多。

它们代表着范围攻击和单体攻击两种方式。

当初在炼狱岛上，修伊毫不犹豫地选择了主修风裂术，空切术他连碰都没碰。

毕竟风系法术本身就是以范围攻击为主的法术。而且他未来面对的敌人，也将是大批的帝国战士。至于那些强到逆天的如兰斯洛特般的人物——短时间内是不用想着打过他们的，就算把空切术练得再好，能否破开他们的护体斗气都是个问题。

再说空切术也完全可以由修伊的武技突刺来代替，尽管在武士等级上，他由于缺乏练习难以突破，但是修伊的突刺能力本身还是大大强化了。

而风裂术和空切术在后期还会出现进一步分支现象。比如风裂之后，就是风之逆袭与风之强袭两种选择，代表的是攻击范围与攻击强度的主次方向。

风系法术在经过几百年的发展之后，已经形成了一套庞大的枝杈状体系魔法，与之相类的水、火、土等系法术皆是如此。

而低级别的法术修为，直接影响到高级法术的使用效果。就好比修伊如果在不学习风灵术的情况下直接学习和使用风翔术，其法术效果就会大大降低。基础发展决定上层建筑，即使是在魔法修炼上也是如此。

因此很多时候魔法师们仅仅是为了选择主修方向，就足够研究个三五日的，毕竟一旦选定，再要后悔就等于是蹉跎岁月了。

好在对修伊来说，这些暂时都还不急。

如今的修伊，等级上或许是低得没法再低了，每项数据看上去都很可怜，但是同时拥有多项能力的他，在对它们加以组合利用后，修伊相信，就算一个三或四级的魔法师，也不可能是他的对手。

确定了接下来自己要努力的方向后，修伊终于停止了修炼，准备睡觉。

当天晚上，修伊度过了自来到这个世界后，第一个自由而放松的夜晚。他睡得很香，很沉，从未睡得如此放心而踏实过。

唯一美中不足的是，睡着的时候，精神凝聚没法再帮他继续坚定意志，他梦到了艾薇儿……

第二天一早，紫萝兰歌舞团继续向着香叶城出发。按照修伊的建议，与其将精力放在赚不到几个钱的小乡村，还不如抓紧时间排练新剧本，等到了大城市再大显身手。克拉丽斯接受了这个建议，从这天起剧团的成员们抓紧一切时间排练《图兰朵》。

克拉丽斯“雄心勃勃”，发誓要在香叶城大干一场，不卷走几百个金维特，就绝不罢休。

一个金维特在这片大陆上的价值，差不多相当于200块人民币。克拉丽斯生平没见过大钱，几百个金维特已经是她短期目标的极限了。

那个时候修伊很想知道如果她知道自己昨天拒绝掉的任何一瓶药剂，都能卖到成百上千个金维特，她的脸上会出现怎样的精彩表情。

五辆马车，剧团的姑娘们霸占了四辆，剩下的一辆马车和一辆货车则是男人们的地盘。

按理说，“不速客”修伊是要被安排进后者的，不过克拉丽斯终于“大发慈悲”了一回，没有让修伊和其他的男人挤在一起，而是让他和自己一个车厢。

这让男演员们羡慕无比——长得帅总是有好处的。

不过修伊可不这么想，如果可以，他情愿和那群男人挤在一起，也无法忍受这帮姑娘们对自己的品头论足。

而克拉丽斯这样做则是因为，她觉得是时候好好了解一下这个从天而降的少年到底是什么来历了。

昨天修伊的一番话令她大感惊奇，普通的少年是不可能有这样的见识与智慧的。

“芬克，首先我应该感谢你昨天给我的那些建议，我没有想到一个少年竟然能懂这么多道理，并且如此聪慧过人。另外，我惊讶地发现你写给我的那个剧本，之前我从没有听说过，但是它非常出色，我相信只要演出成功，它一定能够成为大陆的经典。但正因为这样，我感到非常奇怪，难道你真是神明送来的使者吗？”

修伊向克拉丽斯欠了下身：“很抱歉克拉丽斯团长，之前由于我不知道自己在什么地方，唯恐我那凶暴而残忍的主人在这附近，所以不敢说出自己的身份。不过在知道了这里是凡尔萨郡后，我已经确定我离我那可怕的主人足够遥远，远到他不可能再追上我，杀掉我，那么我现在可以说实话了。”

黛丝眨着漂亮的大眼睛问：“原来你是一个仆役？这么说你有一个很可怕的主人了？”

“是的，美丽的黛丝小姐，我的主人叫伊莫金·基勒里，是佛朗克帝国基勒里家族的一支，他是一位海上探险家和一位商人，同时也是一位魔兽猎人，炼金材料的走私贩。”

“听起来很暴利的行业。”克拉丽斯对利润的追求使她将一连串修伊精心编织的谎言归纳出一个“金钱”的核心。

“的确很暴利，而且我的主人生意做得很大。他有一支庞大的船队，他的生意遍布三个大陆。”

“那么你为什么要跑出来？”

修伊彬彬有礼地回答：“伊莫金·基勒里是一个非常残暴的主人，他不允许任何人违逆他的意志。我在基勒里家族工作了三年，是他的随侍。这个地位听起来或许很耀眼，但是接近一位残暴的主人，其实是件非常可怕的事。我曾不止一次亲眼看到基勒里杀死工作上犯了一点小错误的人。他在他们的腿上绑上石头，将他们扔进大海，然后看着他们沉入海底，发出绝望的惨叫，而他本人在船上大笑。有时候会有一些海中的巨兽游到船队附近，他也会把一些随从作为食物喂给它们。”

黛丝、兰缇等人捂上了嘴，小脸吓得煞白：“天啊，这听起来太可怕了。”

克拉丽斯半信半疑地看着修伊：“那么你是怎么跑出来的？你怎么会懂得这么多？”

“尽管伊莫金·基勒里非常残暴，但是他的确是一位非常有能力的主人。在跟随他的三年当中，我从他那里学会了很多东西，包括下厨和一些经商之道。您知道有时候随侍是

需要帮主人做一些记录工作的，这让我可以很好地理解主人的学问，并学习到足够多的安身立命之法。我的主人在一个月前来到兰斯帝国，由于一次海上风暴的原因，他的船队受到了不小的伤害，所以他需要一段时间在那里停歇。我找到了机会，就从主人那里偷出了一些主人私藏的炼金师的东西，其中就包括药剂和飞翔斗篷。然后我用那个飞翔斗篷顺利地逃了出来。不过很可惜，我没有意识到飞翔斗篷同样有自己的极限，在我飞过一段距离后，由于斗篷的能量供应不足，我掉了下来。我当时太惊慌，所以我不知道自己有没有飞出我主人的控制范围。”

“原来是这样。”姑娘们发出理解的声音，对修伊的遭遇充满了同情。

谎言的最高境界，是要注意细节的利用和对自身处境的切合。修伊的这个谎言，不仅说出了一些众人所不清楚的细节，重点是这和他目前所处的境况很相像——都是逃亡的仆役，都在躲避追捕。只不过真实的情况是他即将面临的是整个兰斯帝国的追捕，而不是其他商人的追捕。

这两者之间的对比，是显而易见的。

姑娘们不会在意收留一个贵族商人的逃仆，这没什么了不起的，但是她们肯定不敢和整个帝国作对。

而这样做的好处就是，他在今后面对一些特殊情况时，可以采用和一个真正的逃犯完全相同的做法，而不必担心被别人看出问题。而且这正和昨天晚上姑娘们的胡乱猜测相符合——人们总是愿意相信自己的无端揣度，如果自己能证实他们的胡猜，他们会觉得自己很聪明，并感到很满意。

谎言的另一个境界，是长期目标与短期目标的分界。很多谎言在一段时间内总是成功的，但是随着时日的增长，却会渐渐暴露在众人的面前。如果不能确定谎言的界限和证实它所需要的时间，那么这个谎言将会面临可怕的后果。修伊用遥远的异国商人做幌子，确切地说是一个中期幌子。它听起来很真实，好像你随时可以去查实是否有这样一位商人的存在，但真正要证明它，却需要一段时间。

而在这段时间内，修伊是安全的，无懈可击的。等到你真正证实的那天，他早已飘然远去。

而这个谎言最后的好处就是和他所经历的事实是如此相像，以至于在他表达对过去的

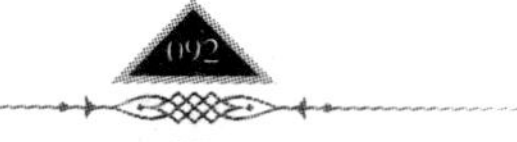

情感时，可以丝毫不用掩饰对曾经生存的环境的憎恨与厌恶。

在感情上，他不愿意再对过去有任何美好的想象和掩饰，这个谎言本身或者是虚假的，但是感情上却完全是真实的。

这是一个真实的谎言。

令修伊感到惊奇的是，克拉丽斯对他精心编织的这个谎言似乎并不感兴趣，她的眼睛此刻正放出贪婪的光芒，说道："炼金师的道具？你是说你有一件可以让人在空中飞行的炼金师道具？我的天啊，它在哪儿？"

修伊无奈地回答："由于能量耗尽，它已经没用了。事实上在我掉下来的时候，它就散落在了荒野上。"

"哦，你这个败家子！"克拉丽斯激动起来，"要知道即使是一件废品，你也该把它好好收起来。制作它所需要的材料是相当珍贵的，只要加以充能，它还是一件好宝贝，它可以卖大价钱。我的天啊，我们该不该立刻回去把那东西找回来呢？"

克拉丽斯开始喃喃自语。

这个女人放着金山不要，却在想着那虚无缥缈的飞翔斗篷。事实上，炼金师的确可以制作这种东西，修伊就会，那并不是失传的技术，只是对材料的要求太高。目前放眼大陆，恐怕也只有修伊拥有的戒指里藏有的材料能够做出来，不过修伊可不打算这么干。

海因斯说得没错，炼金师的追求是魔法，而不是工匠。他拥有与风元素产生共鸣的能力，与其花费力气和材料制造飞翔斗篷，倒不如让自己尽快地掌握风系法术，然后让自己真正的飞起来。风系大魔导师可是个个能在天上飞的，只是那实在过于消耗魔力，而且也不是现在的自己所能掌握的。

可能是终于回过味来，克拉丽斯问修伊："你的那些药剂值多少钱？"

修伊想了想回答："我也不是很清楚，您知道炼金师并不是每样东西都非常值钱的。"

"那我还是等你把它们卖了再说吧。"克拉丽斯泄气道。

姑娘们对克拉丽斯那狂热的金钱崇拜已是见怪不怪，黛丝兴奋地问修伊："那么你的小黑狗呢？还有那两只鸟是怎么回事？"

修伊笑道："它们是和我长期相依为命的伙伴。这两只鸟一个叫红，一个叫绿，是夫

妻。这只小黑狗……”

他注意到当自己指着小魔龙说小黑狗的时候，旭发出了不满的低吼声，高贵的生物不容蔑视啊！

修伊苦笑着抚摸它的头安抚它，回答说：“它叫旭，是个非常有尊严的生物，它也不喜欢别人叫它小黑狗，所以你们可以直接叫它的名字。”

“旭？”

“是的。”

“我没想到它还挺有个性的，我能抱抱它吗？”

“嗯，特立独行通常意味着难以接近，所以我建议你放弃这个想法，旭不喜欢和他人亲近的，哪怕对方是位美女，当然美丽的同类例外。”修伊解释道。

兰缇安慰他：“不管怎么说，你自由了。放心吧，团长虽然贪财，却不会做出把你卖回给那个可恶的主人的事情的，你可以在这里好好生活。”

克拉丽斯瞪着眼看兰缇：“坏话总是在别人背后说的，兰缇，注意你的用词，什么叫我很贪财，尽管那是事实。”说到后一句，克拉丽斯有些泄气。

黛丝娇笑道：“怪不得你那么出色，可以做出好吃的饭菜，还可以给团长写剧本，尤其难得你如此精通商业之道，原来你曾经的主人就是一位商人。”说到这，她突然做双手捧心状，仰面向天仿佛朗诵诗歌一般，“难怪人们总说，英雄出自草莽，艰苦的环境令人成长。哦，也许一切的艰难与挫折，都是天神对我们的考验。只要走出难关，迎接我们的将是那蔚蓝的天空……”

修伊微微一怔，细细一想，竟觉得黛丝此刻说的话颇有道理。如果没有炼狱岛那险恶的求存环境，自己只怕未必会努力苦做，勤奋学习，那么如今只怕也未必能拥有如此庞大的知识与财富……

当然，黛丝此刻的感慨其实不是针对修伊来的，她的真实想法是，也许紫萝兰现在的苦难，就是她们未来辉煌的预兆。至于说要在苦难中付出怎样的代价才能成为出类拔萃的人物，这一点，被小姑娘自动忽略了。

人们总是乐意看到美好的一面，而对艰辛的过程不愿深究。

想了想，修伊道：“虽然我已经告诉你们我的身份，但我还是希望你们能为我保守这

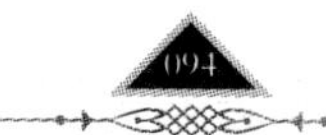

个秘密。团里人多口杂，传出去总是对我不利的。”

“放心吧，芬克，我们不会说出去的。但是我们该怎么跟其他人讲呢？”黛丝问。

“就说我是一个贵族公子，在试验炼金师的飞翔斗篷时出了意外，然后碰上你们。这个说法怎么样？”修伊笑道。

“哦，你真是个小骗子。”姑娘们一起笑了起来。

是啊，修伊叹息，在炼狱岛上他要不停地撒谎，没想到离开炼狱岛，他依然要不停地撒谎。

看起来老天爷把他投放到这里，就是为了让他做个骗子的。

克拉丽斯问他：“芬克，既然你已经从你那可怕的主人手里逃了出来，那么能不能告诉我，接下来你准备去什么地方？”

修伊回答：“我有事要去一趟香叶城，会在那里停留一段时间。在那之后嘛……我打算到处游历一番。”

“哦，那可真是太好了，我们也要在香叶城逗留一段时间，毕竟难得到一个大城市，我们要争取多一些的表演机会。而且你既然打算到处游历，那么你也不在乎去哪里了，你可以和剧团一起，大家都喜欢吃你做的菜。这样我们就可以继续住在一起了不是吗？”兰缇很兴奋地说。这样一来，就算芬克真的能在香叶城把他的药剂卖出去，也不用担心他会立刻离开了。

修伊淡淡地道：“如果你们欢迎的话，我没有意见。但是我很担心我的游历不会顺利，事实上，我那凶狠而残暴的主人一定会派人来抓我的。尽管我为了迷惑我的主人留下了一些虚假的线索，但那些假线索只能拖延一些时间，他们早晚还是会追上我的。所以我想我的游历过程不会太愉快，我认为我并不适合和你们在一起太长时间。”

“我们当然欢迎你，不过你不用太担心你主人的追捕，他可不是斯特里克陛下，没可能把手伸那么长的。”克拉丽斯发出了邀请。

在见识到眼前这个少年非凡的谈吐和他那睿智的头脑之后，克拉丽斯已经开始喜欢上这个少年了，因此这邀请倒是发自内心的真诚，而与金钱无关。

修伊想了想，点头道：“希望如此。”

前往香叶城的路，一直赶了十多天，大雪阻塞道路并不好走，再加上路上还要背台词，不时还要排练，因此能赶路的时间总是很少。在第十四天的时候，他们才终于赶到了香叶城。

紫萝兰歌舞团进入香叶城后，很快找了一处旅店住下。

“好了，我们到地方了。小伙子都赶快干活，亚历克，你安排大家的房间。姑娘们可以去街上随便看看，但时间不能太长。至于我，现在我要去和这个城市的剧场老板们好好谈一下租赁排练场地的问题，还有去找一下其他的剧团，我们要开始赚钱了！”克拉丽斯大声吩咐着，引得行人纷纷侧目。

然后克拉丽斯像一阵风般冲到修伊的跟前，说道：“你不是要去把你的药剂卖掉吗？那么你可以和我一起走。我倒是很想看看你的那些药到底能不能卖出好价钱来。”

然后她不由分说，拉着修伊走上街头，后面还跟着一大群剧团的姑娘——她们是准备去消费的，尽管她们口袋里的金维特少得可怜。

也只有这个时候，修伊才能真正地观赏一下这里的城市风貌，可怜他来到异世大陆将近四年的时间，还是第一次有机会来到大城市。

香叶城的建筑大多是圆穹尖顶设计，所采用的建筑材料则以当地特产的香木为主。香木是一种异常坚硬的木料，极适合用来加工成各种家庭用具。这种木料平时会散发出一种淡淡的香气，如果用火焚烧或者雨水浇灌，香气会越发得浓郁。当整个香叶城中大多数的人家以这种香木为主体建筑材料时，每逢雨天，整个城市的上空都会飘散出一阵扑鼻的香气，沁人心脾，香叶城的名字就是因此而来。

修伊注意到，这里的行人大都衣着华丽，他们看上去无忧无虑，日子过得非常悠闲。道路上的商铺开得极多，且都装修精良，商铺里的商品同样琳琅满目，令人目不暇接。

黛丝、兰缇等一帮姑娘不停地从这个橱窗跑到那个橱窗，然后发出大惊小怪的叹息，不是称赞这个太美了，就是叫着想要那个，然后再气馁地说没钱，要不姐妹们谁先凑点给我。

“看起来这座城市有着非常良好的商业氛围，这里的人民也很富裕。令我感到惊讶的是，香叶城并不是一个很大的城市，它是一个内陆城市，没有港口，没有繁华的海上贸易，在位置上更是相对偏僻一些，那么它是依靠什么而发展起来的呢？”修伊问克拉丽斯。

空间魔法

“哦，说到香叶城嘛，它的富裕得益于这里的特产。”克拉丽斯为修伊介绍起有关香叶城的一些情况。

香叶城的繁荣，受益于此地特产的香木。这种可以散发出浓郁香气的木料，一直以来都是贵族的最爱，成为帝国乃至整个大陆贵族追捧的建筑材料。

在香叶城，最发达的商业大概就是香木的贩运，而最出色的工业，大概就是香木的上色与加工制作了。各地的商人们往来此地，络绎不绝，渐渐将整个香叶城的经济带动起来。

香叶城因此成为凡尔萨郡最富饶美丽的一个城市，听说将来很有可能会取代旧约克城成为凡尔萨郡的新都会。

由于长年的砍伐，香木的生长状态受损严重，如今香木林已然越来越少。人们总是在失去的时候才知道珍惜，所以终于开始进行香木的保护。香木的价格因此飞涨，如今的人们已经开始用石料替代木料建房。所以现在拥有一座香木建筑的人家，是不用担心经济问题的。高昂的价格使得香叶城并未因为香木的缺少而降低收入，它吸引着人们，因此带动了其他方面的发展，因此香叶城的居民大多富裕，人们在闲极时就会找乐子，所以这里也渐渐变成了凡尔萨郡首屈一指的娱乐中心。

香叶城是格罗拉·阿布利特的领地。阿布利特这个姓氏背后代表的另一个意义就是——六级紫袍空间系大魔导师，这可是一个比领主更加高贵的身份。

当年送修伊上岛的四级黑袍法师厄多里斯，就是阿布利特的学生。

由于空间系是所有魔法系中堪称最复杂最深奥的魔法系，因此空间系的法师等级提升极为困难。紫袍法师阿布利特，已经是兰斯帝国同系魔法师中等级最高的一位，尽管是紫袍法师，但是在国家待遇上，拥有和金袍相等同的地位。兰斯帝国给他的封地就是一个完整的城市。

修伊知道，空间系的法术可能是所有法术体系中最古怪的一系。低级的空间法术少到可怜，而且实用性也差，而高级的空间法术却相当多，而且强大无比。因此绝大多数的空间系法师在修炼之初都会再兼修至少一种其他系的法术。阿布利特就同时是一个水系四级魔法师，而厄多里斯则是主修火系的五级魔法师，听说他的导师为此一度对他痛斥不已——空间系的大法师教出个副修空间系主修火系的学生，主副不分，水火不容，他能高

兴才叫奇怪呢。

不过对修伊来说，空间法术的吸引力远远及不上炼金术。阿布利特之所以值得他关注，香叶城之所以值得他逗留，完全是因为另一件事——传说中阿布利特同样拥有一本伊莱克特拉的手记。

这个消息还是当初和贝利交好时无意中得知的。

阿布利特将这本手记看作是他一生中最得意的珍藏，尽管他本人并不是个炼金师，但同样敝帚自珍，不愿意拿出来给任何人。

据说海因斯曾经向阿布利特索要过这本手记，但是被阿布利特不留情面地拒绝了，这使得海因斯大为恼火。在后来有一次修伊故意的试探当中，修伊发现海因斯对阿布利特的印象极差，风评极坏，这就意味着这个传言很可能是真实的。

这才是他当初把自己传送到凡尔萨郡的真正原因。

对于修伊来说，炼金术是唯一可以把所有不同系的法术同时施展出来的手段，尽管它不是可以随手使用的魔法，但也因此而具备着魔法师所不具备的强大威力。

在他能够拥有伊莱克特拉那样的成就之前，寻找伊莱克特拉的手记，追寻他的脚印，研究他的成果，同时也满足他游历天下的欲望，其实就是他目前为自己制订的计划。

拉舍尔对修伊的分析里，至少在这一点上看得没有错，像修伊这样的人，是不可能漫无目的胡乱行走的，他们这类人总是会给自己制订一个目标，然后向着这个目标前进，前进，直到到达巅峰。不过明白归明白，修伊的计划到底是什么，就不是他能揣测得了了。信息的不对称，使得拉舍尔虽然看出了修伊的落脚点，却错误地估计了他的目的地，毕竟他不可能想到修伊早不是真正意义上的修伊·格莱尔，这就为修伊带来了更多的时间做自己想做的事——得到另一本伊莱克特拉的手记。

只不过要想得到那本手记，空间系大法师阿布利特就注定是一道难以逾越的屏障。

要知道尽管空间魔法品种很少，但是空间魔法的每一种法术却都极为实用，空间系法师的强大同样是不言而喻的。

瞬间移动，可以使自己来去自如，如鬼魅般令人防不胜防；结界破除，可以粉碎一切结界；光之迷宫，可以使人永久失陷在空间迷宫之中；撕裂空间，则可以将对手直接放逐到空间乱流中去……

所有和空间法术有关的魔法，几乎都代表与强大、恐怖、难以抵御这些名词画上等号。

身为一个六级空间系大法师，修伊丝毫不怀疑阿布利特能熟练运用以上法术中的至少三种。只不过要使用这样的魔法，所要消耗的魔力也是巨大的。

空间系的魔法师同样是通过打开空间屏障来完成自己的瞬间移动和空间撕裂行为，只是他们并不具备传送法阵那样循环不休的力量，所以每一次打开空间屏障，都要付出巨大的代价。而越是将自己传送到远的距离，也就越是消耗更大的能量。因此即便是阿布利特这样的紫袍法师，也不可能一下子就把自己传送出很远的距离，更不可能每天无限次地瞬移。一般来说，空间系的传送距离，会受到目光视野的限制，他们不可能将自己传送到自己视野无法触及之处，除非是事先对某个地方进行过空间定位。

想到这里，修伊的心中突然产生了一个极为怪诞的念头——能不能把制作传送法阵时的能量循环理论用在空间法术的修炼上呢？

这个怪诞的念头一出现，就在他的心里循环不休起来。

修伊很清楚，由于魔法师在打通空间屏障后，也是需要不停地消耗魔力来维持的，所以必须立刻将自己传送过去，否则这个魔法就白白浪费了，或者直接将自己的魔力抽干耗尽后自动停止。

可是一旦拥有能量循环的能力，那就意味着他可以打通空间屏障，制造一条只属于自己的特殊通道，然后随时使用。甚至他还可以在这段时间里打通多个空间屏障制造多条空间通道，并且使它们相连。

这样一来，他就可以在一个时间段内连续多次的出现在不同的地方，并且自由往返，而这从来都是任何一个空间系的大魔导师都无法做到的。

当然，要连续破开多个空间屏障，所要消耗的魔力是惊人的，但是如果将距离局限在一个固定的小区域范围，就可以大大节省魔力。那么如果在战斗中使用这种方法——修伊完全可以想象，自己在某个区域中瞬间消失又瞬间出现，不停地移动位置而没有任何阻碍。这意味着他将永远占有进攻的主动权。即使是比他强大的敌人，只怕也会被他神出鬼没的打法所击败。

这有些像武士修炼到高级别时的幻影攻击技巧。只是幻影攻击是通过高速的移动在人

眼中留下的残像所造成的，并不是真正的瞬间转移。而自己的做法，却可以让自己在战场上拥有绝对的控制权。

当然，面对拥有大威力面的杀伤性魔法，这种做法并没有太大作用，但是面对高级武士这样的对手，自己则大大提升了生存能力。

在炼狱岛的时候，为了生存，他没有办法努力钻研斗气和魔法，绝大部分的精力都用在了炼金术的研究上。但是此刻远离了那片地狱世界，他终于意识到自己还有很多东西可以学习，可以进步，可以继续钻研和探索。

而现在脑海中的灵光一动，无疑就是打开了他学习魔法的一道重要之门。

修伊再次想起了伊莱克特拉成就的奥秘——通过对炼金术的理解，加深对魔法的学习。

没错，就是这样，能量循环是自己发明的，魔法师并不懂得其中的运行道理。但是他懂，他完全明白这其中运行的奥妙。而他现在要做的，就是如何去在实际行动中完成这一理论上的构思。

他现在真正开始理解伊莱克特拉了，毫无疑问，炼金术提供给他的正是这种理论上的探索方向。

尽管修伊并不具备修炼空间魔法的天赋，但是在掌握了事物运行的原理之后，他实际上已经站在了比任何人都高的起点上。而这，其实比天赋更重要。

这也就是伊莱克特拉成就的奥秘之一。

当他研究血肉傀儡时，他在灵魂法术上有了突破，而当他研究传送法阵时，其实他在不知不觉中，对空间魔法也早已有了学习的能力。

领悟到了这一点的修伊，心中着实无比兴奋，他恨不能现在就实验自己的想法，然后掌握空间移动的奥秘，使自己在空间系的魔法上也拥有强大的力量，成为继风系、灵魂系之后第三种自己掌握的法术系别。

假如有别的法师知道他的想法，或许会提醒他，尝试空间魔法的创新，其失败的代价很可能是永远迷失在空间乱流之中，而修行多种魔法也会加大魔力紊乱的风险。

但是修伊却不顾一切，将自己彻底放在了这条充满艰险却又充满光明的道路上。

这就是缺乏导师指点的优与劣——自我发展可能让你走出属于自己特色的道路，建立

属于自己的独特辉煌，却也可能走上歧途，进入误区。

风险与利益永远是并存的。

“嘿，我说，你在想什么呢？小子。”

克拉丽斯的叫喊将修伊从遐思中拉回到现实。

他有些尴尬地一笑，说道：“只是在想过去的一些事。自由真是美好，却不知为什么总是让我想起过去的那段不美好的时光，我想那并非是怀念，而只是一种感慨。也许我的内心在试图通过这种对比，来证实我现在的幸福。”

“我还以为你不会觉得自己幸福呢，要知道你本该憎恨我要你20个金维特的高价。不过这也不能怪我，谁叫你不还价的。”

“不，事实上我很感谢您。您是一个非常善良的女人，只是给自己套上了一层强硬的伪装，但是和我曾经的主人比起来，您就像个天使般可爱。而且因为和你们在一起，我免去了长途跋涉的苦，我更愿意将这笔钱理解为你们带我上路的辛苦费。”

“说得真好，你让我害羞了，芬克，其实我已经不想问你要钱了。”克拉丽斯说，“不管怎么说你给我出了非常棒的主意，如果你的药剂卖不出去，我可以把它买下来。”

“不。”修伊摇头，“其实那些药剂对你们没有什么意义，对于紫萝兰歌舞团来说，或许钱是最有实际意义的，我会在卖掉我的药剂后，把该给您的钱给您，你们需要它。”

克拉丽斯有些迷惘地看着修伊，她问：“为什么？为什么你明明知道我要的价钱很高，还要坚持把这笔钱赔偿给我？你甚至不生气，不愤怒，不斥骂我？我老实告诉你吧，修补一个车顶，我只用了不到两个金维特。”

“我为什么要介意？就因为那20个金维特吗？那还不足以让我愤怒。而且我从不认为，为了一些钱而去和女士争执、吵闹，甚至动手会是什么美德的体现。如果可以，我们应该尽量大度。我是说，对可以原谅的人和事物，我们要尽量去原谅、理解与宽容。”

克拉丽斯有些吃惊：“我从没想过你是这样的人。”

“那是因为我曾经生活的那段岁月里都是痛苦的回忆，我面临的是恶魔般的主人，身处的是鬼域般的环境，每时每刻都要小心谨慎。我的朋友会死去，一个又一个，而我却要坚持着微笑，就好像那对我毫无影响，您能理解那种感受吗？对我来说，恐怕再没有什么是比生命和自由更有意义的了。相比之下，您对我所做的一切，根本无法构成任何伤害。”

修伊微笑着回答，此刻的他，终于说出了自己的心里话。是的，当一个人在地狱中生活得足够长久，并最终回到光明世界时，他会发现生活中每一点遭遇其实都值得细细品味，并为之感到快乐。当克拉丽斯摊着手向他要钱时，那正是他重新接触世界的第一个镜头。

他没有任何理由将这个镜头变成血腥、残酷、暴戾或者别的什么内容。

恰恰相反，对他来说那一刻值得永久缅怀，如果可以，应该将它变得尽量美好。

就像是一个刑满释放的犯人，贪婪地呼吸着自由的空气，即使面对街上某个流氓的挑衅，也只会觉得新鲜、有趣，并充满真实。

而对经历过生死挣扎的人来说，这种幸福的感觉就越发强烈。他又怎么可能将这种事放在心上，像个家庭主妇般去抱怨、去计较?

就因为一位姑娘试图从他身上多得到一些钱就发脾气大展神威教训对方？这太可笑了。

修伊自问自己的气度没有如此狭隘，哪怕他没有那枚富可敌国的戒指，充其量也就是讨价还价一番罢了。

而现在，在条件允许的情况下，他更愿意把那20个金维特像小费一样打赏给对方，作为初回真实世界享受美好人生的消费纪念。

克拉丽斯沉默了，良久她才点头道：“原来是这样。芬克，能告诉我，像这种足以把一般人逼疯的死亡威胁，你又是怎么挺过来的？我是说，到底是什么让年少的你能坚持着熬过那段艰难的岁月的？”

“是希望。”修伊回答。

CHAPTER 27
交易

修伊在出售药剂前，特别向克拉丽斯借了五个金维特，给自己购置了一身看上去相当不错的行头。

在穿上新衣服后，他看上去倒像是个贵族少年了，可这份投资让克拉丽斯心痛不已。

眼前的这家商铺，在内部装修上，和其他商铺其实并没有太大区别，用香木制成的货物柜，小工每天都会用清水擦拭，使其保持一种芬芳之气。药剂柜子里摆放着各种药剂，都会标注上价格、作用、制作人以及使用时应有的注意事项等，墙壁上则挂满了各种刀剑，有些已经附了魔法，有些则依然保留最基本的功能。在最里面的墙壁旁边插着一排排锋利的长戟，内堂的门口则架着一排七八件铠甲，每一件铠甲都拥有着截然不同的风格和韵味。

商铺里的人不多，只有两名伙计，一个老者，此外就是一个贵族打扮的中年人和一名武士，看样子他们是来挑选盔甲武器的客人。

走进商铺之后，一位小伙计迎上。他用恭敬的语调对修伊和克拉丽斯说：“欢迎光临鄙商铺，请问您需要些什么服务？”

修伊随口道：“我只是来看看。”

克拉丽斯有些诧异修伊此刻的态度，他难道不是进来卖药剂的吗？但这个女人到底不笨，她收回惊奇的眼神，低下头什么也没有说。

修伊信步闲逛，在观察过周围的环境后，特别注意了一下药剂柜台。

柜台里的药剂价格不一样，有些可能需要十多个金维特才能买下，有的只需要几个银维特便可。而且大都是一次性药剂，必须整瓶喝光才能起作用。

除了成本方面不同的原因外，最重要的原因就是它们的品级和功用也各自不同。

风鸣大陆的药剂，一般分下品、中品、上品、精品和顶级品五个等级。

大凡商铺里出售的药剂，大都是下品到上品的范围，毕竟普通人也不需要高级货。精品则只在少数药铺里有卖。

至于顶级品，事实上如果不考虑炼狱岛，纵观整个大陆，也找不出几个能做出来的炼金师。商铺里要是有，那都是作为镇店之宝收起来的。

就算是当初被修伊杀死的尼尔，在炼狱岛上或许只是学徒，可他要是走出这个岛，那立刻就能成为药剂方面的顶级炼金师。

这主要就是因为许多炼金师根本没有机会接触到那些顶级的材料，空有理论无法实践，又怎么能有所成就呢?

走到一个精品药剂柜台前，修伊拿出一瓶狂暴药剂，看了看药水的颜色和光泽度，然后打开瓶塞嗅了一下。

商铺中的那位须发已然花白的老者在看到修伊熟练的动作后，微微愣了一下。

身边的伙计走上来，正要对修伊介绍这瓶药，修伊已经说：“不错的药剂，在使用过后能维持至少半个小时的时间，而且事后的虚弱程度不算太强，持续时间也相对较短。”

那伙计佩服道：“这位客人果然厉害，这正是本店制作的药剂的特色。”

“不过可惜，在增加狂暴力量的程度上，它并没有比其他的狂暴药剂更加出色的表现，对吗？100个金维特，价格还是过高了些。”

那伙计呆了呆，看向远处的老者。

老者走了过来，很仔细地打量着修伊，然后才说道：“看来，您是一位有着出色眼力的客人，您说得没错，我们这里制作的狂暴药剂，在增幅效果上并没有更出色的表现。但是我可以肯定，考虑到它所能够维持的时间，还有它大大减少的虚弱程度，这瓶药剂绝对配得上它精品的评价。这个价格绝对是合理的。”

“那只是你个人的看法而已。”修伊回答。

老者有些不悦地皱起了眉头：“这位客人，狂暴药剂通过刺激人身体内的潜力来达到短暂的提升效果。能够在同样的提升效果的情况下，尽可能地降低它的副作用，一直是每个狂暴药剂制作师的追求。以我目前所知的狂暴药剂，基本还没有什么在效用上比这瓶更

出色的。”

修伊扬了扬眉头，却什么都没说。这个动作落在老者的眼里，表示着不屑的意思。

修伊的谈吐温文尔雅，他的吐字清晰，而且语速不快，给人稳重之感。这正是贵族大家少年的标准行为模式，而且从他的举止来看，这个少年有着良好的礼仪教养，虽然口气大了些，却不让人生厌，因此老者才会费心做出解释。

他此刻的动作，令老者微微有些不快，强压下心中的不满道：“那么这位客人您有什么指教吗？我是说听您的意思，您有比这更好的药剂？”

这正是修伊想要的，闻言他说道：“哦，是的，我这里有几瓶药剂，我觉得或许你们可以看看。”

旁边的克拉丽斯有些明白修伊的用意了。

果然，下一刻修伊拿出药剂给老者时，老者的注意力立刻被那三瓶药剂给吸引了，这三瓶药剂分别是“狂暴药剂”、“豁免药剂”和“治疗药剂”。

从药剂的清澈透明度来看，很明显这三瓶都是极品药剂。不过仅从外观并不能完全确定它的药性。

老者很坚决地说：“我要检验。”

“没问题。”修伊无所谓道。

商铺的检测自然不能如炼金师般炼好一瓶就喝一口，如果是那样的话，商铺也不用做生意了，改开咖啡店得了。

那名伙计迅速地拿出几块测试石，从三瓶药剂中各取出一滴药剂滴在那白色的石头上。测试石会根据对应的药效发出特殊的色彩和亮度。

正如修伊所预料的那样，三块测试石在这一刻同时发出耀眼的光芒，一下子就震惊了所有的人，就连一旁正在挑选武器盔甲的那个贵族打扮的中年人和那个武士也被吸引了。

即使是再白痴再外行的人，从这光芒耀眼的程度上，也能看出这三瓶药剂的不同凡响。

“是，是顶级品！”伙计目瞪口呆地说，他的手直发抖，险些将手里的那瓶药剂摔落下去。

老者难以置信地望着修伊，再看看这些药剂，他想了想道：“我要复验！”

对于顶级药剂，药铺会使用多种手段进行检测，以再度确定其价值，这是很正常的行为。

修伊点点头，任由他们去折腾，自己悠闲地看着附近的商品。很随意地拿出一瓶又一瓶药剂来欣赏，分析它们的药性，并做出对比。

复验的结果，只是进一步证实了这些药剂的价值的确是非常昂贵。当老者将所有的检验方法都用过之后，终于确认道：“这的确是三瓶顶级的药剂，您的狂暴药剂的副作用和我们的药剂相比更低，但是狂暴效果却更加明显。这位客人，我很抱歉我先前说过的话，您的药剂比我们的要好很多。”

从这句话上，明显可以看出一个资深商人的风度与气度，他们并没有为了自家的声誉而刻意诋毁对方，反而承认了对方药剂的价值。

事实上，能够拥有顶级药剂的，全都不是普通人物，老者的恭顺是完全应该的。

修伊倒是无所谓道：“那么您认为我的药剂值多少钱呢？”

老者立刻回答：“这瓶狂暴药剂可以使用两次，价值700个金维特，这瓶法术豁免药剂只能使用一次，价值400个金维特，至于这瓶治疗药剂，可以使用10次，价值1000个金维特。”

一声惊呼，在商铺中响起。

克拉丽斯的手捂住自己的嘴，用难以置信的眼神望着修伊。

尽管在看到修伊先前的表现之后，她已经完全意识到自己犯了多么愚蠢的错误，但她还是没想到这三瓶药剂竟然可以卖到2100个金维特。

这实在是令人难以想象，克拉丽斯有种后悔到想要自杀的冲动。该死，从什么时候起我变得如此愚蠢了？

她哭丧着脸的表情让修伊看得只想笑，心中升起阴谋得逞般的快意。

当修伊将那三瓶药剂收回去的时候，他很清楚地看到老者的嘴角微微抽动了一下。

很显然，顶级的药剂并不是那么容易碰上的，如果能够拥有它，毫无疑问会给自家的商铺增添相当大的光彩。只是老者的心中很犹豫，因为他同时也注意到那三瓶药剂上的制作人名字都被撕去了。

这意味着眼前的少年并不打算公布制作人是谁。

无法知道是谁制作的药剂，这对商铺来说是极为不利的，因为这很可能代表药剂的来源不正当。当然，对于这种药剂，商铺也不是绝对不能收购，但他们会将价格压得极低。可是对于顶级药剂，降低收购价格毫无疑问就等于是赶人离开。

修伊似乎并不在意老者的想法，在转过药剂柜台后，他又来到了商铺的墙壁旁，细心观察起那些魔法刀剑。

附上魔法的刀剑盔甲，一直以来都是武士们的最爱。

它们可以让沉重的盔甲变得轻盈，也可以使普通的长剑变得锋利无比。然而在武器上附魔，其实一直以来也都是炼金师们的一大难题。

这个难题主要体现在成本控制方面。

武士与魔法师不同，他们总是冲锋在第一线，在打击敌人的同时，也承受着被敌人打击的命运。无论是武器，又或者铠甲，都极容易在战斗中损毁。

附魔武器不是无敌的象征，它只是在针对普通武器时拥有绝对优势，但在同类产品面前，两边的效果就会出现抵消。因此花费大力气高成本制作的一件附魔盔甲，很可能在一次战斗中就被敌人劈烂砍碎，所造成的损失会极为巨大。

即使不考虑损毁，仅从附魔制作上来看，这类武器也有着极大的掣肘之处。

金属天生对魔法就有一定的抗性，使用质地精良的金属制造的铠甲，即使用最精密的法阵进行附魔，也很难发挥出它全部的效用。而这类法阵又极容易被外部攻击所破坏，很可能一次普通的中招，就会导致附魔的失效。

因此魔法武器的使用，对整个风鸣大陆来说，都是一种又爱又恨的态度。

没有魔法武器的武士对上有魔法武器的武士，肯定是要吃大亏的，可大家如果都用此类武器，其结果就很可能是两败俱伤。除非是真正钱多到花不完的人，否则武士们在挑选魔法武器时，总是尽可能的小心选择。

眼前的那名中年贵族和那名武士，显然就是在这方面踌躇着。

他们已经在这里站了很久，直到修伊走过来，拿起了其中一把重剑细细端详。当看到修伊轻描淡写地拿起那把重剑时，旁边那名武士的目光里充满了惊讶。

眼前的这把重剑，宽有大约七指，厚约二指半，插在刀架上，长度可及成人腰腹，可以说是又重又大。

在重剑的剑柄上，刻着一个风灵法阵，这个法阵一旦启动，可以使重剑的重量变轻。在剑身处有几个小小的细扣，修伊随手挥动了一下，能清晰听到风穿过细孔时发出的尖利呼啸。

这是武士们惯常的做法，因为有一些武士的斗气可以通过这种细孔发出更加刺耳的声音，斗气深厚者甚至可以通过强烈的音波直接攻击对手的脑部，使其昏迷甚至死亡。

剑身上还刻了一些精美的花纹，不过都是些装饰，并没有特殊的作用，只是这把重剑因此而显得花俏许多。修伊注意到就连重剑旁的那个用来放剑的锦盒，都是用上好的香木制作，镶嵌着精致的珐琅拼接画，刻满了上古神话传说中的英雄人物。

“不错的重剑，就是可惜了这个风灵法阵。”修伊淡淡道。

旁边的武士看到修伊若无其事地挥动那重剑后，心中隐然已经明白了几分。此刻听到修伊如此说，他走上前道：“这个风灵法阵可以让这把剑变得更加轻灵，不是很好吗？”

修伊笑道：“重剑的威力在于劈砍，而不是直刺，它的重量本身就是增加攻击威力的一种方式，您也是一位武士，不会不明白这个道理吧？”

那名武士笑了起来：“的确如此，给重剑配上风灵法阵，其实就等于减弱了它的劈砍威力，只能使用武士自身的力量，而无法再借助这把剑的力量。”

那位和武士一起来的中年贵族则笑道：“这种武器，是专门用来给我们这种明明不会武技，却又想要出风头的人准备的。一些富家子弟有时候是会需要彰显一下自己的豪勇与霸气，而这种重剑就是最好的体现方式。只要他们偷偷启动法阵，看上去就像是自己很有力量一般，有时候是可以骗过许多无知少女的。”

那中年贵族说话倒也风趣，丝毫没有卖弄的意思，反而以自嘲的方式解释了为何重剑上要刻以风灵法阵的原因，令人不得不对其心生好感。

这也就难怪这把重剑为什么要如此煞费心思在纹理修饰上大做文章了，甚至连剑盒都如此精美，它的意义本身就是个装饰品。

那位商铺里的老者看到修伊似乎对武器盔甲感兴趣，连忙道：“如果客人想要挑选武器的话，我们这里还是有一些不错的存货。”

没想到修伊却摇了摇头道：“不，我就看中这把重剑了，它很好，对我来说，它很合适。”

“这把武器怎么卖？”他问道。

“100个金维特。”老者回答。

这绝不是一个便宜的价格，毕竟这种武器是卖给那些不学无术的纨绔子弟的，而这类人通常是最不缺钱的。

“这真令人遗憾，我身上并没有带那么多钱。”修伊叹息着摇头。

这并不令人惊讶，修伊很明显是以游玩的态度四处闲逛，谁也不会在闲逛时随身带上几百个金维特。就好像没有多少人会在逛街时带上好几万的现金一样，除非他事先准备要购买某种高价物品。

这个时候，克拉丽斯突然说道：“你不是还有那三瓶药剂吗？反正你要它们也没什么用。”

克拉丽斯注意到修伊对自己投来赞赏的目光，显然是在赞美她恰到好处的接口。

果然，那老者疑惑道：“这位客人，难道说您不打算留下那些药剂吗？”

“哦。”修伊随口回答，“对我来说，这些药剂并没有什么意义。我的斗气是跟我的家庭教师学的，你知道有很多时候，年轻人是比较冲动的，有时候各家族的年轻人之间彼此会发生一些摩擦。我曾经在这方面吃过亏，所以我就学习了一些武士的技能，但那并不意味着我要上战场，所以我完全用不着它们。至于这些药剂嘛，那纯属是因为这次我替家族收账的时候，有个家伙拿不出钱来，所以只能用它们来抵债，哦，那可真是一个败家子，他把家里最值钱的东西拿了出来，却只抵了300个金维特。在我的家族知道这三瓶药剂之前，我想我可以随意地处置它们，反正我只要交还给家族300个金维特就够了。”

众人都听明白了修伊的意思，很显然，一把可以用来炫耀的重剑，要比几瓶极品药剂对他来得有实际意义。而老者则明白了为什么对方不愿意露出制作人的名字。

无论是卖出药剂的一方，还是眼前这个贵族少年，都不希望这件事广为流传。对这个贵族少年来说，如果让他的家族知道他偷偷把三瓶顶级的药剂卖出去，肥了自己，他或许会因此受到很严厉的惩罚。

这个少年显然并不打算说出实情，但是对这把重剑的喜爱以及缺乏现金的困扰让他生出了立刻卖掉药剂的念头，这真是个绝好的机会，老者意识到。

那个中年贵族笑道：“我猜您一定来自一个非常显赫的家族。”

修伊正色道："做出这样的事情，无论如何都是有辱家族声誉的，请允许我对我的家族保密。"

克拉丽斯已经彻底叹服了，她终于明白为什么先前修伊要如此惺惺作态了。

这个小骗子，他果然是个骗子！他用对重剑的喜爱作为理由，来说出一个他"本不愿说出"的谎言，然后通过这个谎言来掩饰不能泄露制作人的漏洞，使商铺可以安心地买下他的药剂，而不用担心药剂的来源问题。而同样是这个谎言，又使得修伊可以光明正大的为自己的身份保密，不用告诉任何人自己到底是谁。他故意显示自己的贵族身份，使得商铺的人更加信任他，却又无法对他的身份进行确认。

克拉丽斯记得曾经有人对她说过：简单的谎言再加上精彩的演技，可以成就一次伟大的诈骗。与之相反，即使是再高明的骗术，没有足够精彩的演技支撑，也只会使其破产。

这个小骗子很显然就深明其中的道理，他的谎言本身算不上有多高明，重点在于他将一切演绎得如此自然。

先是用评价药剂的方式吸引这里人的注意力，对他说的话重视，然后再亮出药剂证实它们的价值和效果却又表示不卖，以勾起人内心中想要得到的欲望，最后再表现出自己纨绔子弟的风范，表示出对这把重剑的喜爱，自己竟然还无意中帮了他一把，促成他顺理成章地将早就准备好的谎言说出，使得一切都如流水般自然，彻底打消了商铺的疑虑而不留任何做作的痕迹。

难怪这个家伙要把自己带在身边！克拉丽斯难以想象这个少年到底是什么人，不但拥有顶级的药剂，且能将一个简单的骗局布置得如此完美。

哦，这个小骗子简直是骗术精湛到家了，难怪他能将他的主人骗得如此团团转，最后成功地偷走那些炼金物品。很显然，如果让商铺的人知道这些药剂的来历，而以他们的人脉关系，很可能就会和那个叫基勒里的商人联系上，并最终暴露这个少年在香叶城的事实。

克拉丽斯终于意识到一件事：这个看上去俊美的少年，其心智的成熟早超出了她的预料。他不仅精通商道，且熟谙人心。尽管他还不到16岁，可事实上他的思维老成程度早已远超一般的成年人。

至少比我要成熟多了，他并不需要借助表面的强硬来展示自己。克拉丽斯不无遗憾地

认识到这点。

接下来的事，就好办多了。商铺的老者拿下了其中的两瓶药剂，而那位中年贵族则为他的武士买下了那瓶狂暴药剂。

在得到了一把重剑后，修伊满载着整整2000个金维特带着克拉丽斯离开。

克拉丽斯此时的心情已经从当初拒绝那三瓶药剂的后悔与懊恼变成了对修伊撒谎时的愤慨与不满。

“你这个小骗子，你冒充贵族欺骗和愚弄了所有人。这些药剂都是你偷来的，而你却把它们光明正大地卖给了商铺。如果你曾经的主人发现了这些药剂在商铺中出现，他一定会追索的，我要去城主那里告你！”克拉丽斯咬牙切齿地教训修伊。

“我猜你真正想说的并不是这个，克拉丽斯，你需要多少钱可以让我堵住你的嘴？”

克拉丽斯的眼中浮动出媚人的光华，她淡淡地笑道：“哦，芬克，为什么我从未发现你竟如此可爱呢？”

“因为你只认识我不到20天，克拉丽斯，告诉我你想要多少钱？”

“一半。”

“这不可能，我建议你还是去告我吧。不过在那之前，我会先一步离开你，反正都是逃亡生涯，再继续逃亡也没什么了不起的。”

“那就三分之一。”克拉丽斯爽快地改口。

“做梦吧。”修伊快步向前。

“哦，四分之一，不能再低了。从今天起你不用再在团里做任何事，也不用再还我先前欠下的债务，在我们一起到达南威尔镇之前，你可以一直和我的姑娘们在一起，你不觉得她们很可爱吗？”克拉丽斯追了上去充满诱惑地说。

修伊歪着脑袋想了想：“如果我说除了那25个金维特，我多一个子也不给你，你确定你会去告发我吗？”

克拉丽斯的表情微微呆滞了一下。

修伊微笑道：“你的为人其实并没有你表现得那么不择手段，克拉丽斯团长。”

这一刻狡诈的伪装被卸下，克拉丽斯无奈地耸肩叹息：“好吧，你赢了，真奇怪，为什么你竟然会相信我不会去告发你呢，其实我只是想找你借笔钱用用而已。你知道我现在

有多后悔当初拒绝你的这些药剂吗？你让我知道了我是天下第一号大傻瓜。”

“我以为我上次提出的建议已经可以帮你解决钱的问题了。”

“是的，可那只能帮助我们租用有限时间的场地，剧团太小了，也缺乏一些必要的道具。姑娘们的服装也早就该换了，可现在却是缝缝补补的在使用。而且我们还不能让别人看出来。凯西的家很穷，她每个月都要寄一笔钱回家，帮助她的弟弟妹妹；安娜的父母卧病在床，同样需要她的资助；黛丝的家里欠了别人一大笔钱，仅仅是利息就让黛丝喘不过气来；还有兰缇，她一直渴望能有一个属于自己的手镯，哪怕是最便宜的那种。哦，我是个很没用的团长，我的姑娘们的日子过得非常糟糕，而我却不能照顾好她们。所以如果她们有谁想离开，我从不阻拦，你的主意让剧团有了生机，却断了姑娘们的路，我想补偿她们，但我现在拿不出这么多钱来。”

她的声音有些低沉，也有些呜咽，泪花在眼眶里打着转。

修伊轻轻笑了起来：“好吧，克拉丽斯团长，你的眼泪打动我了，我知道你说的是真话，但实在没必要表现得如此夸张。你没有你表现得那么难过，这么长时间下来如果一提到姑娘们的处境你就会掉眼泪，那么你早就去自杀了。”

克拉丽斯很不满地给了修伊一脚，用那双汪汪泪眼看着修伊说：“至少你相信我说的了，对吗？”

“是的，我知道你没撒谎，只是不习惯一向刚强的你变得这么多愁善感。”

“演戏是我的本职工作。”克拉丽斯笑嘻嘻道。

也只有在这个时候，这位团长大人才会显露出她女人妩媚的本质。修伊仔细望着她，意识到其实她的年纪也不大。以20几岁的年纪挑一个剧团的担子，她想必吃过很多苦了。

修伊将装着2000个金维特的袋子放在克拉丽斯的手上。

克拉丽斯一愣：“我不需要这么多，而且你自己也要用钱。”

“做完你该做的事，再把剩下的给我吧。”

克拉丽斯眼前的感动一闪而逝，她捧着钱袋向旅店奔去。

“我会还给你的！”她回头大叫道。

望着克拉丽斯仿佛害怕修伊反悔而拼命逃窜的身影，修伊忍不住笑出声来。

或许克拉丽斯永远都不会理解，为什么在自己那样对待修伊后，修伊依然会慷慨大度

地帮助自己。

难道是他看中了自己的美艳姿色？看起来不像是这样。克拉丽斯完全能够感觉到那个少年的内心绝不像他的表面那般稚嫩，恰恰相反，他有着一种常人难以企及的成熟。用2000个金维特来博取美人的一笑？就连贵族们都无法做到如此奢侈。

其实对修伊来说，剧团就像是一个快乐的家庭，虽然摆脱不了烦恼、忧愁、吵闹等诸多负面感受，但至少不用每天在阴谋中挣扎。

是的，阴谋。

即使他离开了炼狱岛，他也不过是把这个阴谋与斗争的圈子放大了而已，却并未能脱离阴谋与钩心斗角的生涯，没能脱离虚伪与伪装，没能摆脱伺服于暗处，并随时给予敌人致命一击的习惯与生活方式。

尽管对他来说，游历天下是他的目标，炼金术是他的追求，但是兰斯帝国却绝不会放过他。

他不会主动去报复，却也不会像只老鼠一样东躲西藏，日夜惶惶。因此这注定了是一场战争，一场被迫的反击战。一场不需要他去追求，而会主动追寻着他而来的战争。

而从他离开炼狱岛的那一刻起，这场战争才刚刚拉开序幕。尽管他的对手是如此强大，但这并不意味着他就不能反抗。

他不但要反抗，而且要让兰斯帝国看到他的反抗，为他所震惊，对他感到害怕。就像一个骄傲的斗士，即便是死，也要战斗到底。

在这一点上，拉舍尔并没有看错他，即使是在炼狱岛那样的环境里，也不忘绝地反击的人，又怎么可能在离开那个炼狱世界后就此销声匿迹呢？

他才不会这样做呢。

这正是为什么他能容忍克拉丽斯对自己敲诈的原因，对他来说，至少克拉丽斯是真实的，是不做作的，是不需要去用心防范的。

在这个剧团里，他至少能得到自己久违的人与人之间平和相处的感情——哪怕那很短暂。

很多东西，只有在失去的时候，才能理解它的弥足珍贵。对修伊来说，这种平和相处的感情，或许是最有价值的，因为他已经失去了太久。

交易

时间过得很快，转眼便快到年末了，临近年末的香叶城，正进入一片狂欢的氛围中。

有了修伊的“赞助”，剧团的姑娘们不必再挤在小旅店里过日子，而是可以搬到一个像模像样的中等旅店去居住了，同时剧团也可以租借到像样的场地进行排练了。

克拉丽斯正在积极排练新的歌剧，姑娘们对此投入了极大的热情，小伙子也同样情绪高涨。

新发下的酬金令所有人都感到满意，《图兰朵》的剧情其实就是一个非常简单的爱情故事。

一位名叫图兰朵的公主，曾经下令如果有个男人可以猜出她的三个谜语就嫁给他，如猜错，便处死。三年下来，已经有多个没运气的人丧生。从他国流亡而来的王子卡拉夫与父亲帖木儿和侍女柳儿途经该地，看到猜谜失败遭处决的男人和亲自监斩的图兰朵。卡拉夫王子被图兰朵公主的美貌吸引，不顾父亲及柳儿的反对来应婚，答对了所有问题，但图兰朵拒绝认输，向父皇撒娇，不愿嫁给卡拉夫王子，于是王子自己出了一道谜题，只要公主在天亮前得知他的名字，卡拉夫不但不娶公主，还愿意被处死。公主捉到了王子的父亲帖木儿和侍女柳儿，并且严刑逼供。柳儿自尽以保守秘密。卡拉夫借此指责图兰朵的无情。天亮时，公主尚未知道王子之名，但王子的强吻融化了她冰般冷漠的心，而王子也把真名告诉了公主。公主没有公布王子的真名，反而公告天下下嫁王子，王子的名字叫“爱”。

“好了，姑娘们，今天我们排练《图兰朵》第二幕。黛丝，注意你的形象！图兰朵是一个骄横跋扈的公主，她任性，高傲，自私，骄横，但是在她的内心深处，还有一线柔情！你必须把握好这个分寸！”

“还有兰缇，该你上场了，快点。”

“哦，巴特，巴特，你在做什么？你还以为你是在扮演玫瑰君主吗？不，王子不是一个武将，他是一个睿智而有追求的人，你要展示的是他对爱情的执着还有对希望的追求。卡拉夫相信爱，他相信爱能感化一切！可是看看你，你这样子像什么？你不像是爱情的使者和追求者，更像是一个没脑子的为了女人而不顾一切的蠢货。哦不，这两者看上去很相近，但完全不同！”

克拉丽斯几乎要咆哮起来了。

在场地的最外围，修伊双臂环抱，面带微笑地看着克拉丽斯指导姑娘们如何表演，如何歌唱。

“主人，您听我说，我真受不了了，心如刀割！在流放的路上，你的名字是希望，你的名字是力量，它驻留在我的心上。可明天就要决定我们的生死存亡，我们将要死在流放的路途上！他失去爱子多悲伤，我不见你的笑容痛断肠。啊，重任再难担当，多么悲伤……”那是兰缇扮演的柳儿得知王子要去追求恐怖而可怕的图兰朵公主时发出的悲伤请求，请求自己的王子不要去求亲。

“兰缇！”克拉丽斯再度高叫起来，“要悲伤！要悲伤！这是一段悲伤的咏叹调，你要表现的是一个柔弱而又深情的姑娘的可怜内心。可是你听听你的歌声，我的天啊，你就像一只发了情的喜鹊，充满了快乐，就好像你明天就要出嫁了！”

兰缇无奈地整整裙子，然后扭了扭身体亮出一段雪白的手臂：“我刚买的镯子，漂亮吗？我觉得它很衬我的手臂。”

“哦，天啊！”克拉丽斯无奈地用手背击打自己的额头，“我真后悔给你们加薪水，要知道这让我欠了一屁股的债！”

兰缇用俏丽的眼神望着不远处的修伊：“我就是为他而买的。”

“如果你再不好好做事，我就把你踢下台去，天知道我还要去指导其他剧团的姑娘们排练，你们最好能让我节省点时间！”

克拉丽斯说着气冲冲地跑到修伊身边：“你最好赶快给我离开这，有你在这，我的姑娘们都没心思排练了！”

修伊笑道：“真庆幸你没把小伙子们的表演也怪罪到我头上。”

“要知道我们的时间不多了，耶诞节即将来到，我必须在那之前把一切准备好，那将是我们功成名就的大日子！”

“如果你想说：很抱歉一下子把你的钱全花光了，原因是姑娘们对消费的热情超出我的想象，所以我只能到耶诞节的时候再还钱给你了。那么你可以直接说，没必要这么气势汹汹地先找一大堆理由。也许是我站在这里看你排戏让你心中有些不安了？”

克拉丽斯脸上的表情立刻垮了下来，她很不好意思地低声道：“就在十多天前我还是你的债主，可现在你是我的债主了，我只是有些不适应这种变化。”

修伊嘿嘿笑了起来。

克拉丽斯不满地瞪了修伊一眼，想了想觉得自己似乎有些过分，突然凑过去在修伊的脸上吻了一下，然后轻声道："非常感谢你对我的帮助，这算谢礼吧。"

舞台上发出了一片巨大的嘘声。

克拉丽斯快步回到舞台前，准备继续指挥她的姑娘们，回头再看修伊，却发现不知何时他已然消失，心中一时间有些怅然。

那个少年，真的是令自己心动呢。

香叶城郊外的一处荒野，修伊一个人静静地站立着，他仿佛是在闭目沉思着什么，一动不动，口中却发出喃喃的低语。

“时光与空间的交集，巨轮和锁钥的紧合，时空横竖之窗，缥缈无定之门，虚无而现实的世界，为召唤之人开启吧……”

他的一只左手凭空划出诡异的符号，正是一个六芒星法阵，魔力通过这个法阵在他的身上越聚越多，形成一片浓厚的魔法元素集中区域。

无形的通道打开。

下一刻，他的身影倏然消失，再出现时已在不远处的一块大石上，原本背负在身上的重剑突然出现在右手中，重剑横扫，将附近的一棵大树劈为两断。

修伊又重新回到了刚才站立的地点，他站立在旷野中，黑色的长发随风飘拂，仿佛他从未移动过。

“呼！”修伊长长地吁出了一口气，然后掏出一瓶药剂喝了一口，体内的魔力开始迅速恢复。

这一套攻击方式，正是修伊发明的结合魔法与武技两种形式的自创技能。先是集中大量魔力打开一道空间屏障，然后将自己传送过去，快速使用武士技能“横切”和“力斩”两种基本技巧，给目标敌人以致命打击，然后再利用能量循环形成的通道维持效应迅速将自己送回原点，使得本可以反击的敌人再次失去目标。一旦敌人向原点进攻，他又可以再度将自己传送至敌人身后进行攻击，循环往复，疲敌至死。

刚才的一套攻击动作虽然简单，但是致命而有效，使用出来时如行云流水，很显然修伊已经基本掌握了此战术的窍门。

这是修伊第一次真正的创造出自己的魔法和战斗方式，走的是一条诡异而轻灵的路线，充分发挥了自己既会魔法又会武技的长处，又避免了根基不够，不适宜正面决战的弱点。

修伊给这套战术起了个名字，叫“虚空斩”。

虚空斩的主要特点，就是利用能量循环的特性制造出只属于自己的空间通道，从而可以完成两点之间的快速瞬移，一旦运用得当，所造成的攻击就好像虚空中突然冒出一把剑砍向自己，中招者可能会连对手的影子都没看到就已倒下。

只是要打通空间屏障所需要消耗的魔力实在过高，根本不是他一个初级魔法师能承受的。还好，修伊的魔力虽然不高，但他拥有的魔力恢复药剂、魔力增幅药剂和魔力激发药剂可真不少。通过这些药剂，他可以在短时间内将自己提升到四级空间系法师的魔力水平，从而拥有打通空间屏障所需要的能量。

魔法师之所以非常注重天赋，其很大的原因就在于魔力上。缺乏元素共鸣天赋的人，其魔力的生成积累速度，要远远慢于拥有天赋的人。而即使拥有出色的天赋，魔法师同样不可能做到无限制的使用魔法。魔力一旦耗空，再强大的魔法师也施放不出魔法来。所以更多的时候他们都需要去冥想，去增加自己的魔力底蕴和恢复速度。也因此，从不会有哪一个魔法师可以每天不间断地使用魔法，练习魔法。

但是对于拥有大量的顶级魔法药剂的修伊来说，这一切实在不是问题。

仅仅是短短15天时间，修伊已经消耗了大约100瓶左右的药剂，这些药剂要是卖出去，换来的钱足以让自己立刻成为一个富豪。再像这样继续下去，估计要不了一个月，修伊花掉的钱就足以成为一个天文数字。

天底下估计再不会有比他在修炼魔法方面更奢侈的魔法师了。

大投入带来的同样是丰厚的回报，仅仅15天时间的修炼，足以抵得上其他的魔法师上千天的修炼，同时也使修伊在空间魔法上的能量循环理论逐渐成形，并在今天正式完成了虚空斩的创造，连他的魔力也大大增加，他的空间系能力正式进入初级法术阶段，甚至连其他两系等级也有了再度突破的迹象。

在缺乏空间法术的天赋的情况下能够完成如此快速地升级，只怕天下除了修伊再没几个人能做到了。

而虚空斩的创造更令他战斗力大大提升，或许唯一制约他的，就是魔力问题了。

“看来无论是制造多条通道还是增加自己体内的魔力，都需要以后自己多冥想，任何事物总是离不开基础的支持啊，仅有技巧依然是不够的。”修伊苦笑着想。

不过不管怎么说，面对即将到来的帝国军队的追捕，拥有了瞬间转移能力的修伊又多了一分逃生的把握，这100瓶顶级魔力恢复药剂没有白白浪费。

不远处的小魔龙向他奔来，看起来它对修伊新发明的瞬间移动很感兴趣。

魔龙在成年之后就会拥有使用一定程度的魔法力量，也包括了空间法术。只是与人类不同，由于魔龙的力量是不需要修炼的，所以它们对力量的本质并不理解。因此对旭来说，看到修伊使用出空间法术，它还是相当好奇的。

这时它滴溜溜地围着修伊转个不停，一双小爪子竟也凭空乱抓起来。

修伊起初还觉着好玩，小家伙们都是如此，爱学习主人的动作，不过再看下去，就明显感觉不对了。

旭竟是将他刚才费尽心思创造出来的法阵，轻轻松松就模仿了出来。

如果只是单纯的模仿出来也就罢了，令修伊感到惊奇的是下一刻，旭竟直接凭空消失，再出现时，赫然正处在刚才修伊立着的那块大石上。

它蹲在那大石头上，兴奋地对着自己“汪汪”地叫个不停，然后它又瞬移回到了修伊的身边，眼神中露出得意的神色。

“这怎么可能？”修伊大叫起来，他一把抱起旭，“你这小家伙怎么可能学会我的招数？你的魔力消耗怎么样？”

“汪！汪汪！”旭大声叫了起来。

修伊急忙感受它体内的魔力消耗，他惊愕地发现，这小东西原来根本没用多大的魔力就完成了这次虚空斩。

魔龙天生体内魔力充足，由于是先天就有的能力，不需要后天修炼，因此幼生期的魔龙在魔力储备上和成年期的魔龙没有太大区别，主要的差别是在它们对魔法的运用理解和肌体强横程度上。

对旭这头年龄才不过1岁的小魔龙来说，它现在的肌体力量其实有限，但是它的魔力之强，却远远超过一般魔法师，只是它还没能理解运用的法门。

没有想到的是，此刻旭竟然会从修伊的身上领悟到瞬间传送的奥秘，这倒是令修伊不得不惊喜异常。

只是它到底是怎么做到的?

魔龙丽塔说过，魔龙拥有学习能力，却不具备创造能力。它们只能学习和使用天生的魔法，绝无可能学会人类创造的法术。即使同样拥有使用空间魔法的能力，同样可以撕裂空间，魔龙所使用的手段，与魔法师也是截然不同的。那为什么旭能做到学习自己的法术?而且能做得如此轻松?

长期的炼金术生涯，已经让修伊学会了怎样去面对一些奇怪的、复杂的问题。正确的思路，有时候是解开谜题的最大关键。要想知道旭为什么能做到别的魔龙做不到的事，或许只能从它的出生环境中寻找答案。

与别的魔龙不同，旭是在风鸣大陆出生的，相比深渊那恶劣的自然环境，风鸣大陆的生长条件显然更好，也更有利于它智慧的开发。其次，旭在幼生期时就吞噬了一只魔灵，虽然是机缘巧合，却显然也等于是有了一次奇遇。最后就是，旭可能是唯一的，在没有吃掉自己的寄主情况下出生的魔龙，而它寄生在修伊的身体里时，就一直与修伊有着心灵相通的能力。由于它寄生的又是所有生物中最为聪明的人类，且在离体后继续与修伊保持着精神上的联系，能彼此感应到对方的想法，感受对方的思维习惯，那就意味着它的智慧得到了进一步的影响与开发。

这三者的原因结合起来，很可能让旭的智慧得到极大的提升，使它可以突破自体的限制，学习人类的法术，而它先天拥有强大魔力的天赋，又使它可以学会之后立刻使用出来……

不管怎么说，看起来它用这一招用得比修伊还出色，至少它不需要喝魔力药剂补充自己，甚至不需要使用咒语。

一想到这，修伊无奈地看着旭。

别人穿越，都是奇遇不断，好事连连，怎么轮到自己头上，没碰到什么好事，却做了近四年的囚徒?这还不算，一连串的好事，竟然还都落在了旭的身上?

命运何其不公，令修伊苦笑不已。

可能是感觉到了修伊的想法，小家伙哼哼了两声，死命地往修伊怀里钻，那意思是我有好处不就是你有好处吗?

“你的母亲说过，你将会成为一个最伟大的魔龙，现在我开始相信，这个说法不仅仅是因为母爱，更因为它看到了未来。”修伊由衷地赞叹道。

轻轻抚摩着旭的头，修伊道："从今天起，我教你魔法，我相信未来的你，一定会让所有人都大吃一惊。"

……

与此同时，遥远的帝国南部，南威尔镇上。

查克莱咬牙切齿地说着："已经查过所有外来人员，没有任何迹象表明修伊·格莱尔到了这里。他在我们之前一个月就离开了炼狱岛，如果他要来这，他早就到了！拉舍尔，你这蠢货，你犯了一个大错误！"

拉舍尔耸了耸肩："看起来我被这小子耍了，人总会有失误的，不是吗？"

"哦，是吗？修伊·格莱尔就像耍猴子一样耍了你，你从一开始就做出了错误的判定，现在却想用这么一句人总有失误来打发我？"查克莱的态度充满讽刺之意。

"那是因为你不懂追捕，对于探员来说，追错方向是很正常的事。要知道一个犯人一辈子或许可以赢探员很多次，却输不起哪怕一次。而一个探员哪怕是失败无数次，都可以一次又一次的卷土重来。除非在逃的犯人寿终正寝，否则探员永远都有希望成为最后的胜利者。"拉舍尔冷笑着回答查克莱，"所以不要灰心，不要泄气，如果修伊·格莱尔这么好对付，那他也就不值得我全力以赴了。"

"现在的问题是我们要去哪里找他！"查克莱怒吼起来。

"回凡尔萨，他一定还留在那里。有一件事不可能出错，那就是他的传送地点就在那！既然他的目的地不是南威尔镇，那么他在凡尔萨郡就一定另有自己的目标，我敢用我的脑袋来确保近期内他一定会有大行动！"拉舍尔很认真地回答。

六级大法师阿布利特的领主府是在香叶城的西城区，这里位于繁华的商贸地段，各种生意十分兴隆。

或许是阿布利特的名气太大的缘故，多少年来，从来没人敢在领主府一带惹是生非。得罪一个空间系大法师的结果，伴随而来的通常不是死亡，而是比死亡更可怕的后果——永远迷失在无尽虚空之中。

在领主府的斜对面，有一个小酒馆，叫黑棕榈酒吧。

此刻，修伊坐在黑棕榈酒吧，要了一杯黑松子酒，这是这里的特产，味道香郁浓厚，回味甘甜。

近四年的炼狱岛生涯，让他的神经始终处于绷紧的状态中，如今终于有了放松的机

会，哪怕是一杯美酒，都能让他感到生活的甜美。

当然，他到这里来的主要目的不是为了喝酒。

由于这里是距离领主府最近的酒馆，因此领主府的武士经常会在空余时间到这里来喝上几杯。人们在喝得多了之后，总会有些不该说的话说出来，一些不该透露的信息也因此而被泄露。

要想知道有关领主府的消息，来这里坐坐显然是个不错的选择。

修伊甚至不需要去冒险夜闯领主府，不需要去收买某个武士，只需要在这里静静地坐着，细细地听着，日复一日，那么要不了多久，有关这里的所有情况，他就都会了解。

喝过酒后，修伊会起身离开酒吧，在领主府的附近转一圈，然后再回到旅店。

克拉丽斯最近忙得四脚朝天，她有太多的事要做，要管理剧团，要排练新剧目，还要帮其他的剧团训练歌女。所以她彻底从修伊的眼前消失了，对修伊来说，这并非是一个福音——他以为他可以把更多的精力用在修炼和其他事情上。

但事实证明他错了，即使没有克拉丽斯的骚扰，也还有来自剧团其他姑娘的骚扰，尤其是黛丝和兰缇。

刚回到旅店的修伊此刻正在头痛地望着旭，他正在教旭怎么学习和使用魔法。不过看起来小家伙并不好学，作为一头天生就拥有无尽魔力的魔龙，旭就好像一座未被开发的宝库。可惜的是，旭的一连串奇遇，只提升了它的智慧与潜力，却不能让它摆脱魔兽那种永远不考虑明天的日子该怎么过的懒惰本性——它完全没有要早早勤学做个魔龙小天才的梦想。

它更愿意每天躺在修伊的怀里睡大觉。对它来说，它现在还处于调皮、捣蛋、混吃混喝，靠父母过活的年龄。

学习这种苦差不该这么早落到自己身上，那叫虐待儿童。

“芬克！”兰缇的声音在门外响起，“我和黛丝要上街去买点东西。但是你知道两个女孩子上街是一件很冒险的事，你不觉得有必要在这个时候挺身而出展露一下你的骑士精神吗？”

兰缇的叫声传来后，修伊很无奈地放弃了继续教导旭。他打开门，看到盛装打扮后的兰缇和黛丝正站在门口等着自己。

“你们要上街？”他问。

兰缇快速回答："今天的排练结束了，克拉丽斯要去别的剧团，我们现在是自由的，不上街做什么？"

"可我记得你昨天刚去逛过街。"

"哦，女人是永远不会嫌逛街次数太多的。"兰缇噘起可爱的小嘴，笑意盈盈地说道。

一旁的黛丝忙道："是我常用的一些日用品不够了，我让兰缇陪我去，她就想叫你也一起去，我觉得这实在是太打扰你了。"

黛丝的声音仍是那么温柔甜美。

很难想象这两位个性相差那么大的姑娘竟然会是好朋友。黛丝就像是空谷里盛放的幽兰，性情柔和含蓄，偶尔也带了些调皮。兰缇则是快人快语，就像个朝天小辣椒，想什么就说什么，她比黛丝更敢于追求自己喜欢的事物。

至少她在语言上从不掩饰自己对修伊的好感，从她见到修伊的第一眼起，她就决定了要抓紧这个小男生，而黛丝则总是用眼神和羞涩来代表一切。

至于克拉丽斯，她对修伊的金钱崇拜显然胜过于对他本人。

修伊想了想点头道："不，这并不算打扰，正好我也打算去街上走走。"

出旅店的时候，他们遇到了一点小小的麻烦，一队骑士正在向旅店老板问话。

为首的骑士长神情很严肃，在问过一些话后又用冷峻的眼神扫了一下周围的客人。修伊能感觉到那个骑士长特别在自己的身上停留了一下，在看过他头发的颜色后才重新望向别处。

骑士们呼啸着离去。

"嘿，杰米，发生什么事了吗？"好奇的兰缇问旅店老板。

"哦，是来追查一个逃犯的，好像叫什么修伊·格莱尔，是个杀人犯，杀死了帝国要员。真难以相信，这个杀人犯还不到16岁。"旅店老板叹息着摇头。

"哦，我的天啊。"黛丝惊恐地捂住了自己的小嘴，"你是说香叶城来了一个可怕的杀人犯？"

"不，我没这么说。"旅店老板回答，"这是全国通缉令，每个城市都要下发的，谁也不知道那个杀人犯在哪儿。就我个人看来，那个修伊·格莱尔来到香叶城的可能性为零。哦，对了姑娘们，你们不必这么害怕，那个修伊·格莱尔虽然是个杀人犯，但不是强

奸犯。”

“他长什么样子？”兰缇看了一眼修伊，然后快速问，心中突然升起一个可怕的想法，该死，不会这么巧吧？

旅店老板回答：“金色的头发，蓝眼珠，身高嘛……大概和你们的朋友差不多。”

旅店老板亮出了那张即将贴在墙上的画像。

感谢老天，炼金术不会发明照相机，而见过自己容貌的人同样也不会绘画。修伊注意到旅店老板手里拿着自己的画像，不过看起来和自己的容貌还有很大的差别，再加上头发颜色的改变，没人能确认自己就是修伊·格莱尔。

重要的是，画师把他画得就像一个凶恶的魔鬼！

兰缇盯着画像看了半天，然后嘟囔了一句：“他看上去真丑。”

修伊有种想笑的冲动，在追捕自己这件事上，兰斯帝国尽管可以大张旗鼓，但正如他所预料的那样，帝国只会给他另外栽赃罪名，而不会说出事实真相。

如果让国民知道他们的皇帝用国民生命来做炼金试验品，嗯，就算是皇帝，也要为此付出沉重的代价。

这就意味着一个很重要的好处，除了少数知情官员，绝大部分的普通探员不会去把目光盯在一个炼金师身上。

因此对于修伊·格莱尔，除了头发的颜色和年龄，探员注定将几乎一无所知。当然，这不排除有经验的猎犬在暗中伺服，等着他主动上钩的可能，前提是他们得先知道该在哪里埋伏。

“我们走吧。”黛丝用玉葱般的手挽住了修伊的手臂，一旁的兰缇很不服气，挽住了另一只，很多客人向修伊投来羡慕的目光。

出门的时候，旅店老板喊：“出门尽量小心点，现在查得紧，听说整个凡尔萨郡都在加紧盘查。”

修伊的脚步停下，回头问旅店老板：“全国都是这样吗？”

“是的，不过这一带是最紧的，从凡尔萨到诺兹郡，几乎所有的道路都被封锁了。我猜我们的总督大人一定很期望那个修伊·格莱尔会在凡尔萨，听说连一些高级武士都被派到了这里，别的地方可没听说有这样的待遇。”

修伊的嘴角动了一下，又问：“是吗？那他们对这里还真是特别照顾呢。”说完，他

带着兰缇和黛丝扭头离去。

法政署的猎犬果然发现了自己是落在了凡尔萨郡，而且在前往南威尔镇的路上布下了重兵。他的落脚点距离南威尔镇相当近，距离香叶城却遥远许多。这引导法政署的人走向了错误的思维误区。

然而修伊的心中却还是产生了警兆，要知道自己留在传送法阵上的线索所隐藏的目的地虽然是假的，但也绝不是一般人能发现和破解得了的。

那既是假线索，也是真试探——试探追踪自己的人能力到底如何。

只要法政署的人往通向诺兹郡的方向大加盘查，那就意味着追捕他的人的确是很有能力的——如果不是贝利曾经告诉过他法政署的人有多么狡猾，又是如何的熟谙人心弱点的话，如果他不是真正意义上的修伊·格莱尔，他或许就真的回到修伊·格莱尔曾经的家乡了。毕竟对一个离家太久的少年来说，在逃离那样的地狱之后，有回家的想法实在是太正常了。

从修伊·格莱尔的记忆中，他找不到太多关于那位姑妈的印象。他甚至已经记不清那位姑妈长什么样子了，反倒是对男爵和男爵夫人的印象极其深刻。

这是不是意味着在曾经的修伊·格莱尔的心中，他总是在尽量避免回忆他的姑妈？

修伊不知道答案，但他知道即使是现在的自己，也在受着曾经的修伊的情绪影响，有种想回家看看的欲望。

看看那个该死的姑妈，看看那位曾经颇为照顾他的男爵还有男爵夫人。这种情绪意识并不强烈，但时刻存在着。

正因此他并不希望法政署的人能发现这个假线索——发现假线索不仅意味着对方有很强的追踪侦察能力，同时也意味着自己以后恐怕真的都不能回到南威尔镇了。

他本希望自己能看到法政署的人如无头苍蝇般满天乱飞，到处瞎找，可惜的是兰斯帝国或许不乏蠢货，但自己却并没有这么好运地碰上。

现在部署一切追在自己背后的人，绝对是一头有着丰富经验的老猎犬。

不过这头猎犬就算再厉害，也不可能知道自己已经是一个三系魔法师，不可能知道旭的存在，不可能知道红和绿的存在，不可能知道自己在还只是一个初级魔法师的情况下就自创出威力强大的虚空斩。

如果一个人不了解对方的底牌就出手的话，那通常意味着惨败。

何况修伊还可以为自己增加更多的底牌，那头老猎犬同样不可能知道一个炼金师真正发威时，拥有多么强大的能量。

在魔法与武技修为上，修伊或许依然还只能算弱者，但在炼金术方面，当今大陆敢说比他强的，怕是没有什么人了。

不过在清楚地了解那头猎犬的底细前，修伊不打算和对方做正面交锋。

如果不出意外的话，在他们发现自己不在南威尔镇的时候再向这里赶回来，应该已经错过了好戏。

是时候做些前提准备了，想到这修伊突然道："兰缇。"

"什么事，芬克？"

"你知道香叶城最大的炼金材料市场在哪里吗？"

"哦，当然，女人是对市场最熟悉的。"兰缇骄傲地回答。

"那么有兴趣跟我去逛一趟那里吗？"

"你说去哪里就去哪里。"兰缇从不掩饰她对修伊的着迷，在她看来，这个男孩就是天神赐给她们的最好礼物。他聪明，礼貌，英俊非凡，错过了才叫可惜呢。

尽管炼狱岛是兰斯帝国秘密建立的试验室，是整个帝国炼金术的中心，但这并不意味着它就拥有国内所有的一切资源。炼狱岛上所拥有的，基本都是些绝迹的物种，与之相反，一些常见的物种反而并不多见，主要是靠自由号的输送。

因此即便是修伊要制作某样东西，也需要到炼金市场来找一些他的戒指里不可能携带的便宜材料。而且他也希望尽量少用戒指里的东西。毕竟那些东西太珍贵了，在他找到一个安全地点将戒指里的种子全部培育出来之前，那些材料每用一点就少一点。

然而来到香叶城的炼金材料市场，修伊遗憾地发现自己严重错误地估计了形势。

他没有想到，自己当初认为不值钱而特意留下迷惑探员视线的一批材料，在这里竟然也是难得一见的好货色。

他当初看到这些东西"自由"号每个月都成船成船的送来，以为价格应该不会太离谱。却忽略了这是集一国之力的输送。分散到国内各地，其拥有量实在少得可怜，价格也水涨船高。

一些奸猾的商人甚至会用普通的植物或者别的什么物品进行加工来代替各种珍稀材料，而这些材料却是当初炼狱岛上根本不屑一顾的。

至于修伊戒指里的那些材料——就干脆连假货都不存在了，人们以为这些东西早已绝迹。

在这种情况下，修伊也只能叹息，只怕这些东西如此难见的原因，炼狱岛也是罪魁祸首之一。兰斯帝国号称举国之力支援炼狱岛，倒也不是空口白话，自己天天吃鱼翅吃到没有感觉，走进现实世界却发现原来连鱼肉都贵得吓人，心理状态一时间实在有些适应不过来。

他本打算为自己制作几个强力的攻击性道具，不过就目前的情况看来，要完成计划就有些难度了——就算是再出色的炼金师也无法用泥土去制作最高明的法阵。

正在沉思间，不远处传来两个人的对话。那段对话立刻引起了他的注意，倾听片刻后，修伊的嘴角微微一撇，他发现自己有了一个好主意。

在材料市场不远的一处小摊前，一个管家模样的中年男人，留着一缕小胡子，正在和那个长得瘦小的摊贩进行着激烈的讨价还价。

“每株三个金维特，不能再便宜了，加里先生。”小贩笑眯眯道，两只眼眯成了一条细缝。

“基迪，我可是你的老主顾了，这些蓝珠草我全收，每株两个金维特。”管家模样的中年人对小贩道，看起来他非常熟悉这里的行情，他叫价的口气很坚定。

“哦，这是不可能的价格，你想让我回去挨我老婆的皮鞭吗？”

“得了吧，基迪，你每次被老婆打都是因为你偷偷拿钱去找你那个相好的了。但是你别想从我这里捞好处去满足你的私欲。”中年人的口气很不屑。他太了解这帮像老鼠一样的小贩都装着什么心思了。他肯定打算卖出比自己老婆要求更高一些的价格，好供自己去花天酒地。

小贩看看左右没什么人注意，偷偷凑过来，说道：“如果你愿意，我可以给你十个银维特，你回去以后照样报三个金维特，怎么样？”

“不行，不行，你这是在行贿，基迪。”

“哦，加里，你只是个管家，没必要这么尽职的。”

“那正是为什么我能从仆役成为管家的原因，好了，两个金维特一株，我不会再多给你一个子。”

瘦小的摊贩苦着脸摇头：“我知道你不相信，加里先生，但是这个价格我真的没法出

手。要知道现在驻颜药剂非常走俏，那些贵族夫人们疯狂地采购。蓝珠草是制作这种药剂必不可少的材料，就算你不买，我也不用担心没人会来买它们。”

那名管家恨不得将这浑蛋抓起来狠揍一顿。

很多时候把住对方的底线价格并不代表就能成功，市场的热销偶尔会使买方市场变成卖方市场，一些材料贩子并不担心自己的东西卖不出去，他们大可以待价而沽。

但是用这样的价格收购材料，也就意味着制作出来的药剂成本价已经接近于销售价了。

问题是他今天来晚了，蓝珠草已经不多了，别的地方的摊贩也都是这个价钱。该死的基迪，他是钻到钱眼里去了，以后别想我再照顾他的生意。

他正在苦恼的时候，旁边突然响起一个年轻的声音：“据我所知，蓝珠草并不是制作驻颜药剂必需的材料。”

加里管家赫然回头，他看到一名衣着翩翩的少年就站在自己的背后，在他的两侧，还有两个清丽可人的小姑娘陪伴在身旁。

叫基迪的小贩有些不满意，说道：“嘿，小子，不买东西就别在这捣乱。”

少年耸了耸肩膀，对加里笑道：“看来有人并不希望我说话。”

加里管家不屑地瞅了一眼小贩基迪，对少年道：“看得出来你是有教养的人家出来的年轻人，那只是一个下等人，你不必理他，我对你刚才说的话很感兴趣，我想你是在说有什么东西可以代替蓝珠草制作驻颜药剂？”

少年向加里优雅地鞠了一躬，然后说：“很多同类系的水属性魔植都可以替代。”

一旁的小贩基迪用尖利的嗓子叫道：“加里先生，我想你没有告诉他，卡默尔家族从不生产上品以下的药剂。”

那个叫加里的管家笑看着修伊，说道：“我很抱歉，阁下，您的建议我无法采用。”

修伊看了看身边的两位丽人，笑得依旧灿烂无比，他说：“取一株红苓的中段精华部分，再加两滴阿鲁巴涎液进行调和，用它来代替蓝珠草，就能制作出精品级别的驻颜药剂。”

管家和小贩同时面面相觑。

加里有些难以置信地看着修伊，想了想才道：“尽管我并不是一个炼金师，但长期担任采购使我多少也了解到一些关于药剂炼制的事情，真奇怪我从未听说过这种方法。”

修伊摊开两手："炼金术追求的是事物运转的规律，而万事万物之间的联系之复杂，又怎么可能是人力所能探索得尽的呢？想必就是伟大的伊莱克特拉大炼金师，也不敢说他已经掌握了这世界所有事物的运行规律。知识的海洋是无穷的，新的发现每天都在诞生，您没有听说过并不稀奇，稀奇的是您连试一下的勇气都没有。这两种东西加起来的价格也不到一个金维特，可比蓝珠草便宜多了。"

那名管家用右手托起下巴想了一会儿，然后点点头道："你说得对，阁下，我很抱歉刚才对你的怀疑，要知道很少有炼金师愿意把自己的独家配方交出来的。"

"的确如此，我之所以肯告诉你是因为在我看来那算不上什么。"修伊表现得很自信。

他自信满满的样子看上去帅呆了，如果克拉丽斯在这里，她一定会非常肯定修伊又在玩弄他的那套骗术了，但是此刻在这里的是黛丝和兰缇，有时候我们不得不承认，在女人面前装酷的确是一种很有效地吸引芳心的行为，尽管修伊的目的并不在此，但他的确成功的使得两个小姑娘眼中放出一颗颗红色小心心。

那名叫加里的管家想了想，点头道："我会尝试买一些回去请家族里的炼金师试一下的。"

然后他不顾那小贩的喊叫匆匆离去，后者则用恶狠狠的眼神瞪着修伊："嘿，小子，你毁了我的生意。"

兰缇正要反唇相讥，却被修伊阻止住了。

他随手扔给基迪一个金维特，然后拿出纸笔在上面匆匆写了几个字交到基迪的手上说："不用担心，我敢保证他一定还会回来找你买蓝珠草的。这个字条上有我的名字和地址，如果你能用隐晦一些的方式把这份资料透漏给那位管家先生的话，我就再给你一个金维特，你觉得怎么样？"

小贩基迪有些迷惑地看了看修伊，又拿起那个金维特晃了晃，点头道："没问题，爱捣鬼的小子。如果你不给我那一个金维特，我就把你现在告诉我的全告诉那位管家，我会告诉他你骗了他。"

"成交。"修伊淡然自若道。

“我以为你告诉他的方法是正确的。”回来的路上，兰缇几乎要叫了出来。

“那的确是正确的配置方法。”修伊回答。

“那为什么那个管家还要回来买蓝珠草？”黛丝迷惑地问。

“因为我只告诉了他，如何用别的材料替代蓝珠草，却没有告诉他应该使用怎样的方法进行后期处理，所以他注定了要失败。”

“哦！芬克，你真坏！”两个女孩同时叫了起来。

“可是我不明白你为什么要这样做，得罪一个家族对你有什么好处吗？”黛丝有些替修伊担心。

“还有你是怎么懂得炼制药剂的？”兰缇则很是想不明白修伊怎么会知道这么多的。

两个女孩你一句我一句问个不停。

修伊叹了口气停了下来，他看看两个小姑娘，轻声说：“黛丝，兰缇，你们都是好姑娘。可是我不能一直待在剧团里，我有我自己的事要做，我是说每个人都要有追求的，不是吗？”

黛丝吃惊地看着修伊：“你说你要走？”

兰缇干脆一把抓住了修伊：“不，芬克，你不能就这么离开。”

修伊拍拍兰缇的手，说：“别紧张，我又没说要离开，我只是想得到一些东西，但这些东西并不好得到，需要有人帮助我。”

两个女孩这才松了口气。

黛丝问：“你说你需要贵族的帮助吗？”

“是的。”

“那个加里管家？”

“是的。”

女孩完全糊涂了：“可是你刚刚才耍了他。如果你告诉他正确的方法，他也许会来感谢你，可现在……”

修伊不耐烦地止住她们两个的问话：“相信我黛丝，还有兰缇，这个世界很复杂，没那么简单的。一个家族的大管家不会因为一个路人好心指引了他几句话就知恩图报。他们不是什么逢恩必报的君子，尽管他们总是教养良好，外表温文尔雅，但那并不能说明任何问题。你不可能指望一次普通的偶遇和几句点拨的话语就让一个管家去信任你，然后任你提出怎样的需要都满足你，这是不切实际的事。”

“可是你……”

“所以如果你想要吸引一个人或者一个家族的注意，有时候仇恨比感激对人的吸引要来得更加快捷方便得多。”

女孩们同时捂住了嘴，瞪大了眼睛：“哦，我的天啊，你是说……”

“是的，如果他们不按照正确的方法进行调配，那么驻颜药剂就不仅仅是失败那么简单了，坩埚里的药剂会像咆哮的海浪一样冲出去……”说到这，修伊露齿一笑，“我知道绝大部分的药剂炼金师的习惯都不那么好，他们总喜欢把所有要使用的材料堆在一起，只为了顺手拿着方便。当坩埚里的药剂冲出来时，相信会毁掉许多材料，那将远超他们预期的损失。”

“哦，不！芬克，那个加里管家会杀了你的！”兰缇几乎要尖叫起来。

她怎么也没想到修伊自信满满地走过去教导他人的方法竟然会是祸害他人的方法。

“是的，如果我不告诉他们如何正确调配这些材料的办法的话，他们也许会那样做。”修伊笑着回答，他轻轻搂住两个女孩，“不过放心吧，我没那么容易死的。我只是想确保那位加里管家会找上门来而已，毕竟报仇总比报恩更容易来得有动力。当然，他的目的肯定不会是表达感谢，不过有什么关系呢？重要的是他一定会来找我，对我来说这就已经够了。”

两个女孩几乎要昏过去了。

……

“芬克·达尼托，你在哪儿？你这个浑蛋快给滚我出来！”加里管家那咆哮的声音在旅店门口回荡。

几名家族武士气势汹汹地推开挡路的旅店伙计，加里像一阵旋风般冲进店内。

当修伊的身影出现在楼梯口时，加里管家的眼睛亮了，他对着身旁的四名武士叫道：“就是这个小子让家族蒙受了巨大损失！”

四名武士同时上前一步，将楼梯口的几个出路全部封锁住。看得出来，他们干这个很在行，不急于抓人，而是先堵死对手的逃跑路线。而在管家的身后，还有四名普通的仆役，他们才是负责抓人的。

看着眼前的这一幕，修伊微笑着对身边的黛丝和兰缇说：“你们先回房间去，告诉其他人不会有事的。”

兰缇强挤出笑颜：“是的，我不紧张，我不紧张，你说过你能搞定的对吗？”

她的声音直打战。

黛丝则长长地吸了口气，说道：“芬克，不要拿自己的生命开玩笑，实在不行我们可以赔偿他们钱的。”

“我知道，快回去吧。”修伊催促她们两个。

眼见着黛丝她们回到房间里，修伊才转回头笑道：“我以为你是来感谢我的呢，加里先生。”

“你应该叫我卡默尔先生，这是我的主人赐给我的姓，当你念到这个姓的时候，也许你会想起卡默尔家族意味着什么，招惹了卡默尔家族的下场又是什么！”加里管家愤怒地吼叫道。

然后他向前走上几步：“我猜你没有想到我会找到你的，对吗？那么现在，小子，你有两个选择。一、赔偿家族价值500个金维特的损失；二、让家族的武士打断你的腿。”

修伊冷冷看了一眼堵在楼梯口的那四名武士，都只是些初级武士而已，就算不使用魔法，他也能轻易地干倒他们四个。

不过他觉得自己或许该用更加震得住场子的方式来解决这个问题，给这个目前肾上腺素猛增的管家先生降降温。

于是他轻轻抬起头，望着眼前的加里管家笑道：“我觉得也许还有更好的解决方法。”

风之元素开始凝聚，仿佛是呓语一般的声音，他轻轻地吟诵着那风的咒文，风的力量仿佛汹涌澎湃的波涛一般开始积聚于旅店的周围。它们渐渐凝聚成实体，现出如刀锋般的形状，在空中打着旋地飘舞，就像是一条条刀叶。

宁静却暗藏杀机。

旅店内的一切在此刻都被浓重的风之气息所包拢，正是风系范围性杀伤法术——风裂。

加里目瞪口呆地看着眼前的这一切，他发出了一声喃喃的呻吟：“哦，我的天啊……”

他终于明白他现在面对的是什么人了——一个魔法师！

该死的，自己竟然在用咆哮的口吻对着一个魔法师大喊大叫，甚至说出了要打断他的腿的话！

要知道就算是最低级的魔法师，也不是几个初级武士所能对抗的，魔法师的神秘，魔法师的强大，从来都是毋庸置疑的。

而这还不是最重要的，重要的是魔法师的地位极高。

要知道除非武士达到七级以上，成为自由武士，否则即使是六级武士，其地位也不可能和一个初级魔法师相比。

一方面这是由于魔法师的数量远远比武士要稀少得多，另一方面他们的作用也不是武士可以替代的。

因为武士仅仅拥有战斗的能力，而魔法师所拥有的，却不仅仅是战斗力。他们在其他方面的辅助能力更加强大。因此一个三级武士或许可以打败一个初级魔法师，但是他的薪水和待遇却永远不可能比得上这个初级魔法师的十分之一。

唯一能在地位上和魔法师对等的，除了教廷的神圣骑士，大概就只有炼金师了。问题是地位上的平等不代表实力上的平等，炼金师的自身实力根本不足以和魔法师对抗。

这就是为什么人人都向往成为一个魔法师的原因——无论在地位、实力还是其他方面，魔法师都是最出色的。即使是对帝国兴起起到极为重要作用的大炼金师海因斯，他的

梦想也是拥有更强大的魔法能力而非其他。

否则以兰斯洛特星辰武士的身份地位，又怎么可能会听命于炼金师？

所以别说加里和他的手下没有杀死修伊的实力，就算有那份实力，他也不敢那样做。

如果此刻站在修伊面前的是卡默尔家族的族长，以他的身份倒是够资格无视一个初级魔法师，但是一个管家嘛……

加里有理由相信，卡默尔家族的族长或许不会惧怕这个年轻的魔法师，但如果这个魔法师现在就杀了自己，族长只怕也绝不会为自己说半个字。

任何一个国家的贵族都比魔法师多，所以贵族不会去招惹魔法师，只要他们不是欺人太甚。

500个金维特和一个管家的性命还不值得让卡默尔的族长去冒险。再加四个初级武士也不行，谁知道这个初级魔法师的背后还有什么更强大的存在？

所以现在加里管家吓得瑟瑟发抖，甚至连那四名武士也面面相觑，这下该怎么办？

“我想，您的火气正在消退，对吗？”修伊微笑着问加里管家。

“哦，是的先生，我很抱歉刚才对您使用不敬的言语，我希望您不会放在心上。”加里管家满头大汗，他掏出一块手帕不停地擦着汗，看起来那块帕子都快湿透了。

“那么我们可以好好谈谈了，我是说，到底发生了什么事，让你如此气急败坏地来找我？”修伊装出一脸糊涂的样子，他挥挥手，空气中的风刃全部消失。

“嗯，是这样的，芬克法师。”

“叫我达尼托先生。”修伊冷冷道。

“是，是的，达尼托先生。就在今天下午，我按照您教我的方法买了一些红苓和阿鲁巴涎液回去，交给我们的炼金师去制作，但是结果……”

“结果怎么样？成功了吗？”修伊明知故问。

“事实上，失败了，达尼托先生，药剂在炼制时全都冲出来了，就像是火山喷发一样，毁掉了半个药剂房，很多材料都被毁了。我的主人很愤怒，他责骂了我，然后我就……”老实巴交的加里说不下去了。

“原来是这样。”修伊点点头说道，“你认为我是在害你，教了你们错误的方法，所以你就来找我报仇了？是这样吗？”

“是，是的，达尼托先生。”

“其实那是因为你们的炼金师太没用了。”

“我们的炼金师——没用？”

“是的，看来他并不知道该怎样处理一些新事物，也没有相关的经验和教训，一点小小的变化就能让他措手不及，并使贵家族损失惨重。真遗憾，我本来是一番好心，没想到却招来恶报。”修伊叹息着摇头。

他回过头去，注意到黛丝和兰缇正紧张地看着他。

两个小姑娘没看到旅店中风起云涌的景象，只发现加里管家已经从一头老虎蜕变成了一只家猫，因此诧异无比。

“原来是这样。”加里管家的心情此刻平复了许多，他注意到这位年轻的魔法师似乎并没有要把他怎么样的意思，“那么您的意思是，那个配方依旧是可以制作成功的？”

“当然。”修伊看上去有些不满，他想了想道：“这样吧，为了证明我自己，我可以跟你们去一趟你的家，我会当众做一次给你们看，以洗清我的冤屈，要知道我并不想让别人以为我仗势欺人。”

加里管家长长地松了一口气，这位少年魔法师愿意随自己去卡默尔家族，而且非常讲道理——这真是太好不过了。

刚才还吓得发抖的管家一下子找回了主心骨，他大声下令：“你们几个快去准备一辆马车，要豪华的，我们要请一位魔法师去我们的家族，他将指点我们如何更好地炼制药剂！”

修伊淡淡道：“我不喜欢太过张扬，加里先生，魔法师不应该陷于虚荣与繁华之中，那会让我们迷失方向，失去研究魔法的动力，而且我想今天的事如果传出去，对你家族的名声也不是很好。”

“哦，是的，您说得对，先生。”加里连忙吩咐道，“找一辆普通的马车就行了，今天的事谁也别说出去，给那些客人一些钱，告诉他们闭嘴，别忘了登记他们的名字。如果有谁多嘴，卡默尔家族可不是好惹的！”

几名仆役纷纷上前办理此事。

修伊又道：“你们去门口等着，我先跟我的朋友告个别。”

“谨遵您的吩咐。”加里管家恭敬道。

修伊回到房间里，微笑着看着黛丝和兰缇，两个女孩一起扑了过来，拉着他道：“哦，芬克，你是怎么做到的？你简直太神奇了。”

修伊看看外面恭敬等候的加里管家还有那几名武士和仆役，想了想回答道：“嗯，或许这就是语言的魅力吧，我发现有时候贵族也是很讲道理的。”

卡默尔家族的府邸紫葡庄园坐落在香叶城外的一处风景怡人的地方。

这个家族在这里圈了一大块地皮，在四周栽上了青桐树，将整个紫葡庄园都隐藏在青桐林后，即使是在冬天，翠绿的青桐叶将这里也装点得仿如盛夏一般。

在青桐林的中央，有用鹅卵石铺出的一条石子路。马车从石子路上驶过，会有机敏的仆人在前头照应，同时也会有人迅速问清来的是什么客人，发生了什么情况，然后立刻回报主人，这样就可以避免因为准备不足而发生一些尴尬事。

在经过那条漫长的石子路后，就进入了紫葡庄园。仆人们会根据客人的高贵程度用不同的方式来迎接客人。

对于高贵的客人，他们会先一步将客人领到高级的小客厅里，主人将在那里接见他们，对于普通的客人，他们会让客人直接在大厅等候。

不过今天的这位，让仆人们有些犯难，在他们决定是否该就此让客人进入时，修伊已经用行动解决了这个问题。

“我想我们可以直接去炼药房。”看得出来，眼前的少年魔法师很追求高效。

“请客人跟我来。”加里管家恭敬道。

不远处跑来一个仆人，向加里做了个手势，加里点头表示会意。他们不知道修伊做了近四年的杂役，对这样的手势完全清楚代表什么含义——主人想要观察一下这位客人，暂时不打算出面。

修伊微微笑了笑，卡默尔家族的炼药房并不大，负责炼制药剂的也只有一个炼金师和两名助手。

事实上对绝大部分炼金师来说，药剂的炼制仅仅是他们工作中的一部分而已。更多的时候，他们更愿意去钻研新的炼金术，而不是停留在无所建树的方面，原地踏步。

遗憾的是，炼金术是极为烧钱的一门职业，以至于每一个炼金师如果离开家族的支持，几乎就无法生存，更不要说进步。

通过帮助一些大家族和商人炼制药剂，正是一些炼金师得以生存的重要手段。而大多数家族和商人对于研究新产品并无兴趣——那太烧钱，他们更愿意投资在回报率更高的已知配方上。

这就意味着能够成为家族炼金师的人，往往都是那些在某方面有一技之长，但很可能却终身都无法再进一步的人。

加里此刻带修伊所见的，就是这样一位炼金师——乔治·戴曼，一位专长于药剂的大师级人物。

“哦，你说什么？你们把那个瞎出主意，搞砸了我的药房的家伙给带来了？他说他要来指点我如何炼制药剂？”

还没进入药房，修伊就已经听到了来自乔治·戴曼的怒吼声。

“不，这是对我的侮辱！”那个家伙大叫道。

来到门口，修伊看到一个穿着炼金师法袍，头上戴着尖角帽的中年男人正在对着仆役大发脾气。

当看到修伊出现在自己的药房前时，乔治·戴曼这个卡默尔家族的炼金师已经愤怒地咆哮起来：“就是这个连毛都还没有长齐的小子想来教我怎么炼制药剂吗？这太可笑了！我不会接受他的指手画脚，立刻让他滚出我的药房！什么？魔法师？不，他不可能是一个魔法师，每一个炼金师都会一些法术。也许这个毛头小子只是随便来了那么几下就让你们误以为他是一个魔法师了。不，不，我绝不接受他在我的地方干预我的事，没有打断他的腿，已经是我的仁慈了！”

修伊皱起了眉头，轻声问加里：“他的脾气似乎不太好？我是说，我只是想过来帮你们解决一下问题而已。”

加里小心地回答：“乔治·戴曼大师在帝国是极有名望的炼金师，能够请动他也是族长的面子。家族的药剂生意，一直都是靠乔治·戴曼大师在支撑着的，这也是为什么家族从不制作上品以下药剂的重要原因，像大师这样有身份地位的人，难以亲近是很正常的。”

加里的话显然是在暗示，每一个有能力的炼金师几乎都是如此，他们高高在上，他们骄横跋扈。

修伊突然意识到自己疏忽了一件事，一直以来，他都在炼狱岛上做事，即使是杀人如麻的海因斯、皮耶、安德鲁等人，也很少在仆役们的面前无端摆起高高在上的架子。这使他在潜意识里以为每一个炼金师都是如此。

但事实证明，狂傲与骄横的表现，需要两个基本条件。一、超出常人的优越感与实力。二、有可以让其表现出其高傲处的旁观者。

尽管炼狱岛上的海因斯等人拥有全帝国的炼金师加起来都无法比拟的实力，但是他们缺乏条件的第二项，狂傲无法给他们带来任何感官上的快感，因此脚踏实地地做事才是最有意义的。

但是走出炼狱岛后，修伊随便看到个有一定身份地位的炼金师，几乎都是骄横狂纵的。这与他们的实力无关，而是他们拥有那两个足以让他们狂横的条件。

想到这，修伊意识到自己此刻的到来，为什么会让那个乔治·戴曼如此愤怒和不可理喻了——在后者看来，这种指导对方的行为，不啻是一种行为上的挑衅，是对他能力的质疑。

修伊微笑着撇起了嘴，也许该给对方一点颜色看看，他想。

他进入药房，目光在四周扫了一圈，然后抬起头看向那位炼金大师，说道："乔治·戴曼大人？我叫芬克·达尼托，很高兴见到您。"

"哦，我可不高兴见到你，我的工作很忙！我有很多事要做，我不想和一个一无是处，搞砸了我的药剂的毛头小子对话。你过来干什么？想告诉我我应该怎样炼制我的药剂吗？这太可笑了。你才多大？你炼过几瓶药剂？在炼金术上你又拥有多大的能力？现在赶快滚出我的地盘！"那个炼金大师不客气地叫嚣着。

修伊毫无畏惧地向乔治·戴曼走去，说："我的导师曾经告诉过我，这世上从来都不缺乏一些狂妄之人。他们并没有什么真才实学，却总是不肯虚心接受他人的意见。但是我没有想到，即使是在卡默尔这样的家族也会看到这样的人物，这真是令人遗憾。"

"你竟敢侮辱我！"

"不，那不是侮辱，而是在陈述一个事实。"修伊镇定无比道。

他绕过乔治·戴曼来到他摆放材料的试验台前，随手拿起台子上的材料，对乔治·戴曼咆哮着的“放下我的东西”置若罔闻。

修伊抬头看了看乔治·戴曼，说：“或许您自认为您是一位在炼药方面无人可及的大师，不需要任何人的指点，但是我相信这世上没有一个人能真正说自己精通所有的炼金术。”说到这里，他的目光横扫台面，“真令人难以想象，大人您竟然把火蛇的涎液和风吼的血还有深海鲸油膏摆在一起？”

眼前的少年用平淡的口吻说出最后一句话，看起来就像是对方犯了什么错误。

炼金师乔治·戴曼一愣：“那又怎么样，那能说明什么，把它们放在一起会出什么问题吗？”

“会出什么问题？”修伊猛一抬头看着乔治·戴曼，“也许我的确该让大人您知道会出些什么问题，那么让我们来试验一下如何？”

说着，修伊突然快速抓起一只烧杯，然后将火蛇的涎液和风吼的血各倒了一些进入杯中，同时说道：“让我们看看这里还有什么东西，啊，一些被晒干的水蛭，让我们把它研成粉末，对了，就这样，然后把它放些进去。看看这里，这可以起到加速作用，还有一些催化剂，来吧，也放些进去。再让我们放一些其他的原料。瞧，过程并不复杂，我相信大师您已经看清楚了对吗？”

修伊快速地将台子上的材料拿起，加工，然后投放，仅从其手法上的娴熟就让人意识到眼前的少年绝不是一个对药剂方面一无所知的骗子。

在迅速投放好材料后，修伊手上的烧杯中已是一杯调好了的药剂，它们静静地待在烧杯里，但没人知道那到底是什么。

修伊脸上露出神秘的笑，随手拿过一盒来自一条深海巨鲸的脂肪制成的油膏，说道：“戴曼大人，我相信您一定知道，火蛇的涎液是一种良好的火元素的产生体。在一些特殊的情况下，只要给它足够的条件，它就会不停地生成火元素，直到将自己消耗尽，对此您一定很清楚对吗？”

说着，修伊将油膏缓缓倒入烧杯中，倒入油膏的溶液开始在内部出现了一些细微的变化，一些特殊的气泡正在生成。

“拿着它。”修伊将烧杯交到戴曼的手中说。

乔治·戴曼茫然接过，他看到那些溶液正在不停地产生气泡，就像有什么东西在里面吹气一样。

修伊的声音在他耳边响起："就像大人您现在看到的那样，我只是用您随手摆在台子上的材料就完成了这个火元素的制造过程，现在您瞧，这些火蛇的涎液正在不停地制造着火元素。在通常情况下，这些火元素会融入到空气中，不会形成什么可怕的后果，因此我们也不会有机会观察到它们的具体形态。但是我加进去的这些油膏拥有一种奇特的针对元素的桎梏力量，这种力量使它们暂时无法逃逸，这样我们就能更加清楚地观察到它们。当然，这只是暂时的，毕竟任何一种魔法元素对元素桎梏之力都是非常讨厌的。好在它们并不着急，因为火蛇涎和风吼血的混合正在为那些火元素不停地生成新的伙伴，这会使它们的力量越来越强大……"

正如修伊所说的那样，杯子里的液体正在不断产生着火元素，一个又一个红色小气泡在液体中生成，炸裂，看上去就像一个个小火球在里面不停地爆炸。

修伊盯着眼前的炼金师，说道："火元素要想摆脱深海鲸油膏的元素桎梏就必须有足够强大的力量。那么您知道这些火元素在积聚到足够冲破元素桎梏的力量后产生的爆发力有多么强大吗？就是这么一小杯的火元素，它就能把整间屋子都炸飞。"

所有的旁观者都吓得齐齐后退，那位乔治·戴曼惊恐无比地看着修伊，他颤抖着吐出一句话："哦，我的天啊！"

修伊的表情一如既往的镇定，仿佛他此刻所做的只是不值一提的小事。

他轻声道："大人，您的时间不多了，火蛇的涎液正在不停地产生新的火元素，由于我这次加入了足够多的火蛇涎和风吼血，还有一些辅助材料，因此它这次产生火元素的速度非常快，快到火元素要想积聚出足够的爆发力只需要那么一小会儿时间就够。那么让我们现在开始倒计时好吗？我估计还有30秒的时间就够它们完成一次爆炸了，而您要在那之前解决这个问题。现在开始计数，30，29，28……"

空气在一瞬间被凝结，所有人都望向乔治·戴曼，这位刚才还骄横无比的大炼金师望着眼前液体翻滚的烧杯，已经吓得瑟瑟发抖。

杯子里正在不停地产生大量的火元素，而他却完全不知道自己该怎么做。

"25，24，23……"修伊的倒计时依然在继续。

“不！”大炼金师喊了起来，“告诉我该怎么做，快说啊！”

“20，戴曼大师，您是一位出色的炼金师，这样的小问题我相信一定难不倒您。”

“你疯了吗？它快要炸了！快解决掉它！”乔治·戴曼歇斯底里地喊道。

“18，17……”修伊依然镇定地继续着他的倒计时，“大人您不用太着急，我们还有时间。风度，注意您的风度，炼金师是优雅的，睿智的，也是高贵的，我们从不大呼小叫，哪怕死亡将至。”

烧杯中的液体还在不停地冒出红色气泡，但已经越来越密集，它们就像是液体炸药，一旦爆发，会把这里的一切都摧毁。

所有人都死死盯着那个烧杯，盯着那不停翻滚的血色液体，那根本就是火山爆发前最后的能量积聚。

“13，12……”

修伊的声音依然优雅，恬淡，甚至连表情也都始终沉静。

他的样子看上去就像个乖宝宝，此刻面对的仅仅是一个好玩的玩具，他笑对这一切，完全无视那个骄横的炼金师心中的恐惧。

“不！不！你这个疯子快解决它！”乔治·戴曼疯狂地大喊起来，他的手在不停地颤抖。

修伊恍若未闻，他背负双手毫无要解决问题的意思：“您最好拿稳一点，戴曼大人，您还没有想出解决办法吗？哦，对了，您还有10秒钟。”

“哦，我的天啊，我的天啊，这太疯狂了，我解决不了！”乔治·戴曼狂叫，“求求你了，我解决不了，我认输了，你比我强！我向你道歉，哦，我的天啊，它快要炸了！”

乔治·戴曼疯狂的大喊，喊得声嘶力竭。

烧杯中的液体已经开始冒出火苗，一个个火元素形成的气泡已经开始尝试着冲破阻碍它们的元素桎梏之力，要向着外界爆发了。

而在杯子的底层，更多的火元素就像是火山中的岩浆般不停地滚动，它们已经由单个的火元素形成了一个整体，直到最后喷发时刻的到来……

就算是白痴都能看出这些被强行压制住的火元素一旦喷发会造成怎样的后果，只怕炸毁一间药房都是轻的，很可能整个紫葡庄园都会完蛋。

“我说我认输了，你听见了吗？”乔治·戴曼终于吓得大声哭了出来。

修伊遗憾地摇摇头：“为什么这么着急就认输？我说过了，您还有足够的时间，还有7秒钟。”

乔治·戴曼泪眼汪汪：“哦，不，求你了，我求你了！别让它炸开，把它从我的手里拿走。哦，我的天啊！快拿走，让我离开！天啊，这太疯狂了！”

轻轻叹口气，修伊微笑着摇了摇头道：“这真让我吃惊，原来您的勇气与您的狂妄完全不成比例，我很抱歉吓坏了您。”

修伊轻轻地从乔治·戴曼手上接过那烧杯，时间还剩5秒，众人的心都已经提到了嗓子眼儿。

修伊的笑容依旧，他并不着急，而是轻声解释道：“要解决这个问题其实很简单，只要再加进一些冬青草的汁液，它们能迅速吸收火元素。但是记住，千万不要一次性使用太多，否则在它吸收掉足够的火元素之前，会先一步破坏掉油膏的元素桎梏，最终提前引发火元素的爆发。”

说着，他在烧杯中滴进几滴冬青草的汁液。

此时，时间还剩一秒，大量的火元素已经到达了最后的喷薄状态，乔治·戴曼的全身都已经瘫软，他现在就是想跑都迈不动脚步。

然而就在修伊滴下冬青草汁液的那一刻，火苗却突然消失了。

大量积聚着的火元素在遇到了冬青草的汁液后，仿佛火山上的岩浆一下子流进了大海，瞬间消失得无影无踪，只在杯口冒出大量的白气，那是它曾存在于这个小小杯子中最后的见证。

原先杯中世界的暴烈与狂躁，瞬间变得安静下来，仿佛从未发生过任何状况，一切就这么简简单单地结束了。

乔治·戴曼大口地喘着粗气，满头的汗水落下，他呆呆地望着修伊，一句话都说不出来了，事实上所有的人都看呆了。

修伊依然是满脸笑容地站在那里，他看上去就是那样一个翩翩少年，没有大声的吼叫，没有手舞足蹈的激动，也没有丝毫的张扬与跋扈。他就像一个典型的贵族少年，优雅，恬淡，安静，知书懂礼，不做丝毫逾越规矩的事。

他只是简单地用手上现成的几样材料制造出了一场死亡危机，并在最后一刻将其信手化解。在这个过程中，他始终表现得镇定自若。

人们终于明白，在这个少年温文儒雅的背后，是一份可怕的残酷，一份优雅的残酷。

一切正如修伊所预料的那样，他成功地展示了自己的实力。

卡默尔家族对修伊在炼金术上的实力感到震惊，他们甚至向修伊抛来了橄榄枝，希望这位年轻的炼金师能够留下来为家族服务。

不过修伊还是委婉地拒绝了，他提出了一个简单的条件，他愿意向该家族出售三种药剂的改良配方，使每种药剂的制作成本平均下降两个金维特，并提供一种精品药剂的全新配方，每瓶可为他们带来至少十个以上的金维特的利润。

当然，条件就是他们必须按照修伊开出的清单为他提供一批价格昂贵且难以寻觅的材料，额外再加一笔现金。

修伊需要的现金倒是不多，不过这批材料价值高达近7000个金维特，卡默尔家族在权衡利弊后终于同意了此条件。为了确保卡默尔家族拥有对新配方的专属所有权力，修伊在魔法卷轴上立下血誓之约：此笔交易将处于严格保密状态，他不会向任何人任何家族吐露此事，不会再以任何形式出售此四类药剂的配方，同时他本人也将终生不进行此类药剂的经营，仅可制作后自行使用。

尽管誓约之神在绝大多数时候都处于偷懒睡觉的状态，不过对卡默尔家族来说，这样的一纸誓约还是可以让人放心的——如果此消息走漏，或者修伊违背誓约向其他家族出售该药剂配方，那么卡默尔家族将有权无视其魔法师身份对其进行追杀，而兰斯帝国将不会追究责任，并保证其对药剂配方的合法拥有权。

这可以是一份类似于现代社会的有关知识产权的协议，尤其令卡默尔家族满意的是修伊甚至主动完善了协议的各方面细节，以进一步避免自己利用协议漏洞的可能，由此可见

他的诚心。

在誓约达成之后，修伊爽快地交出了四种药剂的配方，并当场试制给大家看。原本狂傲无比的戴曼先生在看到修伊精湛的手法还有那神奇的配方之后被彻底折服。如果不是他与卡默尔家族同样有合约在身，或许他已经抛下了一切立刻投到修伊门下做学生也说不定。

卡默尔家族则将修伊所需要的所有材料送达他所居住的旅店，这笔交易就此圆满完成。

从卡默尔家族回到旅店并不需要太长时间，当他回来时，他发现整个剧团的人都已经等候在那里了，包括克拉丽斯。

所有人都听说了修伊被卡默尔家族的人接了过去，尽管他们前倨后恭，但是这依然让大家心跳不已。

不过当看到修伊坐着卡默尔家族的豪华马车回来，加里管家更是一口一个大师的称呼着，所有人都目瞪口呆。

如果说之前剧团的人还没有意识到这个突然出现在团里的小男孩有什么值得重视的话，那么现在人们可就不再这么想了。

他们看眼前的男孩眼里充满了敬畏，能够让一个大家族派豪华马车送回，让管家恭敬礼遇的人终究不多。

修伊回到自己的房间里，开始收拾东西，他要抓紧时间做好自己该做的事情。没人知道法政署的人什么时候会找到他，未雨绸缪永远好过临时抱佛脚。

“芬克。”外面响起了黛丝和兰缇甜美的声音。

“黛丝，兰缇，我现在没法回答你们任何问题，我要出去几天，过些天才能回来。”修伊在屋内回答道。

“你要离开这里？”外面两个姑娘的声音透着惊慌，她们没想到修伊刚回来就要走。

“只是暂时离开，放心吧，我很快就会回来。”

“可你不打算和我们说些什么吗？我们有话要和你说。”

“现在不行，等我回来后吧。”修伊的态度很坚决。

“好吧，芬克，我们会等你的。”两个姑娘默默离开了，听得出来，她们很失望。

没有了姑娘们的打扰，修伊匆匆离开旅店。

来到香叶城外的一处荒野，注意观察了一下四周，在确认无人后，修伊放出了红与绿在四周警戒。

下一刻，他拿出所有收集到的材料，面前摆放的是那本得自皮耶房间的关于海因斯所有试验记录的书。

这一次他要做的是以往从未有过的试验——魔纹镌刻。

伊莱克特拉发明的魔纹镌刻其实本质上就是一种人体法阵，法阵是人们用来施展大型魔法时的必须帮助。最低级的魔法，只需要咒语即可完成，中高级的魔法就需要咒语再加手势的配合来进行完成。这就是为什么修伊在施展虚空斩需要用到六芒星阵的原因。而一些超级的甚至禁咒级的法术，就需要用到大型法阵的支持才能完成。

一般来说，七级法术就需要一定程度的法阵配合，能够随手使用的超级禁咒是不存在的，否则这个世界早已经毁灭。

法阵可以说是人类魔法师在使用法术时的一种必要支持。普通的魔法师可以借助法阵的力量使用更强大的魔法，甚至不会魔法的人只要懂得念咒语，也可以借元素共鸣法阵来暂时性使用魔法。

只不过法阵的摆设需要使用到大量材料，每一次的使用又都会消耗许多能量，甚至包括一些珍稀材料，因此人们轻易不会去动用它。

伊莱克特拉的魔纹镌刻其实就是在法阵的基础上演变而来——他希望能够通过将法阵镌刻于人体来完成魔法的使用，至于能量的提供，则依赖于人自身的魔力或者生命力。

这毫无疑问是一个伟大的变革，要在人的皮肤上刻录法阵，意味着有许多材料将无法使用。你无法将能量晶石嵌入身体，也无法将大量的材料嵌入身体，只能通过制造特殊的魔药来完成这一切。

再加上魔纹比传统的法阵更小，更精细，因此要求也就更高。

当初海因斯对仆役们反复进行试验的魔纹配方，其实就是在寻找用什么样的材料制作出合适的魔药从而进行魔纹的镌刻。

魔纹的完成总共有两个步骤。一个是寻找合适的材料组成配方，从而可以刻于人体，达到与外界元素产生共鸣的效果，这就是为什么魔纹镌刻使得不会魔法的人也能施放魔法

的原因。另一个就是阵图的刻录。通过事先刻录好的阵图将魔药纹入体内，从而形成一个微型法阵，并达到指定的魔法效果。

因此镌刻了魔纹的人拥有免于使用手势，只需念动咒语就可以使用魔法的优势。对一个魔法师来说，这或许算不上什么，但是对于一个武士来说，如果能拥有某种只需念动咒语就可使用的魔法，那么他的优势是显而易见的，他解放出的双手将会继续发挥自己武士的力量，从而给敌人造成可怕的打击。

23年来，海因斯一直试图重现伊莱克特拉的发明。他试图用一种魔纹来完全取代元素共鸣，但总是失败。每一次当他以为他要突破的时候，却最终还是发现自己突破不了。

直到修伊的出现。

从魔龙丽塔那里，修伊得知，即使同一系的法术，由于魔法的不同，对元素共鸣感应的要求也并不相同，因此魔纹不应该是一个单独的存在，而是每一种魔纹都代表着某种程度的元素共鸣，每一个阵图都代表相应的法术效果。

因此所有人都误会了伊莱克特拉的发明，认为他只是发明了几种魔纹就代替了所有的魔法元素，但事实并不是如此。

这样的做法，或许并不能实现以某一种魔纹就让人类拥有该元素天赋的能力，但是可以使对方至少拥有单一的法术。

而海因斯一直以来，走的其实都是一种错误的道路。

其后不久，修伊用婉转的方式提醒了海因斯，向他指出了这一问题，使得海因斯幡然醒悟。也就是那时起，他的魔纹研究进展明显加快了。

在经过近两年时间的不懈研究后，海因斯找到了14种可以产生不同程度的元素共鸣的配方，同时根据这研究出二十多种魔纹阵图，也就是说他二十多年来没有获得任何成果，却因为修伊的一句提醒，在两年后便拥有了二十多种他无法学习却可以随意使用的魔法。

不得不说，海因斯在这方面还是很有能力的，只是可惜他不具备魔法师的天赋，因此很多时候，他看不到魔法的世界到底是怎样的。就像再聪明的蚂蚁也无法理解人类的世界一样。

当然，也不能说他前期的努力全部白费，那些耗费无数人生命和材料留下的记录同样是海因斯能迅速成功的基础。

而现在，修伊要做的就是按照海因斯记录下来的配方，给自己镌刻法术阵图。

在那之前，他从未尝试过。

剧烈的疼痛让修伊发出难以忍受的低吼声。

调制好的魔药在进入身体的那一瞬间，发散的药性带给修伊强烈的痛楚。他终于明白为什么当初在山谷里那些少年们会发出如此凄厉恐怖的号叫，那痛苦就像是噬人的虫蚁在疯狂地噬咬着他的神经，就算是铁人也难以承受这份煎熬。

那一瞬间他几乎要崩溃了，他快速含上一块布，以避免无法忍受时发出的大声吼叫惊动可能路过这里的人。

挺住！修伊瞪大了眼睛，细小的刻针不停地在身上跳动，仿佛有只无形的手在操纵，在他的胸前画出一道道由灰黑色的魔药构成的诡异线条。

刻针割破皮肤，却没有一丝血液渗出，灰黑色的魔药在渗入皮肤后便停留在那里，发出幽暗的光芒。

一个小小的法阵就这样在刻针的跳动下渐渐成形，原本孤立凌乱的线条渐渐形成一个奇特的微型法阵，牢牢地凝固在了修伊的胸前。

待到刻针画完最后一道轨迹，神奇地自动脱离他的身体掉到地面上。修伊躺在冰冷的地上大口大口地喘着气，几乎连坐起来的力气都没有了。他的面部扭曲，整个人仿佛虚脱一般。

他终于明白为什么无论是海因斯还是安德鲁都没有在自己身上进行魔纹的镌刻，因为那份疼痛实在是太强烈了，痛到你想要自杀。

修伊躺在地上休息了好半天才勉强坐了起来，他低头看向自己的胸膛。在他的胸前，是一道由十八条法线组成的三个六芒星法阵，三个法阵交相结合组成一个整体，散发出诡异幽暗的光芒。

不知道的人或许会以为这只是一个普通的几何图案，就算是深谙法阵原理的炼金师和魔法师也不会明白如此奇特的图案能有什么作用。

但是修伊知道，这个法阵，正是海因斯所发明的数十种魔纹中最有价值的一种——幽暗魔纹。

幽暗魔纹是一种很奇特的魔纹，它只对灵魂力量产生作用，也就是说，这种魔纹只适

合于灵魂法师使用。

拥有了幽暗魔纹的法师，可以产生灵魂振荡的能力，这就和修伊拥有风元素感应天赋中的风元素振荡一样，可以大大提高灵魂法术的威力。

在海因斯研究魔纹的过程中，由于魔纹的种类过于庞大、复杂、烦琐，因此海因斯根本无法确定他能够研究出什么配方，又或者不能研究出什么配方。他只能够根据自己的发现来调整他的研究方向与策略。

这就导致了海因斯最终无奈地发现他所研究出来的十多种魔纹配方绝大多数其实并不适合于普通人使用。恰恰相反，它们倒是很适合魔法师们进一步加强自己的魔法威力。

制作这些魔药的价格是如此的昂贵，仅仅为了让一个魔法师能够达到更深一层境界就使用如此众多的材料，至少在海因斯看来完全是不划算的事。

他研究魔纹是为了让自己成为真正的魔法师，而不是为魔法师升级服务。

这可以说是海因斯面临的一个无奈，同样也是魔纹的研究成果始终没有向帝国上交的另一个原因。

但是对修伊来说，这却是一个好消息。

早在炼狱岛的时候，修伊就意识到，仅凭炼金术来提高自己的灵魂法术能力，成就始终有限，但是有了幽暗魔纹，一切就会不同。

这意味着从现在起，他在灵魂法术方面的天赋，真正和自己的风系法术天赋是完全相同的了。

而灵魂法术的好用程度，其实是远超过风系法术的。这倒不是说风系法术不如灵魂法术，主要是由于灵魂法术无视等级差距的特性。

假如两种法术共同修习到顶点，其威力都是相当强大，但是就初级效果来看，灵魂法术比风系法术更具备扭转乾坤的力量。修伊即将要面对的，是可怕的六级空间系大法师阿布利特，这样的对手可比海因斯要强大太多。在面对这种强者的时候，灵魂法术很显然是要比风系法术好用多了。

幽暗魔纹完成之后，修伊能够清楚地感觉到胸前传来的丝丝灵魂能量的波动。

他闭上眼睛，只觉得脑海中一片清明，周围是无数的星星点点，就像一团团放着白色光芒的火焰。

这些白色光团不断地向外延伸出一根根丝线，彼此交缠，互相连接，同时也连接向自己……

修伊猛地一下睁开了眼睛，他立刻意识到，那些光团其实就是这附近所有的生命所散发出的灵魂能量。其中灵魂能量最强大的，无疑就是炽焰鸟和旭了。炽焰鸟的灵魂能量就像是一束炽烈的火焰，而旭的灵魂能量却仿佛一个能够吞噬光线的黑洞……

至于那些普通的鸟蚁虫兽的灵魂能量，则要黯淡许多，有些几乎是不可察觉的。

没有想到在镌刻了幽暗魔纹后，自己竟然能清楚观察到其他生命的灵魂波动，此刻的感觉当真是新奇而又美妙。

这就是灵魂法术的特点了。

灵魂法术专门针对人的灵魂下手，因此修习灵魂法术的法师，对周围生命的灵魂能量也是最敏感的。在灵魂法术修炼到高级时，他们能够施放出心灵风暴，就是以能量冲击的方式，对这些已经可以观察到的灵魂能量进行攻击，又或者直接控制他人的灵魂，使其成为自己永久的奴仆。

后者尤其可怕，这也是为什么灵魂法术被列为禁术的重要原因。

修伊此刻之所以能够看到周围生命的灵魂能量，其实是来自于初级法术的精神探察。

初级灵魂法术的四种基础能力：意志削弱、意志坚定、精神探察、精神凝聚，都是对人类意志与精神的研究，只是有些法术没有足够的天赋，根本无法使用。

因而直到此刻，修伊才掌握了这一法术。下一刻，他隐隐感到自己身体里的魔力开始提升，托幽暗魔纹的福，他终于升级了。

一想到自己第一个突破成二级的法术体系依然是灵魂法术，修伊也不由苦笑，看来自己就是被人追杀的命啊。

炼狱岛的逃亡仆役，修炼禁术的灵魂法师，不知道以后还会不会有更多值得被追杀的罪名呢?

然而完成幽暗魔纹的镌刻，对修伊来说并没有结束。他还有一个更重要的魔纹需要镌刻——能量转移魔纹。

这种魔纹是当年海因斯无意中发现的一个配方，也是海因斯认为最无用的配方。因为它唯一的好处就是可以将敌人的攻击吸收，并转化成自体能量。

但这种魔纹一不能削弱伤害，二不能频繁使用。使用一次之后，魔纹就会自动消失。而且以后对于同类攻击即使再度镌刻也无法再行吸收。

对于过弱的攻击，魔纹所能吸收的力量实在有限，根本不值得耗费如此众多的材料去制作，更不值得让镌刻者承受那巨大的痛苦。如果想要吸收强大的攻击能量，就必须冒着被对方一击致死的风险。

望着那瓶早已调制好的魔药，修伊苦笑着自语道："凡是敢用这东西的人，通常只能用一个词来形容，那就是找死。"

说着，他将刻针向着自己右臂狠狠扎了下去。

巨大的痛苦再度席卷而来，将他彻底淹没在一片黑暗中。

成功晋阶为二级灵魂法师后，修伊已经迫不及待地要学习新的灵魂法术了。

不得不说，灵魂系的法术就是如此可怜。二级能够学习的法术甚至比初级更少，一共只有三个，分别是魔力吸吮、精神燃烧和迷失之舞。

迷失之舞是一个乱心法术，是由欲望燃烧升级而来。只是欲望燃烧仅仅能够令中者燃烧自身的欲望，对于欲望执念并不强烈的人而言，并没有什么作用。迷失之舞，则是直接使对方陷入迷茫之中，从而失去攻击能力。

至于迷失之舞到底能够持续多长时间，就要看中招者的意志抵抗力和施法者的修为了。

修伊曾经向旭施展过一次迷失之舞，小家伙发了个呆，就什么事都没了。

他很希望那是由于魔龙体质不同，意志过于坚强的原因，但是看看小家伙天天懒散的模样，过着饭来张口的生活，丝毫不具备意志坚强者的风范，只好很无奈地意识到这很可能还是自己修炼不足的原因。

至于精神燃烧，则是精神冲击术的升级法术，通过燃烧对方精神能量造成精神攻击，比一般的精神攻击效果要强大多了。

魔力吸吮或许是三种法术中最好用也最鸡肋的法术。顾名思义，这种法术可以通过吸取他人的魔力来补充自己消耗的魔力，其效果堪称逆天。

不过可惜的是，这个法术的限制也极大，它的限制就是被魔力吸吮的对象，必须是在无抵抗意志的情况下进行。

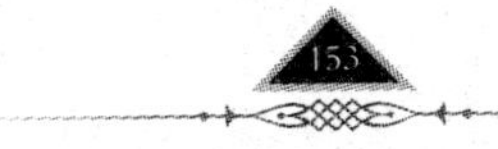

因为只有这样，灵魂法师才能顺利和对方建立魔力传输通道，从而从对方身上源源不断地吸取魔力。在此期间，被吸吮魔力者不但可以主动中断魔力的吸吮，甚至可以借此机会发动反击，使对方形成魔力反噬。

对绝大部分魔法师来说，这样的要求意味着他们并不能从敌人的身上吸取魔力，而从自己的盟友身上吸取魔力，就等于是削弱了盟友的实力，在战斗中并没有任何意义，因此像这样的法术，对大部分魔法师来说，都不具备什么作用。

不过对修伊来说，他看中这个法术可是已经很久了。他之所以优先选择给自己镌刻幽暗魔纹，拼命努力地要将自己晋阶，甚至可以说就是冲着这个法术去的，甚至还可以说，未来他要对上阿布利特，就要靠这个法术来获得胜利了。

当他终于完成了魔力吸吮的咒语颂念之后，修伊的脸上绽出了诡异的笑容，他邪邪地看向了那好吃懒做不肯学习的小魔龙——旭。

小家伙莫名地打了个冷战，感觉好像有什么不妙的事情要发生。

出来混，总是要还的，天下没有白吃饭不出力气的好事。其后不久，小家伙终于“深刻地”明白了这个道理。

修伊这次外出，一走就是几天，其间可急坏了黛丝和兰缇，就连克拉丽斯也过来问了几次。

这些天里，修伊除了把魔纹镌刻在自己身体上外，又为自己准备了一些其他的炼金师道具，直到将一切忙完，他才重新回到香叶城。

“哦，你终于回来了。”兰缇一看到修伊就叫了起来，“芬克，你把所有人都急坏了。”

“出什么事了吗？”修伊可不认为没了自己剧团就无法生存了。

“哦，不，没出什么事，只是我们已经好几天没有你的消息了。”黛丝拉住修伊的手臂，“我不知道你在做什么，但是我们都希望你能理解我们对你的挂念。”

兰缇的口气很幽怨：“我们以为你离开我们，不回来了。”

两个姑娘对修伊的情谊，就算是傻瓜也能看得出来。修伊微微沉默了一会儿，终于拉起黛丝和兰缇的手，说道：“这真让我惶恐，我不明白是什么能够让我同时得到你们两位的另眼相待，我以为我对你们而言，应该只是一个普通的路人，即使在经过这段时间的接

触之后，我们终有一天还是要分开的。”

“你不相信我们吗？还是你以为我们别有他意？”黛丝望着修伊问。

兰缇则道：“或许你觉得我们太不矜持，过于轻浮？”

“不，不是那样的。事实上对于你们的眷爱，我感到十分惶恐，但也有些不敢承受。我在想我是否做错了什么，而让你们有所误会？我是说……我无法给你们任何承诺。”

“为什么要有承诺？”说这话的竟然是黛丝，这让修伊大吃一惊。

眼前的姑娘笑嘻嘻地看着他：“你只是不了解我们而已。”

“我不明白。”修伊很诚恳地道。

“那是因为你不是剧团的人，所以你无法理解剧团的生活。”兰缇柔声道，“芬克，或许你还不明白。剧团的姑娘们经常要四处演出，总有女孩子会为了钱和一些贵族们勾搭，这使我们的名声变得很差，我们很难找到一个好丈夫。但即使抛开钱的原因，贵族们也总是有足够的办法得到他们想要得到的，事后才不会管我们的死活。我们不想做这一行，可不做这个我们还能做什么。我们是一群可怜的女人，可是坏名声却永远落在我们的头上，不管我们到底做过什么又或者没做过什么。”

黛丝也道：“所以剧团的女孩子们永远都明白一件事，当幸福来到我们身边时，我们就必须自己去把握它，抓住它。否则就算它来了，如果因为我们的矜持而错过，我们也只会后悔莫及。”

兰缇继续道：“我们不是那些大家族的小姐们，她们有着太多好的选择，而我们面对的，大多数时候都是肮脏的码头工人，农夫，猎人，也许一辈子都没有机会进入上流社会，我们唯一的资格就是供贵族取乐，然后可怜兮兮地从贵族老爷们那儿得到几个金维特，我们唯一能祈求的就是尽可能让更少的人看到我们在这种时候的卑微，不同的人有不同的选择。”

黛丝再度接口：“所以剧团的姑娘们在走到那一步之前，至少要学会把握机会，珍惜每一个从眼前走过的优秀男人。芬克，在我们走到那一步之前，至少我们可以选择我们喜欢的。没有别的原因，仅仅因为我们喜欢。”

修伊终于明白了，在这片大陆上，即使是最辉煌最鼎盛的剧团，歌女们的地位也是极为低下的。剧团的人生，其实就是流浪文化——注定了漂泊的人生，即使是再无忧无虑也

只是哀伤的悲歌，即使再豪放不羁也只有无边的苦涩。

对于剧团的大部分姑娘来说，当有一个自己看着满意的男人从眼前飘过时，她们会放下尊严，放弃颜面，不惜一切地去抓住他，哪怕那个男人不属于她们，至少在她们被迫无奈地成为那些贵族的取乐对象前，她们可以对自己说，自己人生中的第一个男人是自己选择的。

人生的机遇从来不多，要抓住一切可能！那样她们至少能够拥有关于最重要的一次的美好回忆。

眼前的男孩长相俊美，斯文礼貌，即使面对克拉丽斯的敲诈勒索，他也丝毫不动气，反而能将钱都借给她。他看上去如此聪明，有本领，又体贴他人，除了年纪小了点，姑娘们几乎从他身上找不到任何缺点。

这就已经足够让姑娘们动心了，她们不指望修伊会留下来守着她们一辈子，但她们希望修伊能留给她们一段美好的值得她们去品味的人生记忆。

这种人生态度可以说完全是由于对未来的茫然和不自信所导致的，她们已经不在乎结果，只追求能拥有幸福的过程。哪怕那幸福是短暂的。

修伊沉默了，那个时候他很想说，我可以保护你们，但他终究说不出来。

CHAPTER 31

修伊的愤怒

清晨，修伊的房门被剧团管事亚历克砸得嘭嘭响。

“芬克先生，芬克先生！”亚历克的声音急促，透着焦急。

“什么事？亚历克？”

“是团长，团长可能要出事了。”

修伊霍地从床上坐了起来，他迅速穿好衣服，打开房门。

“克拉丽斯怎么了？”他问亚历克。

他急急道：“今天早上很早，克拉丽斯团长就去了兰雅大剧场，您知道她一直希望能在耶诞节来临的那天在兰雅大剧场上演《图兰朵》。”

“是的，我知道。”修伊回答。

耶诞节或许是风鸣大陆在年末最后的一个盛大节日，平民们会在这一天走上大街，手持烛火，欢庆新年将到。一些有组织的商社会安排人手扎设花车游街，通常他们会在花车上打上自己商铺的名字，也算是旧时代的一种广告方式。至于贵族们则会乘坐专用的马车，在侍从们的引领下，带着家人前往各大剧场去观看最新的歌剧表演。

一些有志向的剧团，大都会在这个时候把自己精心准备的新剧目拿出来亮相，以期能获得贵族们的青睐，从而迅速将自己的名气推向全国。最不济，也要在这个黄金时刻，为自己大捞一笔。

当然，要想抢下这段时间的剧场租用权，是要花费数额相当惊人的金钱的，如果一场表演不能达到三分之一的上座率的话，就意味着这个剧团演砸了，要赔钱了。

而剧场租赁给剧团的时候，通常都是预先安排好日期和场次，不可能临时改变。没有哪个剧团可以在发现生意不好后提出退租，取消演出，这就意味着损失往往不是一场两

场，而是数场甚至多天。

剧场在耶诞节的这天，会安排六场演出，每次演出为两个小时，中间有半小时的休息时间，演出从中午开始，一直持续到深夜。

这六场演出，可以说是剧团们争抢最激烈的场次，也是价格最高的场次。毕竟对大部分剧团来说，能够在这里上演，只要演出成功，就不仅仅意味着金钱那么简单。

对克拉丽斯来说，仅凭帮其他剧团训练歌女，帮助排练，所能获得的金钱，其实远远不够租赁兰雅大剧场在耶诞这天的任何一场场地使用费的，她充其量只能租赁一些小场地。不过有了修伊的那2000个金维特，克拉丽斯的想法自然变了——她当然不可能真的败家到把所有钱都花光的地步。

她希望耶诞节到来的那天，紫萝兰歌舞团能在兰雅大剧场上演她这些天天天排练的新剧目《图兰朵》。

《图兰朵》是她见过的堪称最出色的剧本，许多咏叹调都是经典之作。修伊虽然不会作曲，哼来听听还是做得到的。克拉丽斯本身就曲乐上的天才，被修伊这样一带动，所有的曲目自然顺利完成。

对于自己寄予厚望的《图兰朵》，克拉丽斯认为只有在兰雅大剧场这样的地方表演，才能达到她预期的效果。所以她把这笔钱留下来，就是期望能够租赁到这一天的场次。

然而要在这样的场地上表演节目，不仅仅是有钱就够的。克拉丽斯必须向兰雅大剧场的经理证实，紫萝兰拥有可以征服贵族们的实力。

所以这些日子她一直在和兰雅大剧场的经理商谈此事。

好消息是看起来那位经理对《图兰朵》的剧本相当满意，坏消息是那位经理似乎不仅仅是对《图兰朵》满意——他对克拉丽斯同样着迷。

正如黛丝和兰缇所说的那样，剧团的姑娘们从干这一行开始，就总是在面临这样的麻烦。

此刻亚历克急道："克拉丽斯团长并不希望通过这种方式来得到场地租赁权，她认为《图兰朵》的优秀足以证明一切，但看起来那位经理不是这么想的。他认为以紫萝兰的名气与实力如果想在兰雅表演，就势必要付出更多一些的筹码，而不仅仅是场地租赁费那么简单。"

"那么然后呢？发生了什么？"

“今天早上团长和我一起去的大剧场。当时我就觉得事情有些不太对，因为我注意到那个经理……”

“说重点，亚历克，长话短说。”修伊疾言厉色道，事实上他已经猜到会发生什么了。

亚历克擦了一把头上的汗：“团长进了经理的房间，她没有跟我回来，那个经理不让我见她。”

修伊没再说话，迅速走出旅店。他解开一匹马的缰绳，对它使用了一个风翔术，那马如闪电一般在大街上狂奔起来。

……

兰雅大剧场位于香叶城的最北端，据说兰斯帝国开国君主的妻子蒂兰雅在香叶城游玩时，迷上了这里的风景，酷爱歌舞的她命人在城北修建了一座剧场并以“兰雅”命名。如今经营着这个以国母之名为名的剧场的人物绝不是普通的商人。

不过修伊可不在乎这个，事实上他只感到了一种情绪——愤怒。

马在风翔术的加持下飞快地来到剧场，直冲入剧场大门，修伊跳下马，几名仆役向着他冲来。

身形做了一个美妙的弧形旋转，几名尚未来得及靠近的仆役已纷纷被他甩了出去，一名管家从里面冲出来，看到眼前这景象，吓得转头就逃。

下一刻，修伊已经一把拎住他的脖领，将他按在墙上：“你们的经理在哪儿？”

“我不知道，但是我知道你就要倒霉了，小子！你知道这里是什么地方吗？这里是……”

修伊掰断了他的一根手指，那管事发出了凄厉的惨叫。

修伊用平静的口吻说道：“别给我我不需要的答案，现在告诉我你们的经理在哪儿，否则你将失去整只手。”

“就在里面，在二楼，哦，放开我！”管事痛苦地大叫。

修伊随手将他扔到一边，向着二楼走去。一名武士出现在楼梯口，手里还拿着一把沉重的大剑：“你不该来的，小家伙，我知道你是紫萝兰的人，那个管事跑回去的时候，我就知道会有人来，但我没想到会是这种方式。”

修伊回答：“必须承认，武力闯入有时的确是最有效的一种方式。”

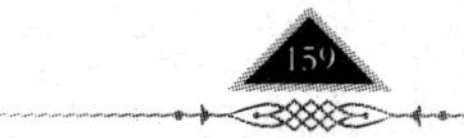

“后果也很严重。”那武士轻蔑地说。

修伊摇了摇头：“我不那么认为，旭，我把他交给你了。”

修伊的怀里，一只小黑狗如一道黑色闪电般蹿了出来。

当它在修伊的怀里时，它还只是一只迷你狗的样子，可当它冲到半空中时，身形已极剧变大，待落到那武士的身上时已变得如一头小牛犊般大小。

那个武士惊骇地睁大眼睛，不！他凄厉的喊声响起，旭像一头疯狂的暴狼，凶狠地咬住武士的咽喉。

修伊看都不看那场面一眼，继续向着楼上走去，尽管旭还只是幼生体，但如果它连一个初级武士都对付不了的话，也实在太愧对它那得天独厚的血统了。

二楼的几名武士大概是听到了楼梯口的武士的惨叫声，敏感地意识到来者不善，他们很机警地没有立刻冲出去，而是躲藏在楼梯的一角。

其中两名武士举起军用重弩，对准即将上来的不速之客，然而他们没有注意到，空气中一只透明的风莺将他们所有的行动都观察得清清楚楚。

两只色彩艳丽的鸟儿从修伊的肩头飞起，转瞬间变大，一如展翅的雄鹰。它们发出欢快的鸣叫，下一刻，两团硕大的火焰从它们的口中喷出。

四名武士哀号着从躲避的角落里冲出，修伊的脸色铁青，他身形急闪，连续两个突刺跃过那几名武士，顺便用手中锋利的剑刃抹开了四人的咽喉。

简单，毒辣，一击致命，这正是兰斯洛特教他的武士制胜之道。

解决了看门狗后，修伊站在经理办公室的门前，他甚至能听到克拉丽斯的呼吸声。

“嘭！”大门被踢开。

一名年轻人骇然地转过头来，他的身旁是克拉丽斯，后者外面的衣服已经被撕破，露出里面红色的薄衫。

令人惊讶的是，他看不到克拉丽斯有半点反抗的意思。

“我希望你还没有来得及对她做些什么，否则你恐怕这辈子都不会再需要女人了。”修伊沉声说道，他迅速走过去，一拳将那个衣衫不整头发上还抹着厚重的栀子花油的公子哥儿经理给打飞。

克拉丽斯衣衫不整地躺在那张大办公桌上，看到修伊进来，她发出放荡的笑声：“哦，芬克，你怎么也来了？哦，快点，我正需要你呢。”

修伊看了一眼克拉丽斯，还好，要紧部位尚未暴露，自己总算是及时赶到。

他随手从窗台上撕扯下一大块窗帘，将克拉丽斯紧紧包住，可恨的是这个女人很不老实地拼命挣扎，口里还发出娇艳的笑声。

被打倒的年轻人愤怒地在地上叫骂："你这个浑蛋！你没有看见吗？她是自愿的，我没有强迫她！"躺在地上的年轻人并不蠢，这种情况下他没有用家族的身份做威胁，而是第一时间选择了将自己放在真理的一边。

"如果下了迷心草就算是自愿的话，那么天下就没有不自愿的女人了。"修伊凑近克拉丽斯大张的嘴巴，在闻到了克拉丽斯口中那一点药味后道。

他翻起她的眼皮仔细地观察着她的眼珠，然后他回头用冷酷的眼神看着那年轻人，怒道："你这浑蛋，你给她下的药足够烧毁她的大脑！"

"哦，不，你怎么会知道？"年轻人骇然叫了起来。

"我知道的比你想象得多。"修伊快速取出一瓶清醒药剂，向着克拉丽斯的口中灌去。此时的克拉丽斯还在不停地疯言疯语："哦，芬克，你打搅了我的好事，不过其实我更喜欢你，知道吗，你是我见过的最英俊的男人。"

该死的，她已经彻底进入癫狂状态了。

"你需要好好睡一觉，放心吧，一觉醒来你就会好的。"修伊很无奈地在克拉丽斯的后脑上轻轻劈了一掌。

他转回头看向那年轻人，然后冷冷道："也许我也该喂你吃些东西，这对我们大家都有好处。"

他拿出一瓶墨绿色的药水，向着那经理走去……

克拉丽斯醒来的时候，人已经在旅店了，她只觉得自己头痛欲裂，她注意到她的床边已经围满了人。

修伊、黛丝、兰缇还有老管家亚历克以及其他的姑娘们，大家都在看着她。

"好了，她醒了，没事了，给她冲杯热茶，记住不要太浓。"修伊吩咐道。

黛丝说："我来做吧。"

克拉丽斯迷茫着双眼望着修伊："我出了什么事吗？为什么有这么多人在我身边？我不是应该在兰雅大剧场吗？"

"你已经回来了，什么事都没有，只是你太累了，昏倒了。"修伊轻声安慰她。

“不，不对，我好像做了个噩梦。哦，天啊，那个梦真可怕，我在梦里就像个……”克拉丽斯不停地回忆着。

她怔怔地望向修伊：“我的梦里有你，你就像个真正的骑士一样突然出现在我面前。”

修伊轻轻为她盖上被子：“你现在需要休息，相信我，一切都过去了。”

“哦，不！告诉我，芬克，到底出了什么事？”克拉丽斯抓着修伊的手臂大叫。

没有人回答她，事实上她也不需要别人的回答。

迷心草能够让人的神智产生错乱，但不能消除人的记忆，事实上人们在醒来后往往会记得大多数当时的情况。

果然，克拉丽斯的脸色渐渐变了，她盯着修伊：“那不是梦，对吗？”

修伊苦笑道：“是的，那不是梦。”

克拉丽斯的表情凝固了，她靠在修伊的肩头开始抽泣。

修伊悄悄向众人做了个手势，他们轻轻离去。

过了一会儿，修伊从克拉丽斯的房间里走出来，对焦急等待的众人说：“她没事，只是一时受不了这刺激，心神有些慌乱。让她单独静一会儿，会没事的。”

众人这才放下心来，还是老管家亚历克心思最细密：“芬克先生，我想请问您是怎么把团长从托克的手里救出的？我是说，这件事会不会带来什么……”

“你是想问我有没有把那个经理怎么样？”

亚历克点点头。

“放心吧，这件事我已经处理好了，不会有任何麻烦。事实上，我们的那位托克经理是一位相当明事理的人，在我对他晓以大义之后，他立刻认识到了自己的错误，并且保证会痛改前非。”修伊笑着对老管家说。

老管家一阵晕眩，晓以大义？尽管他没有看到修伊是怎么冲进剧场救人的，但是他回来时身上的鲜血还是很能说明问题的。

不过既然眼前的少年如此有把握，他也不好多说什么，只能匆匆离去，心想还是早点吩咐下去，让大家做好立刻离开香叶城的准备。

兰缇抓住修伊的手臂急问：“她真的没事？”

修伊注意看看左右，突然捂住嘴笑了起来，轻声道：“她的确没事，事实上她的精神

好得让我吃惊，你知道就在刚才你们的团长大人最关心的是什么吗？”

“是什么？”兰缇睁着大眼问。

修伊轻声道：“她最关心的不是自己的贞节，也不是那个二世祖公子哥儿，而是她在回来的时候有没有什么离谱的表现。”

兰缇惊呼起来：“团长一向很注意自己的形象，如果让她知道她刚刚回来的时候拼命地大喊大叫说要和你……”

“她会发疯的。”修伊知道她想说什么，截住了兰缇的话。两个人对望一眼，同时笑出了声。

修伊握着兰缇的手：“通知大家，别让他们把这事说出去，就让它这么过去吧。”

“可是那个经理……”

“我说过了，他不可能对我们构成任何威胁。”修伊的脸上露出自信的笑容。

下午的时候，克拉丽斯的精神已经好了许多，可恨的是兰缇这小丫头心直口快，白天无意中透露了口风，说出克拉丽斯的失态，这让克拉丽斯羞怒不已，她当时就在自己房间里大哭了一场。

克拉丽斯不敢见修伊了，她看到修伊就躲着走。昔日的强悍团长，吝啬泼妇，一下子就变成了一个逢修伊就闪的害羞小姑娘，这让修伊有些无可奈何。

夜色降临时，修伊终于等来了他期待已久的客人。亚历克过来告诉修伊，布朗尼家族的人来了。

布朗尼家族，就是兰雅大剧场的幕后主持者，香叶城最有实力的家族之一。

和卡默尔这样的纯商业家族不同的是，布朗尼家族是一个地道的大贵族，他们的出身更高贵，在政治上的地位也更高。布朗尼家族的现任族长，伯纳德·布朗尼正是凡尔萨郡的内务署署长。

说是内务署，其实就是兰斯帝国的特务机构之一。兰斯帝国维护国家安全的机器，除了军队和奥术塔的魔法师以外，有三个大机构，分别是法政署、律政署和内务署。

其中法政署负责国家内部安全，律政署负责对外安全工作，内务署则是对内监察署，说白了就是皇帝斯特里克六世手里专门用来看管其他的机构与贵族要员的特务组织。

这个机构对平民的影响力不大，但是对各高层贵族而言，却是极为恐怖的存在。因此布朗尼在整个香叶城，甚至是凡尔萨郡，其地位都可以说是举足轻重。

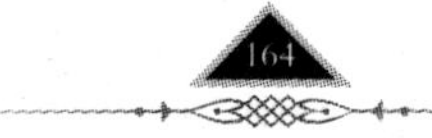

到来的客人，披着一件黑色的连帽外套，那帽子将来人的头部几乎整个遮了进去，只露出一双深色的眼眸。行走在暗影之中，使人看上去就像是某个邪恶法师，只差手里拿着一把骨杖了。

来到修伊的面前，那客人将帽子掀开，露出一张中年人的面孔，嘴唇上方还有两撇小胡子，看上去倒颇显风度。

来人先向修伊恭敬地鞠了一躬，然后才用缓慢的语调说道："很抱歉这么晚来打扰您，尊敬的炼金师大人。"

"看起来贵家族的效率很高，想必你们已经确定了，托克身上的问题，除了我没有别人能解决，对吗？"修伊淡淡道。

来人微笑道："是的，我们已经确定了，哦，对了，托克是我的侄子，我这次过来就是代表家族的族长为他今天所犯下的过错向您以及您所在的剧团道歉来的。"

"真令人惊讶，我本以为你们会采用更加强横的手段来解决问题。"

"那就要看是对什么人，我们并不是和善到可以任人欺辱的人，但同样也不认为自己可以骄狂到小看任何人。一位出色的炼金师不是我们想得罪的，哪怕我们得罪得起，也同样不希望发生这样不愉快的事。何况我相信您今天的所作所为，正是在为和平缔造机会。"

"可是我杀了你们五个人，我相信这事要是传出去，恐怕家族的颜面会受到损失。"

"他们没能耐保护主人，那就该死，当然，所有知道这件事的人，都已经被封口，不会有人会将它宣扬出去。"

修伊不得不佩服眼前这个中年人的手腕，他们在第一时间里选择了最正确的做法——灭口，求和。

如果换了是别的家族或者有个愚蠢的头领，那么对方或许会因此发怒，不惜一切代价立刻带人来荡平整个剧团。但是布朗尼家族看起来相当聪明，很显然他们意识到与一个炼金师为敌是不明智的行为，尤其是在自家的少爷还中了炼金师的毒的情况下。所以他们做的第一件事不是报复，而是立刻封口，同时搜遍全城寻找解药。

从修伊给托克使用的药来看，那个小子仅仅是陷入昏迷，却没有任何特别痛苦的反应，这说明对方已经给自己留了台阶，这也等于是一个无言的暗示。

布朗尼家族很快就领会了这其中的意图，在确认无人能解决此问题后，家族立刻派出

地位高的人员前来谈判，请求对方提供解药就成了顺理成章的做法。

“我能请问您的名字吗？”

“克劳德·布朗尼，我是伯纳德的弟弟。我相信阁下应该听说过伯纳德·布朗尼的名字。如果您想要让这件事就此化解，我可以代表我的家族同意接受。我们可以与阁下立下血誓之约，从此以后都不会找紫萝兰和您的麻烦，但是紫萝兰必须在三天内离开香叶城。”

“听起来一点都不像你们有求于我。”

克劳德的脸色有些难看，他说：“达尼托先生，或许我该提醒你，得罪布朗尼家族的后果是什么。我现在能站在这里，已经是家族最大的让步了。”

他没有想到眼前的这个少年在态度上竟如此强硬，他看起来一点都不像他应有的年纪。

“可是我却听说，伯纳德先生只有这一个儿子？”修伊冷冷地看着眼前的中年人。

克劳德的脸色越发难看起来：“你不可能用他的生命从我们这里勒索任何东西，布朗尼家族不接受任何威胁。当然，如果你想要钱的话，我们可以为你提供一笔钱，但我希望你不会太过分。”

修伊大步走到对方的面前：“我对钱没兴趣，不过我希望你和你的家族明白造成这一切后果的责任人事实上不是我，而是托克本人，他给我的朋友下的药足以让她致命！”

“这个……”

“克劳德先生，如果你想让我拿出解药饶你的侄子一命，那么我希望你该明白一件事，拿出真正的诚意来。”

克劳德长长地吸了一口气，低声说：“紫萝兰歌舞团可以得到在耶诞节那天的黄金时段演出的机会，是免费的，这是我能做的最大让步，她们不就想要这个吗？”

“很好。”修伊满意地点点头，“演出结束后，紫萝兰会离开香叶城，我也会离开，我希望你们的家族不会再做出让我愤怒的事。另外，给这笔交易找个理由，我不希望紫萝兰的人知道和我有关。”

“为什么？”

“对我来说，她们只是我生命里的过客，我更喜欢用平凡的身份去征服那一个个美丽的姑娘，而非炼金师的身份，你知道那会让我更有成就感。”修伊并不希望对方认为剧团

的人对他而言有多重要，因为那等于是自暴其短。他用这种方式来提醒对方，他之所以保护和帮助紫萝兰，仅仅是因为他看中了那里姑娘的美丽姿色。

“原来如此。”克劳德笑了起来，“看来托克是抢走了您的猎物，难怪您会如此生气，那么这件事就这么说定了。”

从旅店离开的时候，克劳德再次戴上他的黑色帽子。

旅店的门口停着一辆豪华马车，进入马车，克劳德沉声道：“立刻把这瓶药送回去，给托克少爷服下。”

一名武士骑着快马离去。

他敲敲马车窗，另一名武士出现在他面前，他说：“找几个机灵点的人，盯住这家旅店，尤其是那个叫芬克的炼金师。真奇怪，为什么一个剧团会和一个炼金师走到一起？查一下他的来历。哦，对了，他的年纪很轻，又是炼金师，你觉得他有没有可能就是那个帝国通缉的修伊·格莱尔？在我和他的接触中，我发现除了头发颜色不像外，其他方面有很多都和那个叫修伊·格莱尔的人相似，年纪，身高，体形，尤其是他们都是炼金师。”

到底是大家族的人，在消息上要比其他人灵通许多。

眼前的武士立刻道：“如果是那样的话，我们需要立刻通知法政署。”

“不。”克劳德否决道，“如果是那样的话，这就是一个立大功的机会，不该便宜给法政署和那个深港来的暴发户。去找个画匠把他的样子画下来，然后送去旧约克城我哥哥那里。如果确认是他，那么这个功劳将归凡尔萨郡内务署所有，嘿嘿，法政署将会失去他们的脸面。至于那个紫萝兰歌舞团还有那个克拉丽斯，先哲说得好，不要给自己留下祸乱的种子，等解决了那个炼金师后，我要你给我把整个剧团中的女人全部卖到妓院去。记住，必须给我找最下贱最低级的那种！”

克劳德的口气中透露出深沉的冷酷与阴鸷，从来没有人能在布朗尼家族的头上如此放肆，连领主大人对他们都保持三分礼遇。这个剧团和那个炼金师，必须除掉！

“是，这就照办。”那武士恭敬道。

克劳德拍拍马车夫的肩，豪华马车缓缓启动。

半空中，一只透明的夜莺忽闪了几下翅膀，散成一片微风。

院子里的修伊，面无表情，口中却细细咀嚼着那样几个字：“深港来的暴发户，难道那只精明的猎犬是从深港出来的？”

对于克劳德的怀疑，他丝毫不感觉奇怪，从他出手救人的那一刻，他已经知道自己的暴露是迟早的事了。

尽管之前他一再小心翼翼，包括出售药剂，用配方换取材料，都用种种手法掩饰了自己的存在，却终究没想到克拉丽斯会遇到危险，使自己被迫公然出手。

他再无法阻止别人对自己的怀疑，也使得计划被全盘打乱。

他势必将暴露自己的所在，或许这就是天意吧。

对修伊而言，暴露算不上什么棘手的大事，唯一令他头痛的是要怎样才能让剧团不受到牵连。

“把所有的女人都卖到妓院……克劳德，你说得对，做人的确不该给自己留下祸乱的种子。”他品味着克劳德说过的这句话，眼中露出一线狠意。

当修伊还在为如何解决眼前的危机而陷入深思中时，克拉丽斯已经从旅店中走了出来。

今天的事对克拉丽斯来说，想必是一个惨痛的教训，但是此刻的她，面色沉重，完全不像是为了白天的事情来道谢的。

她走到修伊的身前说：“芬克，你跟我来一下。”

跟随克拉丽斯来到后院，克拉丽斯站定后静静地望着修伊，看得修伊极不自在。修伊苦笑道：“你到底有什么事找我？”

“我只是想知道，你到底是什么人？”

修伊微微一怔。

克拉丽斯清醒之后，起初还只是懊恼，愤怒，颓丧和害羞，但是一向以坚强自许的克拉丽斯还是很快就从打击中恢复过来。事实上，剧团的姑娘们整日在贵族用以取乐的圈子里打拼，这样的事经历得一点也不少。

没有好的心理调节能力，她们根本无法生存，清醒过来之后，克拉丽斯恢复了曾经的精明，她敏感地意识到修伊的来历绝对有问题。

一个普通的仆役怎么可能如此顺利地把她从兰雅大剧场救出来？而且这个人精通商道，心思细密，从天而降，来历神秘，明明身无分文，却可以拿出价值2000金维特的药剂。

这还不算，卡默尔家族凭什么对他如此礼遇？

为什么布朗尼家族会默默忍受白天受到的折辱？尽管她当时头脑不清，也没有看到死人的那一幕，但是她依然可以感觉到，修伊前往救她的过程绝不会简单。

这个人，到底是什么来历？

她突然发现自己太大意，大意到对方只是随口说了一下自己的来历，自己就信以为真，但是可以想象，如此简单的来历，配不上眼前这个少年神秘莫测的能力。

所以克拉丽斯终于意识到，自己很可能是被修伊给骗了。想到他在商铺里骗那帮商人时使用的手段，克拉丽斯对这个少年的骗术是丝毫不会小视的。

当她明白这一点后，她立刻放下羞涩把修伊叫了过来。

望着克拉丽斯那质询的眼神，修伊只能苦笑道：“我是什么人真的对你那么重要吗？”

克拉丽斯的脸色微微一变，回答道：“那么说，你果然不叫芬克了？”

修伊没有回答他。

“你到底是谁？你为什么要欺骗我们？”她怔怔地望着修伊，脑海中无数个影像闪过，突然之间她有一种恍悟的感觉。

眼前的这个少年，除了头发是黑色的以外，似乎与那个正在全国通缉的杀人犯……

“我的天啊！”克拉丽斯捂住嘴轻呼出声，“你，你是修伊·格莱尔，天啊，你是那个杀人犯！”

修伊一把抓住克拉丽斯，克拉丽斯则疯狂大叫：“不，放开我！你一定是他，是的，你一定是他，我的天啊，神灵给我降下了一个什么人啊！”

“够了，克拉丽斯！”修伊低低地怒吼，“你看清楚些，我是芬克，不是什么修伊·格莱尔，难道你真的以为我是那个杀人不眨眼的罪犯吗？”

克拉丽斯愕然抬首，那一刻她看到的是修伊清澈如水的眼睛。

修伊抓着克拉丽斯的手臂，温柔地说：“克拉丽斯，要相信我，对于很多事物你不能仅凭看的和听的，你还要用你的心去感觉，去领悟。你觉得我是那样的人吗？你看着我，看着我的眼睛，你觉得我真的是那个杀人犯吗？满手血腥？罪恶累累？杀人放火无恶不作？你觉得我是那样的人吗？”

克拉丽斯本能地摇头：“不，芬克，你是个好人。”

“对，是的，你终于明白了？通缉令上的人是个魔鬼，他杀死无辜，害死平民，可我

不是，我没有做过任何伤害你的事，对吗？”

“呜……”克拉丽斯呜咽着哭了起来，“是的，你没有，恰恰相反，你还帮助了我。哦，我的天啊，我怎么会把你看成是那个杀人犯。如果你真的是修伊·格莱尔，那么早在我敲诈你20金维特的时候就杀死我了。我很抱歉，芬克，我真的很抱歉，你救了我，我却那样看你。”

“没什么，克拉丽斯，我只希望你明白，我不会伤害你们的，反正过段时间我也要离开了，到时候你就可以真正放心了。”

“你要离开我们？”克拉丽斯惊愕地看着修伊，“为什么，你生气了吗？”

“不，只是我终究不是剧团的人，不可能一直和你们在一起。很遗憾我的计划出了些差错，所以我要提前离开你们，不过我向你们保证，我们总会有机会再见的。”

“你确定不是因为我刚才的……”

“我确定！”

“哦，不——”当修伊说出自己要离开的时候，克拉丽斯的心中突然生出不舍。她突然发现，眼前的这个少年早就不知不觉间征服了她的心，管他是什么来历，他是通缉犯也好，是逃亡仆役也罢，重要的是，她不想他离开。

天知道当黛丝和兰缇那两个臭丫头每天黏着他的时候，自己的心里有多难过。这个浑蛋，他迷住了每一个女孩子的心，也包括自己。

“相信我，克拉丽斯，我只是暂时离开而已。”

“好吧，那你什么时候走？”

“耶诞节那天，我要看完你们的节目，看完《图兰朵》在兰雅大剧场上演，征服所有贵族的心之后再走。”

“哦，那是不可能的。”克拉丽斯嘟囔道，“我已经放弃了兰雅，我想紫萝兰还是在小剧场里演出吧。”

“相信我，克拉丽斯，这世上永远都不缺奇迹。”修伊微笑着对克拉丽斯说。

第二天一早，克拉丽斯回到旅店时疯狂地大叫起来：“兰雅！我们要去兰雅了！”

这句话一下子轰动了剧团所有的成员。

黛丝第一个提着厚布碎花裙冲了出来，对着克拉丽斯喊道：“哦，天啊，克拉丽斯，你刚才说什么？”

克拉丽斯笑着大喊："我说兰雅，我们要去兰雅大剧场了，在耶诞节那天！"

"哦，我的天！"后面冲出来的姑娘们齐齐捂住了嘴，眼中流露出难以置信的神情，一些姑娘甚至流出了激动的泪水。

从那个只能在小村庄表演的可怜剧团，到一下子进入兰雅大剧场，这中间的飞跃实在是太大了。

尤其还是在耶诞节那天进行表演，那可是整个剧团当初做梦都不敢想象的事。

兰缇更是流着眼泪哭喊出来："我简直难以想象，我们要去兰雅了！而且是在耶诞节。我们要在耶诞节那天在兰雅大剧场表演了！"

黛丝更是大叫道："可是这怎么可能？昨天芬克才把你从那个经理的手里救了出来，他们怎么可能还让我们去兰雅演出？"

兰缇大叫道："谁知道呢？也许是他们良心发现了，不管怎么说我们成功了，我们就要成为这世界最幸福的剧团了！"

所有的姑娘们大叫着跳了起来，她们搂在一起高兴得又哭又叫。

可能是外面的吵闹声太大，连正在冥想中的修伊都被吸引去了注意力。他打开窗户，看着对这特大喜讯喜极而泣的团员们，露出了满意的笑容，喃喃道："瞧，帮人总是美好的，对吗？旭。"

小魔龙躺在床上哼哼了几声，显示出一种不屑的态度。

外面响起了疯狂的砸门声，修伊把门打开，看到克拉丽斯站在外面。

她特意做了些打扮，此时的她，穿着一件白色的宫廷服，脸上还化了淡妆，正激动无比地看着修伊。

修伊也笑着看她，她终于按捺不住地扑了过来，一把将修伊搂在怀里："谢谢你，芬克。如果没有你，我们不会有今天。"

"都是你自己的努力，告诉我你是怎么得到这个机会的？"

"哦，我也不知道这是怎么回事。昨天的事情后，兰雅大剧场换了一位经理。新的经理在看过《图兰朵》的剧本后说本来以我们的资格是根本不可能拿下耶诞节的场次的，就算有钱也没用。"克拉丽斯快速吐出一连串的话语，兴奋无比，"但是他对这个剧本非常满意，他认为只要我们表演好，一定会成为经典之作。他很喜欢我们的咏叹调，但他认为我们缺乏好的乐队，所以他甚至决定了要把剧场的乐队借给我们使用。他相信我们一定能

让香叶城，哦，不，是整个国家都轰动的！”

“听起来不错的理由。”

“哦，是的，非常不错，芬克，我不知道你是怎么做到的，那个经理甚至为他的前任向我道歉，希望我不要介意此事，他说他希望兰雅大剧场和紫萝兰歌舞团在未来能够建立起长久而密切的合作。”

“我也希望如此。”修伊说。

说到这，克拉丽斯停了下来，她轻轻来到修伊的身边，用深情的眼眸望着修伊说：“我不知道该怎么对你述说这一切，表达我心中的感激。是你告诉我应该怎样去管理我的剧团；是你给我写了这世上最好的剧本，也给了我们希望；还是你拿出钱拯救了我们，让我们可以继续下去；你还把我从那个色狼的手里救了出来……即使我曾经那样的有眼无珠，那样的苛责待你，你却始终在帮助我。哦，我的天啊，我甚至还怀疑你，可是你却始终关心我，帮助我，你就像个天使，真正的天使，是神灵响应了我们的祈祷，让你从天而降，送到我们的身边来，拯救我们于危难之中。”

她的眼眶里闪烁出激动的泪花，再说不出一个字来。修伊轻轻地搂过克拉丽斯，他用手指划过克拉丽斯的脸庞，然后在她火热的唇上轻轻地印下了一个吻。

这个吻让克拉丽斯面红耳热，慌忙躲避，并说：“哦，不，芬克，我比你大好多，我配不上你，只有天底下最高贵最美丽的姑娘，才能配得上你。”

那一刻，修伊的动作微微一滞，心底深处浮现出艾薇儿的影子。

女人天生的敏感让克拉丽斯察觉到了什么：“你的心底有个女孩，你想起了她，是吗？”

修伊犹豫了一会儿，点点头：“是的。”

“你爱她吗？”

修伊摇摇头：“我不知道。”

“那么，你是爱她的。”克拉丽斯低声喃喃道，“她一定很美。”

修伊沉默了，转头望向窗外，冰冷的雨滴像珠帘一样从天空垂直落下，风吹过，仿佛吹来了艾薇儿身上的香味……

CHAPTER 32

另一本手记

一场冬雨刚过，香叶城的上空氤氲出一股股淡淡的香气。

潮湿而泥泞的路面在工人们的整理下重新变得干净平整，香叶城正笼罩在盛大节日即将到来的欢庆氛围中。

修伊一个人静静地站在香叶城郊外的一处小湖畔，这里的气候与土质与自己曾经认识的那个世界有很大差异，虽是寒冬，湖水并没有结冰，鱼儿依然在水底欢快地畅游。

偶尔会跳出一两条，向他射出一道道水箭。

将手里的面包屑尽情撒出去，看着那一大群鱼儿争抢食物，修伊眼神淡定却又充满肃杀。

红在他的头顶上空发出尖锐的鸣叫，那是在响应绿的呼唤，这说明远处有人来了，而且很可能就是修伊在等待的人。

修伊单手一凝，风莺成形，向着郊外飞去。

不得不说，虽然只是一个简单的初级魔法，但是风莺实在是太好用了。低级别魔法的好处就在于消耗魔力极低，丝毫不用担心魔力不足的问题。虽然它无法避过高等级法师的搜寻，但是用来对付一些普通人，其实比高级法术更有效果。

透过风莺的视线，修伊观察到不远处的大路上，一个穿着平民服饰的男子正在策马急奔。

只是看在修伊的眼里，那个平民的身上却有着太多的问题。比如一个普通的平民，怎么可能骑驿站专用的马匹？

他轻轻地挥了下手，颂念起来：“无所不能的风之精灵啊，请让我能感受到你的存

在，请听从我的呼唤……”

一阵风元素形成的龙卷风在大道上强烈地吹过，掀起了漫天的尘烟。

奔跑的马儿惊嘶着立起，在那骑马的男人有所反应之前，一道风刃冲击呼啸着击中他的后脑，将他打翻在地。

那男人落到地上便直接晕了过去，修伊这才信步向着那落地者走去，翻了一下他的包裹，从里面找出一封信。

修伊注意到信是用魔法封印住的，一旦强行开启，会使信笺自燃。

他皱了一下眉头，从戒指中拿出一瓶药水，滴在那魔法封印上。

不得不说，炼金师的确是全能的魔法师，他们没有派系之分，能使用特殊的手段来完成那些魔法师所能做到的事情，也包括了解除信笺上的魔法封印。

信是布朗尼家族的族长伯纳德·布朗尼写给他的弟弟的。

“我亲爱的弟弟，你派来的人已到我这。经查实验证，这个人很可能就是目前帝国第一号通缉要犯修伊·格莱尔，你的发现为家族的荣耀立了一次大功。根据我所了解到的情况，修伊·格莱尔并不是一个单纯的杀人犯那么简单，如果是那样，陛下不会派出大地武士查克莱，并下达大规模的全国追捕令。所以我认为这个人的存在很有可能牵涉国家的一些重大机密。而且从查克莱大人的重视程度上看，这个人的危险性也超出了你的估计。

“根据我所得到的消息，这个修伊·格莱尔之所以成为帝国第一要犯，是因为他的身上有一件空间物品，里面储藏有大量顶级炼金师的东西，甚至连帝国的崛起都和这些东西有着密不可分的关系。但这条消息尚未得到证实，无法确认。

“目前接手这个案件的拉舍尔阁下，是一位非常有经验的探员，你的发现证实了他的推断，修伊·格莱尔的确在凡尔萨，但我不认为把这件事交给他处理会对我们有什么好处。那个家伙错误地判断了修伊·格莱尔会返回南威尔镇，但事实上他却停在了凡尔萨。这是上天给我们的机会。所以我需要你想办法确认修伊·格莱尔身上是否真有空间物品和那些东西，一旦确认属实，立刻调集家族武士对他实施抓捕，不惜一切代价也要获得那些收藏。抓捕过程必须绝对保密，抓捕一旦展开，任何介入者统统诛杀，然后将尸体毁掉，务必做到不留痕迹，但如果阿布利特介入此事，立刻放弃计划。

“最后，感谢你对托克的照顾，你的兄长，伯纳德·布朗尼，于凡尔萨郡日约克城。

另一本手记

“附：我会在这里帮你拖住拉舍尔，尽量延缓他赶到香叶城的时间。必须承认，这是一个非常冒险的决定，但是当情势需要我们去冒险的时候，为了家族，同样需要我们做出勇敢的抉择。家族的振兴取决于你！愿神灵保佑你保佑布朗尼家族。”

修伊轻轻收起信笺，脸色有些难看。查克莱也加入了对自己的追剿当中吗？看来他是不放心自己掌握着关于他的秘密啊，那么贝利他们呢？会不会也在其中？

原来那头来自深港的老猎犬，叫拉舍尔，自己好像在哪里听到过这个名字，一时间却想不起来。

老猎犬果然不简单啊，竟然能看破自己布下的迷阵，知道自己带走了炼狱岛的大量材料，猜到自己拥有空间戒指……

在读过这封信后，修伊的心神一时间有些恍惚。

有得必有失，尽管拉舍尔的确上了修伊的当，但在对修伊拥有空间戒指和带走大量材料的问题上却看得极准，这一点却是修伊没有想到的。

微微沉思了一会儿，他用清洗药剂将“但如果阿布利特介入此事，立刻放弃计划”几个字轻轻抹去，然后用随身带着的笔，模仿伯纳德·布朗尼的笔迹与口气在上面改成“即使阿布利特介入此事，也要将计划坚持到底”。

尽管他对这里的文字还不太熟练，但只是修改几个字，还不用担心对方会看出问题。

将信写好后，修伊重新将信封印起来，塞回了那信使的袋中，看看那昏迷的信使没什么问题，应该很快就会醒来，修伊扭头离去。

回去的路上，修伊看到兰缇迎面向他走来。

“芬克。”兰缇可爱的小脸上洋溢着春天来临般的微笑，她向修伊跑来，然后叫道，“就知道你在这里，你总是喜欢一个人躲到外面去。”

“只是不喜欢被一大群人围着问这问那，就像是在围观一只珍稀动物一样。”修伊笑着解释。

这几天有关于克拉丽斯的遇险，还有修伊的出手，以及获准在兰雅大剧场上演《图兰朵》的事，已经在剧团传开了，人们纷纷猜测，能够进入兰雅，一定和修伊有关。

有人认为修伊可能是某位高等贵族的子弟，也有人认为修伊是个魔法师，因为他们隐约听说了关于那天卡默尔家族的事情。

纷纷扰扰的猜测，弄得修伊不胜其烦，再加上修炼的需要，一有空他就离城外出。

“那说明你有能力，你正在吸引所有的人。”兰缇向修伊撒娇。

修伊正想继续往下说，不远处忽然传来阵阵马蹄声，他扬头看去，只见一支雄壮威武的队伍正向着城内进发。

为首的是一名穿着神圣铠甲，披着红色大氅，手持加持过神圣法术的骑士长矛的高大骑士。那骑士只是横扫了一眼不远处嬉闹的少男少女一眼，然后低低地哼了一声：“迷失在欲望之海的人们啊，早日清醒吧，接受我主的光辉。”

他随手一抬，骑士长枪上放出一团炽烈的光芒：“清除污秽！”

那光芒向着修伊和兰缇两个人的身上落去，兰缇大骇，修伊一把抓住她，说道：“别动，那不是攻击法术。”

光芒在修伊和兰缇两个人的头上炸开，一片光雨落下，瞬间将两人沐浴其中，兰缇只觉得整个人的身心都仿佛被洗涤了一遍，神清气爽。

远方的那支骑士队伍，就像是天神的降临，她再按捺不住心中的崇敬，向着他们跪了下去。

随后，修伊也单腿下跪。

那骑士长发出高傲的冷哼，领着身后的骑士们向城内奔去，直到那队骑士消失在两人的视野中，修伊伸手轻轻在兰缇的肩上一拍，兰缇这才清醒过来。

“哦，我的天啊，那是……”

“是神圣骑士团，刚才的那个骑士长，用的应该是神圣法术中的清除污秽，可以涤除人心中的各种欲望，让人心灵平静，嘿嘿，果然有点门道呢。”修伊冷冷道。

就在刚才那一下清除污秽法术落在修伊的头上时，修伊就发现，从表面上看，清除污秽的法术是用来洗涤人心的，但是从兰缇刚才的表现来看，这个法术分明还带有一定的精神催眠效果。

被施用了这个法术的人，心中的欲望会暂时消失，对于施法者则会生起崇敬的心理。

因此兰缇才会在不自禁的情况下向那个神圣骑士团的团长下跪，逼得修伊也不得不跟着下跪。

难怪圣灵教会可以成为北大陆第一宗教，就连兰斯帝国的君主加冕仪式，都要通过圣

灵教会进行。教皇的权力甚至更在一国之主之上。仅凭“清除污秽”这一手，圣灵教会每年就可以为自己招揽大量的信徒。

只是根据修伊所知道的，在风鸣大陆所有的法术体系中，唯一拥有精神催眠能力的法术体系，大概就是灵魂法术了，怎么神圣法术竟然也会有这样的能力？

他突然意识到，就在刚才那个骑士长使用“清除污秽”法术时，他好像感觉到了一丝灵魂力量的波动。

难道说神圣法术也是运用灵魂的力量在进行这一切？这个发现不可谓不令人惊悚。

灵魂法术被称为大陆的禁忌，但是神圣法术，却成为圣灵教会扫荡邪恶的重要支柱。如果谁敢说灵魂法术和神圣法术是一个娘生的两个孩子，只怕会立刻引来全大陆的公剿。

此时，兰缇惊奇道：“神圣骑士团？他们为什么会来香叶城？”

远望着那队骑士离去的背影，修伊淡淡道：“应该是路过这里，他们是光辉骑士团的成员，可能是去清剿某个异教徒地区的。”

神圣骑士团是负责守护教廷的重要作战力量，他们与一般的武士最大的不同就在于，每一个神圣骑士都不仅仅是一位强大的武士，同时还拥有施放神术的力量。

假如说魔法还有解释，还有奥秘可以探索，那么神术就完全无法理解它的存在了。

与魔法不同，修炼神术需要的不是天赋，而是对教会与神灵的虔诚。每一年，圣灵教会都会从信徒中挑选拥有虔诚信仰的少年信徒进入位于格拉比斯山脉的教廷总部进行训练。

最终能够成为神圣骑士而走出教廷的，却往往不到十分之一。

然而就是这十分之一的人物，组成了教廷最恐怖也最强大的战力——神圣骑士团。

目前神圣骑士团拥有大约三万名神圣骑士，总共由守护、荣耀、光辉三个骑士团组成，每个骑士团下辖十个千人骑士团。守护骑士团负责守卫教廷，荣耀骑士团则分散各地教堂守护当地，光辉骑士团则负责执行各种外出任务。

这次前往香叶城的，就是隶属于光辉骑士团第二团的一支百人小队。

不要看只有区区百人，他们中力量最差的也相当于一名四级武士。考虑到他们拥有施展神圣法术的能力，这些神圣骑士的战斗力没有弱于五级到六级的武士。

正是这些神圣骑士的存在，才奠定了圣灵教会在北大陆的辉煌，成为风鸣大陆三大教

会之一，同时也是北大陆的主宰教会。

需要动用百人以上的神圣骑士，通常都不是好对付的主，只是不知道什么样的异教徒值得这样郑重其事。

难道是其他大陆的那些异教徒跑到这里来了？修伊百思不得其解。

在那一轮血日从天之尽头落下之前，进入香叶城的神圣骑士终于再度开拔。

修伊由心底升起一股庆幸的感觉——任何部署周密的计划，都讨厌外来势力的插足，他们带来的意外通常只会让一切完美的计划流产。

所以当那支神圣骑士队离开香叶城的时候，他觉得幸运之神至少到此刻还是眷顾自己的。

夜晚的街道静悄悄的，几乎已经见不到什么人影。

修伊行走在空旷的道路上，风莺在前方为他探察道路。他忽然有些感慨，有时候他自己都怀疑自己此刻选择的道路是否有自虐的倾向——也许上天把他空投到紫萝兰歌舞团，就是希望他从此过上安定祥和的日子，而他却选择了另一条更为艰险的道路，这让他注定了与依红偎绿的美好生活没缘分，伴随他的只能是阴谋与杀戮。

领主府就在前方的不远处，在黑棕榈酒吧守了一个多月，他早将这里的情况熟悉透彻。这个时候可以说是领主府防御最松懈的时刻，大法师阿布利特不在领主府，按照习惯，他在位于城外的一处别墅内，进行自己的空间魔法的试验。在没有必要的情况下，他是不会到这里来的。

领主府的门口是两名武士在把守，要想瞒过武士的眼睛进入领主府，对一个魔法师来说，算不上什么太难的事。难的是如何确定那本伊莱克特拉手记的存放位置——他已经知道阿布利特在这个领主府里有一个秘密的藏宝室，唯一的问题是它到底在哪儿。

修伊打算使用一些简单而具备实际效果的方法来解决这个问题。

“红，看你们的了。”他轻轻说。

天空中一对炽焰鸟腾空而起，它们在领主府的上空盘旋了一阵，然后猛然张开大口，对着领主府喷吐出熊熊烈焰。

大量的火元素如火山喷发般涌出，疯狂肆虐，黑暗的夜空升起一片光亮的火焰。大火引起了领主府内的混乱。大批的武士、侍卫还有仆役纷纷呼喝叫嚷着冲出来。

修伊站在一处房屋的屋顶，轻轻抬了抬手，一连三只风莺被他放出，飞往领主府的各个角落，这几处地方都是最有可能存在藏宝室的地方。

当一名侍卫长带着一大群人冲向后院时，景况映入修伊的眼中，他知道那里就是自己的目标所在了。

他并不着急，这场火势必要让侍卫们乱上一阵子，在下手之前他需要做的只是等待。

红与绿两个纵火犯此时已经回来，正停留在修伊的肩上，彼此炫耀着各自的功劳，作为奖赏，修伊掏出两颗火系晶石给它们各一块。

两个家伙伸长着脖子将晶石吞了下去，惬意地打着饱嗝。小魔龙旭用可怜巴巴的眼神望着修伊，修伊扭扭它的耳朵：“不努力干活是没有奖励的。”

小家伙发出了悲哀的呜咽声，趴在修伊的腿上尾巴晃个不停。

风莺将侍卫们的声音传了回来。

“报告队长，没有发现任何敌人的入侵。”

“报告，密室安全。”

“报告，起火点已经受到控制，没有人员伤亡。”

“有谁发现火是怎么起来的吗？”那是队长的声音。

“有人看到有两只鸟从上空飞过，看上去像是两只火系元素鸟。”

“火系元素鸟？这不可能！”

“也有可能是普通的火系魔法鸟，但是的确有人看到那两只鸟向下面吐火来着。”

“是否受人指使？”

“没有看到魔法契约的光芒。”

“哦，该死！难道我要向领主大人解释，有两只路过的自由魔兽因为一时好玩而把他的府邸给烧了吗？”

“恐怕只能如此解释了，队长。”

下面是那个脾气暴躁的队长一连串的怒骂。

修伊笑嘻嘻地望着红和绿：“干得不错，路过的自由魔兽？嗯？”

红和绿高傲地扬起了自己的脑袋，无论是红、绿还是旭，它们都没有和修伊签订任何形式的契约。修伊对它们的尊重，是换来它们友谊的最大保障，尽管它们一直都跟随着修

伊，但它们也的确是自由的。他们彼此间是一种平等的存在，拥有的是一种好朋友间的互相尊重。

随着火势的熄灭，人们渐渐散去，夜晚又重新陷入了它的平静。

修伊站在远处的屋檐上，轻轻念动咒语，空间之门霍然打开，他一步踏入，下一刻就出现在领主府内。

他随手放出一个魔力吸吮，拼命地抽取着旭身上的魔力弥补自身所消耗的部分。

打通一次空间通道所需要的魔力之大，根本不是目前的修伊所能承受的，好在小魔龙此刻扮演起了魔力补充器的角色。相比魔力恢复药剂和魔力激发药剂，小家伙存在的最大好处就是——省钱。

旭对此很不满地哼哼着，修伊抛给它一块晶石作奖励。

接下来他在领主府内闲庭信步，就像是行走在自家的后花园中一般。

阿布利特的密室是在后院的一处假山中，打开通向假山内部的通道，需要特殊的手法。

此刻来到假山前，一切便如他猜想的一样。假山的周围刻满了一些奇特的符纹，在不懂的人的眼中，这些刻痕看上去就像是小孩子在这里的涂鸦之作，但是落在修伊的眼里，每一道刻痕，每一个符号，都有着它独特的含义。

炼金师是这世上学问最丰富的魔法师，他们精研各种魔法理论，对于法阵、结界这类东西的理解，远远超过普通魔法师。虽然修伊本身算不上炼金领域里的法阵专家，但是对一个空间系法师布下的法阵结界，他还是有着充足的把握可以破解的。难度只在于这位空间系大法师的力量实在太强了些，要想不发出一丝动静就破解而又不让那位大师察觉，着实有些困难。

他微微想了一会儿，终于决定还是用最保险的方法，空间系高级法术——结界破除。

这是一个五级的空间法术，作为一个空间系的初级魔法师，要想使用出这样的法术原本是根本不可能的。不过好在修伊同时还是一个炼金师。炼金师的奥妙就在于他们总是可以通过其他辅助手段来完成魔法师所能使用的魔法，而这一切与等级无关，只和他们掌握多少知识，拥有多少条件有关。

下一刻，修伊开始布置“结界破除”法阵。这个法阵可以代替他使用出结界破除法

术，尽管不能像空间系法师那样随手拈来，也不具备足够的威力，而且每使用一次都要消耗一定量的材料和能量晶石，但是仅凭此点，就已经可以看出炼金师的最强名义的确有他的独到之处。

在面对面的战斗状态中，炼金师或许是最弱的，但是只要给他们足够的时间来准备，他们就能做到许多大魔法师都无法做到的事。此一真理已经被一再证实。

布置好的法阵在启动后，响起一阵轻微的嘈杂声，好在修伊事先还布下了一个隔音结界。随着一小团白光的亮起，阿布利特布置的那个防御结界被破除，眼前的假山内部现出一条幽暗的通道。

修伊放出风莺探路，手心中一株磷光草发出碧幽的微光，照耀着修伊脚下的道路。

他向着里面走去，通道里并没有什么埋伏，看起来阿布利特相当信任自己布下的空间防御结界。空间系法术在结界上向来是最强悍的，能够破除空间结界的人，大都本身也是空间系的大法师。而在兰斯帝国，能在空间法术上超越阿布利特的，目前尚未有出现。

所以阿布利特怎么也不会想到会有一个炼金师轻而易举地找到他的秘密藏宝地，并轻松破开他的防御结界。要知道就算是制作一个“结界破除”法阵，也同样不是随便哪个炼金师就能做到的。

修伊走了没多远就看到了远方魔法灯闪耀出的光亮，眼前出现一排排架子，上面摆放着一些小木盒，里面存放的大都是一些魔法宝石，稀有的炼金材料以及一些魔法卷轴。

在密室的中间，有一个小小的平台，那上面赫然放着一本书，修伊知道，那就是自己前来寻找的目标——另一本伊莱克特拉的手记。

当年的伊莱克特拉到底留下了多少有关于炼金的手记，谁也说不清楚。但是对于炼金师们来说，即使是上古神器摆放在他们的面前，也未必能比伊莱克特拉的手记更有价值。

修伊从皮耶那里得到的是关于伊莱克特拉早期制作魔偶时的心得随笔，对于修伊来说，那本手记的意义并不是很重大。这主要是因为，除非修伊有把握打造出可以和兰斯帝国抗衡的巨魔神军团，否则成千上万的魔偶对他而言，其意义还不如一瓶可以将他伪装成他人模样的伪装药水。毕竟魔偶由于灵魂存在的缘故，是无法收进空间戒指的。而一支无法与对手抗争的魔偶军团，除了暴露他的存在和多杀掉几个敌人外，实在没有太多的好处。

所以他很希望能得到一本关于伊莱克特拉其他方面成就的手记，炼金术的领域庞大复杂，修伊认为自己还有很多需要学习的地方。

眼前的那本手记便深深地吸引了修伊，不过他并没有立刻下手，而是先仔细地观察了一番周围的布置。

在确认没有机关后，他将那本手记拿了起来。翻开第一页，一排熟悉的字迹显现在眼前："魔纹制作随笔"。

这很明显是一本伊莱克特拉后期的手记，其价值与技术成就远远高于炼狱岛上的那一本。毕竟第一本只是伊莱克特拉早期学生时期的作品，即便是以魔偶制作为主，也还存在许多不成熟的地方。

不过眼前的这一本，当修伊翻开看过之后，也不免失望了许多。

因为这本手记并不是记录魔纹成果，而是伊莱克特拉在研究制作魔纹过程时的手记。整本手记并没有就魔纹镌刻的结果给出一个确定的答案，反倒是提供了许多新鲜的思路。

对于修伊来说，这些思路对他将来的成长会有大帮助，但就眼前的形势来看，却算不上什么太过有价值的宝贝。

修伊将手记收好后，目光向四周扫视起来，他希望能发现一些其他的有价值的物品。

六级空间大法师的收藏，不能算不丰富，不过对经历过炼狱岛生活的修伊来说，眼前的那些珍稀材料和魔法宝石，根本不可能和自己戒指里的相提并论，收自然是要收下的，惊喜的程度却远远还达不到。

他正郁闷自己入了宝山，却没有发现什么有价值的物品时，一张地图吸引了他的注意。

这是一幅北大陆地图，地图本身可以说是粗制滥造，算不得上品。令修伊感到惊奇的是，地图上画有一条粗大的红线，贯穿了整个兰斯帝国。红线经过之处，在各地区都标注有显眼的符号。

其中有一处地区有人用墨笔画了个圈，做了注释：红日山脉，伊莱克特拉第二实验室，已空，得手记二本，（证实无误）。

修伊的心脏不可抑制地狂跳起来，他终于明白了当初炼狱岛的那本手记是如何得来的。

另一本手记

毫无疑问，兰斯帝国在追寻曾经的伊莱克特拉的实验室，他们很可能是根据传说与伊莱克特拉曾经走过的路线制作了这样一份地图，并派出大量的人手寻找伊莱克特拉可能隐藏于某处的实验室。

经历了多年的查找之后，兰斯帝国终于找到了一处这样的地方，并从中得到了两本手记。看起来空间大法师阿布利特就是当年追寻伊莱克特拉实验室的主要人员之一，毕竟空间法术在破除结界，寻找隐秘空间等方面拥有得天独厚的优势。

而在得到这两本手记后，阿布利特给自己留下了一本，就是眼前的这本魔纹随笔。由于空间大法师阿布利特地位崇高，他不愿意拿出来的东西，就连皇帝也不会逼他。从更深一层着想，魔纹制作的普及对于兰斯帝国来说也的确没什么好处。天赋是魔法师区别于平民的重要依凭，是血统高贵说的基本立足点。魔纹的普及，对魔法等级制度从根本上讲具备极大的冲击力，会严重削弱贵族对下层平民的控制力。就好比枪支的泛滥会造成政府统治力的削弱及社会治安的混乱一样，魔纹的镌刻就等于一把人人都可以用的魔法枪。

因此，兰斯帝国可以追求伊莱克特拉的任何一种伟大发明，唯独对魔纹的制作却密封保存，不许任何人拥有和公开，这或许才是阿布利特能保留这本手记的重要原因。所以海因斯无论怎样讨要这本手记，阿布利特都坚持拒绝，如今却落到了修伊的手上。

不过对修伊来说，眼前的这份地图显然更具有实质性的意义。

很显然兰斯帝国将所有伊莱克特拉可能设立实验室的地方都进行了划分与研究，并进行着长期的探寻。尽管他们最终只找到了一处伊莱克特拉的实验室，但也确切说明，地图上标注的这些地点中，的确还有可能隐藏着其他的实验室。

对于从离开炼狱岛后，就渴望着能追寻伊莱克特拉的伟大足迹一路前行的修伊来说，这张地图无疑是给了他一个人生的方向。

有了这张地图，他将确切地明白自己将往何处去，去做什么，去追求什么，再不用为未来的方向而担忧，而苦思不解了。

螳螂捕蝉，黄雀在后。

对修伊来说，追索与被追索，或许就是他今后人生的主题了，想到这儿，修伊不由笑了起来。

他将地图收好，继续寻找这里还有什么可以让他感兴趣的东西，一个看上去形状古朴

的黑色玉环引起了他的注意。

令修伊疑惑的是，以他目前的眼力，竟然看不出这个玉环是用什么材质制作的。

尤其令他惊讶的是，当他注视着那个玉环时，他竟然有一种发自灵魂深处的悸动感觉，就好像自己的灵魂要被吸入这玉环中一般。

这可把修伊吓了一跳，他连忙稳定心神，这才抑制住灵魂深处的颤动。

他快速将玉环收起，在将宝库内所有的物品搜刮一空后，随手一扬，一把魔法长剑赫然在手。

他用长剑在墙壁上刻下："阿布利特大师，看来您的宝库需要重新充实一下了，修伊·格莱尔致。"

刻下这行字后，修伊扬长而去。

耶诞节终于到了，每一年的这天，人们都会走上街头，敲起大鼓，吹起风笛，用他们独特的方式庆祝旧的一年在安宁中结束，期待新的一年同样美好宁静。

这是一个满载了人们美好期望的节日，无论它是否能够实现，因此耶诞节也被称之为平安节。

然而今年的平安节，注定了将不会太平。

急促的马蹄声踏破了香叶城的平静，为即将上演的重大庆典带来了一丝恐慌的气氛。大批的领主府武士纷纷出动，法政署的上下官员集体走上街头，将目光停留在每一个可疑的外来者身上。

任何一个年纪在十五六岁的少年都会被带进署里进行反复盘问，修伊·格莱尔的画像再一次被贴满城中的大街小巷。骑士们走上街头，成群结队，满脸杀气，整个城市因此而变得人心惶惶。

不和谐的杀伐之气冲淡了节日的喜庆，冲击着每一个市民的心。

人们纷纷议论。

"到底发生了什么事？为什么会有这么多武士上街？"

"听说是要抓捕一个叫修伊·格莱尔的。"

"哦，我的天啊，你是说那个全国通缉的要犯修伊·格莱尔来到了香叶城？"

"这并不是不可能的，对吗？"

“这听起来太可怕了，那可是个杀人犯，听说他刺杀了某位帝国要人。”

“谁知道呢，但是不管怎么说，这个消息正在让整个城市都变得沸腾起来。”

“我更关心的是耶诞节。我只希望那些商家的大酬宾优惠活动不会因此而取消。”

外界的喧闹完全无法惊扰到修伊，此时的他正在自己的房间里奋笔疾书，直到克拉丽斯匆匆忙忙推门而入。

“芬克。”克拉丽斯轻声呼唤。

“稍等一下，这就好。”修伊加快了书写的速度。

在写下最后的落款后，他回头看向克拉丽斯，问道：“有什么事吗？克拉丽斯。”

“外面到处是法政署的人，他们正在到处搜捕修伊·格莱尔，听说他到了香叶城。”克拉丽斯急切道。

“那和我有什么关系？”修伊耸了耸肩。

“他们正在抓捕所有年纪在16岁左右的少年，你今天还是别出门了。”克拉丽斯直视着修伊的眼睛说。

“这恐怕不行，克拉丽斯，布朗尼家族已经邀请我去赴晚宴，而我也答应了。”

“不，你不能去！”克拉丽斯叫了起来，“他们对你不怀好意！”

修伊止住了她：“克拉丽斯，今天是你们在兰雅的大日子，为什么不回去好好和姑娘们待在一起呢？提醒她们一下需要注意的事项，放心吧，我能照顾好自己的。”

“可是……”

她没有说下去，只是一把抓住修伊的手臂，眼眶中已经闪烁出泪水。

两个人同时沉默了，气氛有些凝重，修伊想了想，从台子上拿起他早就写好的东西放到克拉丽斯的手中。

“这是什么？”克拉丽斯愕然。

“新的剧本，没有哪个剧团能靠一个剧本吃一辈子的，你们需要新的剧本，在《图兰朵》之后，还有更多更好的节目等着你们去表演。出了香叶城后，你们会发现舞台是如此大，还有太多的地方需要你们去征服。”

“可是……我……”

修伊的手指轻抚过她的嘴：“看看吧，里面有你想要的答案。”

克拉丽斯愕然地看向修伊。

他的手穿过她的长发，让她轻轻靠在自己的肩头，用温柔的语调轻声说：“其实从来都没有人发现你是一个又温柔又细心的女人，对吗？非常感谢你这些天为我所做的一切。”

克拉丽斯一阵心慌意乱，她连连摇头：“我不明白你在说什么。”

“克拉丽斯，你是聪明人，我注意到在我把你从那个色狼经理手里救出来后没多久，你并没有对我更加亲热。恰恰相反，你反而离我更疏远了。我观察了一下，发现最近几天每次都是你帮我打扫屋子，你收拾得很干净，连一根头发都不剩。”

听到最后一句，克拉丽斯的脸色煞白。

修伊轻轻拔下一根头发，放在克拉丽斯的眼前，在那发根处，是一点金光闪亮。

搂住克拉丽斯，他低声道：“谢谢你，我知道你是为我好。”

“我……我只是不知道该怎么办。”克拉丽斯捂着嘴想哭。

“那正是为什么我一开始不愿意向你做任何解释的原因，我不希望影响你做出的任何决定。知道吗，克拉丽斯，你真的是个傻瓜，我给了你机会，你却放弃了，你本该去揭发我的。”

“不！”克拉丽斯忍不住抱住了修伊，“我做不到。”

她在修伊的怀里止不住地抽泣，修伊轻轻拍打着她的后背。

这些天里，她又何尝不是在矛盾与痛苦中度过。在她发现了芬克就是修伊·格莱尔后，她的理智就不止一次告诉她，应该立刻向法政署揭发修伊的存在。但是她的感情却告诉她，事情并不像她想象的那么简单，修伊·格莱尔很明显不是通缉令上那个杀人如麻的疯子。

她到底该如何应对？这令她极度痛苦，于是在她做出抉择之前，她选择了先尽可能地隐瞒好修伊·格莱尔存在的迹象。

但她没有想到，修伊早就察觉到了克拉丽斯的行为。

一个女人对喜欢的人产生惶恐，因而出现行为上的反常，实在是太令人容易觉察了。

望着惶恐不安的克拉丽斯，修伊叹了口气，他指指自己放到克拉丽斯手中的剧本：“把它读出来。”

克拉丽斯慢慢地打开修伊给她的剧本，轻轻念到：“《基督山伯爵》。”

“是的，确切地说它并不是真正意义上的剧本，只是一个故事。”修伊柔声说，“它来自一个我从小听过的故事，不过故事的背景太过庞大，所以我把它稍微修改了一下。大概的意思就是某个受到迫害的少年在监狱中度过漫长的岁月后，终于挣脱获得自由，最后奋起反击的故事，听起来很老套，对吗？”

“某个受到迫害的少年。”克拉丽斯细细品味着这句话中的含义，她看向修伊，“那个少年，他受到了什么样的迫害？”

修伊缓缓回答：“他被当成实验品投送到某个荒岛上，等待他的除了繁重的工作，就只有随时可能到来的死亡。”

“哦，天啊，那后来呢？”

“正如你所知道的，他逃出来了。”

“然后呢？会有人追杀他吗？”

“如果他的逃亡无人知晓，自然不会有。可如果他在逃亡前进行了报复，将那个罪恶的地狱毁掉，那么追杀他的人一定会很多。”

克拉丽斯一下捂住了嘴，她终于明白了，修伊正在用属于自己的方式告诉她一切。

修伊又从台子上拿起几本剧本塞到克拉丽斯的怀里：“刚才的那个只是故事，现在这几本才是真正的剧本。看看吧，我想你会喜欢的。”

克拉丽斯本能地翻开书页。

“《卡门》？”她望向修伊。

“对。”修伊笑道：“《卡门》《麦克白》还有《茶花女》。我把我所知道的所有最优秀的故事都写在了这里，我希望它们能对你有帮助。”

“你要走了？”克拉丽斯急切问道。

女人的敏感让她觉察到对方话里的诀别之意。尽管她早就知道眼前的男孩已经决定在哦今天离开，可是此刻她依旧希望对方能改变主意。

修伊轻轻在她的唇上吻了一下：“你知道我不能一直留在这里的，那对紫萝兰歌舞团来说可不是什么好事。”

“可是……”

“别再说了。”修伊阻止了她，“别告诉黛丝和兰缇，她们会承受不住的，至少在表演结束前，不要让她们知道。”

克拉丽斯无言地点头。

修伊拿出那封刚刚写好的信，说：“帮我个忙好吗？”

“什么忙？”

“再过一会儿，布朗尼家族的马车就会过来接我了，我会在你们进剧场之前先去参加布朗尼家族的晚宴。等我上了马车之后，你把这封信交给旅店附近的领主府武士。”

克拉丽斯低头看去，只见上面写着：阿布利特大人亲启。

“我不明白。”

“不要明白，克拉丽斯，什么都不要问。答应我，无论如何都不要打开这封信，如果有人问起你，你就说这封信是你写的，知道吗？要相信我，如果你相信我，就照我说的去做。”

克拉丽斯怔怔地看着修伊，她轻咬下唇，道：“是的，芬……克，我相信你。”

临近黄昏的时候，布朗尼家族的马车果然来到旅店前，管家在旅店门口恭敬地等着迎接修伊。

修伊站在窗口，冷冷地望着街头的巡逻队，大批的武士仍在四处搜巡，凡是十五六岁的少年，一概抓起来盘问。

在一队领主府的武士来到旅店门口后，修伊对克拉丽斯道："我走后，你立刻把信交给武士，然后就去剧场准备演出，明白吗？"

"我想今天晚上你不会来看我们的演出了对吗？"

修伊深情地望了克拉丽斯一眼，缓缓道："是的，今天晚上，我有一场更大的演出。"

望着修伊走出旅店的背影，克拉丽斯的眼中已是一片湿润。

她注意到在旅店的门口，似乎发生了争吵，某个武士看起来正打算把修伊带走进行审问，但是布朗尼家族的人却阻止他们如此做。

争吵的声音很大，修伊的脸色却依然平静。

直到布朗尼家族一再以家族名誉作保，声称这是他们家族的重要客人，绝不可能是修伊·格莱尔，那几名武士这才放行。

在修伊上马车的那一刻，他看了一眼窗口的克拉丽斯，偷偷用手指指了一下刚刚与布朗尼家族发生争执的那几名武士。

克拉丽斯立刻明白了。

马车绝尘而去，克拉丽斯匆匆跑出旅店，对着领主府的武士道："这位大人，我有一

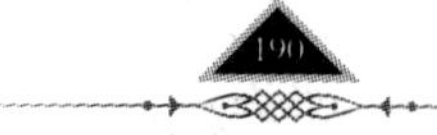

封十分重要的信要交给领主大人。”

“什么信？”那武士问。

克拉丽斯望着远去的马车，轻轻说道：“我想……和你们正在四处抓捕的修伊·格莱尔有关。”

夜晚尚未降临，香叶城的上空已经燃满了烛火。尽管大肆搜捕破坏了节日的气氛，但是心存美好希望的人们依然坚持点亮代表渴望的那盏明灯。

香叶城的大街因此而变得灯火通明，今夜，这里无人能眠。紫萝兰歌舞团按照规矩，将在晚八点的黄金时段进行演出。

姑娘们在五点的时候就要提前进场，进行化妆以及最后的彩排和其他各项准备工作。

黛丝注意到克拉丽斯的眼圈红红的，她轻声问：“出什么事了吗？团长。”

克拉丽斯快速回答：“没什么，只是有些紧张而已。”

兰缇匆匆跑过来，叫道：“我没有看到芬克，今天一天我都没有见到他。真见鬼，今天可是我们的大日子，他跑到哪儿去了？”

“他在剧场，他说他要先看一下其他剧团的演出，然后对比一下，看看谁的演出更出色。”克拉丽斯回答。

“那还用问？当然是我们了，我们是全国最好的剧团！”兰缇骄傲地回答，“今天晚上我会让他看到我最出色的表演。”

“好了，别说这些了，要进场了，准备去化妆吧。”克拉丽斯催促她。

作为香叶城目前设施最豪华，可容纳观众最多的剧场，兰雅大剧场是一个半圆形结构，舞台面积极大，各种设施也很先进。一次可以容纳大约8000名观众。

这里的收费标准也很高，单是普通座就高达20个银维特，高级包厢则会要到3～5个金维特，平均下来，每个位置的价格差不多是30个银维特。

一场演出下来，只要满座，剧场收入可以达到2400个金维特，而剧团将从中得到至少800个金维特。

不过要是演砸了或者生意并不好，剧团同样要支付高达1600个金维特给剧场。

在剧场的顶层，是一个露天大平台，这里是贵族们举办鸡尾酒会的地方。权贵们经常会选择在平台上一边办酒会一边观看表演，这可以为他们带来双重的愉悦感受。也使一些对歌剧并不感兴趣的贵族同样可以在兰雅大剧场找到属于自己的一席之地。

偶尔，贵族们会把表演出色的歌女们请到平台上来，他们在这里喝酒，聊天，同时并不介意花上一笔钱带自己看中的姑娘出去逛逛。

因此也有人称那座露天平台为——猎艳场。但克拉丽斯并不知道，在她的剧团进入兰雅之前，修伊就已经在这个猎艳场了。

站在这代表着香叶城最高阶层的露天平台上，修伊悠然自得地观赏着四周。

这个被称为猎艳场的露天平台，即使是在整个兰斯帝国，也是以奢华、华丽而著称的。整个露天平台搭建在剧场的最上方，呈椭圆形，两道蜿蜒的旋梯从上一直延伸向下；华贵的红地毯从旋梯口开始铺起，一直延伸整个平台；台基是用大块的玉石雕刻而成，扶栏上雕以精美的花纹；平台的两侧是用整块整块的超大水晶制作成的幕墙，从这里可以清楚地看到下方舞台上的表演。当然，观众们也因此可以看到贵族们在上方花天酒地的生活。

整个椭圆平台分三层结构，最外围是下人们休憩的场所，中圈则用于盛放早已经准备好的各色精美糕点与美酒，仆人们穿着白色的工作服，手里拿着金色托盘，站成一列随时招待客人，最内圈则是酒会进行的场所。

在内圈和中圈之间，是数十名武士把守防卫。十数张长桌排列在平台内圈的两侧，上面摆满了精美的食品。中间是一大片空地，可以用于跳舞。在酒会的上方还有一个小高台，可以用来让人们发表讲话。

数以百计的魔法灯从各个角落照向天空，即便是星月无光的日子，这里也是一片白昼。

布朗尼家族今天在这座露天平台上举办了一次规模盛大的鸡尾酒会，邀请了香叶城所有的知名贵族。

这是布朗尼家族的惯例，每年的耶诞节，他们都要在这里举办酒会，交好同城各地的名门望族。

来到这里的大多数贵族老爷们都戴着精致的假发套，一些人扎着黑色的领结，少数人则穿着小马甲，手里还拿着马鞭，看样子就像是刚刚狩猎回来。

一些贵族夫人则穿着宽大的晚礼服，裙子的内里用竹圈撑起，使她们的裙摆始终保持在一种隆起的状态。一些夫人的头上还戴着天鹅绒的帽子，也有些戴着面纱或丝巾。

绝大多数的贵族夫人身上镶满了指环、链条、宝石、钻石、翡翠、珍珠、玛瑙等各种

珠宝及饰物。

她们看上去就像是一只只挂满宝石的人形魔兽。对于这些女人来说，这种场合就是她们用来炫耀财力的机会。

来参加酒会的贵族大都保持着彬彬有礼的姿态，看到女士，他们会脱帽致敬，对于一些长得美丽的女子，则会不失时机地走上前去大献殷勤。

在酒会正式开始之前，人们通过自由走动来结识自己认为有资格结识的朋友。这是他们处世的一种方式，通过一场场酒会建立起贵族圈，在圈子里活动并推销自己，为将来谋取好的晋升做准备。

所以像这样的酒会与舞会，其实也就是上流贵族交际圈的代名词。

克劳德·布朗尼之所以要把修伊请到自己的酒会上来，就是想通过这种高层的社交压力向修伊展示家族的强大，同时也完成他哥哥的嘱托——确认修伊身上是否真有价值连城的宝物。

像这样的酒会结束后，如果有一两个人失踪，并不算什么了不得的大事，即便是法政署也不敢调查如此众多的贵族。

“我希望你能喜欢我的酒会。”此刻克劳德·布朗尼对修伊如此说道。

“一场华丽的盛宴，我看到整个香叶城所有有身份地位的人几乎都来了。”修伊还以礼貌的回答。

克劳德·布朗尼不无得意地说：“哦，只能说布朗尼家族在香叶城，不，该说是整个凡尔萨郡都还算是有些名望的。知道吗？来到这里的贵族至少有一半曾经受过布朗尼家族的恩惠，我们总是擅长于解决麻烦。”

“您的话让我感到汗颜，就在几天前，我却给您的家族制造了麻烦。难得你们不计前嫌，不但不追究我的责任，反而邀请我参加如此盛大的宴会，我本人受宠若惊。”

“哦，大度是每一个贵族应有的美德。”克劳德搂着修伊的肩膀笑道，“不用在意过去的事，要知道你可是个炼金师，布朗尼家族愿意和任何一位有实力的炼金师合作。我是说，如果你有什么麻烦，你也可以找我们。”

“是的，比如在我今天出门前，我就多亏了你们的人帮忙才摆脱了那些讨厌的武士，他们正在到处抓捕年轻人。”修伊露出无奈的表情回答。

“哦，是的，我知道这件事。我听说他们在抓一个叫修伊·格莱尔的少年。真难以想

象，那个少年到底是什么人？竟然能让整个帝国大动干戈，领主大人今天甚至颁布了全城戒严令，严禁任何年纪在17岁以下的少年出入。”克劳德说这话的时候，用一种特别的眼神看着修伊。

修伊装作漫不经心的模样回答：“那就得看抓住这个犯人能获得多少好处了。”

“哦？你是指那一万个金维特的奖赏吗？”克劳德有意无意地将话题引到修伊·格莱尔的价值上去，而修伊则予以全力配合。

他笑道：“或许那只是真正价值的万分之一。”

克劳德的心脏不争气地剧烈跳动起来。他干笑了几声，又说：“我很难想象什么人可以值如此多的钱。”

修伊悠悠地回答：“那是因为您不是一个炼金师，要知道炼金师拥有的东西，有些价值甚至是一座城市都换不来的。比如说……”

修伊故意停顿了一下，然后才随意地道：“比如可以用来储藏大量物品的空间戒指，比如一些珍稀到这个世界上再也找不到的材料，比如数以千计的顶级药剂，比如一些已经失传了的顶级炼金术……”

克劳德倒吸了一口冷气，他怔怔地看向修伊，然后落向了他正举着酒杯的左手。在修伊的手指上，一个样式普通的戒指发出淡淡的魔法光芒。

贪婪的欲望从克劳德的眼中喷射而出，他做梦也没想到这么轻易地就从修伊的口中得到了有关修伊·格莱尔的大秘密。然后他笑着举起杯子，用那微微颤抖的动作来掩饰内心的紧张，他说：“真有意思，一个很不错的推理，达尼托先生。”

“是的。”修伊也向对方举了举杯，他望望四周，然后道，“不介意我四处走走吧？”

“当然，酒会还没有正式开始，你可以随意去逛。瞧那边，有位美丽的贵族小姐正在看着你呢。为什么不上去和那位小姐聊聊天呢？也许你会度过一个美丽的夜晚。”

“您说得很对。”修伊向旁边的侍者招了下手，将手中的酒杯放进托盘里，然后他向着克劳德鞠了一躬，“非常感谢您的慷慨，作为回报，这瓶药剂就算是我送给布朗尼家族的礼物吧。”

他随手拿出一瓶药剂放到克劳德的手中，然后向着人群中走去。

望着修伊的背影，克劳德打开手中的药剂瓶，轻轻嗅了一下，果然是顶级品！

他招招手，一名武士走了过来，克劳德低声道："把所有的家族武士全部安排好，守好这里。让大家看住那个小子，今天晚上，绝不许他走出这个酒会。"

武士有些犹豫："现在就动手吗？"

克劳德摇了摇头："不，等酒会结束后，就让那小子先得意一阵子好了。记住，下手一定要秘密进行，千万不要让人发现，这件事绝不能让任何人知道。"

……

修伊沿着外围的栏杆一路行来，悠然自得地打量着周围的环境。他看起来就像是在欣赏风景，偶尔会驻足观看下方舞台上的演出。

还没有到八点，此刻的演出者还不是紫萝兰歌舞团。

修伊穿梭在人群中，一边品尝着美酒和冬季难得的新鲜水果，一边做着属于自己的小动作。

没有人注意到在他漫无目的的行走中，几乎已经将整个露天平台的所有角落都走了个遍。

他的裤缝里不时地会洒出一些白色粉末，落在红地毯上，渗透进去，化为无形。偶而修伊也会像个俏皮的男孩一样向某个角落里丢出一小块石子，它们看上去并不起眼，只在幽暗处发着淡淡的光。

贵族们在相互聊天，男人们聊目前的国家局势，听说佛朗克帝国和乔治亚帝国正在准备反扑兰斯帝国，而斯特里克六世已经再度调集兵马准备打一场大型会战了。

女人们则闲聊着天气、服装以及最近某个家族又出现了怎样的纨绔子弟，闹出了怎样的丑闻。

或许是对如此重要的场合突然出现一个面目陌生的少年感到好奇，也可能是被修伊俊美清秀的外表所吸引，有不少贵族夫人和小姐向他投来热情的眼神。

"我还以为今天的酒会上不会再看到一个少年了呢，没想到竟然还会有一位如此出众的俊秀少年。"一位贵族夫人望着修伊轻笑说，在她的身边同样是几位年轻的贵族夫人或小姐。

令修伊眼前一亮的，是其中的一位女士。她就站在一大群的贵族夫人和小姐中间，但是任何一位男士的目光落在她的身上后，都会立刻停止搜巡的眼神，在她的身上驻足不去。

她有着一双仿佛宝石般璀璨的眼眸，如暗夜中的星辰熠熠生辉。她穿着一件紫色面料制成的宫廷盛装，低圆的领口处裸露出一大片雪白的肌肤，一串珍贵的钻石项链在她的颈上散发着晶莹的光芒。长发自然的卷曲着垂散在两肩，衬映出她尖尖的下巴和美好的面容。

与那些盛装奇服的贵族夫人相比，这位女士的打扮看起来要简单许多，但也更具品味。她背靠着一张长餐桌，左手托着自己的右臂，右手里则举着一个玛瑙色的酒杯，里面盛着鲜红的果酒，做欲饮状，姿势看上去分外撩人。

女人的美丽，有时候是需要通过衣装、行止、谈吐、动作等多个方面来表现出来的。仅仅依靠脸蛋来取悦男人的女人，其实是最低档的。真正的美女，懂得用身上的每一个部位去吸引男性，包括她们的一举一动。

眼前的这位女士，毫无疑问就是这一类型的。她十分擅长发挥自己的天赋，并通过一些细微的小技巧来将自己的姿色发挥到淋漓尽致的地步。

仅仅是看了一眼，修伊就可以确定，单这个托酒杯的姿势，就需要无数次练习才能达到像眼前这位女士般自然，与自身的仪态完全契合。

与她相比，黛丝和兰缇就像是乡下跑出来的小姑娘，尽管同样拥有美丽的外表，但是她们显然不懂得如何将自己更加完美地展现出来。

与那些将这类场合当成炫耀财富的贵族夫人相比，眼前的女士将此地变成了自己施展魅力的舞台。

而在她的身边，围拢着的是一大批贵族年轻人。他们大多是某个家族的继承人，此刻正不失时机地围在这位女士的身边大献殷勤。

出于礼貌，在听到先前那位夫人的调笑后，修伊向对方做了一个绅士的弯腰，然后彬彬有礼道："如果您指的是领主大人在今天的抓捕行动导致的年轻人的出行不便，那么我承认，在我来参加酒会之前，的确碰上了一些小小的麻烦。"

"哦？那么你是怎么摆脱这个麻烦的呢？"先前说话的那位贵族夫人好奇地问。

"是布朗尼家族为我做了证明。"修伊回答。

"原来你是主人邀请来的客人。"那夫人笑道，"我还以为你是……"

她没有说下去，修伊已经明白了她话中的隐意。她一定以为自己是某个贵族夫人带来的小情人，今天将他带到此地见见世面的。

对于对方有这样的误会，修伊并不感到惊讶，所以他只是微一点头，便打算离开。

那位夫人笑道："但愿领主大人早日抓到那个可恶的修伊·格莱尔，否则你恐怕就要不停地依靠布朗尼家族的证明才能出门了。"

旁边的一位打着银色领结的贵族青年立刻接口道："以领主大人的能力，我相信这并不困难。"

修伊低下头想了想，悠悠接口道："我想，只怕这也不是一件容易的事。"

兰雅大剧场的露天平台上，修伊站在一群贵族男女的对面，当他这句话说出口的一刻，面前的那位贵族青年有些不满道："你是在质疑领主大人的能力吗？"

修伊笑着回答："不，阁下，我对领主大人拥有的力量非常清楚。六级空间系大法师再加水系四级的修为，即便是一位星辰武士也很难说能打败这样的人物。但是我更清楚武力并不代表一切，即便是神奇的魔法也不可能让人随心所欲地去做任何事，否则这个世上就不会有犯罪，而坐在皇帝宝座上的人就不是斯特里克陛下了。"

那个贵族青年被修伊的话噎住，他甚至能听到身旁丽人的偷笑，这让他极为不满，脸上露出怒意，说道："但是不管怎么说，只要那个修伊·格莱尔敢露面，他的结果就一定是被抓获。他就像一只地沟里的老鼠，害得所有人都为他不得安宁，如果他敢出现在我的面前，我发誓我要用这把剑砍断他的双脚。"

贵族青年自傲地拍拍自己腰间的魔法长剑，他的"豪言壮语"引来了他的同伴，另一名棕发青年的附和："没错，如果修伊·格莱尔敢出现在我的面前，我一定会亲手抓住他。我会将他的头颅送给领主大人，然后用帝国的赏金去购买那颗最美丽的宝石翡翠之心送给克里斯汀夫人您，将它镶嵌在您的项链上。只有您的美丽，才配得上价值一万个金维特的财宝。"

"哦，那正是我想说的话。"打着银色领结的青年连忙叫道。很显然，他对同伴抢走了自己的恭维话而深感不满。

看得出来，这个话题引起了不少人的注意。

一大群年轻的贵族纷纷"同仇敌忾"，表示只要修伊·格莱尔敢出现，就一定要把他当场抓获，并以此来向他们心仪的女士证明他们的勇敢。

而他们献媚的对象，赫然正是那个举着酒杯正在用好奇的眼神打量修伊的克里斯汀夫人。直到此刻，她未说过一句话，倒是修伊，隐隐想起一些关于克里斯汀这个名字的传闻。他听说兰斯帝国有位有钱的寡妇，令帝国曾经的皇帝都对她动心，并试图迎娶她，但最后却失败了。那个寡妇，好像就叫克里斯汀，难道那个克里斯汀夫人就是眼前的这位美艳动人，令所有男士追捧的女士?

出乎意料的是，克里斯汀并没有对身边的男人的献媚恭维感到高兴，反而不为人察觉地皱起了眉头，似乎很不满的样子。

修伊终于忍不住道："请恕我直言，我不认为送一颗价值一万个金维特的宝石给这位女士，对她有什么好。"

众人惊奇地看向修伊，就连那位克里斯汀夫人也睁大了眼睛看向修伊。

那名棕发青年有些恼怒："你是想说克里斯汀夫人配不上吗？"

"冲你的这句话，我要和你决斗！"打银色领结的青年已经准备取出他的白手套了。只要他将白手套丢在修伊的身边，那么修伊要么选择接受决斗，要么选择灰溜溜地离开。

这个时候，被众星捧月般围在人群中的那位克里斯汀夫人突然开口道："为什么大家不先听听这位先生说出他的理由再做出决定呢？先哲说过，冲动只会造成错误的决定。"

然后这位美艳的夫人用她那充满诱惑的美目看向修伊，问道："我想你并不是这个意思，对吗？虽然你很年轻，但是看得出来，你并不是一个口无遮拦的人。你的身上有股神秘的气质，我能感觉到你一定是个有过许多有趣经历的人。"

"夫人过奖了，其实我只是想说，真正的美丽，是不需要任何饰物来衬托的。在自己的身上挂满宝石，只会将自身的光彩掩盖在那些华丽的装饰品之下。就好比真正的油画，从不必在意画框的精美，过于精巧的画框，反而让画作失去了本色。如果夫人戴上了那样的宝石项链，我很难想象到时候人们是关注您的宝石多一些，还是关注您更多一些。"修伊回答。

原来如此，众人这才恍然大悟。

克里斯汀轻轻笑了起来，修伊的话很显然说到了她的心里。放眼整个平台上的贵族，她的身上所佩戴的饰物是最少的，但是她身边的男人却是最多的。她是一个非常懂得展现自己的女人，在她看来，那些豪华饰物的作用应该是用来体现女人的美丽，而非喧宾夺主。

在财富与美貌之间，她更重视后者。

那些以为将乱七八糟的饰物往身上堆砌就能让自己变得更美丽的女人，毫无疑问是愚

蠢的，她们不懂得发挥自己的所长，哪怕是一串最普通的珠链，只要正好配自己，也比价值万金的饰物要来得有意义。

众人同时看向修伊，这个少年显然非常有见地，他的年纪虽小，但气质温文儒雅，风度翩翩，说话也极有条理。很多不清楚底细的贵族还以为这又是哪一个家族培养出来的精英人物。

那名棕发青年不服气地道：“这倒是可以成为平民们的托词，他们可以用这个理由来不花一分一文就获得姑娘们的芳心。”

一大群贵族青年纷纷附和着笑了起来。

修伊也微笑道：“您说得没错，这位先生，不过我想至少平民们不会用某个虚无缥缈的逃犯来证实自己对爱情的忠贞。说起来修伊·格莱尔好歹也价值一万个金维特，我很想知道如果您永远都抓不到他，是否也会像平民们一样处于财政尴尬的境地呢？或许我可以用更加直接的语言来形容您的说法，就叫画饼充饥。”

“你敢侮辱我？”那个棕发青年大叫起来。

修伊笑着道：“我并不认为那是一种侮辱。或许您自以为很了不起，但在我的眼里您并不比一个逃犯更值钱。一万个金维特？我相信兰斯帝国至少不会为您开出这样的价码。”

这句话很明显是将对方贬低到连逃犯都不如的地步，所有人同时看向那棕发青年。

被修伊说得理屈词穷的青年心中的怒火勃发，他迅速掏出自己的白手套，向修伊的面前一丢：“我，莫勒尔家族子爵，以美丽的克里斯汀的名义，向你提出决斗！”

在风鸣大陆，最不缺乏的传说与故事，或许就是关于决斗的。

只要你愿意，你几乎每天都可以听到关于两位贵族为了某件事某次争吵而发生决斗。决斗一旦展开，彼此双方就可以公然杀死对方，而不用考虑承担任何法律后果，决斗失败的一方，其家人也无权向胜者报复。

看起来女人的确很容易成为一切祸乱的根源，仅仅是几分钟的时间，已经先后有两位男士准备或已经向修伊提出了决斗要求。

这让修伊感到十分好笑，他看向地上的白手套，他知道，只要自己拾起那双白手套，那么就等于是正式接受了对方的决斗请求。

耳边是一阵悠扬的乐曲声响起，修伊知道，那是紫萝兰歌舞团开场的时间到了。

修伊无视对方的愤怒还有地上的白手套，自顾自地走到水晶幕墙前，望着下方的舞台。

在铜管发出的乐曲声中，舞台的幕布徐徐拉开，舞台上的第一幕景象便是那阴森恐怖的背景。

高高耸立的皇宫城墙，戒备森严手持大刀的卫士，舞台的一侧是一面闪着寒光的大铜锣，迎面是一排木桩，上面悬挂着十几个面目扭曲的人头。一群百姓簇拥在那里，似乎在等待着什么。

终于，一位大臣走出来了，他庄严地宣告："京城里的百姓们，仔细听好，尊贵的公主图兰朵为召驸马，颁布了三条谜语，凡有意应征者都可前来猜谜。不过，假如他猜不着，那就要把命丧！"

演出开始了。

望着舞台的修伊紧抿的嘴唇终于露出了一丝笑意，他的冷漠与无视进一步激怒了那个棕发青年。

他对着修伊的背影叫道："你不敢了吗？贪生怕死的家伙，如果你害怕了，就立刻向我和我的朋友道歉，我可以考虑收回我的决斗要求。"

这一刻，这名贵族青年高傲得就像是一个高高在上的国王，他看向身边克里斯汀的眼神，充满了信心。

修伊的眼神望着水晶幕墙外的舞台，看了好一会儿舞台上的表演，确定姑娘们的状态良好，他才缓缓转过身来，对着那贵族青年道："我对这样的决斗邀请没有丝毫的兴趣，所以我拒绝你的要求。"

人群中顿时发出了"嗡"的一声响，人们纷纷用鄙夷的目光看向修伊。

拒绝一个贵族提出的决斗要求，在上流社会里从来都被认为是懦弱的表现，许多贵族青年面对众目睽睽下的决斗要求，经常是明知是死，也会接受决斗。

像修伊这样堂而皇之拒绝决斗的人，真正是少之又少。因此就连那位美艳至极的克里斯汀夫人也不满地皱起了眉头。

这是第一次，有人在她的面前公然表示拒绝决斗。尽管私下里她自己也常认为，决斗是男人们最愚蠢的行为之一，但当此刻看到有人拒绝之后，她还是觉得心中很不舒服。

或许每个女人都是如此，她们乐意看到男人为自己争风吃醋，甚至大打出手。

那名棕发青年得意地大笑起来："既然你已经承认自己是个懦夫，那就向我道歉！"

修伊轻轻摇了摇头，说道："我想你误会了我的意思，我之所以拒绝你的决斗邀请，不是因为我怕你，而是因为那实在没有必要。"

"没有必要？为了荣耀与尊严进行的决斗，怎么会没有必要？"棕发青年大吼起来。

修伊的脸上浮现出嘲弄的笑容："为了荣耀与尊严？莫勒尔子爵阁下，那或许是你毕生的追求，不过可惜，不是我的追求。"

说着，他重新走回到场中间，看看四周环视他的众人，他朗声道："我知道你出生在富裕的家庭，从小衣食无忧，我完全可以想象你从来不知道外面的世界是怎样的艰辛。你并不曾在真正的生死线上挣扎过，所以你也从不知道生命的可贵，不知道死亡的真正含义。由于不了解死亡的真相，所以你天真地以为尊严与荣耀可以代表一切，一个人甚至可以为了尊严与荣耀去决斗，仅仅为了某个侮辱性的言辞或者博取某位美女的欢心就不惜自己的生命。这是一种典型的理想派的做法，是对生命的不负责任。

"和您有所不同，我并不是来自某个血统高贵的大家族，我曾经生活的地方，可以说是这个世界最黑暗的底层，即使是在贫民窟，也比那种地方要强得多。我每天面对的是死亡的阴影，我必须努力工作，卑颜屈膝，才能争取到一点活下去的资格。我必须对迫害我的人微笑，送给他们最甜蜜的谎言，才能让自己的生活变得稍稍好一点。尊严与荣耀，呵呵，那从来都不是我追求的东西。如果我追求它们，那么现在的我根本不可能站在这里和你对话。

"所以说，我知道生命的可贵，我知道生命与自由是如何的来之不易。我绝不会为了那虚无的荣耀与尊严去和人决斗，因为我懂得珍惜生命。身为贵族的你们，将生命视作儿戏，但很抱歉，那不是我的作风。

"如果我要拿起武器，那我绝不是为了可笑的尊严与荣耀，或者某位并不爱我的红颜。当我拿起武器的那一刻，通常意味着我有战胜对手的信心与把握，对我来说，那不是决斗，而是杀戮。

"所以，如果你想和我决斗，那你就要先有足够的心理准备。我是说真正的面对死亡的觉悟。"

这番话说得大家一愣一愣的，没有人注意到在修伊说话的同时，他人也在缓缓靠近那名棕发青年。

就在莫勒尔子爵警觉到修伊离自己太近时，修伊突然一个飞身上前，左手已经掐住了他的咽喉，右手随手从餐桌上抄起把餐刀，作势要刺瞎他的眼睛。

“啊——”一连串的尖叫响起。

餐刀停在了莫勒尔子爵的眼皮上。

“放开他！”不少人同时大叫起来，数名武士冲向这里，试图拉开那个已经严重威胁到对方生命的修伊。

修伊冷冷道：“谁敢靠近我，我就戳瞎他的眼睛。”

所有人同时停住了脚步，修伊用戏谑的眼神望着满脸惊恐的莫勒尔子爵：“现在，向我道歉。”

“不！”莫勒尔子爵大叫起来。

压在眼皮上的餐刀微微一用力，子爵明显感觉到餐刀正在严重威胁着他的眼珠，他的另一只眼睛能够从修伊冷酷的笑容中读出那隐藏的含义：他绝对乐意就此抠掉自己的眼睛，而不会有丝毫胆怯。

“我再给你最后一次机会！向我道歉。”修伊说。

“我道歉！”莫勒尔完全是不假思索地大叫起来，吓得浑身颤抖。

该死，这个家伙是个魔鬼！

修伊的脸上露出满意的笑，他松开抓住莫勒尔咽喉的左手，拍了拍他的脸，然后柔声道：“瞧，仅仅是一只眼珠就可以让你低头，那么当你面对真正的死亡时，你又会是如何表现的呢？看起来你并不如你所想象的那样勇敢，对吗？”

这句话沉重地打击了这位子爵，他总以为为了荣耀而战死是一件光荣的事。但此刻当危险真正降临在他的头上时，他才发现原来自己并不像自己想象的那样无所畏惧。

眼前的这个少年，毫不留情地揭穿了他自以为是的刚强，仅仅是几句话再加一把普通的餐刀。

他彻底摧毁了这位子爵的意志，他几乎要崩溃了。

望着对方惊恐的面容，修伊这才放声道：“很好，至少现在你已经学会了在死亡面前放弃尊严与荣耀，懂得了生存才是最重要的。你已经意识到，所有你所追求的东西其实都是那么可笑。当你拥有了这样的认识以后，或许将来的某一天，在你真正面临死亡的威胁时，你反而会拥有勇气去面对一切苦难。”

说着，他轻轻将莫勒尔子爵推开，随手将餐刀扔到一旁，然后他弯下腰，将莫勒尔子爵扔下的白手套拾起，用它擦了擦自己的靴子。

现场的气氛，微微有些凝固，没有人敢再小看这个少年，尽管他始终面带微笑，但他刚才出手时的冷静、迅速还有准确，已经充分显示了他的实力。即使是真正的决斗，他也有十足把握杀死那位莫勒尔子爵。

武士们见没什么情况，纷纷退了下去。

“你叫什么名字？”克里斯汀突然问道。

随着这个问题，众人露出又羡又妒的神情，克里斯汀的艳名可以说是名满天下。

作为目前兰斯帝国最富有的寡妇，她的前夫就是兰斯帝国赫赫有名的威斯顿伯爵，威斯顿伯爵的财产之多，据说曾经让斯特克里陛下也心动不已。在前年威斯顿伯爵因病去世后，由于这位伯爵大人没有留下一位子女，因此他所有的财产最终都由他美艳的妻子所继承，这便是克里斯汀夫人。

由于自身美丽出众，再加上前夫留下的大笔遗产，因此许多贵族青年都渴望能娶到这位美艳夫人，如此便可真正的财色兼收。

不过真正愿意娶这位夫人的青年，一般都是各大家族的次子。

由于在兰斯帝国次子没有继承权，无法承袭爵位，所以娶一位有名望的大家闺秀，就成为他们日后晋身的最佳选择。而在所有的选择中，克里斯汀夫人又是名列首位的。

这便是这位夫人的身边永远围绕着众多追求者的原因，当然也不乏真正的冲着美色去的拥有继承权的家族子弟。

或许是长期被男人包围，令这位夫人不胜其烦的缘故，所以她曾经立下过一个规矩：除非是她主动询问，否则她的追求者没有资格在她的面前自报门庭。

而此刻，克里斯汀却主动询问起了修伊的姓名。

对于这位至少有上百个男人为她决斗过的夫人的提问，修伊的眼中闪过一抹不屑的笑意。

“克里斯汀夫人，我听说过您的美丽还有您所立下的规矩，对于永远都不缺乏追求者的您来说，或许询问对方的姓名，是一件会让对方觉得十分荣耀的事。在您看来，我刚才的所作所为所言所语，也不过是为了吸引您的注意，而且看样子我还成功了，不过很遗憾您弄错了。”

修伊扬起高傲的头颅，望着克里斯汀道：“尽管我并不会为了荣耀与尊严去决斗，但我同样不会为了一个女人而去放弃这些东西。所以对于您的厚爱，我只能说一句抱歉，我不感兴趣。至于我叫什么名字，相信再过一会儿您自然会知道，但绝不是这种你问我答的方式。”

在场众人纷纷大哗，谁也没想到修伊竟如此傲慢而不客气地拒绝了回答克里斯汀。

不过修伊的态度，倒使那些克里斯汀的追求者看到了希望——看起来这个少年对那位美艳夫人毫无兴趣，没有什么比失去一个强劲对手更令人感到愉快的事了。

如果可以，他们希望这个少年能尽快地消失。

眼看着没什么事了，修伊转身离开，对他来说，此时此刻的自己，已经没有什么必要再隐瞒实力，更没有必要对一些他根本就不放在眼中的所谓“贵族”屈膝哈腰。

如果有人不识相，他不介意在计划开始之前，先做一次小小的热身运动。

正当人人都在猜测那神秘的少年到底是什么来历时，天空中却已经开始出现了变化。先是一声尖锐的呼啸刺破长空，整个露天平台上，气流如波浪般荡漾。

巨大的空间能量在一瞬间弥漫整个兰雅大剧场，庞大的压力如山般向着平台上的众人压迫下来。

魔法灯仿佛风雨中飘摇的小船，摇摇欲坠。

不少贵族纷纷惊呼起来，一些有见识的贵族则大叫道：“那是空间屏障在被打破。有人在试图向这里进行空间传送！”

“这不可能！”有人叫道，“谁有那么大的本事？”

修伊的嘴角撇出一丝冷笑：“还能有谁？当然是阿布利特大法师了，不过可惜，他怕是没法完成这次传送了。”

他的左手微微一扬，一连串神秘的咒语从口中吐出，硕大的露天平台突然凭空生出了

一座巨大的魔法护罩。

白色的魔法护罩的光芒如一片水幕天穹，从平台上升起，形成一个巨大的圆形穹顶，在天际接合，将整个平台包拢住，从而也断绝了能量的传输。

刚刚波动诡谲的空气，瞬间又恢复了平静。

一大群贵族看得目瞪口呆，有人惊骇地问克劳德："什么时候布朗尼家族竟然在这里布下了一个法阵？"

克劳德也看得呆滞，惊呼道："不，这不是我们干的，这样庞大的法阵，只有顶级的炼金师才能做到。"

一说到顶级的炼金师，克劳德·布朗尼的心中闪过一个名字，他惊骇地向修伊望去，只见对方正向自己微笑着弯腰致敬，很显然，刚才的那一手的确出自于他的杰作。

克劳德大踏步向修伊走去，问道："到底发生了什么事，为什么这里会出现空间能量的波动？这个魔法罩是怎么回事？"

修伊轻笑道："其实也没什么，就是阿布利特大人试图通过空间传送将自己直接传送到这里，而我用这个魔法护罩切断了他的能量传输，使他无法进行准确的定位。所以现在我们的大法师要想来到这里，就只能麻烦他用自己的脚走过来了。"

阿布利特？克劳德脑海中一阵晕眩："为什么，他为什么要来？你又为什么要这么做？你什么时候布下的这个法阵？"

修伊背负着双手仰面向天："所有的这一切，你不是早该有答案了吗？克劳德·布朗尼大人，难道您的哥哥不是要求您秘密留下我，将我身上所有的财物洗劫一空，然后毁尸灭迹吗？难道您的家族武士不是已经将整个兰雅大剧场全面包围了吗？"

克劳德一听这话，吓得连连后退。

修伊悠悠道："是牌就总有要摊开的时候，您又何必如此震惊？我想在阿布利特愤怒地来到这里对所有人兴师问罪之前，我们还有一点时间可以增进彼此的了解。哦，对了，不用指望您的那些家族武士了。这个魔法罩隔绝了所有人的进出，现在任何人都无法离开这个平台。而您的家族武士根据您的命令，将死守在平台之外，可惜的是由于您无法走出这里，所以执行先前命令的他们将会先和阿布利特血战一场。我相信愤怒中的领主大人一定不会介意杀光您外围所有的武士，以教训一下您这个敢于收留和藏匿帝国通缉犯的家伙。哦，还有，我的风莺告诉我，阿布利特已经派出了一支武士队前往布朗尼家族庄园

了，看起来他已经打算把整个布朗尼家族都连根拔起了。这也难怪，谁叫我还洗劫了他的宝库呢……”修伊的脸上露出了邪恶的笑。

克劳德吓得脸色惨白，他突然发现原来一切并不是在自己的掌控之中的感觉是这么的糟糕，而那恶劣的后果更令他几乎崩溃。

此时许多贵族已经发现，魔法罩不仅隔断了魔法能量的输送，同时也隔断了他们进出的道路。

一些贵族纷纷大呼小叫着，质询到底发生了什么事。

答案很快就揭晓了，一声巨大的咆哮响起在露天平台的上空，那正来自于香叶城六级大法师阿布利特。

“克劳德，你这个卑鄙的小人，我已经给了你足够多的机会，你却毫不懂得珍惜！你竟然敢贪图国家财宝，私自藏匿帝国要犯，从今天起，你和你的家族都将完蛋！也许在你死亡的那一刻，你会知道贪婪的恶果会有多么严重！”

半空中一个巨大的人脸显现，赫然正是愤怒的大法师阿布利特。

昨天他的宝库被盗后，阿布利特下达了全城搜捕令，寻找修伊・格莱尔的下落。但他万万没想到，布朗尼家族竟然敢秘藏修伊・格莱尔。

如果不是有一封揭发信送到了他的手里，他怎么也不会相信克劳德敢干出那样的事。

然而当阿布利特先后三次派人来到兰雅大剧场，向克劳德索要芬克・达尼托，要他回法政署接受调查的时候，克劳德手下的一再拒绝终于引起了他的怀疑。

而当修伊暗示克劳德自己的身上拥有大量的财富时，布朗尼家族武士的调动则进一步刺激了阿布利特的神经。

他原本打算建立一个空间能量传输通道，直接与克劳德进行对话，警告他此刻的作为有多么危险，但没想到一个巨大的魔法阵竟然将自己拒之于门外。

能够做出如此大的魔法阵的人，毫无疑问只有炼狱岛上出来的修伊・格莱尔了。

这一刻，被洗劫宝库的阿布利特终于耗干了所有的耐心，亲自出手了。

魔法罩将露天平台隔绝成两个世界。外面的世界，领主府的大批武士正杀向布朗尼家族的武士，而在平台上，克劳德面如死灰地望修伊，眼前的少年眼中满是无尽的杀机。

他大步走向场中的高台，望着台下的人群，抬起他高傲的下巴，面对那一群不知所措的贵族们发表起他早已准备好的充满激情的演说：“女士们，先生们，欢迎来到兰雅大剧

场！作为以国母名字命名的这个大剧场，它是兰斯帝国历史最为悠久的剧场，已经有236岁的高龄，就像这个国家一样，它昏庸，腐朽，正在走向衰亡！不过在今天，它将见证一场兰雅自诞生以来最华丽的演出！那也许会为它腐朽的生命注入一针强心剂，使它肮脏的生命能够维持得更久一些！

“我知道作为贵族的你们，已经厌倦了舞台上华丽的表演，厌倦了那矫揉造作的表情，还有刻板生硬的台词！你们锦衣玉食，你们无所事事，你们渴望刺激，你们追求享受！那么今天，你们将得到一个可以满足你们愿望的——你们期待已久的夜晚。”

随着修伊的高声呐喊，平台上所有的人都安静了下来，一起看向正站在高台上平静微笑着的少年。

少年的脸上露出神秘的笑容。

“很奇怪，对吗？奇怪我为什么要这么说，奇怪我到底是什么人，不要急，答案很快就会揭晓。”

说着，他突然做了一个奇怪的手势——他将左手放在自己的耳边，做出倾听状：“听！远方的丛林里，有一群野兽在奔跑，它们在追逐，追逐一只忤逆了它们意志的猎物。”

少年的声音悠远而深沉，仿佛在阐述着一个故事：“野兽们凶狠，嚣张，而且是成群结队。那只猎物很弱小，面对强大的力量它根本无法反抗。所以它只能拼命逃窜。突然，一只狐狸拦在了猎物的面前。那只狐狸看中了猎物的美味，想要悄悄地独吞那只猎物。”

少年望向远处怔立当场的克劳德，眼中露出狡黠的笑：“狐狸很贪婪，但是它犯了一个大错误。那就是——这只猎物与众不同，它是会反击的，而且它咬起人来相当疼！”

“于是我们听到的，将注定不是那猎物的哀号，而是贪婪的狐狸在面对死亡时的最后挣扎与悲鸣。”

随着修伊话音的落下，高台上少年乌黑的头发渐渐变得颜色淡薄起来，取而代之的是一股妖异的金色。

轰！平台上炸响无数人的惊呼。

“哦，我的天啊，他是修伊·格莱尔！”

“他就是修伊·格莱尔！”

这个名字震慑了在场所有的贵族，尤其是刚刚和修伊说过话的那几位贵族青年，他们

此刻已完全被眼前的场面震住了。

修伊缓缓将手放了下来，望着下面的一大群贵族笑道："何必惊慌，我的贵族老爷们！你们不是喜欢刺激吗？不是渴望鲜血能够填充你们那空虚的生活吗？你们不是喜欢决斗吗？不是喜欢视生命为儿戏吗？那么今天！我给你们一次决斗的机会。"

修伊的手指向台前。

"我！修伊·格莱尔就站在这里等待你们的追杀，你们的猎捕，还有你们的挑战！

"你们中的任何一个人，只要愿意，都可以加入到这场战斗中来，然后用你们的身体去感受，去近距离地接触和体验一次死亡的恐怖！

"我相信这对你们日后的生活会有极大的好处，你们将永远不会忘记在这个夜晚，某个人所带给你们的那无与伦比的刺激！如果当某天你们想要处死某个犯了错的下人时，或许你们会想起一个人，一个名字！那可以让你们在做出决定之前，更加冷静地去对待生命！"修伊大吼道。

"在这里，我要宣布一件事，布朗尼家族从今天起已经被正式除名！"修伊的手缓缓指向克劳德，"就用布朗尼家族的生命作为我愤怒的祭品，用这个家族的鲜血，来作为我对兰斯帝国的警告——想要抓到修伊·格莱尔，先做好付出足够代价的准备吧！"

所有人都沉默了，他们用惊恐的眼神看着那个高高在上的少年。那一刻，少年身上发出的凛冽之气，惊得所有人心胆欲裂。

从来没有一个人，可以在这种情况下发出如此激扬壮烈的宣告！

"杀了他！"那是燃烧的怒火焚尽所有理智的克劳德·布朗尼对着平台上的家族武士大声发布命令。

大批的武士向着修伊冲去，修伊的眼中掠过淡淡的不屑与肃杀之意。

他站在高台上，轻轻念动咒语："在欲望之海中沉沦，在万物静寂时复苏，虚无的意志掌控一切……精神燃烧！"

修伊刺在身上的幽暗魔纹闪耀出淡淡的光泽，单手轻轻挥舞，冲在前面的数名武士同时感觉到一阵头痛欲裂。

"啊！"他们发出了撕心裂肺的狂吼。

"是灵魂法术！"有人骇然高叫起来，"这是个该死的灵魂法师！"

"不仅仅是灵魂法师。"修伊眼中的笑意更盛。

他的右手凭空出现了一把重剑，正是当初在商铺里以“猎奇”的心态购买下的那把刻着风灵法阵的大剑。

纤弱的身体挥舞着重剑，涌泉般激荡出一瀑流彩的焰雨，很快将四周暴扫而来的刀光熔成星碎。

他挥舞着重剑，义无反顾地向着武士当中冲去。露天平台上，一场血腥的狂乱之舞正式上演。

高台上，数十名武士正纷纷向着修伊涌来。

魔法的吟唱需要时间，精神燃烧虽然可以无视等级差距，却不能无视人数差距。快速地接近对手，杀死对手，是每一名武士都明白的道理。

即使最先前的武士因为了中了灵魂法术而失去战斗力，后续的武士还是借此时机强攻上去。

然而谁也没有想到，上一刻还是个普通的魔法师的神秘少年，在下一刻，突然如武士般展开了贴身近战，仿佛虎入羊群般冲入武士中大开杀戒。

他们的对手不仅仅是一位炼金师，一位魔法师，同时也是一位武士。

先后经历过兰斯洛特和帕吉特两位顶级武士的教导，即使在斗气方面，修伊还只是一个二级武士，但是在作战的技巧、眼光和战技的运用上，修伊早已超越一般武士的范畴。

厚钝的重剑，原本应当是以劈砍的攻击方式为主，但是此刻在修伊的手中施展开来，却显现出一股风的轻灵。

重剑轻轻挡开一名武士对他的劈砍，身体以一个华丽的弧形回转，在与那武士贴身而过的同时，重剑的锋刃已经割破了对手的咽喉，顿时鲜血喷出，染红了身旁的餐桌。

与此同时，修伊的口中继续吟唱出令人心悸的咒语：“时光与空间的交集，巨轮和锁钥的紧合，时空横竖之窗，缥缈无定之门，虚无而现实的世界，为召唤之人开启吧！”

他的左手划出诡异的六芒星手势，下一刻，当至少三名武士呼啸着冲到他身边时，他们惊奇地发现对方竟离奇地消失了。与此同时，一个淡淡的人影出现在众武士的后方。

重剑斩下，一名武士应声倒地。

“瞬间传送，他会瞬间传送！”有人凄厉地高叫起来。

“虚空斩！”修伊的声音一如他的为人般沉稳。

当武士们纷纷转向后方时，修伊的身影已经再度消失，重新回到了原来的位置。重剑

横扫，先前的三名武士被一剑破开胸膛，他们倒地前用难以置信的眼神望着身形如鬼魅般飘忽的修伊。

“这不可能，他怎么能连续传送自己？”众武士大叫起来。

“啊！”一声声尖叫在露天平台上炸响，巨大的声浪一直传到剧场上空，剧场中的无数观众纷纷惊奇地向头顶看去。

他们看到水晶幕墙的后面，血像喷泉般激射，一个金发少年在数十名武士的追击中，展开着凌厉的还击。

舞台上，《图兰朵》的表演已经进入高潮，悠扬的曲声渐起。

仿佛是在应和着那华美动人的曲调，金发少年的作战姿态优雅动人。宛如伴随着那优美的音乐跳着世上最轻盈的舞蹈一般，以眼下这高大的露天平台作为展现自己实力的舞台，用轻盈的舞姿展现着令人惊叹的战斗技艺。

那些令人细思起来便感到毛骨悚然的杀人手法，在这个少年的手中施展起来是如此的优雅和美妙，仿佛那本身便是一种精美的艺术一般，一种冷酷凶残充满血腥味道的艺术。

这是一首旋律轻柔婉转的圆舞曲，但是演奏者偏偏是一位死神的使者。

这是一场优雅华美的宫廷舞蹈，但是表演者却是一个凶残冷酷的杀戮者和他所制造的一具具尸体。

所有认识他的或不认识他的人，在这一刻纷纷被修伊那残酷、冷静而优美的战斗技艺吸引，以至于正在高声咏唱的紫萝兰歌舞团的姑娘们也目瞪口呆地望着幕墙后那华丽而血腥的场面，失去了对自己声音的控制权。

黛丝直接惊呼出一个令人毛骨悚然的咏叹调，兰缇原本轻盈的步伐在修伊那圆润流畅，飘忽自如的脚步前，也变得沉重干涩。

“我的天啊，那是芬克吗？”有人如此低呼。即使距离遥远，他们还是能看清杀人者那冷酷而英俊的面容。

“不，不可能是他，一定不是他！”黛丝惊恐地捂住了自己的嘴。

唯有克拉丽斯叹息着看向上方，她知道，那就是芬克·达尼托，也就是修伊·格莱尔。她的眼神中充满了幽怨。

蓄谋已久的杀戮，在露天平台上无情地展开，修伊用手中的剑与魔法，向人们证实着自己的强大。

布朗尼家族的武士，大多是初级武士，只有少数二级武士，根本不可能和拥有虚空斩技巧的修伊抗衡。

鲜血在平台上四处飞溅，哀号声刺激着每一个人的心脏。

每一名武士倒下去，克劳德的心就像是被人狠狠掐了一把，从来没有人告诉他，那个逃亡中的炼金师竟是如此强大。

他明明只有二级武士的实力，魔法等级也不高，但是就是运用这些初级能力，却可以做到这种地步！

如果在此之前，有人告诉他一个炼金师可以如此轻易地杀戮他的家族武士，他一定会认为那是谎言，是胡扯，但是现在，有人却正用手中的剑和他手下的生命告诉他，等级从来都不是那么可靠，只要运用得法，即使是弱小的绵羊也可以凶猛过狮子。

不，他的对手不是绵羊！

这是一个令人绝望的讽刺，是大陆有史以来最不可思议的笑话。一个能够将低级的武技发挥出如此极端的攻击能量，还用如此优雅的方式展开的对手，克劳德无法想象一旦这个少年将来拥有更强大的力量时，会是怎样的可怕。

可笑的是自己竟然还在奢望谋取他的财物，试图杀他灭口。而如今，自己几乎把家族所有的武士都葬送了。

当最后一名武士倒在了修伊的剑下时，整个露天平台已经是一片死寂，所有的贵族怔怔地看着那个刚才还温文儒雅的年轻人。

在经历了刚才怒狮般的杀戮后，年轻人的脸上终于现出了疲惫之色，但是他的眼中，却全是兴奋。

那是一种畅快淋漓的感觉，是他期待已久的，对这个帝国的反击成功踏出第一步的感觉。

修伊用充满挑衅的目光看着克劳德，轻声问道：“你，还有人吗？”

克劳德的心仿佛一瞬间沉到了湖底。

魔法罩外围的武士，正在遭受阿布利特的攻击，而平台上的武士，则已经被修伊斩瓜切菜般解决干净，布朗尼家族一下子面临了前所未有的危机，克劳德知道，此事之后，布朗尼家族恐怕再不会出现在历史的舞台上了。

得罪了领主阿布利特，没有哪个家族能在香叶城继续逍遥下去。

克劳德苦笑着抬起了头，他望向修伊，面如死灰地说："修伊·格莱尔，是我小看了你，布朗尼家族小看了你。不过我相信，你就算再强，也不可能是阿布利特大人的对手。我已经无法向领主大人解释这一切，但是大人也绝不可能放过你。呵呵，或许你还不知道阿布利特大人的脾气和手段，得罪了他的人，从来没有好下场。"

修伊微微笑了起来，他收回已经染满鲜血的重剑，走下高台傲然道："从我来到这里的那一刻，我就没在乎过阿布利特，我就在这里，哪儿也不去。我等着阿布利特到来，等着和他一决生死。"

舞台上，《图兰朵》的剧情正在走向高潮，音乐开始变得大气磅礴，修伊轻轻哼起了剧中的乐曲，眼中的杀意却已是越发的凛冽。

所有人的目光在这一刻凝结，仿佛时间都停止了流动……

……

咚咚的鼓声，激荡得空气都在颤抖，仿佛敲击着人们的心脏，那是《图兰朵》中的王子即将走上断头台时的鼓号。

尽管舞台上的表演还在继续，但是人们的心思已经完全飞到了露天平台上，那贵族们的聚居之所。

一个高大的人影披着紫色披风，一步一步走在盘旋而上的楼梯上，每一步，都仿佛印在人们的心中。

香叶城领主，六级空间系大法师阿布利特，终于出现了。

在修伊用魔法罩隔断了他的空间传送后，这位大法师阁下只能使用自己的双脚来完成赶到此地的重责。

在他的身后，同样是躺倒在血泊中的布朗尼家族的大批武士。这位大法师愤怒时杀人的手段绝对是毫不留情的。

面对那道将所有人隔离，不许人上下的魔法护罩，阿布利特的眼中浮现出一股欣赏之意。

透过那层护罩，他看向修伊，已经停下了脚步的修伊也满脸微笑地看着他。

阿布利特竖起一根手指，指向修伊，那一指直接穿透魔法护罩，对准了修伊。

他说："你就是那个偷了我东西的修伊·格莱尔？"

修伊做了一个优雅的欠身动作，"修伊·格莱尔恭迎大师，我等您已经很久了。"

“很好，很好。”

下一刻，阿布利特大步走进魔法罩内，仿佛那个隔离罩对他毫无影响一般。

有趣的是，在他进入的同时，这个魔法罩竟然没有丝毫的破损，就如一个水泡，有着强大的自我修复能力。

在阿布利特进入之后，两个人互相看向对方的眼神，同时充满了好奇、欣赏，还有那浓浓的杀意。

只有在阿布利特走进平台的那一刻，修伊才看清，尽管据说阿布利特已经是70多岁，不过他的样子看起来仍只是中年人。阿布利特身形高大，他有着一头狮子般的卷发，行走时的步伐很大，气势浑厚，倘若是不知道的人看到阿布利特，或许会以为他是一名武士，而不是一位魔法师。

一身紫袍的阿布利特来到平台的中央站定，他先怒视了修伊一眼，再扫视了一遍地上的尸体，最后将目光停留在了克劳德·布朗尼的身上。

“克劳德，这就是你私欲旺盛的下场吗？瞧瞧你的人，还没等我动手，就已经全部死光了。”

克劳德吓得心胆俱裂，恐惧地道：“阿布利特大人，我从未想过要和您作对！”

“但是你并不能否认在你把修伊·格莱尔接到这里之前，就已经知道了他的身份，对吗？当我还抱着一线希望来到这里试图说服你的时候，迎接我的却是你的家族武士的阻拦！这真是太可笑了，你以为就凭这个小小的防御结界就能阻止我吗？你好像忘记了空间系的法术最擅长的就是结界的布置与破除！”阿布利特怒吼道。

克劳德结结巴巴道：“那是……那是族长的吩咐，我也是奉命行事，而且这个结界也……”

阿布利特冷笑道：“够了！伯纳德的主意是吗？哦，面对贪婪，就算是真理也要让步，死神也要退缩！我想不到伯纳德竟然胆大到敢劫掠帝国的财富！而且这个小子偷走了我的东西，甚至还留下了侮辱我的言辞，他是我志在必得的人，而你们却有胆量跟我争抢。既然伯纳德如此愚蠢，我不介意把他和他的家族一起除掉。事实上我已经这么做了。”

说着，阿布利特的眼中现出一股阴狠，说道：“布朗尼家族从今天起，再没有必要在这个世上存在了。”

他说着，左手向着克劳德遥遥一指，口中咒语诵念，只见克劳德周围顿时出现十数道空间裂缝。

“五级空间法术，裂空之刃。”望着这一幕，修伊喃喃道。

这正是空间系最强大的杀伤性法术之一，它可以通过在指定地点制造出空间裂缝，对目标进行攻击。

下一刻，克劳德发出绝望的呼喊声，空间裂缝就像是一道道锋利的刀刃划过他的身体，他甚至连反抗的机会都没有。

在场所有的贵族都吓得纷纷后退，一些贵族夫人更是吓得失声惊呼起来。

反倒是阿布利特，缓缓收回左手，狞笑着看向修伊：“修伊·格莱尔，你好大的胆子，竟敢到我的地盘上偷东西。我想你之前并没有打听过我是什么人吧？”

修伊轻笑道：“恰恰相反，大法师阁下，为了了解你的情况，我可是在你府前的酒馆里守了一个多月。从您的武士那里，我知道了您是一个残暴、凶狠、嗜杀、毫无人性的领主。虽然您是一位魔法师，而且您的领地看起来也还算不错，但是能力与人格往往并不能画等号。在了解了这一切后，我发现我偷您东西时心中毫无愧疚。”

说着，他缓缓举起手中重剑，遥空指向阿布利特，这一刻，他的胆量，豪气，就连阿布利特也感觉吃惊。

然后他抬头看向阿布利特，平静地道：“伟大的玫瑰君主曾经说过，与其面对弱小的对手，我更情愿去面对残暴而强大的敌人，至少后者让我没有良心上的负担。现在的我，便是如此。来吧，我倒想见识一下六级大法师有着怎样的实力。”

阿布利特赞叹地点头道：“我不得不佩服，难怪你能杀死海因斯，至少在勇气上，你无与伦比。不过可惜啊，我阿布利特不是海因斯，在绝对的实力面前，你就是有再多的狡诈伎俩也是没用的。把地图和噬灵之环交出来，我或许会饶恕你的性命。”

阿布利特的左手再度前指，带着空间魔法光芒的能量在指尖闪耀，只要咒语念动，裂空之刃将会立刻将修伊也随之肢解。

“我却认为，就算我不投降，你也不敢杀我。你们的君主一定很想要活着的我吧？也就是说，这一仗，只有我打你，而没有你打我的分。”修伊似乎毫无所觉地笑道。

这句话彻底激怒了阿布利特，他怒道：“修伊·格莱尔，世上不是只有你一个炼金师！失去的技术也未必就不能重现！杀了你，陛下也未必就会把我怎么样！既然你以为我

不敢，那么你现在就去死吧！”

随着咒语的念动，他指尖的光芒突然大盛，空间能量迅速撕扯开空间屏障，形成一道道空间裂缝。

然而就在那一刻的同时，修伊的脚下突然泛起一层光亮，阻住了空间能量的输送，一道新的魔法护罩出现在了修伊的周身。

少年的脚下，一个古怪的法阵正闪耀着奇特的光芒。

阿布利特一愣，修伊已经笑道：“没有必要太奇怪，我既然能阻挡你使用空间传送，那就说明我有能力屏蔽空间能量。做一个法阵是做，做两个也是做。”

就在他杀死那些武士的时候，已经悄悄地又布下了一个法阵。

阿布利特眼中闪过凶狠之色，狰狞道：“不愧是海因斯的学生，我没想到你在法阵的运用上已经这样纯熟。不过你好像还是忘记了，炼金术或许很强大，但它从来都不具备应变的能力！”

阿布利特仰天长吼起来：“来吧，空间中的冰雪精灵，将你们的力量集合到我手中，让大地冻结，让山川成冰，将世间的一切笼罩在白色之中……冰封之地！”

一大串雪色光芒从阿布利特的双手中捧出，如冰河泻瀑般向着天空急射，然后扑向修伊。

水系四级法术，冰封之地！

阿布利特说得没错，炼金术所制造的法阵虽然强大，但是毕竟需要事先准备，缺乏应变的能力。修伊为阿布利特准备的法阵，主要是针对他空间系的能力而使用，但是看起来他似乎忽略了阿布利特同时还是一个水系四级法师。

冰封之地带来的寒气，将整个平台变成一片冰天雪地，地面流动的鲜血在瞬间结成了红色的冰块，向着修伊的脚下迅速蔓延。一旦让这些寒冰将整个平台冰封，那么修伊布下的法阵就会受到破坏。

但是修伊的眼中却毫无惊意，他轻轻笑了起来，天空中突然传来两声欢快的鸟鸣。

阿布利特愕然抬头，只见天空中两只硕大的炽焰鸟突然出现，它们扬着头，对准阿布利特喷吐出两团凶猛的火焰。

大量的火元素如汹涌的岩浆滚滚而来，就算是强大如阿布利特也不得不急忙闪避。炽焰鸟是九级火系元素魔兽，尽管是两只加起来才被评为九级，但在火魔法的威力上，依然

远远强于阿布利特的四级水系法术，只是一次喷吐，他的冰封之地就被彻底瓦解，连带着还将阿布利特的紫色法师袍烧穿了几个大洞。

望着空中得意盘旋的红与绿，阿布利特深深地吸了一口气，一张老脸涨得通红，咬着牙说道："炽焰鸟？你竟然将它们也带出来了？"

修伊微笑地看着阿布利特："阿布利特大人，当初就是兰斯洛特大人要抓它们，也是费了不少的力气呢，虽然那是因为活捉的难度比较大，但它们毕竟不可小看。现在您不会再认为我对上您，毫无还手之力了吧？我想您要杀我，得拿出点看家本领才行了。"

"哼，满嘴大话的小鬼，你以为凭这两只畜生就能打败我吗？"阿布利特冷笑道。

对方有炽焰鸟做助手，阿布利特已经不能再小看对手，他终于将自己的右手伸了出来，用左手在自己右手上画出一个个古怪的符纹，阿布利特轻声念颂着："以我的身体作为力量的源泉，生成那空间的旋涡，去吧，元素的精灵，在这自由的空间里尽情地宣泄死亡之潮，噬灭吞没一切敢于阻挡您自由圣体的陌生力量……结界破除！能量风暴！"

结界破除，能量风暴。阿布利特竟然同时使出了两个法术。这种双法术的同时使用，是只有高级法师才能领悟到的特殊效果，只能在同系魔法中才能施展。面对修伊的冷嘲热讽，他彻底不顾一切地痛下杀手了。

这一刻，所有人才真正见识到了阿布利特的强大，两个顶级空间法术同时施展开来，四周明亮的光线很快黯淡下来，所有的魔法灯全部自动熄灭，只有那来自阿布利特身上的光亮照耀着这片幽暗的空间。

仿佛可以浸透时空的黑潮如烟般笼向修伊，下一刻，所有人仿佛置身于一个无边无际的孤独空间，从肉体到心灵，都被一种前所未有的怵骇恐怖的力量压抑得难以喘息。

CHAPTER 35

离去

修伊的眼中放出强烈的光芒，这是他第一次和一位如此强大的高级大法师交手，尽管他事先做足了种种准备，但是阿布利特的强悍依然令他心中震惊，却也更加兴奋。

可以肯定，阿布利特是他目前所见过的最强悍的一位大法师，就连当初的克洛斯现在也非修伊的对手。

在巨大而汹涌的空间能量的冲击下，红与绿同时仰天长啸，向着天空中飞去，很显然这股巨大的压力令它们也感到吃不消，用来割断阿布利特空间能量的法阵顷刻间被结界破除所瓦解，修伊的脚不时地泛出银色的光潮。

下一刻，巨大的能量风暴在阿布利特的指引下，在修伊的四周生成，火红色的能量浪潮如熔岩喷发般汹涌四溢。

阿布利特仰天大笑："修伊·格莱尔，能够死在能量风暴的法术下，你也值得自豪了！"

这个时候，修伊突然猛一抬头，望向阿布利特："是吗？那么你可知道我等你用这一手，已经等了好久。"

阿布利特一呆，只见修伊突然倒举重剑，迎向那团能量风暴。重剑的剑柄上原本刻录的应当是一个风灵法阵，但是此刻却展现出与先前截然不同的光芒与色泽，一个新的奇异法阵出现在上面。

法阵释放出强烈的光芒，将修伊的身形包裹，一道模糊的身影横穿于赤色光涛之间，修伊竟然将自己的整个身体都卷入了那场风暴中。

就像是一条激流中搏浪的鱼，又像那狂风暴雨中逆风飞翔的海燕，修伊的身形在风暴

中急速穿行着，竟然丝毫不受能量风暴的伤害。

可以粉碎一切空间范围内物体的能量风暴，却在他的穿行中渐渐减弱了。

“这怎么可能？”阿布利特狂喊起来，怎么也不敢相信自己的眼睛。

从来没有人能在能量风暴中活下来。

“没什么不可能的！”穿梭在能量风暴中的修伊放声道，“阿布利特大人，或许我该告诉你一件事：在炼狱岛上，我最擅长的就是对空间法术的理解。尽管我不具备强大的魔力，不具备相关的天赋，但是再没有人比我对空间法术的运行原理更加了解。别忘了，我真正的职业可是一个炼金师，连传送法阵都是我做出来的！你的能量风暴虽然很强大，可它能脱离空间能量运行的原理吗？能比得过空间之门中的能量风暴吗？”

空间之门？阿布利特一呆，他完全不明白这话是什么意思，难道修伊·格莱尔甚至连空间之门中的能量风暴都可以对付？

阿布利特放出的能量风暴在下一刻彻底消失，停下穿梭脚步的修伊已再度举起了手中的重剑。

那把重剑上刻录的，正是当初伊莱克特拉用来封印空间之门中的能量风暴所使用的能量汲取法阵。

伊莱克特拉的法阵，正是针对能量风暴的力量汲取而发明的。

修伊·格莱尔当初之所以选择了这把重剑，就是因为他看中了这剑宽大的剑身，正适合刻录那个复杂无比的法阵。

此刻修伊冷哼道：“你还不明白吗？如果站在这里的是任何一位其他系的大法师，我想我都只有受死的结果。可是空间系，哼，对我来说，那正是我可以汲取力量的源泉！这也就是我找上你的真正原因！”

随着修伊怒吼般的话音落下，重剑上闪耀出一团炙目焰柱，仿佛一条火龙向着修伊扑去，修伊的身体发出强烈的光芒，仿佛一团火球点爆，充斥着大片的空间能量。

“啊！”修伊仰天发出了一声怒吼，巨大的空间能量充塞着他的全身，给他的身体带来了巨大的痛苦，却也同时带来了巨大的变化。在一阵阵炙痛中，修伊突然双臂向空中一张，升腾而起的魔力狂潮竟将所有疯狂扭动的焰柱搅碎，一股强劲的赤色光潮一浪浪反复沸腾怒扬。

“你，你在……哦，我的天啊，这不可能！”阿布利特大骇地发现对方竟然是在吸收自己的力量。

没错，这正是修伊为了突破空间法术天赋桎梏，经过多日思索最终想出来的办法。

运用种种手段激怒和逼迫阿布利特，让他不顾一切使用出能量风暴这样强大的法术来对付自己，然后利用伊莱克特拉发明的力量汲取法阵来吸收空间能量，再转移给自己，以提高自己在空间魔法上的魔力修为。而帮助他做到这一点的，正是那个能量转移魔纹。

能量转移魔纹无法吸收伤害，可是力量汲取法阵可以，他成功地通过法阵吸收能量风暴，然后将其中的力量转移给自己，最大限度地利用了能量转移魔纹的效用。

这一刻，庞大的力量贯穿他的全身，修伊终于成功地突破了空间魔法修炼天赋不足的瓶颈。

他正在升级，而且看起来还要升上不止一级，阿布利特所制造的能量风暴需要消耗多少力量，修伊就能得到多少力量。

炽焰鸟在空中跳着欢快的舞蹈，就连他怀里的小魔龙都微微地哼了两声。

前后三个法阵的运用，再加上虚空斩使用时的消耗，以及此刻吸收能量时的消耗，修伊几乎把这小家伙体内的空间魔力消耗一空。

“不！”阿布利特发出愤怒地狂吼。

他做梦也没想到，修伊处心积虑地布置下一切，竟然为的就是完成他在空间魔法修炼上的突破。

“我要杀了你！”阿布利特大叫着举起双手，“裂空之刃！”

指尖发出的那一道空间能量向着修伊涌去，空间能量阻断法阵已经被破坏，阿布利特要用裂空之刃将修伊彻底撕成粉碎。

修伊冷冷地看向阿布利特，嘴角不屑地撇出一线嘲弄。他诡异地笑了笑，手指划出一弯优美的弧线，一道空间裂缝在他的身前显现，将阿布利特发出的空间能量尽收入那道裂缝中。

以空间魔法破空间魔法，再没有人比他更了解空间能量的运行轨迹了。

正如他所说的，只要给他足够的准备，他绝不会害怕对上任何一位空间系的大法师。

阿布利特发出的这一记裂空之刃，甚至尚未成形，就已经被修伊破除。他呆呆地望着修伊："这，这怎么可能？"

"没有什么是不可能的，对吗？阿布利特大人，你自己也知道，这世界上没有什么魔法是不可以破除的，没什么魔法是真正无敌的。问题的关键，只在于你是否知道破除的方法。"

修伊从满地尸骸和血污中走出，目光滴血般凝重。

阿布利特耗费巨大魔力施放出的魔法，已经成功被修伊吸收，他此刻已经是一位拥有四级力量的空间系法师了。

阿布利特望着冷笑中的修伊，额上汗水密布，滔天的怒火翻涌在赤红血目之中。

空间系的法术向来强大，可也向来耗费魔力甚高。他先后施放了三次裂空之刃，再加上能量风暴和结界破除，没能杀死敌人，却把他自己的空间系魔力几乎耗尽了。

而此刻的对手，却正在变得空前强大。

这个时候，他突然醒悟到一件事：自己是在接到了剧团的密报之后赶来的，可为什么修伊·格莱尔却似乎早就知道自己要来，竟然早早准备好了一切？那些法阵明明是他早就准备好了用来对付自己的！

该死，这是一个圈套！阿布利特终于省悟了。

……

露天平台上，是一片死寂般的沉静。

修伊的表现，大大超出了所有人的预料。谁也没想到，一个小小的炼金师竟然敢单挑一位帝国最强横的空间大法师。而且看起来他还很有赢面。

只是谁也不知道，修伊为了做到这一点，冒了多大的风险，又付出了怎样的代价。

他暴露了炽焰鸟的存在，为了布置这些法阵更是耗费了大量的材料，最后吸收那些能量风暴时，他险些暴体而亡。如果不是旭在他怀里帮他承担了一部分力量的输送，只怕自己根本承受不起这强大狂暴的空间力量。

在魔法的修炼上，他的时间毕竟还太短，修为基础还太浅。

不过不管怎么说，他总算成功了。这一刻他望着阿布利特，再度举起了手中的重剑。

他放声道："阿布利特大人，非常感谢您慷慨的馈赠，那么现在，你我可以放手再战一次了，这是我对你，一位强者最后的尊重！"

轰！修伊的身后升腾起一团红色气浪，怒涛激扬，气浪沸腾。气浪裹旋着他的身体，高速地冲向阿布利特。

武士技能“突刺”，武士技能“重斩”，武士技能“冲撞”。

斗气在体内疯狂流转，三种武技在此刻同时爆发，当战斗进行到最后的时刻，修伊更愿意像一名战士去将对手斩落马下。

“嗬！”阿布利特高叫起来，宽大的法师袍鼓起，周围形成一片冰雪寒潮。

由于魔力几乎耗尽，此时此刻阿布利特要对付修伊·格莱尔只能依靠自己的水系法术了。

“冰之铠甲！冰雪结界！冰之长矛！”

阿布利特的身上出现一件坚硬的冰封铠甲，在铠甲的周围，是那冰雪舞动带出的一片寒气，他的右手则持着一把雪色冰矛。

炽焰鸟没有再参与到对战中去，此时它们对修伊充满了信心。

冰之长矛刺出，修伊快速移动的身体滴溜溜地打了个旋转。单论作战技巧，这位大法师连一个入门级的武士都比不上。

躲避对手刺矛的同时，重剑已穿过冰雪结界，仅仅是一刹那间，冰雪结界中大量的冰潮疯狂地席卷修伊，将他整个人包裹在一片冰霜之中，年少的金发男孩转眼间成了白发少年，连眉毛都成了银灰色，唯有眼底深处那一丝战斗的兴奋，燃烧着炽烈的火焰。

“砰！”重剑重重地劈在了那件冰之铠甲上。

“开！”修伊怒喝一声。

斗气从身体中肆无忌惮地释放而出，劈在冰之铠甲上的那一记重击，真正展现出一名武士刚猛的威力。

一道道龟裂的纹路在铠甲上绽开，如干涸的大地上贯穿了数条清晰的裂纹。

“这不可能！”阿布利特骇然惊呼。

冰之铠甲至少需要四级以上的武士将力量全力施展才能突破，对方一个二级武士怎么可能就打破了自己的冰之铠甲？

“你还不明白吗？战斗之道，从来就没有什么是不可能的！”修伊低吼道。

他最早就是修炼的武技，对于斗气的理解，甚至更强于魔法。当每个人都把对修

伊·格莱尔的印象停留在炼金师上时，他已经是一个出色的魔法师了。而当人们开始意识到他是魔法师时，他在武技的道路上同样在提升着。

即使没有极限锻炼法，三年多的斗气标准修炼也早到了井喷的时刻。长久以来未能获得突破的斗气力量，在此刻修伊狂野奔放的毫无保留的斗气运用中，终于盛放出鲜艳的花朵，他的斗气借助于对手的强大，成功突破了三级。

再加上魔法重剑自身的力量，修伊打破阿布利特的冰之铠甲并不稀奇。

可叹的是到现在，阿布利特对自己对手的感觉竟然还停留在那个“满腹诡诈，只会耍阴谋诡计的小子”的印象上。

一声犹如山崩地裂的巨吼响起，猛烈地冲击着每个人颤抖的神经，那是阿布利特的铠甲被砍碎后，手臂遭遇重创发出的凄厉惨叫。

修伊双目之中暴电如潮，周身腾跃一阵又一阵急旋的劲风，仿佛飓风之中疯狂怒吼的神话斗士。那是他在借助风的力量，在进一步强化自己。

如今，他已经越来越能够体会到魔法与武技结合时的妙用了。

目光中闪烁出兴奋和激昂的情愫，血骨中鸣响起战斗的号角，修伊用低沉冷酷的声音说：“当上苍需要我用力量与意志去战斗时，我同样拥有慷慨赴死的勇气，虚空斩！”

阿布利特惊骇地发现，面前的修伊已陡然失去了踪影，他想将自己瞬间传送出去，却发现外围的那个魔法护罩阻挡了自己。

下一刻，修伊出现在阿布利特的身后，重剑高高举起，夹带着锐利的气浪袭向阿布利特的头。

鲜血冲天飞溅，阿布利特震飞在空中，他瞪大眼睛，怎么也想不通自己竟然会在正面对决中丧生在一个初级的小法师手中。

……

悠扬的乐声依旧，歌手的嗓音却已在颤抖。露天平台上，那个孤单而瘦弱的身影，已经成为所有人心目中恐怖的存在。

修伊倒拖着重剑，走在一片血沼中，重剑在血色地面划出刺耳的声音，听得所有人心胆俱裂。

刚才的一战，阿布利特最后的冰雪结界也给修伊造成了一定的伤害，不过这种伤害只

需要喝下一瓶药剂，就能痊愈。

他在地面上走了一圈，重剑也在地上划了一圈，修伊用他独特的方式，在这个平台上写下了几个大字：“这只是开始！”

然后，他就那样站在水晶幕墙前，望着舞台上的黛丝和兰缇。

舞台上两个女孩已经停止了动作，她们脸上的表情彻底僵住。

修伊长长地叹了口气，挥舞重剑，重重地劈在了水晶幕墙上，漫天飞溅的幕墙残片击打在他的脸上，就仿佛敲击在岩石上一般。

浑身浴血的他就那样从平台上跳了下去，身后平台上的魔法护罩随之消失。

“啊！”剧场中的无数人纷纷尖叫着逃跑。

修伊却只是默默地随着慌乱的人群走出剧场，然后，他消失于人潮中，只留下平台上的一众贵族。

平台上的那位美艳寡妇克里斯汀也是那一众目瞪口呆的贵族之一。

这群贵族今天亲眼目睹了一场血腥的屠杀，屠杀者以一人之力，将整个布朗尼家族的武士杀净，顺带还杀死了当今帝国最强大的空间系法师，香叶城的领主阿布利特。

很显然在这个少年温文儒雅的外表背后，有着极度的疯狂与血腥，正如他先前所说的那样，他不会去参加什么无聊的决斗，只会用尽手段去杀死敌人。

被修伊狠狠教训过的莫勒尔子爵，或许之前还在愤怒和痛恨这个少年，或许还曾经在心底幻想着秘密召集一批武士在集会结束的时候教训甚至杀死这个小子。

但是此刻，他已经彻底傻眼了。

他必须庆幸，自己在刚才被这个少年威胁的时候没有做出愚蠢的过激举动，否则此刻的自己，已经是躺在地上的一具死尸了。

他再不必怀疑在杀死自己这个问题上，少年会不会有什么犹豫或不忍的心理了。

克里斯汀妩媚的眼神扫过莫勒尔子爵，还有自己身边那大批的呆若木鸡的追求者，悠悠发出了一声叹息。

她说：“今晚，可真是无比刺激的一晚，我记得曾经有人说过，要用修伊·格莱尔的人头来换取我的欢心。那么我等着有谁能兑现诺言。如果真有人能做到的话，我会考虑嫁给那个人。”

克里斯汀夫人说完这句话扬长而去。

六级大法师阿布利特的死亡，就像是平地而起的风暴，迅速刮向帝国的周边。

修伊·格莱尔的名字再次响彻全国，人们惊恐地谈论着那个金发少年，谁也不敢想象未来的某天，他是否会出现在自己所在的城市。

然而只有熟悉他的人才知道，那是一个即使被敲诈也可以甘之如饴，每日笑呵呵面对大家的好男孩。

他的温柔，他的体贴，他的细心，他的关怀，都只对少数人展现过，却使任何人都无法忘怀。

当香叶城的空气还凝聚着紧张、肃穆和少许的惶恐时，克拉丽斯的心情却充满彷徨。

那个夜晚，她亲眼看到了修伊·格莱尔在杀人时冷酷的面容，还有那矫健稳定的步伐。但是同样是那个夜晚，在他从高台上跳下的一刻，克拉丽斯还看到了他眼中的深情与温柔。

那是一种无奈，面对即将诀别的无奈，他什么也不能说，什么也不能做，只能就此离开。

克拉丽斯完全理解他的心情，这也使得她怎么都无法入睡，直到天亮时，她发现自己的枕边多了一封信。

她心中一跳，急急冲到黛丝等人的房间，两个小姑娘哭了一夜，此刻正沉睡不醒呢。

微微有些失望，克拉丽斯拆开了信封。

克拉丽斯，当你看到这封信的时候，我已经走了。

很抱歉我打扰了你的盛会，这个夜晚本该是属于你的，却被我破坏了。我本想把事情提前解决，但克劳德发给我的邀请却是和你的表演在同一时间。对此，我或许只能说世上从没有什么事可以十全十美，总有很多遗憾和无奈令我们惋惜。

和你们相处的这段时间，或许是我自来到这个世界以来，最无忧无虑的一段日子。不必担心每天一早醒来，发现自己已经被主人剖开了肚子，不必担心因为工作上的某一次失误而将自己送入死亡的深渊，不必担心因为说错了某句话，而失去主人的欢心，不必每天绞尽脑汁想着怎样活下去。

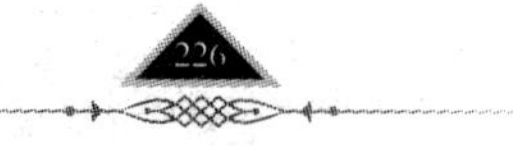

在剧团的这些天，我可以尽情地做我想做的事，过着开心的、没有烦恼的生活，看着你和姑娘们嘻嘻哈哈……是的，那才是一个人真正应该过的日子，但可惜，那不属于我。

所以我要感谢你，感谢因为遇到你们，使我的生活有了阳光，即使在未来最艰苦的日子，想到你们，你们这些剧团的姑娘们，我至少知道我拥有了一段美好的回忆。

那对我来说或许是最珍贵的。

不要为那些钱而烦恼，从把钱放在你手上的那刻开始，我就没打算再要回来。也不要生气我用你的名义写了那封检举信，揭发了我在剧团的事实，因为那是唯一能让你们不因为我受到牵连的办法。如果法政署还讲点信誉的话，他们应该至少给你们5000金维特的奖励。记住，不要客气，收下来。如果你表现得太大度，他们会怀疑你的，更不要为我的不辞而别而愤怒，因为我必须走……尽管我很想留下来。

法政署询问你们的时候，有什么就说什么。如果有人问到旭，你就说是我在路上拾到的小黑狗而已，这一点拜托你了。

最后，代我向黛丝、兰缇问好，她们美丽、可爱、迷人。我真的好想好想和你们在一起，但是很遗憾我不得不离开，告诉她们我会想她们的，但是请不要挂念我。

当然，我也会想你的。最后，请不要忘记烧掉这封信，就把这份思念，留在心底吧。

修伊·格莱尔

“这个浑蛋！”克拉丽斯看着这封信，忍不住哭出声来。

“他不会回来了，对吗？”克拉丽斯耳边响起了黛丝的声音。

黛丝和兰缇相互依偎着躺在她身边，脸上挂满泪水望着克拉丽斯，原来她们已经醒了。

“不。”克拉丽斯轻轻摇头，“分开只是暂时的，相信我，他会回来的，像一个英雄般凯旋。”

……

两天过去了，没有人再得到过任何有关修伊·格莱尔的消息，人们知道，他已经离开了这里，离开了香叶城。

兰雅大剧场曾经辉煌的露天平台上，如今空荡荡的空无一物。阿布利特狂暴的空间法

术没能消灭他的对手，却把整个露天平台几乎摧毁。

拉舍尔和查克莱站在平台上，望着被收拾得干干净净的平台，无奈地发出叹息声。

他们紧赶慢赶，却终究还是晚了一步，修伊·格莱尔已经做完了他要做的事，潇洒离去。

查克莱狠声道："这帮狗崽子，倒是把现场收拾得够干净的，唯恐我们发现点什么吗？"

拉舍尔冷冷道："没办法，香叶城有自己的法政署，他们没有必要非要等到我们过来再清理现场。"

查克莱问："也就是说，我们只能看他们的汇报资料了？"

拉舍尔的脸上挤出一线苦涩，说道："看不看都无所谓了，我太了解这帮同僚了，他们能发现什么东西？还不就是人云亦云的那一套。"

"好在有些东西他们还没法清除。"查克莱死死地盯着平台上的那行字迹——这只是个开始！

这是修伊·格莱尔最后在这里留给他们的，也是香叶城的法政署所无法清除的痕迹。

"拉舍尔，你觉得这几个字能说明什么？"

"说明他从来不认为这是一场逃亡，说明他认为这是一场战争，说明这是他和我们，和兰斯帝国之间的一场战争。"拉舍尔冷冷地回答，"想想他之前说过的那番话吧，那就是证据。他在警告我们，只要我们敢追杀他，抓捕他，那么我们就将面对他凌厉的反击，他在告诉我们，他绝不会束手待毙，这就是他想要说的。"

查克莱惊愕地看向拉舍尔："他疯了吗？他竟然向帝国宣战？他这是在挑衅！"

拉舍尔冷笑着回答："我一点都不觉得奇怪，想想吧，他刚刚从阿布利特那里偷走了另一本伊莱克特拉的手记，还拿走了那幅帝国耗费多年心血绘制的标明有可能存在伊莱克特拉试验室的地图。他以前有明确的目标，现在更有了明确的方向，他的戒指里更储藏有大量的魔种和材料，未来的日子里，如果有人说他会成为第二个伊莱克特拉，我是丝毫不会觉得惊讶的。在这种情况下他有什么不敢挑衅的？他已经毁掉了炼狱岛，和帝国的仇恨已经没法再深了，他又何必担心再多加一笔仇恨？"

"这简直太荒唐了！"查克莱愤怒至极。

“荒唐？”拉舍尔冷笑道，“告诉我，查克莱，你能打败阿布利特并杀死他吗？”

查克莱一滞，他摇了摇头：“不，我做不到。”

“可是他做到了，查克莱，收起你的偏见吧，我们的小朋友实力远远超乎我们的想象，而且他还在不断的进步之中，他的确是很狂傲，但是他有狂傲的资本。”

贝利忍不住插嘴道：“那是因为他事先布置了法阵的缘故，我们都知道，只要让炼金师提前有所准备，他们是可以非常强大的。可如果在打遭遇战的时候，他们什么都不是。而且我们谁也没想到他竟然还带出了炽焰鸟，那两只鸟就足够分散阿布利特太多的精力和法力。修伊·格莱尔的底牌正在一一泄露，我觉得我们没有必要太过担心这个问题。”

拉舍尔轻蔑地看了一眼贝利，然后冷笑道：“难怪你会被修伊·格莱尔像只玩偶傀儡般随意摆弄。我到现在才发现，那是因为你够蠢。”

“你！”贝利怒视拉舍尔，拉舍尔却丝毫不为所动。

查克莱的眉头微微皱了一下：“拉舍尔先生，我觉得贝利的话还是有些道理的，难道修伊·格莱尔不是正在暴露他的底牌吗？我相信下次遇上他，他不会再赢得那么轻松了。”

“是的，他的确暴露了他的底牌，使我们知道了炽焰鸟的存在，知道了他的一些战斗方式和战斗技巧，也可以早做防范，但是你们怎么不想想他为什么要这样做？要知道像他这样的人是不会去做对自己没有好处的事的。阿布利特可不是海因斯，他和修伊·格莱尔没有仇恨。虽然阿布利特也干过不少伤天害理的事，但我可不认为修伊·格莱尔是那种替天行道的游侠人物。他或许会做一两件好事，但是要他付出暴露自己底牌的代价去做，我可不认为他会那么傻。那么他为什么非要杀死阿布利特？”

“那么你的意思是……”

拉舍尔懒洋洋地回答：“有一些旁观者说在阿布利特使用出能量风暴后，修伊·格莱尔做出了一些非常古怪的举动。尽管他们说不清楚那到底是什么，但是我相信，杀死阿布利特，只怕是让他拿到了更好的底牌。”

众人心中皆是一惊。

“拉舍尔，你认为现在我们该怎么做？”查克莱急忙问。

拉舍尔背着手在原地踱了几圈，然后道：“没有必要再浪费国家财力大张旗鼓地去搜

捕格莱尔了，那只会让他藏得更深。对于一个炼金师来说，只要他不想出来，我们就永远别想找到他。所以必须给他一些空间，一些可以对外施展的空间，就像猫要抓到耗子，靠堵在耗子洞前是永远不可能抓到它的，必须给这只耗子溜出来的机会。放弃全国大范围通缉格莱尔吧，将全面撒网改成重点捕捞。”

“问题是我们得知道哪里才是重点。”

“修伊·格莱尔既然偷走了地图，就不可能不去利用它，他一定会根据地图上的指引去寻找伊莱克特拉的实验室。就追踪的意义而言，这是一件好事。因为这意味着我们有了明确的追踪路线。那份标注了伊莱克特拉可能存在的实验室所在地的地图，不正是帝国制作的吗？只要查一下档案，我们应该很轻松就可以找到离香叶城最近的目标点都有哪些。”

“说得对。”

“另外，根据紫萝兰歌舞团的情报，我们可以分析出一个结果，就是修伊·格莱尔在杀死阿布利特之前，事先一定做了大量的准备。所以他才会在这里逗留如此长的时间。这正符合他的一贯作风——伪装，潜伏，筹划，等待，然后伺机而动，就像一条毒蛇一样，在他每一次行动之前，他都会习惯性的先观察周边，查找资料，了解情报，然后才做出致命一击。”说到这，拉舍尔对着查克莱龇牙一笑，“就好像是在舞台上进行的表演，序幕部分如细雨春风，可能会看得人昏昏欲睡，到中间时段就杀机四伏，让人提心吊胆，靠近尾声时才高潮叠起，使人心旷神怡。这个家伙总是喜欢将阴谋变成一场华丽的演绎，且是在不知不觉中进行。真想知道他的下一步计划是什么。”

“那又怎么样？”

“这说明修伊·格莱尔正在形成自己的行动模式，而这种行动模式是建立在不断的成功基础上的。这也就意味着在修伊·格莱尔失败之前，他不会轻易更改自己的行动方式。如果以后他还有什么行动，也一定会按照这种方式来进行。所以我们要先查清楚在这段时间里修伊·格莱尔到底做了哪些准备工作。那么以后我们就可以通过这方面的了解来提前锁定修伊·格莱尔可能出现的地点和他行动的目标。”

“我会派人去查的，紫萝兰歌舞团应该能够给予我们这方面的信息。”

“那么最后，我们还需要向帝国申请更加强大的追击力量。我需要至少五名六级以上

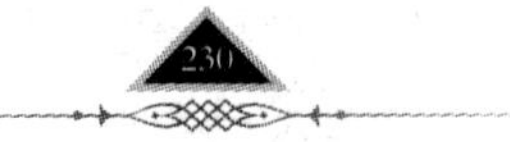

的武士，三名四级以上的法师，还有包括能使用时光逆流的法师，最好再有一名巅峰级别的武士。这一次我们需要的是精英力量，而不是那些无能的废物。”

“如果是那样的话……”查克莱有些犹豫。

“不用担心。”拉舍尔看出了查克莱在顾忌什么，“我一定会帮你制造机会亲手杀死修伊·格莱尔的。”

查克莱微微一滞：“那么好吧，我会亲自去恳请陛下再派一些高级武士来协助我们捉拿修伊·格莱尔，不过我要提醒你，一旦陛下真派来了巅峰武士，这里就未必是你我说了算了。”

“这个问题你大可以放心，我自有办法应付。”

“那么这里的事情接下来该怎么做？”

拉舍尔恶狠狠地回答：“总得有替罪羔羊，不是吗？”

“伯纳德·布朗尼应该是比较合适的人选。”查克莱已经完全明白拉舍尔的心思。

“那是自然，如果不是他的弟弟克劳德，阿布利特大师又怎么会死？他的家族都完了，他又何必留恋内务署的位置不肯离去？让他和他的家族一起下地狱去吧！”

拉舍尔的口气中透露出一股歇斯底里的疯狂，令查克莱和贝利等人不寒而栗。

两天后的香叶城法政署，查克莱匆匆走进拉舍尔的办公室，大声道：“查到了几条重要信息。”

“说。”拉舍尔回应。

“第一，有人发现在阿布利特死前，在他领主府前的酒馆每天都有一个黑发少年在那里喝酒。那里是领主府侍卫喝酒的地方，经常有人喝醉了会在无意中透露出一些关于领主府内的情况。阿布利特大人的藏宝室失窃之后，那个黑发少年再没出现过。”

“很好，简单而便捷的消息来源渠道，这个少年的智慧令我吃惊，还有呢？”

“从克拉丽斯那里我们得到一条消息，就是这个少年曾经向这里的商铺出售过三瓶药剂。我们已经找到了那家商铺，证实了此消息。那个少年用一个几近完美的谎言骗过了所有人，并得到了他需要的资金。”

“真令人难以想象。”

“另外，卡默尔家族中有人主动向我们举报，前段时间有个疑似是修伊·格莱尔的年轻人去过卡默尔家族，似乎还和他们做成过什么大宗买卖。”

拉舍尔很诧异：“卡默尔家族的人为什么要主动出卖自己的家族？”

“我也不知道，或许有属于自己的理由吧。这世界从来都不缺乏一些脑袋有问题的人在拆自己人的台，历史上像这样的人和事还少吗？来自敌对阵营的明枪好躲，来自身后的暗箭难防啊。”

“的确如此。”拉舍尔赞同道，“400年前的吟游诗人亚当·巴德尔以他的诗歌为奴隶制鸣不平，但结果出卖他的人却是个奴隶；300年前的兽人勇士为了捍卫兽族尊严而挺

身与人类战斗，结果人类只用50个金维特就买通了他的弟弟；1000年前的圣灵教领袖被钉死在十字架上时，也是被他的学生所出卖，只卖了两桶麦酒的价格。而还有一些人被自己的同盟出卖时，甚至连价钱都没有。尽管他们是在捍卫弱者的利益，但总是被身后的弱者捅刀。世界永远不缺卑鄙无耻之徒。”

“如果我的身边有这种杂碎，我一定第一个把他一刀杀死。”查克莱别有深意道。

拉舍尔一脸的没听明白，自顾自笑道：“小人总是杀不光的，算了，不要去提那些人了，跟我说说卡默尔家族和修伊·格莱尔做过什么交易吧。”

“我去查了卡默尔家族的资料，发现这是一个以制贩药剂为主的商业家族，没有什么显赫的背景，不过最近他们的药剂质量突然有了明显的提高，而且推出了不错的新品种药剂。我对比了一下炼狱岛上出产的药剂，发现那个新品种和炼狱岛上的某种药剂的效果非常近似。”

拉舍尔嘿嘿怪笑起来：“我猜你一定已经去拜访过那个家族了。”

“他们的族长嘴很硬，不过在我打断他的一只手后，他终于屈服了。”查克莱若无其事道。

“那么卡默尔家族给了那个小子什么好处？”

查克莱将一张纸还有一份誓约协议放在拉舍尔面前：“这是修伊·格莱尔交给卡默尔家族的货物清单以及他们之间签订的协议。卡默尔家族用材料换来了三份药剂的改良配方和一份新药剂配方。真难以想象，他竟然不是通过大量出售药剂而是通过出售配方来获得这些材料的。卡默尔家族完全上了他的大当，修伊·格莱尔利用了配方的可泄露性哄骗对方签订誓约，而就是因为这份誓约，使得卡默尔家族心甘情愿地为修伊·格莱尔保守了交易的秘密。他们完全被他利用了，这个小子玩弄人心的能力简直可怕。”

“这一点都不令我惊讶，一笔看上去非常不错的买卖背后隐藏着的却是凶险无比的诡诈。嘿嘿，那不正是他拿手的吗？”

查克莱的脸涨得通红，他狠狠地瞪了老猎犬一眼。

拉舍尔拿起那份清单随口问：“有没有让他们把配方交出来？”

查克莱冷冷道：“那个族长很舍不得，所以我又打断了他另一只手。”

拉舍尔丝毫不在意查克莱的处理方法，对他们来说，这种刑讯逼供简直就是家常便

饭。事实上他很快就把精力投入到当初修伊·格莱尔交给卡默尔家族的那份清单中去了。

“你看出什么了吗？”查克莱问。

拉舍尔点点头道：“是的，这份清单和这份协议告诉我，和卡默尔家族的这笔交易让修伊·格莱尔用最安全的方法获得了大量的材料，从而才能在兰雅大剧场制作出那些要命的法阵。不过这不重要，重要的是它告诉我，仅仅凭借自己拥有的材料，修伊·格莱尔并不能真正发挥出炼金术的威力，他依然需要从外界得到补充，就好像炼狱岛也需要‘自由’号的输送一样，修伊·格莱尔同样没法做到完全的自给自足。”

说到这，拉舍尔的眼中升起了希望的色彩：“查克莱，你明白这意味着什么吗？”

查克莱想了想叫道：“哦，是的，我明白了。修伊·格莱尔真正强大的不是他的魔法和武技，而是他的炼金术。但炼金术摆脱不了材料这一关。他的储物箱里或许拥有天下最难得最珍稀的材料，但那并不意味着他就可以做出所需的任何东西。就好像你拥有做美食最关键最重要的食材，但你却缺乏必要的调料，有很多或许不值钱但不可或缺的材料你依然需要到市场上去购买。而以修伊·格莱尔的用量来看——那是超乎寻常的大。”

“说得没错。”拉舍尔得意地笑了起来，“瞧，我说过的，只要我们的目标在行动，他就总会露出马脚来。这世上不存在天衣无缝的犯罪，只看你能不能发现线索。”

“那么我们现在要做的是……”

“虽然我们不可能调查全国所有的材料市场，但调查少数地区，应该还是没问题的。温灵顿已经把有关阿布利特失窃的那张地图的资料送来，我查过了凡而萨郡一带有可能存在伊莱克特拉的实验室的地方共有三处，分别在比利亚斯山区、陵兰高地以及另一面的饮马河。我们只需要盯住比利亚斯和陵兰高地一带的材料市场，注意有没有人在近期内大量购买炼金材料，就能知道修伊·格莱尔到底在哪儿了。”

“为什么不是饮马河？”

“因为比利亚斯山区和陵兰高地在同一个方向，如果我是修伊·格莱尔，我一定会争取在最短的时间里走最多的地方，以增加找到伊莱克特拉实验室的概率。而且由此一直向前，就可以到达佛朗克帝国。现在不比当初他刚刚逃出来的时候，那个时候他还拥有时间上的优势，所以才能完成他的潜伏、侦察和准备行动。而现在我们正在离他越来越近，修伊·格莱尔必须为自己准备一条后路。”

“明白了，我这就派人全面盯紧那一带的材料市场。”查克莱道。

离开拉舍尔的办公室前，查克莱突然道：“拉舍尔。”

“什么事？”

“你确定我们只要找到他，就一定能抓获他吗？”

拉舍尔微微顿了一下，然后摇摇头：“不，我不确定，这个小子已经成功证明了他可以杀死比自己强大许多的人物，只要给他时间，他将会变得更加可怕。但是查克莱，那不是我需要考虑的问题。我只负责找到他，如何对付他——那是你的问题。”

查克莱的脸色一片铁青。

……

马车在大道上急驰，车窗外的田园景色飞速地倒退。

修伊坐在马车里，专注地欣赏着窗外的景色。广袤的田野使得视野开阔，从车内可以看到远方那片郁郁葱葱的树林，那便是香叶城有名的香木林了。香木是难得的四季常青的植物，它们的枝干笔直，长长的树干直插天空。与炼狱岛上那巨大的雾衫林不同，它们不会遮住阳光，而是任由阳光透过针刺般的树叶洒下，给大地带来光明。

远处传来阵阵砍伐木材的声音，那咚咚的响声异常清脆悦耳。

过了香木林后，是大片的丘陵地带。丘陵向阳的一边全都布满了一丛丛矮小的灌木，上面点缀着蓝白色的小花，还有不规则的积雪。

这个冬天的最后一场雪正在消融，冬天即将过去，万物正在复苏。

在经历了兰雅大剧场的那场血腥战斗之后，修伊又恢复了那温文少年的模样，他重新给自己染了头发，然后换上了普通的平民服饰。

现在的他，看上去就像是一个在城里打工的少年，好不容易攒了点钱，然后回家探望亲人，是的，他看上去就是这个样子。

凡尔萨郡的公共马车总共可乘坐18个人，用松木制作的长椅沿着车厢边缘铺设，中间留下一人宽的过道。

好在拉车的不是普通的马匹，而是以力量和耐力著称的角马，这种动物能够负载起足够的重量。

这辆公共马车的车厢里总计只有12个人。冬天出行的人少，修伊得以免去和一大帮人

挤在一起的苦恼。

修伊的旁边坐着一对夫妻，女人怀里抱着孩子，他的对面有两个武士模样的男子，腰间挎着长剑，两名武士的中间坐着三个商人打扮的中年男子，看起来武士是商人们雇佣的保镖。在靠马车夫比较近的地方，是一名小职员，和修伊一样，也是单身上路，在车门的附近，则坐着两名腰粗膀圆的大汉，却看不出是什么来路，看样子像是矿工。

整个马车里，除了那抱着的孩子，年纪最小的就是修伊了。

或许是长时间的赶路令人有些困倦吧，大部分人此刻都有些昏昏欲睡，只有修伊和抱着孩子的那位女人精神抖擞——后者是因为孩子总是在不停地闹腾。

小家伙才一岁多，或许是不喜欢冬日天气，也可能是不习惯颠簸，每过一会儿就哇哇大哭，这使母亲不得不一再哄小家伙。

“哦，天啊，他又尿了，乔吉，快帮帮我，我要给他换块尿布。”女人抱怨道。

做丈夫的有些不满：“这不是男人该做的事，你应该能够自己解决这些问题。”

抱着孩子的女人很无奈地只能自己来处理。

修伊道：“如果你需要的话，我可以帮你抱着孩子。”

“哦，那可真是太谢谢你了。”女人高兴地叫了起来。

她把孩子放到修伊的手上，修伊仔细地端详着那小宝宝，笑道：“他有一双蓝色的眼睛，很美丽。”

“是的，他很可爱，就是太淘气了，总是不停地吃，不停地尿，然后就是睡觉，可睡的时候还总是不安分。”女人一边换尿布一边笑道。

“他叫什么名字？”修伊问。

“帕迪。”

“帕迪？”

“对，就是幸福的意思。”女人甜蜜地回答，她手脚麻利地给孩子换上尿布，然后将孩子接回自己手中，“真是感谢你的帮忙。”

“不客气。”

“南茜。”

“什么？”修伊一下没明白过来。

女人笑道：“我说我叫南茜。南茜·布莱尔。布莱尔是我丈夫的姓。”

修伊低下头想了想，说：“我叫西瑟。”

南茜的丈夫有些不满：“我觉得你没有必要因为他帮了你一个不足挂齿的小忙，就把自己的闺名都告诉他。”

南茜没好气地看着自己的丈夫：“哦，是吗？一个不足挂齿的小忙？说得真是太好了。就是这么一点点小忙，我的丈夫都不肯帮我，因为他对我说——这不是男人该干的事！”

男人有些恼怒，修伊连忙道：“如果我的好心换来的是你们夫妻间的争吵，那会让我不安的。”

夫妻俩同时瞪了一眼对方，丈夫继续闭着眼假寐，妻子则回过头来给了修伊一个甜蜜的微笑并说道：“不管怎么说，我都得感谢你。”

“出门在外，总该互相帮助。”修伊淡淡地说。

“哦，说起来，我很少见到像你这样大的孩子独自上路，你这个年纪还不应该过早地离开父母的照顾。”南茜随口道，“要知道路上并不太平，谁也说不准什么时候会遇到麻烦，甚至危险。远行在外的人最好相互搭伴，也可以互相有个照应。”

“托修伊·格莱尔的福，最近单身少年出行时被打劫的概率大大降低了。”闭着眼装睡的丈夫嘟囔了一句。

南茜像听到了什么可怕的名字一样差点跳了起来：“哦，不要提那个恶魔。我的天啊，你总是这样。”

“没准你身边那位就是。”丈夫随口道。

“去你的，你觉得能够杀死阿布利特的人会坐在我们的身边帮我给孩子换尿布吗？”南茜瞪着她的丈夫道，“我可不认为我有那么大的颜面能请动那样的人物，我连你都请不动。”

“至少你还可以勾引他。”

南茜气鼓鼓地瞪了丈夫一眼，不好意思地看向修伊，说：“你不必理会他，他就是这个样子。”

“没关系，我不会介意的。”修伊笑道。

“我要去罗约城我的娘家，孩子出生后，他的外公外婆还没见过他呢。你呢？”

“比利亚斯山区。”

“你去那里做什么？”

修伊想了想，然后回答：“寻找失落的财宝。”

南茜捂着嘴笑了起来：“那是成年人的幻想，没想到在你的身上也会出现。”

“我一直都认为我已经是个成年人了。”修伊笑着回答。

“孩子们总认为自己已经长大，而年纪大的人又总认为自己依然年轻。”南茜笑道。

马车要赶到罗约城，至少还要再行驶12天。其间他们要走出麦哈平原，绕过寂静之森。路途中又上来一些新旅客，也下去一些之前的旅客，不过南茜和她的丈夫以及带着武士的商人始终都在车上。

这使得彼此有了固定的谈话对象，而不至于每上来一位新乘客，就要重新自我介绍一番。

马车渐行渐远，修伊·格莱尔这个名字的影响力随着距离而渐渐削弱。

到第十天的时候，马车终于进入比利亚斯山脉外围地区。

比利亚斯山区，可以说是兰斯帝国最混乱的地带。这里的地形复杂，北面是凡尔萨郡和麦哈平原，南面是陵兰高地，穿过陵兰高地就可以到达佛朗克帝国，如今兰斯帝国与该国正处于交战状态，向西则是一望无际的汪洋大海。

整个比利亚斯山区包括了寂静之森、比利山脉和亚卑斯山脉三处地区，地脉交界处是空旷荒野，还有大量的原生土著人。

由于这一带资源贫乏，地形复杂，气候多变，是兰斯帝国的严重贫困区。穷则乱，这一带的民风因此而变得彪悍。山区本身盛产强悍的山民，再加上一些少数的山林种族极度排外，使得帝国的势力轻易无法伸入到这一带。

作为帝国势力难以触及之处，许多外来的通缉犯经常会向这一带逃逸。时日久了，比利亚斯山区渐渐成为混乱与罪恶的泛滥之地。

对于绝大多数人来说，通过比利亚斯山区都是一件极为危险的事——他们必须向上苍祈祷，避免碰上山贼盗匪。

要是碰上人类盗匪运气还算是好的，如果是碰上了山区里的一些原生土著人，比如从

林精灵一族，或者地精族，那么带给大家的可能就是一场彻头彻尾的灾难。不过好在这些原生土著人大都聚居在山区深处，轻易不会走进人类世界。

事实上，过路的商旅每年遭遇山贼打劫的可能性高达15%，也就是说，每百支队伍路过此地，就有15支队伍会遭遇劫匪的袭击，这是一个相当恐怖的数字。

据说最倒霉的商队在穿越比利亚斯山区时，曾经有过三天内遭遇六次劫掠的待遇，等他们走出山区时，连内裤都没剩下一条了。

不过对公共马车来说，这样的情况相对较少一些。

很少有盗匪对公共马车感兴趣，有钱的贵族老爷是不会乘坐公共马车的，费这么大的力气蹲伏守候所获得的回报，可能还不够让一支盗贼团伙吃上一顿饱饭的。

也正是因为这样的原因，总有一些心存侥幸的人一次次地试图从这里穿越两地——战争使得商贸停顿，来自两个国家的任何特产，只要能安全输送到对方国境中去，总能卖上一个好价钱。

公共马车上的那几名商人，应当就是抱着搏上一搏的心态。

经过多日的接触，修伊与布莱尔夫妻已经熟稔起来，甚至连他自己都搞不清楚他已经帮南茜给孩子换了多少次尿布，又做了多少其他的杂事。他看上去就像一个乐于助人的邻家大男孩，谁都不可能将这样的男孩与那个凶名鼎盛的修伊·格莱尔联系在一起。

不过事实是，这样温馨和谐的气氛，总是短暂的，它似乎永远都不属于修伊。

今天正在跟南茜闲聊的时候，原本急驰着的马车猛然间停了下来，然后是一阵纷乱嘈杂的喧闹声传来。

几乎是本能反应，修伊的手微微一抖，风莺被他放了出去，与此同时，他的整个身体呈现出弓状的弯曲，这使他在应对突发事件时可以第一时间做出反应。

“发生了什么事？”南茜的丈夫布莱尔惊问。

没有人回应他，人人都在向窗外看。

马车夫回头大喊：“有盗匪！他们砍倒了树，把路堵住了！”

从车厢里看不到前路的情形，但是可以看到从四面八方冲过来数十名匪徒，他们正呼喝着冲向马车。

看得出来，这一次他们的运气不好。有一群不那么挑食的盗匪找上了他们。

“哦，我的天啊！”南茜显然被吓坏了，她惊恐地捂住了自己的脸。

她的丈夫布莱尔愤怒地大叫：“我就知道不该在这个时候回你娘家，你这个婆娘，你要害死我们了。”

车厢里一片慌乱，每个客人都惊慌失措。

修伊悄悄从戒指里取出一把锋利的小匕首，将它藏在身上，在那些匪徒冲进马车之前，他打开马车门跳了下去。

或许是因为第一个下车的缘故，他发现冲上来的盗匪很明显将注意力集中到了他的身上。

紧跟在修伊身后下车的，是那两名武士，或许是修伊的行动刺激了他们，他们不想表现得还没一个孩子勇敢。

数十名盗匪打扮各异，不过每一个手里都拿着兵器，大多数人拿着大斧子，这种武器过于沉重，不利攻击，在战场上并不吃香，但是用来劫道，却有着极佳的效果——重兵器所拥有的震慑效果很明显强于普通的刀剑。

匪徒们已经将马车团团围住。

“一共46个人。”修伊在第一时间看清了对方的人数，全都是些身强体壮的大汉，但只有少数人修炼过斗气。

两名武士中的一个脸色有些阴沉，他说：“其他人都不怎么样，不过为首的那个拥有三级斗气。”

“真倒霉！”另一个武士低声骂了起来。他们两个都只是普通的二级武士，单是面对对方的首领就讨不到好了。

“放下你们的武器，这只是一次普通的抢劫，你们没必要为了一点财物就付出自己的生命。钱是身为之物，命才是自己的。”为首的那个盗匪扛着一把粗厚的大剑傲慢地对修伊等三人道。

修伊觉得这几句打劫用语对方一定是花高价买来的——听着比“此山是我开”要有人情味多了。

尽管是在寒冷的季节，那名匪首还是只穿了一件短劲装，裸露出毛茸茸的胸膛，显示出他发达的肌肉。

他的注意力显然集中在了那两名武士身上，如果两名武士发起疯来，自己这边或许会有一定麻烦。为首的盗匪并不希望出现这样的情况，能够和平接收对方的财物，毫无疑问是最理想的结果。

修伊将小匕首藏在袖子里，他低声问武士："他们会杀人吗？"

一名武士舔了下自己的嘴唇："很难说，如果我们放下武器，交出财物，或许不会被杀死，但是难免被狠狠羞辱。"

"那我情愿战死。"另一名武士说。

两个人对望了一眼，武士的尊严与荣誉感让他们同时发一声大喊，举起手中的长剑向盗匪们冲去。

"该死的浑蛋。"那匪首骂了一句。

他知道那两名武士只有自己能对付，所以大吼着挺剑冲上，同时大叫道："我缠住这两个家伙，你们去把马车上的人都抢光！"

"放心吧，头儿。"一个满脸横肉的匪徒向着修伊走去，他对着修伊咧嘴大笑，"现在可难得见到这么带种的小子了。"

两名武士和那名匪首冲杀在了一起，看起来他们打得很激烈。匪首的力量很强大，打法也很凶悍，而且他的身边还有着几名匪徒，有人手持土制的弩弓，时不时向那两名武士放出冷箭。这使得武士的作战显得颇为艰难。

修伊好整以暇地看着眼前的战斗，丝毫没有危险已经逼近自己的觉悟。

先前说话的那名满脸横肉的匪徒大笑着向修伊抓去，戏谑地笑着说："你被吓傻了吗，小子。"

"不，只是对这种级别的战斗，提不起丝毫兴致而已。"修伊平静地回答。说完他手中的精光一闪，那匪徒狂叫着缩回了自己的手。

他的右手手心已经被修伊的匕首刺穿了一个血淋淋的洞。

"哦！"受伤的匪徒狂叫起来，"杀了这小子！"

一大群盗匪向着修伊冲了过来。

"无所不能的风之精灵啊，请让我能感受到你的存在，感受到你光辉的沐浴……听从我的呼唤……风翔术，元素凝聚！"

修伊的口中发出低低的颂念声，那受伤的匪徒听到他的念颂，吓得脸色都变了。

魔法师？这个小子竟然是个魔法师？所有的人都为之一愣。

与阿布利特的一战，令修伊受益匪浅，他不仅让自己成功突破了空间系天赋的障碍，提升了战斗能力，同时还从阿布利特那里领悟到了双法术运用的奥妙。

双法术的运用，其实就是在魔法师天赋能力的基础上，进一步发挥自己能力的体现，就像斗气的提升与斗气的运用是两种概念一样，但是这种事说起来容易，做起来尤为困难，并不是简简单单将两种咒语混合起来颂念就能达到效果的。它要求施法者对于魔法元素有着更加精确的控制能力。

自从离开香叶城后，修伊就一直在研究双法术的应用，而首先获得突破的，却是风系法术。

修伊意识到，这很可能与他自身天赋是风系元素感应有关。令人哭笑不得的是，修伊的风元素天赋是最高的，但风系法术级别却是最低的，直到昨天，他才刚刚突破二级。好在低级法术的双法术应用，显然比高级法术的双法术应用要来得轻松许多，因此他才能在短短几天时间，就掌握了风系法术的双法术使用要领。

随着咒语的颂念，下一刻，修伊的四周风元素迅速聚拢。

风元素在修伊的身边高速盘旋着，以修伊的身体为中心，形成了一个风的旋涡，就像是一道龙卷风般，将修伊完全裹挟在风眼中。

那个匪徒看得呆了，连正在恶斗中的那两名武士还有那个匪首都惊愕地看向修伊。

此时，不断盘旋上升的气流，已经将修伊完全裹进了大风之中，形成了一道高达十余米的风墙。

“龙卷风，是龙卷风！”一名匪徒大骇着叫了起来。

龙卷风，那可是风系高阶法术。魔法师们可以通过制造一道凶猛的龙卷风，卷走任何他们想要卷走的物体，甚至用猛烈的风扯碎一切他们试图消灭的生命。

但问题是，这是一个五级法术，匪徒们无法想象，一个少年怎么可能使用出如此高阶的法术。

数十名匪徒纷纷向后方退去，前方少年的影像在大风剧烈地刮动中显得模模糊糊。

他们隐约能看到那少年脸上露出的冷酷笑意。

风将他的声音传到众人的耳中："不，这不是龙卷风。"

然后，他猛然移动身体，大风裹卷着他向着众人飙去。

一名凶悍的匪徒举起手中的重斧向着那大风劈下，但是劲风滴溜溜在他身边打了个旋儿，瞬间来到了他的身后。修伊的身形在风中闪现，那把明亮的小匕首向着匪徒的大腿内侧狠狠扎去。

"疾风击！"少年的声音冷酷而沉稳。

"啊！"匪徒发出凄厉的惨叫。

风过，修伊已经移向下一名匪徒。

平地上刮起的旋风，仿佛长了眼睛一般扫向众匪徒。修伊的身体在飓风中高速移动，远远望去，就像真是一股龙卷风在平地上移动，路线诡异莫测。

四十多名匪徒眼中只看到飙卷的风之气流在人群中穿梭，他们甚至看不清对手的影像，就看到一个个匪徒倒在地上。

每一个人的大腿内侧，都被那个少年刺穿。这使他们不会死去，但暂时失去了移动的能力。

"哦，见鬼，快跑！"那名匪首看到眼前的一幕，放声狂叫，然后转身就跑。

修伊的眼中闪过一丝冷酷："跑得了吗？"

劲风向着匪首追去。

锋利的匕首在旋风中抖出一道寒芒，疾射那逃走的匪首。匪首的反应显然比他的手下要敏捷得多，他竟然头也不回，就将大剑横在了自己的身后。

"铿！"一声清脆的鸣响，那是匕首撞击在大剑上发出的声音，一抹闪亮的火花迸现。

在挡住了这一击后，那匪首挥舞着大剑向自己的后方拦腰挥砍，刚才的示弱，根本就是假的，他真正的目的是用自己的这招回身击把那个裹在风中的少年砍成两段。

这招回身击，已经多次帮匪首赢下那些实力在他之上的对手，他相信这一次也不会例外。

然而对手的身影却在他的急速回转中出现了一个小小的停顿，诡异的身形越发模糊起来，那名匪首愕然看到飓风卷着对方的身躯腾向空中，仿佛一只灵巧的鸟儿在空中做了一

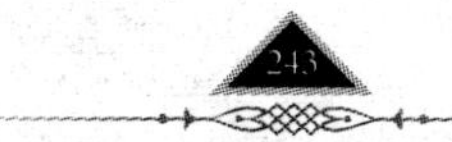

个盘旋后，轻轻地落在了他的身后。

“很不错的回身攻击术。”他的身后响起了少年的声音，“差点就被你得手了。你让我学会了一件事，永远不要小看任何对手，哪怕对方已经战败。”

那把匕首架在了匪首的脖子上。

匪徒的袭击，就像是一场突如其来的风暴，来得迅猛，消失得也快速。在人们还没有反应过来的时候，修伊已经轻松地制服了所有匪徒。

马车里的乘客一个个都看得呆住了，少年那翩跹的步伐，诡异的身形，还有快捷精准的攻击，严重地刺激着每一个人的心脏。

能够打赢一群盗匪的人，在这片大陆上有很多，但是能够将一场战斗变成华丽的表演，即使是在最凶险的时刻也能保持自己优雅姿态的人却找不出几个。

从制服那个匪首开始，匪徒们就已经丧失了斗志，不过看起来少年并不打算放过任何一名匪徒。

风卷动着他的身体，向着四方高速移动，将每一名试图逃跑的匪徒轻轻松松地拦截下来。

直到最后一名匪徒倒地时，飓风消散，修伊的身形才重新出现，他就那样安静地站在那里，望着一地哀号的匪徒，脸上露出若有所思的样子，看起来他在思考着什么。

“他是……他是修伊·格莱尔！那个杀死了阿布利特的少年！”一名乘客对着窗口张望，脱口叫了出来。

每一个人在此刻都省悟了过来，是的，从凡尔萨郡来的客人，如果说还有一个少年能做到这样的地步，那么这个人就只能是修伊·格莱尔了。

“我的天啊，我们一直和一个帝国通缉犯待在一起。”那位布莱尔先生大叫起来，看起来他的样子并没有更轻松，反而比刚才更害怕了。

毕竟匪徒们只要钱，传说中的修伊·格莱尔却是杀人不眨眼的狂徒。

“不！我不相信！”南茜摇头道，“他是个好人！”

“就因为他帮你换过孩子的尿布吗？”布莱尔愤怒不满道。

“至少他一直表现得像个绅士，比你强多了！”南茜毫不示弱地回击。

布莱尔大怒，他正要喝骂，却突然发现远处少年的目光已经停留在了马车上。

他向着这边走来，两名武士如临大敌。

在少年放倒所有的匪徒之后，他们已经知道，自己与这少年的实力差距太大，而从任何角度思考，这个少年都没有不灭口的理由。

这让他们分外紧张。

少年来到马车附近，高声道："这真是个令人遗憾的事实，我本以为可以和大家一起安安静静地走过这最后一程，但我没想到麻烦总是会伴随着我不停的到来。看来我无法和你们一起上路了，很显然你们也猜到了我是什么人，我想你们不会欢迎我的，对吗？"

这是一个不需要回答的问题。

南茜怔怔地望着修伊，她无法想象，就在半个小时前彼此甚至还谈笑风生，就在几天前，布莱尔甚至还开玩笑地说可怕的修伊·格莱尔正在给自己的儿子换尿布。

然而这一切，如今却全都变成了现实，简直就像是在梦里一样。

怀里的孩子看到修伊走来，高兴地张开了手臂，这两天小家伙和修伊已经混得很熟了。

这让修伊有些叹息，这里的人中唯一不怕他的，就是这小家伙了。

"我能最后抱抱他吗？"他问南茜。

南茜木然地点头，不管对方是什么人，她都没有反抗的能力，还好她能从对方的眼神中看出他没有恶意。

抱过孩子，修伊在孩子的小脸蛋上轻轻亲了一口，然后道："好了，帕迪，格莱尔哥哥不能再和你一起上路了。很抱歉一直没有告诉你我的真名字，不过现在知道也不算太晚，对吗？"

修伊将一个吻留在了孩子的脸上，小家伙咧着嘴咯咯地笑。

他逗了一会儿孩子，把小家伙还给了南茜，然后将目光停留在那两名武士身上。

那两名武士互相看了看，同时向修伊鞠了一躬，其中一人说道："不管你是谁，你都救了这马车上所有人的性命和财物。我们对你表示最真诚的感谢。请你放心，我们用武士的名誉保证，我们不会将看见你的事情向任何人说起。"

"我也保证。"南茜连忙道。

马车上的乘客纷纷向修伊做出承诺，表示不会将他的行踪泄露给任何人。

“谢谢，不过我更愿意用另一种方式来确认这份承诺。”修伊的这句话让所有人都吓了一跳。

少年悠然地取出几块不具备魔法属性的普通宝石，这是他前段时间特意准备的，想不到这么快就派上用场了。他将宝石送到南茜的手中：“每人一颗，如果缺钱了就把它卖掉，如果有谁真傻到出卖我的行踪，那么宝石也会被充公，我觉得这种方法更让我安心。”

他笑道，众人目瞪口呆地看向修伊。

这个少年处事的老成程度，出手的阔绰程度，都远远超出了他们的想象。

马车重新启程了，南茜望着后方站立在那里用目光为他们送行的修伊，捏了捏手中的宝石，她柔声道：“无论如何，我都不相信他是那个杀人如麻的恶魔。”

“是的，我也不相信。”车上的每一名乘客，都做出了同样的感叹。

远望着马车离开，修伊将目光收回，停留在了那名匪首身上。

“我想，我们应该算一下彼此的账了对吗？要知道你们破坏了我的旅行计划，我本打算到山里去，你们却让我停在了这里。”

夜晚平原上寒冷的风，吹得火堆里的火苗摇摆不定。修伊静静地坐在火堆旁，旁边是旭在摇头摆尾啃吃一块肉骨头。

两只炽焰鸟在不远处的树杈上懒洋洋地梳理着自己的羽毛，它们的出现更加证实了修伊的身份。

原本修伊是让红和绿自己飞翔的，这可以避免别人怀疑他，但现在显然已经没有必要。

看到自己打劫的目标竟然是那个不久前杀死了阿布利特的可怕少年，匪徒们已经彻底失去了先前的锐气。

他们躺在地上，用惊恐的目光望着那独自烤肉的少年。

“我的心情还不错。”少年终于开口了。

他的脸上洋溢着快乐的笑，但是这笑容却像魔鬼一样，让每一名匪徒都忍不住打了一个冷战。

事实上，修伊的心情的确不错，尽管匪徒们的出现使得他被迫暴露了自己的身份，但同时也在无意中帮了他一个大忙——帮助他领悟了一种新的战斗技巧。

白天的战斗里，修伊在运用元素凝聚和风翔术两种法术的时候，出于灵机一动的念头，他将这股风用在了自己的身上，结果成功制造出了一个类似龙卷风的战斗技能。

和龙卷风法术不同，龙卷风是五级法术，魔法师们用这样的法术进行远程攻击。修伊利用元素凝聚和风翔术制造出的龙卷风却只能帮助他自己进行高速的移动。以自己为风眼，吸引风之元素的聚拢，最大化风的力量，然后通过风的旋转和移动，一方面混淆对手的视线，模糊他们的视觉，另一方面进一步加快自己逼近敌人的速度，从而形成诡异的进

攻路线，最后再辅以武士的进攻手段，便形成了这一套进攻路数。

在最后躲避那名匪首的回旋攻击时，修伊更是利用龙卷风的上抛力量将自己抛向空中，躲避对手的攻击，最终完成了这一进攻手段的最后步骤。

修伊给这套进攻路数取了个名字，就叫“疾风击”。

与虚空斩不同，虚空斩名义上是魔法与武技的结合，但事实上它们并不是联合起来使用，而是各用各的，并最后组成一套路数。

疾风击则是在使用魔法的同时，使出武士的战斗技巧。

如果论威力，疾风击或许比不上虚空斩强大，但是在魔法与武技的结合上，疾风击却更进一步。尤其难得的是，疾风击的威力虽然不如虚空斩，但是由于使用的是初级法术，因此对魔力的消耗极低，后续作战能力强。

而虚空斩的使用，在没有旭的支持下，就只能靠喝药硬挺了。

匪徒的这次袭击，竟然帮助自己在无意中完成了一次在魔法与武技上更深层次的结合，这使得修伊的心情大好，连带着看那些匪徒也格外顺眼一些。

除了帮助他在魔武结合上有了大突破外，这些盗匪的出现更在无意中帮了他另一个大忙——在拿下这些匪徒后，他的脑子里突然冒出一个绝妙的想法。

他意识到自己完全可以将这些人收为已用，因为盗贼们和自己一样，都是不容于帝国法律的人，是被这个国家抛弃的。

就某种程度而言，如果要选择以武力对抗法律和国家机器，再没有比盗贼、流氓、恶匪这类人更适合的了。

这对修伊来说不能不说是一种悲哀，但是毫无疑问，这的确是一个很实用的方法。

而且比利亚斯山区是盗匪横行肆虐之地，帝国的军队没空到这里来清剿，就算来了也没用。盗匪们就像地里的野草，总是清理了一茬又长一茬，至于刑侦力量在这里更是受到极大地束缚。

如果能够在这里站住脚，就意味着他有了自己的一个根据地，此外，目前兰斯帝国把寻找的目标集中在单身少年这个点上。

修伊意识到在经历过香叶城事件后，仅仅依靠改变头发颜色和相貌，已经不能摆脱法政署的追踪，他需要更进一步的掩护。

将自己隐藏在一大群人中间，毫无疑问是更有效的做法。

此外，对修伊来说，还有一件事，是他一直想做，却苦于条件不具备无法完成的，而现在，机会似乎来了。

种种原因，都让他迫切需要尽快组织起一批属于自己的人马，而盗匪又是最佳的选择……

也就是在那之后，他放走了马车，开始思考下一步计划的细节问题。很显然，他不能仅仅将比利亚斯山区定位在寻找伊莱克特拉的实验室这个问题上了。

在他思考细节问题的这段过程中，匪徒们被他整整晾了大半天时间，直到黄昏来临。

此刻在说出自己心情不错后，修伊对匪徒们说："必须承认一个事实，白天我曾经动过杀光你们的念头，不过我最终改主意了，对此你们必须感到庆幸，毕竟对于一个杀人不眨眼的恶魔来说，这样的仁慈来之不易。"

"有种杀了我，小兔崽子！"那匪首狂傲大骂。

"很有骨气的表现。"修伊轻轻笑了一下，他打了个响指，旭精神抖擞地站了起来。

"左边的大腿，肉厚味美。"少年的话语简单而犀利。

旭窜了出去，狠狠地一口咬在那匪首的腿上，哧啦撕下一大块血肉，匪首痛得嗷嗷狂叫起来："修伊·格莱尔，你这个魔鬼！"

"说得没错。"修伊笑嘻嘻地站了起来，"我就是一个魔鬼。可不管怎么说，现在的我是仁慈的。但我的仁慈并非体现在不会杀死你们，而是我可以给你们多一个选择：一、做魔鬼的对手，我会让旭一口一口把你们全部吃掉，最后你们会化成粪便被排泄到这片土地上，你们不要怀疑它的胃口。"

匪首打了个冷战，他看到眼前的黑色小狗正对着自己龇牙咧嘴，看起来它很支持匪首继续自己那"傲人"的勇气。

不过其他的匪徒可经受不起这种精神上的折磨，他们大叫起来："哦，不，我们选另一条路。"

"别着急，你们还没听完第二条路呢。"修伊继续斯文地说，"我给你们的第二个选择就是做我的手下，简单地说，就是恶魔的仆役，你们将听候我的差遣，我让你们向东，你们就不能向西。"

"小兔崽子，你想得美！"匪首大叫。

"右腿。"修伊淡淡道，旭又是凶猛的一口咬下，那匪首再次发出凄厉的叫喊声。

修伊仿佛沉浸在他的惨叫声中，微闭双眼，喃喃道："多么动听的声音啊，老实说，我并不介意你们的反抗，至少那让我可以享受杀死你们的快乐。"

"不！不！我们愿意做你的奴隶！"一众匪徒全部吓破了胆，狂叫起来。

他们见过各种凶狠的视人命如草芥的强者，但从没有一个如眼前的少年般将杀戮当成艺术，将折磨看作享受。

这是一个地道的变态的魔鬼！

望着一众匪徒就此臣服，修伊的眼中闪过一丝狡黠。必须感谢兰斯帝国对他形象的污蔑和对他罪名的宣扬，这使他可以轻而易举地在人们心目中树立起残暴的印象。匪徒们不是平民百姓，他们凶狠、狡诈、反复无常。要想让这样的人在自己的手下心甘情愿为自己卖命，你就必须比他们更狡诈、更凶狠、更残酷。

至少在表面上应当如此。

千万不要相信一点小恩小惠就能打动他们，金钱拉拢只会更加刺激这帮恶棍的胃口，让他们更加贪婪。

对于这些匪徒来说，用恐怖的手段让他们畏惧自己，比用金钱拉拢更有效果，用冷酷的心震慑他们，比用高超的武艺更容易收服他们。

要知道匪徒们崇拜的可不仅仅是强者，同样也是杀伐果断的人物。

像兰斯洛特那样的武士，或许可以打败一万个匪徒，却未必能让一百个匪徒甘心听命，因为他的心肠太软。

仅仅依靠出众的武艺就想让那些匪徒折服，等待他的只能是随时可能射过来的暗箭。就算你有再强大的武力，如果你的心肠软，都等于是在纵容他们攻击自己。只有让他们彻底畏惧自己，才能乖乖听命于自己。

这就是对恶人的管理之道。

由于白天修伊放走了马车中的乘客，在形象上失了一分，所以他就必须用加倍的暴力和残忍来挽回众人心目中的恶魔形象。

然而修伊自问自己又做不到每时每刻都像一个魔鬼般通过折磨他人来体现自己的"威风"，那就只能换一种方式来体现自己的残酷。

笑里藏刀式的阴险，视折磨他人如游戏般的变态，外表温文尔雅的谦谦君子，内里暗藏着疯狂的冷酷，简而言之，就是一个外表绅士内心变态的恐怖魔鬼。得罪他的后果永远

要比普通的受压迫可怕上万倍。

这就是修伊目前试图表现在那一众匪徒面前的形象。

这可以使他不必每时每刻都表演自己的“凶残”。

目前看来，这场表演是相当成功的，匪徒们骇然发现眼前的少年铁石心肠的程度远超过他们的想象，看起来连他的宠物也是如此的穷凶极恶。

“那么就剩下你了。”修伊望着匪首，看来这家伙的骨头还真够硬的。

他走过来，开始饶有兴致地观察着匪首的伤口，然后教导旭：“从活着的生物身体上撕扯下来的肉最是新鲜的，但是你不能这样大口大口地吃，你得学会细嚼慢咽，细细品味那其中的鲜美滋味。要知道你是高贵的物种，怎么能和其他的那些低等生灵一样，毫无风度地进食呢？”

旭很认真地听修伊说教，修伊爱抚地摸着旭的小脑袋，用柔和的语调轻声道：“下次记住，吃饭时，是最体现一个人的绅士风度的。作为高等生命，你不可以用这样不雅的姿态进食，那会影响你的形象。如果你再这样，我就要惩罚你了，知道吗？”

旭很认真地点头。

“啊，你这个魔鬼！”那匪首疯狂地大吼起来。

眼前的少年长相俊美，但是一举一动，一言一语，都透着疯狂的暴虐，他简直将自己看成了餐桌上的一盘菜，研究着该如何进食用。

这个从来都不畏惧死亡的汉子，有生以来第一次感受到了恐怖，他有种死了也比落在这个少年的手上要好得多的感觉。

此刻修伊慢慢给自己系上了一条白围巾，然后坐在匪首身边，打开自己的背包。事实上那个背包只是他用来做样子的，里面除了几件简单衣物，什么都没有。然后他从戒指里将那些瓶瓶罐罐假装从背包里取出铺在地上，慢悠悠地说：“在我的家乡，有一道名菜，叫活叫驴。人们把活驴牵上餐桌，用滚油淋它的皮肤，然后直接从它的身上割下一块肉来。驴在痛苦时会发出大声地喊叫，客人们会一边倾听这种惨叫一边进食。由于那肉是从活驴身上烫熟取下来的，所以味道极为鲜美。”

匪首瞪大眼睛看着修伊，对方已经拿出了刀和叉。天啊，他竟然把自己当成了驴……

“很遗憾，我这里没有烧滚的沸油，不过好在我还是带了一些香料的。哦，这瓶是盐，这瓶是酒。只能临时改做一下生炝了。对了，需要我向你解释什么叫生炝吗？”修伊

用戏谑的眼神望着匪首。

“哦，我的天啊，你是个魔鬼，真正的魔鬼！”匪首的戾气被彻底打散，无力地呻吟起来。

修伊将刀叉举到了匪首的眼前：“你的词汇量真是太贫乏了，你就只会说这个吗？最后的选择，从现在起跟随我，或者成为我的盘中餐。”

“我愿意跟随你！”匪首大吼起来。

修伊的脸上露出遗憾的神色：“真是太可惜了，老实说我并不希望你答应。要知道你是个硬汉，你身上的肉一定很美味……”

所有的匪徒都已经吓得瘫软在地，没人注意到，修伊和旭做了一个得意的对视。

小家伙旭咂了咂舌头，望着匪首的样子有些不舍。相比刚才修伊的那番违心而做的言论，它倒是真想把这家伙吃干抹净。

……

夜色已深重，众人却无眠，金发少年背着手站在一棵大树下，神情冷漠，仿佛一块冰冷的岩石。

在他的身后，46名盗匪战战兢兢地站立在那里，他们刚刚使用过修伊赏给他们的治疗药剂，此时伤势已经全部愈合。

要知道那可是难得一见的顶级药剂，就连那些贵族老爷们都难得有机会用到。谁能想到眼前的少年随意出手，就是如此价值高昂的货色。

这不仅让匪徒们感激，同时也让他们更加敬畏这个少年。

在施以雷霆手段的同时，要加以适当的怀柔政策，这是笼络人心的不二法则。在这里需要值得注意的是，威慑的力量必须大于拉拢。

人的心理有时就是如此犯贱，残忍的主人偶尔的一点仁慈，就足以让属下感激涕零。仁慈的主人偶尔的一点严厉，却会让属下心生不满。

修伊很清楚这点，所以当匪徒对自己这个主人已经产生了强大的畏惧心理时，他不介意抛出一点小小的甜头让他们知足。

因此仅仅是半天的时间，这群匪徒就已经彻底臣服在修伊的脚下。

“雷勒·耶萨听候您的吩咐，头儿。”曾经的匪首，三级武士雷勒的伤势最重，也是最后一个复原。伤好后，他立刻恭恭敬敬地来到修伊的身后，说道。

此时的他，已经不复先前的霸气。

“叫我主人。”少年的语气充满冷漠。

“是……主人。”

“要学会加上敬语。”

“是……强大而慷慨的主人，多谢您的教导。”雷勒咬牙切齿地说。

修伊微微笑了起来，他回过头看向雷勒。

“雷勒·耶萨？”

“在，主……人。”

“也许你可以讲讲有关于你和你的伙伴的故事，我想这有助于我们彼此间的了解。”尽管少年的话说得很柔和，但是他的意志不容反驳，盗匪们正在理解这一点。

“遵命，我的主人。”

和绝大多数的盗匪团伙一样，这是一个由流窜犯、地痞、流氓、恶棍组成的暴力团伙。46个人中，有至少30人身上背着命案，被帝国通缉。他们中只有极少数是当地人，大多数都是从其他各处流亡而来。

至于原来的首领雷勒，曾经有过一段从军的经历，因为触犯了军法逃了出来，辗转流落到这里，凭借他强大的武力，收服了这批人，成为比利亚斯山区的一分子。

盗匪们的生存法则简单而直接：强者为尊，胜者为王。

绝大多数时候，新的首领凭借自己强大的武力上位后，会杀死旧首领，以避免可能出现的祸患。

混乱的比利亚斯山区，并不是只有雷勒这一支盗匪队伍，事实上大大小小的盗贼团伙多如牛毛。而在这一带，最具实力的盗贼团，大概就得数野狼盗贼团了。

“这一带的盗匪很多吗？”修伊问雷勒。

雷勒点点头：“是的。”

“实力最强的是谁？”

“布莱恩·巴克勒，野狼盗贼团的首领，手底下大概有300多号人。”

“他们住在哪儿？那个巴克勒是什么实力？”

“刺槐镇，离这里大概有十公里，巴克勒本人是个七级武士。”

七级海洋武士？这份实力让修伊·格莱尔有些吃惊，能够成为七级武士的人，大都会

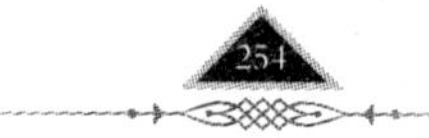

受到帝国重用，实在没有必要落魄到出来做盗匪的。

或许是看出了修伊心中的疑惑，雷勒说："巴克勒是十年前就出了名的大通缉犯，那个时候他还不是海洋武士。"

"原来是这样。"修伊想了想道，"告诉兄弟们，先回你们的驻地休息一晚，过些天我们去刺槐镇。不过在那之前，我想我需要对你们先好好调教一番。"

此时的雷勒，完全不明白修伊所指的调教是什么意思。

清晨和煦的阳光洒落在比利亚斯山脉的一处山谷村庄，悠扬的钟声代替黎明的鸡啼，将人们从温暖的被窝中唤醒。

这里就是盗匪们的老巢——热谷。

在昨天盗匪们看到那个神秘而强大的少年展露出自己"凶残而狠毒"的一面后，他们就彻底折服，并在当晚将修伊带到了这里。

昨天晚上修伊折磨雷勒的样子，那种残酷的优雅姿态，令所有人都心生恐惧，以至于这一夜他们没几个人能真正睡好。

因此当第二天清晨钟声响起的时候，尽管是如此的不情不愿，盗匪们还是迷糊着惺忪的睡眼走出自己的屋子。

然后他们看到自己的新领袖已经一身整齐地在外面等他们了。

少年穿着一身劲装，脸色肃穆。

"不得不说，你们是我见过的最没用的强盗。"眼前的少年用冷冰冰的语言，不加修饰的情感来陈述着这样一个事实。

"你们无能，欺软怕硬，缺乏组织纪律性，而且毫无战斗的勇气。看起来你们只会一哄而上，对一些没有什么反击能力的人进行抢劫。我很难想象，通过这样的行动，你们能够获得多少收益。我猜你们大部分的时间都无所事事，一旦地方上有个什么风吹草动，就会立刻躲藏到暗无天日的地洞里，像群老鼠一样苟延残喘。你们是社会的渣滓，人类的弃儿，但你们对此毫无自觉。我想你们就算是做梦，也没想到过作为一个上等人，会拥有怎样的享受。在你们看来，这种田野里流窜的，自由自在的劫掠生活，本身就已经足够美好。

"你们胸无大志，是一摊扶不上墙的烂泥，是一摊狗屎，就算把你们丢在路上，别人都不愿去踩上一脚。简单地说，你们就是一群欠收拾的浑蛋，需要好好回炉重造一番。

“所以必须说，我这次真的是大发慈悲，才收下了你们这批混账，败类，恶棍。我得说，在你们真正能够对我有所贡献之前，恐怕我要先付出许多精力，让你们能对我有所用处。”

修伊用尖刻的语言打击着这帮匪徒，然后细心地看着他们的反应与表情。

看得出来，即使是再难听的谩骂也不会让他们有所动容。成为强盗的人，早已经将良知与尊严抛到一边。

“从今天起，你们不再是强盗了。”少年的话锋突然一转。

“不做强盗？那我们做什么？”盗匪们纷纷诧异着。

“那正是我要教导你们的。”修伊意味深长地道，“从今天起，你们不再是强盗，不再是恶棍，不再是被帝国通缉的流氓、罪犯。我需要你们学习一些新的东西，为未来拥有一些新的身份而努力。

“这将是一个非常艰巨的工程，因为新的身份需要你们学习很多的东西。你们必须抛弃过去的陋习，学习和掌握新的知识。我能给你们的时间并不多，要你们学习的内容却只能以海量来形容。在这个过程中，你们可以抱怨，可以叫苦，但是完不成我布下的任务的人，我向他保证，他将会体会到真正的生不如死的滋味。”

匪徒们面面相觑。

曾经的匪首雷勒，大着胆子问：“主人，您到底打算要我们今后成为什么人？”

“上等人。”修伊用冷漠而充满揶揄的口吻说，“可以自由出入上流社会，甚至于宫廷，令世人瞻仰的高高在上的上等人，也就是绅士、贵族。所以从今天起我将对你们进行彻底地改头换面，帮助你们重新做人。老实说这并不容易，不过我向来喜欢有挑战性的工作。”

说到这，少年的嘴角撇出了一个邪恶的笑容，所有人都忍不住打了一个冷战。

“在正式开始对你们的改造之前，我先讲述一下你们需要学习的内容。每天早晨起来，你们要进行必要的洗漱，良好的卫生习惯，是必需的条件。所以你们必须在三天内，把你们的满口黄牙都给我刷干净。刷不干净，就用刀子刮，自己刮不掉，我不介意亲自出手把它们敲掉。像今天的这个样子，将是你们最后一次。”

随着修伊冰冷的目光扫过，盗匪们你看看我，我看看你，他们的身上脏得可以让虱子开集会，衣衫破烂得可以当抹布都难用。

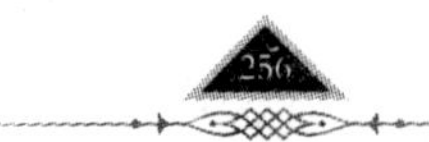

“现在，每个人都给我把衣服脱掉，跳进那边的河里去洗个澡，记住，要洗得干干净净。”

“见鬼，现在是冬天！”一名盗匪大喊道。

少年的声音仿佛幽灵：“那可以让你们的记忆更加深刻。我数到十，还没有脱光衣服跳到河里的……旭。”

小魔龙呜的一声嘶吼，盯住众人。

在一大群匪徒仍是犹豫时，还是雷勒·耶萨这个曾经的领袖暴吼一声：“该死！洗就洗了，兄弟们，脱衣服！冲啊！”

“冲啊！”所有匪徒一起大吼着快速地把身上的破烂衣服脱下扔到地上，向着河里冲去。

修伊看着一大群光着身子跃入水中的盗匪，无奈地苦笑道：“很有感染力的口号，不是吗？”

小魔龙很认真地点点头。

这个澡，或许是强盗们洗得最痛苦的一次，活这么大都没洗过几次澡的强盗们，足足在冰冷的河水里扑腾了两个小时才被允许上岸。这两个小时里，强盗们几乎被洗脱了一层皮，皮肤被搓得通红。

然而上岸后，他们却惊讶地发现自己的衣服不见了。

“从今天起，你们不必再穿过去的衣服了，我为你们准备了新的衣服。”

修伊的手一指，在离河岸不远处放着的是无数的礼服、礼帽、文明杖，一些怀表和擦得锃亮的皮鞋。

令人惊奇的是，竟然还有宫廷女装，一大群盗匪看得目瞪口呆。

这些可是修伊昨天晚上运用法术从百里外的小镇买回来的，当小镇上的几户贵族和衣料铺的人在清晨醒来都愕然地发现自己所有的衣物都不见了，不过还好见到了几个金维特，抵消了损失。

雷勒·耶萨赤条条地来到那一堆衣物旁，挑出一件黑色燕尾服，嘟囔了一句：“这料子摸起来还真舒服。”

“喜欢就穿上它，不合身的话就再换别的，还好贵族老爷们不缺大个子，总会有适合你的。”修伊笑道。

盗贼们一个个洗过澡又穿上新衣服后，看上去样子顺眼多了。不知道的人还以为是贵族老爷们在这里开乡村集会呢，只是一开腔，立刻显现出盗匪本色。

“这衣服真不利索，这么多扣子！”一名长相横蛮的大汉抱怨起来，他粗大的手指对这些扣子很是没有办法。

“那是礼服，你这白痴，瞧我这件是便装，它的扣子就少多了。”一名长相猥琐的盗匪得意地叫道。

“把你的给我。”

“你这狗娘养的敢抢我的衣服！”

“就抢你的了又怎么样。”

“好哇，看样子要玩两手，是吗？”被抢走衣服的猥琐盗匪手里亮出了刀子。

“哈，乐意奉陪！”对方也毫不示弱。

其他匪徒开始呼叫起来：“打，打！宰了那个狗娘养的！”

“巴特，我买你赢，给我卸了他的胳膊！”

“或者打断他的腿！”

“我押10个银维特，我赌巴特赢！”

“20个银维特，我押范辛。”

“你还真是有钱！”

“那是老子的老婆本！”

一群人疯狂地呼喝着。

一阵冰冷的咳嗽声打断了匪徒们狂热的呐喝，少年冷酷的声音悠然响起：“不得不说，你们就是一摊扶不上墙的烂泥，就算是穿上了贵族的服装，骨子里也依然是一群败类、流氓、恶棍。”

盗匪们一起回身看向身后的少年，雷勒·耶萨清了清嗓子道：“尊敬的主人，兄弟们以前经常这样玩闹的，对我们来说，打架就是种交流方式，它很正常。”

“那么以后你们将会有新的交流方式，”少年冷酷道，“现在全部从矮到高给我站好！先学会罚站，罚站期间，有敢交谈者，20皮鞭。”

两个小时后。

“洗漱之后，就是早茶时间。”修伊此刻正坐在一张贵族专用的餐桌前，好整以暇地

为自己倒上一杯芳香浓郁的咖啡。

他用优雅的姿势端起咖啡，轻轻喝了一口，放下来用手拈起不远处盘子里的一块糕点道："记住，喝早茶是一个享受的过程，要用放松的心情和愉悦的态度去品尝美食。贵族们吃东西，可不是为了填饱肚子，而是为了享受美味的食物所能够带给我们的美好感觉。"

说着，修伊将糕点放进嘴里，细细品尝着，脸上露出相当陶醉的表情，并说："味道相当不错，这可是我大老远带回来的，有兴趣尝尝吗？"

盗匪们面面相觑。

"喝过早茶后，你们要进行文化课程的学习，上流社会，要想找到一个没有文化的贵族，那是相当困难的。贵族们也许混账，无耻，恶劣，虚伪，但他们至少在表面上，永远都是知书懂礼的，所以你们必须开始读书。"修伊继续道，"你们中有几个认识字的？"

先前那个差点打架的、相貌猥琐的家伙站了出来，他说："我认识些字。"

"多少？"

"我能写自己的名字。"

盗匪们哈哈狂笑起来："范辛，你这蠢货会写自己名字了？"

"这可真是了不起啊。没想到我们中间竟然还有读书人！"

修伊冷笑着继续说："除了要学会识字以外，你们还要学习兰斯帝国和风鸣大陆的历史，文化传统，宗教发展过程，此外，还有就是学习饮酒……"

一名匪徒大笑道："喝酒还用学习吗？我们都会，我甚至可以用我的屁股去喝酒！"

所有人都哈哈大笑起来。

修伊冷冷地瞥了他一眼："红。"

天空中的炽焰鸟呼地对准那名匪徒吐出一口凶猛的火焰，那名匪徒就像一只被褪了毛的野鸡，直挺挺地向地上倒去。

修伊慢条斯理地继续喝了口咖啡，然后说："对你们的狂妄无知，还有粗鲁，我都可以暂时忍耐。但是我需要你们记住，在别人说话的时候出声打断是一种非常不礼貌的行为，真正的绅士绝不会这样做。第一次犯错误，由我的宠物来给予警告，第二次犯同样的错误，由我来出手。通常你们不会有第三次犯错的机会。所以我再次提醒你们，不要错过我说的任何内容，因为我随时会对你们进行考核。"

匪徒们收起笑容，竖起耳朵，生怕错过修伊说过的每一个字。

修伊继续道："酒会、茶会、马会还有舞会，是上流社会交际圈的四种基本形式。下午的时候，你们要学习如何饮酒，如何辨识各种酒，以及相关的酒类知识，学会骑马以及优雅的马上姿态。此外，就是学习艺术欣赏，艺术欣赏是决定一个贵族层次的基本表现。对于诗歌、绘画、音乐，还有雕塑，你们要拥有最起码的区分鉴别能力。"

一名匪徒在下面轻声低语："老子懂得的唯一艺术就裸体艺术。"

修伊的眉头轻轻一挑，叫了一声："旭。"

小魔龙龇了一下牙，凶狠地扑了过去，人群中发出凄厉的惨叫声，片刻后，旭美美地叼着一块肉回来了。

"晚上的时候，你们要学习舞蹈，以及语言的运用。你们要学会至少一种宫廷专门用语，这和你们平时的说话方式完全不同。记住，贵族是不说脏话的，如果我再从谁的嘴里听到脏话，你们就永远不必说话了。"

暴力永远是对匪徒最好的教育方式，也永远是最直接最有效的教育方式，强盗们学会了默默地接受。

在说过了盗匪们大致要学习的内容后，修伊的早茶也已经吃完。

他用餐巾轻轻擦拭了一下自己的嘴唇，然后放声道："今天我们要学习的第一堂课的内容，是礼仪。

"礼仪，是区分上等人与下等人的一个重要方式，或许我们可以这样说，礼仪对一位贵族的意义，与家族血统，纹章，财富和帝国的赏赐一样，是成为贵族的基本条件。后面的所有条件，都是属于物质上的，我会想办法解决这些问题，但是礼仪这个问题，就必须你们通过努力的学习才能达到，所以你们第一要学的就是礼仪课程。

"礼仪涉及的内容有很多，打招呼是上流社会的一项基本礼节。人与人相互之间的见面与致敬，通常有着严格的规范，对于没有头衔的贵族可以使用如阁下、先生这样的称呼，对于有头衔的最好称呼头衔。自称绝对不可以使用老子这样的词汇，要学会区分'鄙人'、'本人'在不同场合下的区别，实在搞不清，就直接用'我'来代替。在这里，你们必须明白一点，只有关系十分亲密的人，才可以用你来称呼，您这个用语，在绝大多数场合都是有效的。男人们间的相互招呼，在不同的距离间有所差异。在彼此间距一米到一米半左右时，可以将左手放在胸前，身体以十五度的姿态前倾。如果距离过远，就使用脱

帽礼。在正式场合，允许一些关系亲密的人士相互搂抱，但是切忌使用太大的力气。

“男士面对女士，通常有三种接触礼。一、吻手礼。这主要适用于平辈间的交往，通常在身份对等的情况下使用，适用绝大多数场合，一般用于见面或道别。记住，吻手礼绝不允许你们像一群馋嘴的恶狼那样扑上去。动作一定要舒缓，优雅，别像没见过女人一样，摸到别人的手就不放。

一名盗匪举起手——这是修伊刚立下的规矩，要发言必须先举手。

“说。”修伊道。

那盗匪问：“我可以舔她吗？”

一群盗匪全部嘿嘿怪笑起来。

修伊冷冷地回答：“很好的问题，如果有谁敢把自己的舌头伸出来，我保证，他以后都别想再用到自己的舌头。”

少年的话冷酷狠戾，匪徒们识相地闭嘴。

“第二种礼，是亲吻额头，通常只是长辈对晚辈使用。我想你们不会有太多这样的机会，老实说我也不希望你们有这样的机会，因为我很担心你们在面对女士的时候会把亲吻的位置往下移并且不肯松开。”

盗匪们再次怪笑起来。

“第三种礼就是亲吻对方的脚背，这是下人仆役们使用的礼节。对于主人的赏赐或者惩罚，下人们要抱以谦恭的态度甘心承受。无论你们的心里怎么想，你们都必须要这样做，并表现得顺从。

“我要提醒你们大家的一句话就是，这里的46个人，不是每一个人都有机会成为贵族。你们中大部分人只能成为仆役。但是未来的日子里，谁有机会成为被伺候的，谁只能去伺候别人，就要看你们学习的进度了。过去的你们，除了雷勒·耶萨是老大外，还有二首领，三首领。但现在这些等级秩序统统作废，我将给你们订立新的游戏规则，而你们要做的就是按照我的规则来进行这个游戏。能够决定你们未来日子里是做上等人还是下等人的，只有一个方法，就是看谁学得更快，更多，更能融合进我需要你们融合进的社会。

“我需要一个家族的族长，他会有至少两个兄弟，一个管家，一个家族武士头领。在这些身份之外，可能还会有一些其他的补充，不过不会太多，因为这是一个新兴的家族，剩下的就只能是打杂的，包括门房、车夫、花匠、侍者、清洁工，等等。至于你们到时候负责扮演什么样的人物，就只能靠你们自己去争取。”

修伊并不需要每一名强盗都学会绅士的谈吐做派，他会根据自己的需要，从这些人中挑选出一批学得最出色的人来扮演贵族老爷的角色，其他的人则只能做仆役。但即使是仆役，也同样需要他们认真学习各种规矩。

生活有时候就是一出戏，每个人都是演员，演员做出了头，就可以做主演。演得不好，则只能跑跑龙套。

至于修伊自己，四年炼狱岛的演员生涯，让他拥有了一身出色的演技，同样的，也让他逐渐熟悉了贵族们的生活方式。修伊·格莱尔的曾经经历，礼仪世家的种种规矩，更是为修伊提供了大量的素材可供使用。这使他升级为导演，同时编写剧本，未来的生涯里，他可以使用他们导演出一幕幕大戏。

没有人知道修伊到底在打什么算盘，修伊也懒得向他们解释。身为领导者，有时候是需要保持一些神秘感的。好的属下只需要知道老板需要他去做什么，而不必去领会那背后的用意。

但是反过来，身为领导者的自己，却必须明白每一步行动背后的意义。

使用盗匪作为自己的班底，固然是一个很合适的选择，可要说这个计划有什么不足之处的话，那就是像雷勒这样的匪徒，以他们的说话、气质、习惯及生活方式，几乎等于是在自己的脸上刻上“坏人”两个字。和这样的人在一起，他的生活以后要么就是从此浪迹山野；要么就是刚走进城市，就被当地的治安力量驱逐或抓捕起来。

这绝对是修伊所无法容忍的，盗贼团应该是他用来掩护自己的筹码，而不是拖累自己的存在。所以就在他决定收下这批盗匪的同时，他的调教计划也随之萌生。

他要让这帮盗匪，在他的调教下成为真真正正的绅士，不仅仅是身份上的，还有气质上的。这使他在未来的日子里可以自由出入各地，而不是只能浪迹于山野之间。

毫无疑问，这是一个非常具有挑战性的工作。

有领导能力的人，可以让一批顽固不化的分子臣服于自己的意志下，将他们像泥人般捏来塑去；不具备领导能力的人，则只能让自己融入集体之中。

修伊显然不是后者。

紧张的学习过程就这样开始了，从这一天起，修伊正式开始教导盗贼们怎样学习和理解上流社会的生活习惯。

每天清晨，匪徒们要穿着笔挺的贵族服装，打着领结，戴着黑色礼帽，胸前还挂着一块怀表，手里还拄着文明杖。

他们必须学会在见面时，彼此致脱帽礼，而不是大大咧咧地冲过去抱成一团，用拳头捶打对方。用他们主人的说法：“只有乡下人，无知的莽夫，才会做出这样的举动。”

在面对女士时，他们必须懂得为女士拉开座椅而不是自顾自地坐下，懂得女士优先的道理。

袒胸露腹，挖鼻孔，把脚放到椅子上或者蹲着进食以及大声骂娘这种行为是绝对不允许的。

此外，严禁随地大小便，严禁酗酒，喝烈性酒……

“在与人进行面对面的交谈时，说话一定要缓慢，有力，有节奏感，不能滔滔不绝，长篇大论，不给对方说话的机会，不可以打断别人的说话，吐字一定要清楚，要使用标准的宫廷用语，绝不能把乡下的俚语用出来。

“在对方说话时，要平静，背部略微弯曲，做倾听状，哪怕对方说的全是屁话，你也必须表现得在认真听！如果你对对方的意见有不同看法，不允许直接说对方是错误的，而应该使用婉转一些的口气，比如说：阁下的说法很有道理，但是我还有一些不同的想法……你可以在心里骂对方是一堆狗屎，可你们的表情要像看到一朵鲜花一样。”

“真虚伪。”下面有人低声道。

“没错，贵族或者说绅士的特点就是虚伪，而你们现在就要学会虚伪。”修伊这次没有惩罚那个插嘴的人，“另外，当两个人面对面的交谈时，切记千万不要把一条腿放到另一条腿上。这种跷着二郎腿的做法，是礼仪中的大忌，会显得你很没有教养。”

盗匪们不满地叫了起来：“天啊，这些规矩可真多，这真让人受不了，老子连怎么站怎么坐都要讲规矩。”

一名盗匪更是大叫道：“不能把脚放在椅子上，不能抠我最心爱的脚指头，现在甚至连另一条腿也不能放了。那我还能放哪儿？不！从我生下来起我就习惯了这种坐法，我的腿就放在这，哪儿也不去。”他拍着自己的大腿叫道。

这一刻，为了捍卫自己的“权利”，他甚至忘记了那个“魔鬼”的可怕。

修伊悠悠问道：“你确定你想这样？”

“是的，哪怕你杀了我。”那盗匪傲然回答。

“很好。”修伊点点头。

下一刻，他的身形闪电般掠过那盗匪的身边，带出一抹红色光影。

在那盗匪惊天的惨叫声中，一把长剑穿过盗匪的两条大腿，将它们牢牢地钉在了一起。

“既然你喜欢把两条腿叠在一起，那我可以帮你固定它，直到你认为这个姿势不是那么舒服为止。”

少年的手段血腥，毒辣，直接。

所有的盗匪终于回过神来，重新回忆起他们跟随着的这个少年，从来都不是一位仁慈的主。

盗匪们的恶劣习惯多到数不胜数，要想让他们在短时间内改掉这些毛病，就必须使用非常手段。

“残暴”的人是不会有耐心等待对方的，改不掉的人必须付出惨重的代价。而在教训面前，每一个人都会学得很快。

独裁永远比民主更富效率。暴君或许人人痛恨，但在他被推翻之前，他的命令总是能够第一时间得到贯彻和执行。

至于以后，修伊有信心让这批没见过世面的土包子最终爱上这种生活的，强力的执行手段，再加上日后的优裕的生活，可以弥补一切的不幸与苦难。

当然，在这之前，盗匪们必须经历一番特殊的水深火热阶段。

……

小山谷里，一场场仿佛滑稽戏般的闹剧就此上演。

“要想成为一个绅士，就要有绅士的气质。所谓的气质，并不是一种无形的存在，事实上，它是眼神、动作、行为、举止等一系列方面的集合，是一种教养达到某种程度上的体现。我不得不说，你们的气质使你们就算是穿上礼服，也依旧是一群粗人。

“瞧瞧你们的眼神吧，你们这群渣滓，你们看人时的样子就像恶狼在看着小绵羊。不，你们要学会用平静的目光去看待别人，而不是震慑他人。要知道你们不是在打劫，你们不再需要使用手里的刀剑去逼迫别人掏出他们的钱包，没必要一脸的凶神恶煞的模样。别用这种看肥羊的眼神看人，你们的眼神里充满了欲望与贪婪。

“看看我，要微笑，目光里要充满爱，要闪烁出智慧的光芒，哪怕你们根本没有智

慧。”

“天啊，这简直太难了。”匪徒们大声抱怨起来。

“雷勒·耶萨，你上来做个示范。到我的身边来，然后看着我。”

三级武士大踏步来到修伊的身边，虎视眈眈地望着修伊。

“眼神，是表达一个人的情感的最好窗口。你的心情，喜悦、欢笑、悲哀、愤怒，都可以从一个人的眼神中表现出来。雷勒·耶萨，从你的眼神中，我看到的是深深的憎恨。”修伊指着眼前的大块头向盗匪们解说。

“是的，我的强大而慷慨的主人。我从未有一天像现在这样深刻地痛恨着某个浑蛋，如果我的眼神能够化成利剑，我会将他切割成一块块零星的碎肉；如果我的眼神能够化成火焰，我会把他烧成一团焦炭；如果我的眼神能变成一片汪洋大海，那么这海洋足以彻底淹没那个让我深深痛恨的魔鬼！”雷勒·耶萨眼中充满深情地说道。

这让修伊有些“感动”了。

“说得真是太好了，身为曾经的领袖的你，总是比别人更有胆量。但我从没想到过憎恨可以让你变成一个诗人，知道吗？这是我自认识你们以来听到的最动听的语言。”

修伊靠近雷勒·耶萨的耳边轻声道：“如果对我的憎恨可以让你时刻保持这种状态，那么我允许你们把修伊·格莱尔的名字挂在嘴边，用我教过你们的方式去诅咒和咒骂那个浑蛋，但是记住，是要用我教过的那种方式。”

雷勒·耶萨舔了一下嘴唇：“修伊·格莱尔主人，您真是太慷慨了，您是我见过的最有风度的恶棍，我虔诚地向上苍祈祷，您一定不得好死。”

他这话说得温柔极了。

“说得好极了。”修伊笑嘻嘻地道，“大家来看啊，雷勒做到了，他此时的眼神充满温柔。记住，眼神是心灵的窗口，而你们现在要做的，就是学会如何关闭自己心中的那扇窗。没事就多多练习吧，下面，我们来学另一项内容。”

随着课程的正式展开，盗匪们的苦难真正开始了。

“行走，同样是贵族仪态的一种基本表现。走路时脚步要尽量放轻，要保持在一种悠闲轻松的状态中。贵族们不事生产，没有繁重的劳役压迫他们，所以没必要表现出火急火燎的样子。即使是发生了紧急事件，也只是加快走路的步伐。记住，无论如何不要奔跑，你们什么时候见到过绅士在大街上奔跑的？”

“你走路的样子就像一只鸭子，手臂甩动的幅度放小，不要甩得那么大，你不是在讨账，收起你的流氓习气，你个蠢货。”一名走姿不雅的盗匪被修伊一脚踢飞。

……

“说话的时候，语气要诚恳有力，吐字一定要清晰。赛拉，你的舌头大得可以做一盆菜了。”

“我天生就是大舌头，主人。”赛拉瓮声瓮气地回答。

“解决它，否则我让你天天把舌头泡在减肥药剂里。”

……

“喝酒的时候，根据酒的不同种类有不同的喝法，但是无论哪一种喝法，都不包括你现在这种方式——那叫牛饮。就算是最粗鄙的仆人也不会像你这样喝酒。如果你们改不了这个毛病，我不介意让你们每天灌一升马尿下去，也许到那时你们就会明白什么叫细细品味。”

……

“舞蹈，是贵族交际的一种最常见也最实用的交流方式。在邀请女士跳舞的时候，

要学会一些最基本的礼节手势。首先，走到女士的身边，记住不要靠她太近。伸出你的右手，就像我这样，在空中划一道优美的弧线，然后放到自己胸口靠近心脏的位置。将左手放在背后，做一个四十五度的鞠躬。记住，在做这个动作的同时，左脚要向后稍微点一下，半屈膝盖。挥动右手时，千万不要碰到你要邀请的姑娘，更不要距离很远就做这个动作，那会让人不知道你在邀请谁。雷勒，你来做一下这个动作。”

雷勒很不情愿地为所有人做示范。

“你的屁股翘得太高了。”修伊手里的鞭子狠狠抽下去，“脸要稍微向上看，用看你情人的眼光去看那位‘姑娘’，注意你的眼神，要含情脉脉，我知道你的对面是个男人，可你要是做不到，我会让你去搂抱他甚至亲吻他。好，很好，就这样，不要动，让大家看清楚你的姿势。”

雷勒像尊雕塑一样被摆放在那里大半个小时供人观赏揣摩。

……

“吃饭的时候是左手拿叉，右手拿刀。切割食物是一门学问，用餐刀带齿的一面倾斜着切割食物，没必要用这么大的力气，要用巧劲，你和食物有仇吗？”

“如果你敢把盘子切碎，我就把这些破烂塞到你的嘴里去。”

“在吃东西时发出声音是一种不礼貌的行为。”

“谁要是再敢在喝汤的时候把汤盆捧起来喝，我就把他做成汤。”

“要学会饭前洗手，更不要把食物掉在餐桌上。”

“别把漱口水也喝下去。”

“饭后记住擦擦你们的那张臭嘴。”

……

“倒咖啡时，要缓慢，背部不能弯曲，你想把滚烫的开水都浇到我身上吗？”

“是的，我很想那样做，我强大而慷慨的主人。”

“很好，不管怎么说，你们终于有所进步了，骂人可以不带脏字了，这真让我欣慰。”

……

“诗歌，具有陶冶情操，抒发感情，美化生活等独特的作用。它能够帮助你发现美，感悟美。我们应该学习理解诗歌的意义，至少要学会朗读诗歌。”

“伟大的主人，我作了一首诗，是歌颂您的。”

“是吗，雷勒？那么念给我听听。”

“啊！主人，您是如此的伟大，您就仿佛那萤火虫的屁股一样圣洁，带给人们光明！您就是那一团臭烘烘的粪便，而我们就是围着您转个不停的苍蝇……”

“很好，写得非常棒，还有谁作诗了吗？我希望不再是歌颂我的伟大。”

“我写了一首歌颂天气和阳光雨露的。”

“哦，是范辛，念来听听。”

“在这个阳光明媚的雨天，伟大的主人用您那婀娜的步伐走在城市的田野上……”

“很好，够了，我觉得你们应该先学习背诗，然后再考虑作诗。”修伊用无比肯定的口气说道。

他回头看去，小魔龙已经捧着肚子笑抽在地上了，至于炽焰鸟，它们直接从空中往地上栽倒，像棵树一样把自己插在了地面上。

在修伊的高压政策下，盗匪们开始了从山贼向绅士的蜕变。

他们努力学习着各种知识、礼节，学习有关兰斯帝国的传统文化，学习如何像一个真正的绅士。

清晨起来，雷勒·耶萨，这位曾经的盗匪首领会穿着一身礼服，戴着礼帽，拄着一根文明杖走在泥泞的乡村小路上。在看到一个盗匪小心地把自己倔强的手指分开，尝试着从底部托起那个酒杯品尝杯中甘甜的白葡萄酒时，他会笑着说：“哦，原来是尊敬的利厄·康迪先生，真高兴又见到您了。在这美好的清晨里来上一杯葡萄酒，可以让您的身体更加健康。”

那个叫利厄·康迪的盗匪脸上挂满了盛情的笑容：“哦，原来是仁慈的雷勒·耶萨大人，难得看到您从我家门前经过，需要留下来喝一杯吗？”

“哦，不了，”雷勒·耶萨挥舞着手中的文明杖，“亚历克西斯·杰恩斯男爵正在等我呢，今天的天气不错，我们约好了一起出去骑马。”

“是啊，今天的天气可真不错，大雾很浓，尽管看不清道路，但是可以带给我们神秘的感受。您在骑马时千万要小心一些，不要撞到那边的树丛里去，有几个刁民在那里挖了个坑，他们满心希望一个叫修伊·格莱尔的浑蛋摔死在那里，但可恨的是他们从来没有成功过。”

“我会注意的，让我们一起祝福这美好的天气吧。”雷勒·耶萨拄着他的文明杖大步走过。

下一刻，雷勒·耶萨来到另一个盗匪的身边，他用充满“惊喜”的目光望着那名盗匪说：“我的天啊，瞧我看到了谁？埃德·贝洛姆夫人！您今天可真漂亮。”

那名穿着女装正在看书的盗匪狠狠地瞪着雷勒·耶萨，极尽温柔地吐出他那充满“女人气息”的温柔声音道：“原来是耶萨爵士，真高兴见到您，我今天的心情糟透了。”

“您出了什么问题吗？”雷勒·耶萨问。

“是的，我发现我最近憔悴了许多，我不再那么漂亮了，我担心我的丈夫不再爱我。”盗匪将手放在自己的脸上，做出了忧愁哀伤状。

雷勒·耶萨无比同情地拍拍对方的肩膀，低声道：“今天怎么你来做女人了？”

“该死的修伊·格莱尔，我昨天只背出了十二个单词。”“女”盗匪带着哭腔回答。

“这真让人同情，不过非常感谢你的贡献，我昨天背出了十五个单词，距离二十个单词的标准差了五个。先哲说得没错，在面对猛兽的追捕时，你只需要跑得比最慢的那个快就够了。”

“头儿，别刺激我了。”

“还是叫我耶萨爵士吧，这个称呼有时候听起来还是挺顺耳的。”

说着，雷勒·耶萨后退几步，向埃德·贝洛姆扬起他的那只大手：“哦，夫人，在我看来，您的美丽依然是那样的无可挑剔，我相信您的丈夫一定会一如既往地爱您的。”

“您确定这一点吗？”埃德·贝洛姆的眼神中闪烁出一种可以被命名为“兴奋”的火花。

“是的，”雷勒·耶萨很认真地回答，然后凑到对方的耳边，“您那仿佛被驴踢过一般的容颜会令所有的男人一看到就想捂住自己的钱包。”

“那多承您的吉言了。”埃德·贝洛姆做双手捧心状，哭丧着脸回答。

雷勒·耶萨扭头就走，嘴里嘀咕着：“这该死的对白令我作呕！”

……

驱散风莺，修伊低下头看看趴在身边的小魔龙：“他们干得不错，对吗？”

旭哼哼着不做理会，即使是一头魔兽，也可以看出这帮盗匪距离做真正的上等人，差距还太远。

如果一定要在这份差距后面加个单位，那么应该是以光年来计算。

“我知道你看不起他们，不过旭，你必须相信人是有潜力的。每个人的内心深处，其实都有积极向上的动力。以前，他们只是没有机会，缺乏好的教育。他们现在之所以会这样，不是因为他们真正喜欢曾经的生活，而是他们努力去适应了曾经的生活。社会里有各种各样的环境，能够尽快融入自己所处的环境的人，总是能生活得滋润一些的。而对于好的生活方式，他们只会适应得更快，现在的他们，只是缺乏一些必要的外部条件而已。”

说到这，修伊看了看小家伙道：“时间是宝贵的，强盗们都已经开始学习了，那么你是不是也该开始学习了呢？你不能因为爸爸对你的宠爱就总是偷懒。”

“呜！”小魔龙一下子竖起了耳朵。

学习这个词令它浑身发麻，爸爸这个词更是令它浑身颤抖。

“好了，别这个样子。”修伊抱起小家伙苦笑道，“你总不能让我用鞭子逼着你学习法术吧？”

小家伙哼哼着，一副我看你舍得的样子。

“但是不学肯定是不行的。你不会把自己的定位停留在我的后备魔力补充基地这种基础上吧？一头伟大的魔龙做一个人类的魔力发电机？你不觉得这听起来太掉价了吗？”

“呜——”

“相信我，旭，学习魔法并不是那么难。在你的天赋呈现出来之前，我们完全可以先学习人类的法术。你是个天才，你不该辜负天才的美誉，很多人类在四五岁刚会说话的时候就已经能够朗诵诗歌了。而你，魔龙中的天才，上帝的宠儿，智慧最高的魔兽，你也完全可以在幼生期成为学习和使用人类魔法的高手。想一想吧，还没有成年的你，早早就站在世界的巅峰，享受世人的膜拜，那会是怎样的愉快感受。”

小家伙用无奈的眼神望着修伊，看着这个口若悬河，说着一套又一套好心哄骗自己的话语的家伙。它很想告诉他，尽管自己还不会说话，但由于心灵相通的关系，他心底的那点小秘密根本瞒不过自己。

你不就是想让我给你做免费打手吗？直说不就行了？

好在修伊也感应到了小家伙的意念，他的脸一红，点点头道：“是的。红和绿已经暴露了，但是你还没有。我之所以敢让它们现身，就是因为你的存在其实比它们更强大，你是我最重要的底牌。可是这张牌现在还没能成长为一张王牌，我需要你，旭。未来的日子

里我可能会遭遇更多艰苦的战斗。有些战斗未必是我能决定的，很多时候仅仅依靠头脑也不能解决所有问题，强大的武力基础依然是必要的后盾。所以我需要你。”

小家伙叹了口气，然后汪汪叫了几声。

“如果你答应好好学习的话，我保证你今后每天都可以吃到丰盛的美食，你瞧我们现在有40多个手下，我会让他们每天都帮你抓很多好吃的，你觉得怎么样？你不是喜欢吃魔兽吗？我让他们给你抓，就抓那种最凶狠的、肉质最肥美的。”

风把这句话送到雷勒等人的耳边，一群盗匪同时打起了哆嗦。

小家伙盯着修伊，竖起一只前爪，露出五根爪尖。

“每天五只？”

小家伙点点头。

“你不能吃那么多，你会发胖的。”

小家伙跺脚，就要吃那么多。

“那好吧，学习一种法术对应一只魔兽，学会一种，奖励一块晶石。”

小家伙很愤怒。

修伊丝毫不让步。

小家伙想了想，费力地收回了两个爪尖。

修伊笑了起来：“好，那就学习三种法术。”

唉，小家伙悲哀地意识到，免费的午餐终于没有了。

望着小家伙的无奈，修伊开心地笑了，这小东西在他每天坚持不懈的语言疲劳轰炸下终于低头认输了。

“谢谢你，旭。如果你愿意的话我们还可以练习一些关于近身战斗和配合作战的技巧。你愿意吗？”

“呜……汪汪！”

“不说话那就是默认了。”

“汪汪！汪汪！汪汪！”旭很愤怒，意思很明显是不愿意，但现在的它怎么可能说“人话”！

对于旭来说，生活是美好的，吃吃，喝喝，睡睡，玩玩，看人打架。

看戏永远比演戏要来得轻松愉快，如果它会说话的话，还可以发表几句不痛不痒的评

论，比如指责学习的人不卖力，这么发音是不对的，那个姿势是不合时宜的，某些人是蠢笨的，怎么也教不会的，是不适合登台演出的等。

在修伊调教众匪徒的这段时间里，像这样的腹诽旭绝对没有少过。哪怕盗匪们的学习再努力，再刻苦，它也总是能找出不足之处。

小家伙就像个挑剔的上帝，毫无道德的批评着一切可以批评的，哪怕找不着什么错，也本着鸡蛋里挑骨头的精神尽可能地贬低一切可以贬低的。

对于高傲的魔龙来说，视角永远是俯瞰的，哪怕它自己其实半点礼仪规矩都不懂，但同样不妨碍它自以为是地贬低一切。

这头小魔龙的名字不应该叫旭，而应该叫空。

但是悠闲的日子总会过去，突然有一天，旭发现美好的生活不再眷顾它了。它不再是上帝，等待它的是即将被架到高台上的表演……

说是哄骗也好，说是强迫也罢，不管怎么说，可怜的还不到两岁的小魔龙就这么被修伊哄骗着踏上修习人类魔法的道路。

尽管深渊魔龙天生就拥有空间、自然和火系法术三种能力，而且旭拥有其他魔龙所不具备的学习人类法术的能力，但是对旭来说，先天的体质注定了它不可能像人类那样通过冥想进行魔力修炼。

虽然旭可以学习人类的法术，但依然只局限于空间、自然和火系三种法术。

这就使得修伊现在能教旭的也就只有空间法术一种，与风系、灵魂系不同，空间法术主要有三条进阶线，分别是空间移动、能量攻击和结界三个方向。

其中，空间移动方面，有最低级的物质传送，中等的瞬间传送，还有最后可以施展精确定位进行超远距离传送的星辰之门。

能量攻击方面，有最低级的能量冲击，能量波，能量刃。在三级的能量刃基础上，会形成两条新的进阶线。一条是学习四级的真空之刃，然后是五级的裂空之刃，再就是直接的七级法术黑洞之潮。另一条进阶线则是直接在六级时学习超强攻击能量风暴，七级时学习光之迷宫。

在结界方面，二级的空间系法师可以学习使用能量结界。这是一种可以提高法师魔力恢复速度的结界，等级虽低却相当实用。

三级的空间系法师可以学习使用虚无结界，将指定目标暂时处于虚无状态之中，避免

攻击。四级守恒结界，可以恒定减弱定质伤害。五级结界破除，可以破除绝大部分结界，六级反冲结界，可以将进攻自己的力量部分逆转回击，但反冲攻击不能超过自身等级。七级导引结界，可以将进攻自己的力量全部导引入虚无空间。

无论是进攻还是防御，空间系的法术都是异常强大的，这是空间系的特点。它的不足之处就在于，一是消耗魔力太多；二是空间系法术品种过少，导致缺乏战术变化；三是不具备召唤法术。

由此可见，阿布利特在空间法术的修为上，其实是相当强悍的，至少他已经掌握了同级别技能树上的所有法术。只是因为修伊太了解空间法术的致命弱点，又有炽焰鸟帮助他克制对方的水系法术，再加上事先的准备，才能轻而易举地杀死对方。

在经过反复思虑后，修伊决定教旭使用空间魔法中的能量攻击类法术。

眼看着不情不愿的旭挥舞着小爪子努力放出真空之刃，摆弄出种种为难的样子，修伊突然觉得这个小家伙真的是很幸福。

“旭，或许你现在还不明白，但是总有一天你会长大，会了解。幸福不是你想要什么就能得到什么，而是你得到什么，就能珍惜什么，是欲望与能力相匹配。想想吧，人类要想学习魔法，就得从学徒开始一步步修炼，魔龙却天生就可以使用各种强大法术，可惜的是它们不可能学习人类法术。像你这样一出生就能学习四级人类法术的小家伙，集中了人类与魔龙两个生物种族最强大的优势，恐怕天底下再找不出第二个。但是我很担心，你既然能够学习人类的法术，那么在将来恐怕也能够学习人类那永无止境的欲望。我无法让你不去追求什么，那么就只能让你去拥有满足欲望的能力，在这一点上，我是自私的。因为我不会去考虑在未来你会给人类带来什么。所以就算是为了你自己，你也要好好修炼，努力学习……”

“呜……汪汪！”小家伙看起来明白了一些修伊的意思。

“嗖！”一道真空之刃犀利地穿过远方的大树，空间裂缝轻松地划过树干，随着那不堪重负的咿呀声，大树颓然倒下。

远方观看的一众盗匪个个目瞪口呆。

雷勒喃喃自语：“神灵在上！我看到那只狗放出了人类的空间法术？”

“你确定那是一只狗吗？头儿。”

“不，但我终于明白修伊·格莱尔为什么如此变态了，因为……因为连他的宠物都是

变态的！”雷勒咬着牙齿道。

旭仿佛听到了雷勒的话，转过头向雷勒龇了一下牙，小爪子对着这边缓缓扬起……

一群盗匪大惊失色，呼啦一下子跑得没了踪影。

小家伙晃着可爱的小脑袋，嘿嘿地怪笑起来，它笑起来的样子令人毛骨悚然。

紧张的训练就这样日复一日地展开。除了要调教盗匪和旭，修伊自己也处于努力修炼的状态中。

清晨的屋外，传来阵阵的风啸声，远处的平地上，一道平地腾起的旋风正在不停地打着旋儿。

这是修伊·格莱尔在修炼。

自从那天无意中领悟了疾风击后，他就一直在想办法对这一招数进行改进，然后不断练习。

风停，少年高速移动的身体也停了下来，随着远处修伊的手势挥舞，他的身边渐渐出现了一个能量结界。

修伊一抬头，叫道：“红！”

天空中炽焰鸟大嘴一张，一道火元素洪流喷吐而下，撞击在那能量结界上，迸射出五彩缤纷的耀眼光芒……

在兰雅大剧场获得能力突破之后，由于他匆匆离开香叶城，一直没有太多机会修炼。

除了灵魂系二级法术他已经基本全部掌握，空间系法术和二级风系法术他根本就没有来得及学习。难得这会儿有机会，他势必要赶快补上这些空白。

刚才他施放的就是空间法术中的四级守恒结界。

对修伊来说，他现在不缺乏攻击的手段，炽焰鸟的火焰喷吐，旭的空间能量攻击，还有自己的灵魂法术及近战技巧都可以发挥作用，但自保方面的能力显然是不足。仅仅依靠轻盈与速度，根本不可能面对那些强悍的高级武士。而空间系的结界类法术恰好能有效地弥补这一点。

在决定教旭修习空间法术中的能量进攻系时，修伊就已经做出了决定，自己主修结界类魔法，如此可以双方互补。

将有限的魔力集中在防御与速度上，运用武士的能力去进攻，从而最大化自己目前的实力，这是修伊给自己的定位。

红的火元素喷吐被守恒结界恒定减弱了一成伤害，但是余下的冲击波还是肆无忌惮地冲向修伊，还好修伊反应敏捷，及时躲了过去。

“恒定减弱伤害，需要其他的法术配合运用才能显出效果。”修伊喃喃低语了一句。

他轻声念动咒语，一个风灵护盾出现在自己周围，然后重新施放出守恒结界。

“红，再来一次，用全力！”

这一次，当被减弱了的火元素冲过守恒结界时，剩余的火元素能量狠狠地撞击在风灵护盾上。脆弱的风灵护盾被凶猛的元素之力打出斑斓的光影，在勉强维持了片刻后，终于消失，不过红的这一口喷射终归没有对修伊造成任何伤害。

“守恒结界的攻击削弱不该这么低的，看来主要还是由于低级结界没有运用纯熟的缘故。不过没关系，不同系的法术结合运用，可以弥补暂时的不足。”修伊心满意足道。

升级太快的后遗症在此刻显露出来，就是他一下子面临着学习众多法术的尴尬，而他的时间显然不够用。

没有足够的基础，一下子学习使用高级法术，并不能真正发挥出它的威力，守恒结界只能减弱一成伤害。而真正的全威力的守恒结界可以在固定时间内恒定减弱一切属性的伤害至少三成。

好在修伊还可以用别的法术来弥补。

但可惜的是，他没有办法同时使用出风系法术和空间法术。双法术的运用，目前只局限在同系法术上，跨系双法术组合，在难度上是质的飞跃。

对于绝大部分法师来说，他们不会用尽心力去解决不同系法术的组合运用，因为同系修炼到高级，自然会有更好的法术替代，完全没有必要通过多种法术的组合来模拟高级法术的效果。

但是修伊不同。昨天的疾风击让他发现了在魔法修炼上的一条新的路径，就是通过低级法术的组合应用，模拟出高级法术的效果。

疾风击在某种程度上就是五级法术龙卷风的替代品，尽管威力或许没有龙卷风强大，使用方式也受到许多方面的掣肘，但是依然不可否认，这是一个很好的让自己快速拥有强大战斗力的方法。

对修伊来说，即将到来的战斗，将一次比一次艰苦，他必须尽可能地在短时间内提升自己。

试验过空间结界术的运用之后，修伊又将注意力放到了风系法术上。

二级的风系法术，并没有太多的强力法术，反倒是辅助类法术相对增加了许多。比如风之嗅觉，风之视觉。但是这种自体强化的法术对已经是一个三级武士的修伊来说，没有了太大意义。反倒是在召唤方面，风系有了一个相当不错的进阶法术——风精灵的召唤。

元素精灵的召唤，是所有的召唤系法术中，最特殊的一种。它是一个单独的分支。再向上，固然还有更高级的召唤术，比如风魔召唤，甚至顶级的风龙召唤，但是风精灵的召唤却与这些完全不同。

因为元素精灵的强大与弱小，与施法者的能力和培养息息相关。

“大气的精灵啊，响应我的召唤，给予不敬者以严厉的惩罚……”随着咒语的轻声念动，风之元素在修伊的身边聚拢，渐渐形成一个半透明微带着些蔚蓝之色的人形元素体。

或许是风的特性所致，眼前的这个风之精灵，飘忽在空中，仿佛一大团人形的淡蓝云彩，待到实体完全凝结成形时，竟是一个娇小女孩的样子。

这个完全由风之元素凝结出来的元素精灵，就像是荧幕上朦胧的影像，令修伊惊奇的是，它竟然还有长长的由风元素凝结成的头发和衣裙。

裙带飘舞，仿佛飞天的仙女。

修伊轻轻伸出手，试图去触摸这个精灵，手却从它的胸前穿过，只感到一阵和煦的微风在手背上飘拂。

“嘶！”元素精灵发出欢快的叫声，看起来它完全能够理解修伊的意图，所以得意地笑了起来。

“很好，至少这种形态的你，完全不用担心一般的物理伤害了。”修伊笑着缩回手道。

元素精灵由于没有实体，是不承受任何普通的刀剑伤害的，不过魔法和斗气的攻击却可以对它造成打击。

“向我展示一下你的能力，据我所知，元素精灵的力量都是跟随召唤之人的能力而来的，那么或许我可以看看你拥有我哪部分的本事。”

“啊！”这个元素精灵仰天长啸了一声，下一刻，它化成一股飙卷的飓风向远处飘去。旷野上平地升起一股旋风，漫卷狂舞，鸣动四方。

“咦？”修伊大感诧异。

他没有想到自己召唤出来的元素精灵，竟然拥有了自己施展疾风击时的双法术混合能力，施展出类似龙卷风的法术来。

“你还会什么？”他大声问道。

飙卷的烈风中，飞出一道道犀利的风刃，凶猛地撞向不远处的大树，切割出一道道伤口——风刃冲击。

然后一道空气护盾加持在了自己的身上，紧接着是一道风之旋涡。

风精灵使用风系法术时，根本不需要消耗任何魔力，更不需要使用任何咒语。不过由于修伊在这个法术上还是初学乍练，因此他召唤出来的元素精灵能够维持很短的时间，仅片刻后就消失了。但是就在这片刻工夫，它先后使出了五种修伊·格莱尔最为擅长的法术，除了风莺、风裂等少数法术没有学会外，其他的竟都会使用了。

看到自己的风精灵竟然能掌握如此多法术，修伊开心地笑了起来。

要知道并不是每一个元素精灵都能够使用出大部分召唤人会使用的同系法术，能够拥有召唤人多少法术力量，取决于施法者在该系魔法上的天赋和境界。

一个风系魔导师如果不具备足够的天赋，那么他召唤出来的元素精灵，很可能只能继承一种风系法术，即使以后他的实力增长，元素精灵能够学习到的法术也有限。而像修伊这样风系天赋极高，已经达到风之气息境界的风系法师，召唤出来的元素精灵，就可以继承大部分他所会的风系法术，并且学习能力也极高。

也就是说，施法者的天赋与境界，决定了元素精灵能够从他身上继承和学习多少能力，而施法者的实力，决定的则是元素精灵能够学习到的法术级别。假如施法者只有二级，那么召唤出来的元素精灵也只能释放二级法术。而施法者为七级，那么元素精灵就可以从他那里学习到七级的法术。能够学到的法术多少，取决于施法者的天赋，使用出来的法术威力，取决于施法者的境界。

每一个魔法师在一个系列魔法上都只能拥有一个元素精灵，无法重复召唤。元素精灵的等级跟随主人提升，主人每提升一级，元素精灵也会相对提升一级，从而可以学习对应的法术，而元素精灵也只能学习与自身等级对应的法术。一旦主人升级的时候，元素精灵还没有掌握某种基础法术，那就意味着它们以后也无法学习这种法术，同时由于缺乏基础法术，也就无法学习对应的高级法术，这就意味着元素精灵废掉了一半。

元素精灵一旦被杀死，重新召唤出来的元素精灵将会遗忘曾经学会的所有法术，等级恢复到二级，只保留出生时继承的二级法术。一旦此时施法者的自身等级已经到三级，就意味着元素精灵将永远比主人低一级。一旦施法者达到七级顶峰，那就意味着元素精灵将永远无法再升级，也就是彻底废掉了。

元素精灵的实力，既取决于魔法师的等级，也取决于魔法师的天赋，最后还需要后天的培养和小心呵护，三者缺一不可。

由于精灵召唤是二级法术，这种程度的元素精灵要想在战斗中不死，其实是极为困难的。因此对绝大部分魔法师来说，培育元素精灵并没有太大意义。必须和元素精灵同步升级，不能让元素精灵死去，必须在战斗中注意对它的培养与照顾这一系列条件大大提高了元素精灵的使用门槛，再加上天赋限制，很少能有掌握多种主人拥有的法术的元素精灵出现，因此绝大部分魔法师选择了放弃元素精灵，只将它当成普通的二级召唤物使用，反正随着风系法术的提高，他们完全可以召唤出更强大的风系召唤物来。

但是修伊在经过一番思考后还是做出决定，放弃其他所有的风系二级法术，全力主修风精灵的召唤，由于他对风莺的使用极为纯熟，相信要快速掌握风之精灵绝不是什么难事。

重新将元素精灵召唤出来，修伊对那个元素精灵道："我不知道你是否能听明白我说的话。不过从今天起，你将跟随我一起去战斗。你会成为我的新伙伴，你的名字就叫——蓝。"

……

从这一天起，修伊·格莱尔开始拼命地练习空间法术结界类的应用和风系元素精灵的召唤，而红和绿就是他修炼时最好的对手。

为了尽快让修伊提高实力，红和绿也是毫不客气地对修伊展开攻击。

每天，盗匪们都会看到漫天的火球飞舞，红光耀天。

而在凶猛火势里，一个金发少年如不屈的斗士般在火海中跳跃。纤弱的身影在火海中显得如此渺小，仿佛下一刻他就会丧生火海，却又总能奇迹般的险死还生。

每一次，少年必定要打到筋疲力尽倒下去才会结束这一次的修炼，然后他会给自己喝一下瓶药剂，不一会儿就又精神抖擞，重新开战。

这种疯狂的修炼看得盗匪们目瞪口呆，谁也想不通这少年怎么会如此疯狂。

而对修伊来说，这种疯狂修炼带来的进步也的确很大，他终于意识到，为什么绝大多

数魔法师，并不愿意走多系路线。

这不仅仅是因为多系修炼会耽误魔法师的精力，还有一个很重要的原因，就是受到咒语的限制，在战斗时间里，魔法师通常很难同时使用出太多的法术。

拥有再多的法术却来不及用出来，等于没有。

这就是低级法术组合战术的不足之处了。高级法术只需要一个咒语就能完成的事，可能修伊需要念动和使用多个咒语才能完成。战斗中时间就是生命，修伊绝对没法做到在放出守恒结界和风灵护盾的同时，再使用出双法术咒语施展疾风击，然后再丢给对方一个灵魂法术。而等他真正做完这一切，只怕对方也早就好几个高级法术对着自己丢过来了。

如何解决这个问题呢？这些天修伊反复地冥思苦想。

今天，修伊凝立在空旷的山谷地里，飘逸的长发遮住了他的眼睛，却挡不住那眼眸中深邃的光芒。

“大气的精灵啊，响应我的召唤，给予不敬者以严厉的惩罚……”随着一连串咒语的轻声念动，空气中的风之元素再度凝结，风精灵蓝出现在了他的身边。

“疾风击！”修伊道。

“嘶！”蓝发出了一声长长的尖啸，化成一团旋风将修伊包拢。

风起影动，在平地卷其一股狂涛怒澜，锋利的长剑在风卷中伸缩，从各个不同角度刺向目标中的假想敌——旭。

旭“嗷”地狂号一声，利爪在空中撕裂出一道诡异的空气波纹。

修伊的身体在风中滴溜溜打了一个转，绕过旭的利爪强攻，转袭向它的外侧。两只炽焰鸟同时长嘶一声，对着修伊吐出大片的火焰。

与此同时，一声高亢的吟唱声响起：“以天地诸元之名，赐予我们不受邪恶侵害的力量……守恒结界！”

闪耀着空间能量光芒的结界笼罩下的人影，硬是从火海中冲出，来到旭的背后，然后，修伊对着旭的屁股狠狠踢了一脚。

小家伙很不甘心地在空中打着滚，生气地叫起来。

然后它重重地摔落在地，愤怒地看着修伊，它没有想到修伊竟然会使用出两败俱伤的战术，只为了踢自己的屁股一下。

修伊冷笑道：“难道我就非得使用风灵护盾来耽误作战时机吗？武士的斗气能量护

体，同样可以减弱元素伤害。这是对你还在使用魔兽的本能作战，不能领悟作战技巧的惩罚。下次再不懂得把法术和战技结合起来使用，我就要踢你的脸了。”

两只炽焰鸟对修伊的“大言不惭”很是不忿，高声叫了起来。

“我知道你们没用全力。”修伊笑道，身上的风卷在此时终于停歇，蓝重新露出了她的面目，“蓝，干得不错。”

利用蓝的能力来帮助自己完成疾风击，使自己可以有更多的机会使用其他的法术，是修伊多日训练后想到的办法。今天，修伊算是彻底完成了空间系法术和风系法术结合运用的初步方案。

这是修伊第一次将不同系的法术尝试着结合，但在以后，他自信能创造出更强大的法术。

如今的他，正在不知不觉中走出一条有着强烈的自我色彩的成长之路。

修炼之余，修伊对当初得自阿布利特的那个玉环充满了好奇，这个古朴的玉环质地奇特，以他炼金师的眼光都无法分辨到底是什么用什么做出来的。

当初阿布利特对他叫喊着交出地图和噬灵之环，修伊就意识到这个玉环的价值在阿布利特的心目中绝对更高于伊莱克特拉的手记。

但是这个玉环到底该怎么用呢？这些天来，修伊不止一次地研究过噬灵之环。

但是每一次他只要用心去关注这个玉环，自己的灵魂能量就会出现强烈的震颤感，仿佛整个人的身心都要被它吸进去。每一次，修伊都是凭借强大的意志力才能摆脱这个玉环可怕的灵魂吸引力。

灵魂法术本身就无视等级，意志是克制灵魂法术的唯一依仗。也正因此修伊才能逃脱这个东西。考虑到噬灵之环这个名字，修伊觉得这个玉环很可能和灵魂类法术有关。正因此，阿布利特才会将它郑而重之地收藏起来，而不是自己使用。

今天修伊先给自己加持了一个意志坚定，确保自己不会受到噬灵之环的侵蚀后，才大胆地将这个玉环取出来研究。

或许是岁月悠久的原因，玉环的表面是一层灰蒙蒙的颜色，给人以历史沧桑感。玉环上布满了刻痕，看上去就像是无数刀劈斧砍留下的印记。

不过修伊却发现，这些刻痕好像并非是随意乱砍的结果。

刻痕似乎是按照某种规律进行的排布，每一道刻印之间，都有着独特的联系。它看上

去像一个法阵，却不知道能量从何而来。

难道说，这个玉环是被某个法阵给封印住了吗？修伊的脑海中突然冒出这样的想法。

他连忙仔细查看这些玉环上的刻痕，隐隐地，他发现这些刻痕的轨迹竟然和自己当初从空间之门那里学来的，伊莱克特拉所使用的力量汲取法阵的阵图有些相像。

只是在某些方面与那个力量汲取法阵不尽相同。

修伊仔细分辨了一下，发现那是针对力量属性的部分内容发生了改变，正是因为这点改变，再加上刻痕本身极具的隐秘性，使得自己一下子没能认出这个法阵。

难道说，这个法阵是用来专门封印灵魂能量的力量汲取法阵？修伊的心中冒出一阵狂喜。

“旭！”修伊狂叫起来。

小家伙急速奔来，弄不明白有什么事。

“待在这里别动。”修伊道，然后他高声大喊，“红，绿，不要让任何人靠近我，我要做个实验！”

天空中传来炽焰鸟高声的回应。

下一刻，修伊从戒指中取出材料，开始按照玉环上的刻痕进行法阵的布置。他不知道自己的猜测是否正确，但是他知道如果自己猜错了，大不了也就是损失一批材料，但是如果自己猜对了，那么自己今后就等于又拥有了一件可以针对灵魂法师的杀器。

可惜的是，兰斯帝国想必不会有高等级的灵魂法师来追杀他，但无论如何，能多提高一分力量总是好的。

法阵很快就制作完成。

修伊对着法阵中的旭念动咒语：“在欲望之海中沉沦，在万物静寂时复苏，虚无的意志掌控一切……精神燃烧！”

一道精神能量对着旭冲击而去，与此同时，地上的法阵放出一道强烈的光芒，将旭罩住。精神能量在法阵中像一团流动的光，游走不休，却并不消除。

果然是力量汲取法阵！

这正是力量汲取法阵的特点，它并不消除任何攻击力量，而只吸收它们，利用它们。

这种法阵针对单一属性的能量攻击，可以说是一种无敌的存在。即使是空间之门中那种强大的能量风暴，也不可能突破力量汲取法阵。不过不同属性的攻击，却可以轻而易举

地摧毁它。

随手放出一道风刃，眼前的法阵立刻被打得支离破碎，它已经完成了自己的任务，唯独留下旭，对着修伊狂叫不已。

旭很不满意，为什么每次都拿老子做试验品?

修伊重新拿起那个玉环，眼中已经充满了炽热的光彩。

他知道，这个被封印的玉环一定和伊莱克特拉有着极为密切的联系，这很可能就是当初阿布利特从伊莱克特的试验室中找到的，但是这个家伙却狡猾的没有上报这件宝物。

难怪他当初要杀自己，只怕他也很担心自己会将这件事捅出去，但是阿布利特很显然并没有试图打开这个玉环的封印，或许是因为他知道，破开封印的后果极为可怕吧?

这个即使被封印住力量的玉环也使自己的灵魂力量受到影响，一旦打开它又会是什么结果?

自己到底该不该打开封印?望着眼前的玉环，修伊反复思索着。

毫无疑问这将是他有生以来最为冒险的决定，对伊莱克特拉知识的狂热崇拜，对力量的追求，还有那如跗骨之蛆般对他死缠不放的帝国追兵终于迫使他做出决定。

“旭，离我远一些。如果发现我有什么不对，就用能量冲击打破我和这个玉环的联系。记住，无论如何都不要靠近我。”修伊沉声吩咐道。

“呜……”旭应了一声。

或许是感觉到了修伊心中的慎重，他也知道这一次，修伊是玩命了。

仿佛是在看自己的敌人一般，修伊的眼中放出锐利凌人的气势，他的手轻轻在噬灵之环的表面划过。

一道细微的能量波动若微风般拂过玉环，柔和的风中蕴含着的风之元素的力量。玉环表面的刻痕在同一时刻突然放出强烈的光芒，在环周围围浮起一法透明的光圈。光圈向外扩大的同时，一股巨大的灵魂能量若海浪般汹涌而至，瞬间将修伊淹没……

轻风缓缓撣拂，幽云浅浅淡淡。谷中的那片旷野上，修伊一人独立，在他的面前，一个玉环浮在空中。

盗匪们并不知道发生了什么事，他们只知道就在刚才，炽焰鸟突然发威，将他们赶离了修炼场。然后是旷野上能量的光芒冲天而起，巨大的能量让盗匪们感觉就好像有什么人在自己的心上狠狠踩了一脚。紧接着每个人都同时感受到了一种说不出的难受滋味。

那是灵魂被牵引，仿佛神魂要出窍般的感觉。

好在这股能量冲击来得快去得也快，转瞬间便已消失。

“刚才发生了什么事？我怎么觉得好像有什么人在召唤我一样？”雷勒迷惑地摸摸脑袋。

“没错，头儿，我也感觉到了，好奇怪，就像是有什么力量要把我的意识和身体分离一样。”另一个盗匪回答。

“我倒觉得好像是有什么东西要钻到我的脑袋里去。”

盗匪们众说纷纭，但是各人的感受却又各不相同。

一名年纪较大的盗匪迟疑着说：“我倒是听说有一种法术，和这种情况很相似。”

“什么法术？”

那盗匪犹豫了一下才说出了一个词：“灵魂法术。”

灵魂法术？这个名字几乎把所有人都吓傻了。

老盗匪这句话一说，雷勒的脸色变得一片惨绿：“你在开玩笑吗？你是说刚才我们经历了灵魂法术的攻击？”

“这不可能，灵魂法术或许不是这世上最强大的法术，但一定是最恐怖的法术。我可不认为我们中有多少人有足够坚强的意志能够抵挡住灵魂能量的冲击。”一个盗匪说道。

“那或许是因为，它并不是冲着我们来的。”老盗匪悠悠说了一句。

所有的盗匪同时望向远方，在那里，修伊一个人静静地站着。